In Bed with a Highlander
by Maya Banks

ハイランドの美しき花嫁

マヤ・バンクス
出水　純=訳

JN266724

マグノリアロマンス

IN BED WITH A HIGHLANDER
by Maya Banks

Copyright©2011 by Maya Banks
Japanese translation rights arranged with Ballantine Books,
an imprint of The Random House Publishing Group,
a division of Random House, Inc.
through Japan UNI Agency, Inc., Tokyo

ハイランドの美しき花嫁

1

メイリン・スチュアートはベッドの横の石床にひざまずき、頭を垂れて夜の祈りを唱えた。首にさげた短い革紐についた小さな木の十字架にそっと手をやり、すっかりつるつるになった表面を親指でこする。

しばらくのあいだ、子どものころから唱えてきた言葉をつぶやき、いつものように締めくくった——神様、どうかやつらに見つかりませんように。

床に手をついて立ちあがるとき、膝がごつごつした石でこすれた。いま着ているのは、見習修練女という立場を示す茶色の地味な服だ。この修道院にはほかの修練女よりずいぶん長くいるけれど、メイリンは神に仕えて生きるという誓いを立ててはいなかった。そんなつもりでここにいるわけではない。

部屋の隅に置かれた洗面器のところまで行き、水差しから水を注ぐ。布を湿らせていると、修道院長であるマザー・セレニティの言葉が脳裏によみがえり、メイリンは笑みを浮かべた。

〝清らかな体は清らかな信心の次に大事なのですよ〟

顔を拭いたあと、体を清めようと服を脱ぎかけたとき、すさまじい音が響いた。メイリンは驚いて布を取り落とし、振り返って閉じた扉を見つめた。それからやにわに扉に駆け寄り、勢いよく開けて廊下に走り出た。

ほかの修道女たちも集まってきた。あちこちから狼狽したささやき声があがる。修道院の正面玄関から大きな怒声が聞こえてきた。つづいて苦痛の叫び。メイリンはびくりとした。マザー・セレニティの声だ。

メイリンはほかの修道女たちとともに、声のしたほうをめざして走った。よたよたと遅れていく者もいれば、周囲の人間を押しのけてずんずん進んでいく者もいる。礼拝堂までたどり着くと、目の前の光景を見てメイリンは立ちすくんだ。

そこは兵士だらけだった。少なくとも二十人、みんな戦いの装いをしている。顔は汚れ、髪や服は汗びっしょりだが、血は流していない。避難や救助を求めてここに来たわけではなさそうだ。指揮官とおぼしき男がマザー・セレニティの腕をつかんでいる。修道院長の顔が痛みで引きつっているのが遠くからでも見て取れた。

「あの女はどこだ?」男が冷たい声で問いかけた。

メイリンは一歩あとずさった。見るからに恐ろしい、たちの悪そうな男だ。凶暴さが渦巻く目は、獲物に襲いかかるのを待つヘビを思わせる。マザー・セレニティが答えないでいると、男はぼろ人形のように彼女を揺さぶった。

メイリンは十字を切り、切迫した声で祈りの言葉をつぶやいた。まわりの修道女たちも互いに身を寄せ合って、それぞれに祈りを唱えている。

「いません」マザー・セレニティが苦しげな声を出した。「さっきも言ったでしょう、あなたたちがお捜しの女性は、ここにはいないのです」

「嘘をつけ!」男がわめく。

彼は集まった修道女たちに目を向け、冷たく見回した。

「メイリン・スチュアートだ。どこにいるのか教えろ」

メイリンはぞっとした。腹の底から恐怖がわきあがる。どうして見つかったのだろう? いままでずっと無事に身を隠していたのに。悪夢は終わっていなかった。それどころか始まったばかりなのだ。

激しく震える手を、彼女は服のひだに隠した。額に汗の玉が浮き、はらわたがよじれる。吐いてしまわないようにぐっと唾をのみこんだ。

返事がないのを確認すると、男はにやりと笑った。メイリンの背筋を冷たいものが駆けおりた。男は修道女たちを見つめたまま、全員に見えるようにマザー・セレニティの腕を持ちあげた。そのまま平然とした顔で彼女の人差し指を曲げていく。やがて骨の折れるボキッという音がした。

修道女のひとりが悲鳴をあげて前に駆け出したが、兵士に手の甲で殴られた。不遜な暴力行為を目にして、残りの修道女たちは息をのんだ。

「ここは神の家です」マザー・セレニティが甲高い声で言った。「聖なる地に暴力を持ちこむのは大罪ですよ」

「黙れ、ばばあ」男が言い返した。「メイリン・スチュアートがどこにいるか白状しろ。さもないと皆殺しだぞ」

メイリンは大きく息を吸い、体の脇でこぶしを握った。男は本気だろう。彼の目は凶悪で、必死でもある。悪魔に与えられた任務を、なんとしても果たそうとしているのだ。

男がマザー・セレニティの中指をつかんだとき、メイリンは走り出た。

「だめよ、来ないで！」マザー・セレニティが叫ぶ。

メイリンは従わなかった。「わたしがメイリン・スチュアートよ。院長様を放して！」

男はマザー・セレニティの手を離し、その体を後ろに押しやった。まじまじとメイリンの顔を見たあと、意味ありげに彼女の体に沿って視線を下に泳がせ、またもとに戻す。あまりにも無礼に眺め回されてメイリンは顔がほてってったものの、ひるむことなく反抗的な目で男を見つめ返した。

男がパチンと指を鳴らした。するとふたりの兵士が進み出て、メイリンが逃げようと思う間もないほどすばやく彼女の体をつかんだ。たちまち床に押し倒され、あわただしくスカートの裾を探られる。

メイリンは手足をばたばたさせたが、男の力にはかなわなかった。彼らはこの礼拝堂でメイリンを犯そうとしているのだろうか？　服が腰までめくりあげられ、彼女の目に涙が浮かんだ。

兵士たちがメイリンの体を右側に回転させ、大腿部に触れた。〝しるし〟があるところに。

ああ、もうだめだ。

メイリンはうなだれた。敗北の涙が頰を伝い落ちる。

「この女です！」兵士のひとりが興奮して叫んだ。

その兵士はすぐさま脇に押しのけられた。指揮官が身を屈めて自ら〝しるし〟を確かめたのだ。

指揮官はメイリンの太腿に触れ、そこに焼きつけられたアレグザンダー王の紋章を指でなぞった。そして満足げにうなると、彼女の顎をつかんで強引に自分のほうを向かせた。

男の笑みを見たとき、メイリンは吐き気を覚えた。

「ずいぶん捜したぞ、メイリン・スチュアート」

「地獄へ行くがいいわ」彼女は唾を吐きかけた。

ところが男はメイリンを殴るどころか、ますます大きな笑みを浮かべた。「おいおい。神の家でなんたるばちあたりなことを」

男がすばやく立ちあがる。メイリンはあっと思う間もなく男の肩にかつぎあげられていた。そして兵士たちは列をなして、修道院から夜の冷気の中へ出ていった。

一刻も無駄にすることなく、彼らは馬に乗った。メイリンはさるぐつわで口をふさがれ、手足を縛られて、兵士のひとりが座る鞍の上に放りあげられた。彼女がなにもできずにいるうちに、男たちは静かな夜にひづめの音を響かせて、修道院からどんどん離れていった。冷酷であるとともに、非常に統制のとれた集団だ。

メイリンの腹に鞍が食いこんだ。激しく上下に揺られて、いまにも吐きそうだ。きつくさるぐつわをかまされているので、息が詰まってしまうかもしれない。彼女は苦しげにうめいた。

ようやく一行が止まったとき、メイリンは半ば意識を失っていた。一本の手が彼女のうなじをつかみ、細い首に指を回す。そしてメイリンの体を持ちあげ、無造作に地面に落とした。じっとり湿った夜気にさらされて震える彼女のまわりで、兵士たちが野営の準備をした。しばらくすると、ひとりの男が言った。「ちゃんと女の世話をしてやったほうがいいぞ、フィン。寒さで死んじまったら、キャメロン族長がお喜びにならないだろう」

不満そうなうなり声がしたあと、メイリンの手足の縄が解かれ、さるぐつわが外された。フィンと呼ばれた誘拐劇の首謀者が上から彼女をのぞきこんだ。炎に照らされて、目がぎらぎら光っている。

「どうせ悲鳴をあげたって誰にも聞こえないんだが、ちょっとでも声を出したら顎を砕いてやるからな」

メイリンはわかったというしるしにうなずき、ゆっくりと体を起こした。尻を靴の先で蹴られたので怒って振り返ると、フィンが含み笑いをした。

「焚き火のそばに毛布があるから、かぶって少し寝ておけ。夜明けとともに出発する」

地面に落ちている石ころや枝が肌に食いこんだが、メイリンは気にせず毛布にくるまった。キャメロン族長。彼の話は、修道院に立ち寄る兵士たちから聞いたことがあった。強欲で野心たっぷりの冷酷な男。その勢力は増大する一方であり、軍隊の規模はスコットランドでも最大級だ。現国王のデイヴィッドも彼を恐れていると噂されている。

前国王アレグザンダーの庶子――そしてメイリンの異母兄――であるマルコムはすでに一度、デイヴィッドから王座を強奪すべく反乱を起こしていた。マルコムとダンカン・キャメロンが同盟を組みでもしたら、彼らを止めるのは不可能に近い。

メイリンは唾をのみ、目を閉じた。ニアヴ・アーリンの地を手中におさめてしまえば、キャメロンは無敵となるだろう。

「ああ神様、どうぞお助けください」メイリンはつぶやいた。

キャメロンにニアヴ・アーリンを支配させはしない。あの領地はメイリンのもの、父から受け継いだ唯一の遺産なのだから。

とうてい眠れそうになかったので、メイリンは毛布の中で体を丸くして木の十字架を握りしめ、力を与えたまえ、われを導きたまえと神に祈った。兵士たちの一部は眠っていたが、あとの者は起きて見張りをしている。脱走の機会があると思うほどメイリンは愚かではなかった。なにしろ彼女の存在は、彼女自身と同じ重さの金塊よりも価値があるのだから。

しかし彼らは、メイリンを殺しはしないはずだ。それが彼女にとっての強みだ。だから脱走を試みても失うものはないし、あわよくば逃げられるかもしれない。

一時間ほど熱心に祈ったころ、背後で騒ぎが起きた。メイリンは上体を起こし、暗闇を見つめた。まわりで眠っていた兵士たちがあわてて起き出す。彼らが剣に手をかけたとき、子どもの叫び声が夜の闇を貫いた。

ひとりの兵士が、足をばたばたさせながら身をよじっている男の子を引きずってきて、焚き火を囲む男たちの輪の中に放りこんだ。子どもがうずくまったまままきょろきょろすると、男たちは大声で笑った。

「なんだ、こいつは？」フィンが尋ねた。

「馬を盗もうとしていたところをつかまえました」男の子を連れてきた兵士が答えた。

フィンの顔に怒りがよぎった。いかつい顔が炎に照らされていっそう恐ろしげに見える。せいぜい七歳か八歳と思われる男の子は、好きにしろと言うかのように不敵に顎をあげた。

「生意気なくそガキめ」フィンは怒鳴った。

彼が手を振りあげたとき、メイリンは駆け寄って自らの身で子どもをかばった。フィンのこぶしが彼女の頬に食いこんだ。

メイリンは地面に転がったものの、すぐに立ちあがってふたたび男の子に覆いかぶさり、できるかぎり彼の体を隠そうと抱きしめた。

男の子がゲール語で悪態を叫びながら、彼女の下でもがき暴れる。殴られて痛む顎に子どもの頭がぶつかり、メイリンは一瞬めまいを覚えた。

「静かに」メイリンもゲール語で話しかけた。「じっとしていて。あいつらがあなたに危害を加えないようにしてあげるから」

「そのガキから離れろ！」フィンが叫ぶ。

さらにきつく抱きしめると、男の子もようやくおとなしくなった。フィンが手を伸ばしてメイリンの髪をつかみ、乱暴に引っ張る。それでも彼女は子どもを離そうとしなかった。

「先にわたしを殺すがいいわ」フィンが無理やりメイリンの顔を自分のほうに向かせると、彼女は冷たく言い放った。

フィンがののしりの言葉を吐いてメイリンの髪から手を離し、一歩さがって彼女の胸を蹴りつけた。メイリンは痛みに体を丸めつつも、凶暴なけだものから子どもを守りつづけた。

「フィン、そのくらいにしておけ」誰かが怒鳴った。「族長は女を無傷なままでお望みだ」

ぶつぶつとぼやきながら、フィンがあとずさった。「その薄汚れた物乞いは女にやれ。どうせすぐに手放すことになるんだ」

メイリンはぱっと顔をあげてフィンをにらみつけた。「一度でもこの子に手を出したら、わたしは自分の喉をかき切るわ」

フィンの笑い声が夜のしじまに響き渡った。「ひどいはったりだな、女。交換条件をつけるつもりなら、少しはもっともらしいことを言え」

メイリンはゆっくりと体を起こし、自分よりはるかに大柄な男の眼前に立った。顔をあげてじっと相手をにらみつける。やがてフィンが落ち着かなげに目をそらした。

「はったり？」メイリンは静かな口調で言った。「冗談じゃないわ。わたしのそばに尖ったものを置かないようにすることね。わたしが自分の運命を知らないとでも思っているの？野蛮な族長に寝床に連れこまれるのよ。わたしの腹に子どもが宿って、あいつがニアヴ・アーリンをわがものにできるまで。それくらいなら、死ぬほうがましだわ」

フィンの目が怒りに細くなった。「おまえはどうかしている！」

「ええ、そうかもしれないわね。だとしたら、尖ったものがあなたのあばらに突き立てられないよう、気をつけたほうがいいんじゃないかしら」

フィンは手を振った。「そのガキはおまえにくれてやる。おまえとそいつの処遇は族長が決めてくださるだろう。おれたちは馬泥棒には厳しいぞ」

メイリンは男の言葉を無視して男の子を振り返った。彼は地面にうずくまったまま、恐怖と崇敬の入りまじった目でメイリンを見つめている。

「こっちにいらっしゃい」彼女はやさしく言った。「身を寄せ合えば、ふたりで一緒に毛布にくるまれるわ」

男の子がうれしそうに彼女のもとへ来て、小さな体を押しつけた。

「おうちはどこ？」彼が身を落ち着けると、メイリンは訊いた。

「わからない」子どもは悲しそうに答えた。「ずっと遠くだと思う。ここから二日はかかるところ」

「落ち着いて」メイリンは慰めた。「どうしてこんなところまで来たの？」

「道に迷ったんだ。配下の兵士を連れずに城を出るのは絶対にだめだと父上に言われていたんだけど、ぼく、赤ちゃん扱いされるのがいやだったんだ。だって、もう赤ちゃんじゃないんだから」

メイリンは微笑んだ。「そうよね。それでお城を出てきたの？」

男の子がうなずく。「馬に乗って。アラリック叔父さんに会いに行っただけなんだ。叔父さんがそろそろ戻ることになっていたから、境界線の近くで出迎えようと思って」

「境界線？」

「ぼくたちの領地の」

「それで、あなたのお父様というのはどなたなの、ぼうや？」

「ぼくの名前はクリスペン。〝ぼうや〟じゃないよ」いかにもうんざりした口ぶりに、メイリンはふたたび微笑んだ。

「クリスペン。すてきな名前ね。話をつづけてちょうだい」

「お姉さんの名前は？」

「メイリンよ」彼女は静かに答えた。

「ぼくの父上は、族長のユアン・マケイブだよ」

その名前に聞き覚えはあるだろうかとメイリンは記憶を探った。けれども、彼女の知らない氏族《クラン》はたくさんある。故郷が高地地方《ハイランド》だとはいえ、神の恵みを受けたその地に、メイリンは十年ものあいだ足を踏み入れていなかった。

「それで叔父様に会いに行ったわけね。そのあとどうなったの？」

「迷子になっちゃった」クリスペンが悲しげに言う。「そうしたら、マクドナルドの兵士に見つかったんだ。そいつは身代金めあてにぼくを族長のところに連れていこうとした。だけど、そんなことをさせるわけにはいかなかった。父上に恥をかかせることになるし、身代金を払う余裕もない。払ってしまったら、ぼくたちのクランは立ちゆかなくなる」

マケイブ三兄弟の次男、アラリックがうなずいた。「おれたちだって、あの子のことが心配でならないんだ」

「ああ、わかっている」ユアンは言った。

弟ふたりが配下の兵士に大声で命令を発して出ていくのを、ユアンは見送った。目を閉じ、怒りのままにこぶしを握りしめる。誰が息子を連れていったのだ？　三日間、身代金の要求を待っていたが、なんの連絡も来なかった。三日間、マケイブの領地とその外側をくまなく捜索した。

これは襲撃の前触れなのだろうか？　宿敵ダンカン・キャメロンは、こちらの守りが手薄になったところをつこうとしているのか？　兵士のほとんどが捜索に従事している隙につけこもうとでも？

ユアンは歯を食いしばり、壁の崩れた城を見渡した。八年のあいだ、彼は自分のクランを生き延びさせて強くするために労苦を重ねてきた。かつてマケイブの名は力と誇りの同義語だった。しかし八年前、彼らは襲撃されて致命的な打撃を受けた。シーレンの愛した女に裏切られたのだ。ユアンの父親と若き妻は殺された。息子が生き残ったのは、ひとえに召使が彼を隠してくれたおかげだった。

ユアンと弟たちが戻ってきたとき、ここにはほとんどなにも残されていなかった。建物は打ち壊され、人々は四方八方に逃げ、軍はほぼ壊滅状態だった。

ユアンは族長になったが、亡父から受け継ぐべきものは皆無だった。

再建には長い月日を要した。いま、彼の率いる兵士はハイランドでも最高にすぐれた者ばかりだ。弟たちとともに昼夜を分かたず努力して、老人や病人、女子どもに食料が行き渡るようにした。男たちはしばしば食事なしで過ごした。一族は徐々に勢力を強め、数を増し、苦しかったクランの状態もようやく上向きになってきたところだ。

もうすぐ復讐のことを考えられるようになる。いや、その表現は正しくない。この八年間、ユアンは復讐だけを考えて生きてきた。一日たりとて復讐を思わない日はなかった。

「族長、ご子息についてお知らせがございます」

ユアンはぱっと振り返った。兵士のひとりが走ってきた。チュニックが汚れている。馬からおりてきたばかりのようだ。

「話せ」

「マクドナルドのクランの男が、三日前に北の境界線近くでクリスペン様と出くわしたそうです。そいつは身代金めあてに自分の族長のところへ連れていこうとして、クリスペン様をつかまえました。ところがクリスペン様はお逃げになり、それ以来誰も姿を見ていないそうです」

怒りでユアンの全身が震えた。「兵士を八人連れて、マクドナルドのもとへ行け。族長にこう伝えろ。おれの息子をさらった男をこの城の入り口まで連れてこい、さもなくばおまえは自分の死刑執行令状に署名したことになるぞ。応じなければ、おれが自分で出向いておまえを殺してやる。じわじわとだ。いいか、ひとことも漏らさずに伝えるんだぞ」

兵士が頭をさげた。「はい、族長」

身を翻して兵士が駆けていく。ユアンの中では安堵と激怒がないまぜになっていた。クリスペンは生きている。少なくとも三日前には生きていた。暗黙の平和協定を破るとは、マクドナルドもばかな男だ。ふたつのクランは同盟関係にあるとまでは言えないものの、マクドナルドはユアン・マケイブの怒りを誘おうとするほど愚かではなかったはずなのに。城の壁は崩れ、人々には充分に食料が行き渡っていないとしても、いまやマケイブの軍隊はかつての二倍の力を持つようになっているのだ。

ユアン配下の兵士たちは非常に強く、近隣の領地の者はそれを知っている。といっても、ユアンの目は隣人たちには向けられていなかった。彼の標的はダンカン・キャメロンだ。スコットランドにキャメロンの血が流されないかぎり、ユアンの心が安らぐことはないだろう。

2

一行は石垣に沿って最後の角を曲がり、中庭に入っていった。目の前にそびえ立つ城を、メイリンは陰鬱な面持ちで眺めた。巨大な建物をなすすべもなく見つめているうち、逃亡しようという思いは崩れ去っていく。見るからに難攻不落な城だ。

どこを見ても男たちがいる。大部分は剣の訓練中だが、内壁の修理に携わっている者や、城に通じる石段のそばで休憩して桶から水を飲んでいる者もいた。

メイリンのあきらめの気持ちを感じ取ったかのように、クリスペンが顔をあげた。緑の目には不安が宿っている。男の子の体に腕を回して前で両手を縛られたメイリンは、元気づけようと彼を強く抱きしめた。けれども彼女自身、秋に一枚だけ残った木の葉のごとく弱々しく体が震えるのを、止めることができなかった。

馬を引いていた兵士がぴたりと立ち止まる。メイリンはずり落ちないよう鞍にしがみついた。クリスペンが馬のたてがみをつかんで、ふたりの体をまっすぐに保った。

フィンが横にやってきて、メイリンを馬からぐいっと引っ張った。つられてクリスペンが引きずられ、驚きの叫び声をあげながら地面に落ちた。

フィンはあざができるほど強くメイリンの腕をつかんで、彼女を馬からおろした。メイリンは身をよじって彼の手から逃れ、縛られた手を伸ばしてクリスペンを立たせた。

周囲の男たちがいっせいに動きを止め、いま到着した一行を見つめた。城に住む女たちは離れたところからメイリンに好奇の目を向け、手で口を隠してひそひそ話している。

自分が情けない格好であることは、メイリンにもわかっていた。だがそれよりも不安に思っていたのは、族長のキャメロンが捕虜を見てどんな反応を示すかだった。神よ、どうぞお助けください。

そのとき族長の姿が見えた。城に入る石段の頂上に現れ、鋭い視線を走らせてメイリンを捜している。強欲で野心あふれる冷酷無情な男という噂から、彼女はまさに悪魔のような姿を想像していた。ところが驚いたことに、ダンカン・キャメロンはきわめて美男子だった。服にはしみひとつない。まるで一度も戦場に出たことがないかのようだ。しかしメイリンはだまされなかった。彼女はキャメロンと戦った多くの兵士の手当てをしてきたのだ。柔らかな革の細身のズボン《トルーズ》とダークグリーンのチュニックやブーツは、あまりにも新しい。新調したばかりなのか。体の脇の剣が陽光を反射してきらりと光る。その刃は鋭く研がれているようだ。

無意識のうちにメイリンは手を喉もとにあてた。胸からせりあがってきたものを、ごくりとのみこむ。

「女は見つかったか?」ダンカン・キャメロンが石段の上から叫んだ。

「はい、族長」フィンはぼろ人形のようにメイリンを揺さぶりながら彼の前に突き出した。

「これがメイリン・スチュアートです」

キャメロンが目を細め、顔をしかめた。これまで何度も失望を味わわされてきたかのように見える。彼はそんなに長いあいだメイリンを捜していたのだろうか？　思わず身が震えたが、メイリンはなんとか恐怖に打ち負かされまいとした。

「見せろ」キャメロンは怒鳴った。

クリスペンが寄ってきたが、それより早くフィンが力任せにメイリンを引き寄せた。激しくフィンの胸板にぶつかって、メイリンは一瞬息ができなくなった。もうひとり兵士がやってくる。恥ずかしいことにふたりの男は彼女のスカートの裾をまくりあげた。

キャメロンが石段をおりて近づいてきた。眉間にしわを寄せてメイリンを凝視している。その目が凶暴に光り、勝ち誇ったように輝いた。

指で焼き印の輪郭をなぞると、彼は満面に笑みを浮かべた。「アレグザンダー国王の紋章だ。これまでずっと、おまえは死んでニアヴ・アーリンは失われたと考えられていた。しかし、いまやどちらもおれのものだ」

「そんなことは絶対に許さないわ」メイリンは歯を食いしばってうなった。

束の間キャメロンは驚きを見せたあと、あとずさってフィンをにらみつけた。「体を隠してやれ」

フィンがスカートをおろし、メイリンの腕を放す。すぐにクリスペンが彼女にしがみついた。

「誰だ、こいつは？」キャメロンがクリスペンに目を留め、大声で言った。「この女のガキか？　この女は母親なのか？　そんなことは認めんぞ！」

「違います、族長」すかさずフィンが答えた。「女の息子ではありません。馬を盗もうとしたんで、つかまえたんです。女はこいつをかばっている、それだけのことです」

「始末しろ」

メイリンはクリスペンの体に両腕を回し、ありったけの憎悪をこめてキャメロンをにらんだ。「この子にちょっとでも触れたら、あなたは生まれてきたことを後悔するわよ」

キャメロンが唖然として目をしばたたき、怒りで顔を紫色にした。「きさま、おれを脅すつもりか？」

「さっさとわたしを殺しなさい」メイリンは冷静な口調で言った。「そうしたら、あなたの目的もかなえられるでしょう」

キャメロンが手を振りあげ、メイリンの顔を手の甲で引っぱたいた。メイリンは顔を押さえて地面に崩れ落ちた。

「この人に手を出すな！」クリスペンが叫ぶ。

メイリンはクリスペンに飛びかかり、抱きかかえてうずくまった。「しいっ。これ以上あいつを刺激しちゃだめ」

「おまえも分別を取り戻したようだな」キャメロンが言った。「また忘れないようにすることだ」

メイリンは無言でクリスペンを抱きしめて地面に伏せたまま、傷ひとつないキャメロンのブーツを見つめた。この男は労働というものをしたことがないのだろう。顔を殴った彼の手も柔らかかった。他人を踏みつけにして権力の座についた男に、どうしてこんな力強さがあるのだろうか？

「こいつを城に入れて女たちに渡せ。湯浴みさせるんだ」キャメロンが不快そうに命じた。

「わたしから離れないでね」メイリンはクリスペンにささやいた。フィンがこの子を傷つけないとは思えない。

フィンがメイリンを立たせ、上半身を抱えてずるずると城内に引っ張っていった。外から見ると立派な城なのに、中に入ると不潔で、腐ったエールのにおいがする。犬が興奮して吠え、メイリンは糞のにおいに鼻をゆがめた。

「二階だ」ぶっきらぼうにフィンが言って、メイリンを階段のほうに押しやった。「おかしなことをするなよ。部屋の前に見張りを立たせておくからな。さっさとするんだ。族長を待たせないほうがいいぞ」

メイリンの入浴係を申しつけられたふたりの女は、同情と好奇心の入りまじった表情で彼女を眺め、手早く髪を洗った。

「あの子もお風呂に入れますか？」女のひとりが尋ねる。

「いやだ！」クリスペンがベッドから叫んだ。

「いらないわ」メイリンは小声で言った。「あの子のことは、わたしに任せて」

女たちはメイリンの髪から石鹸を洗い流すと、彼女に手を貸して浴槽から出し、襟や袖や裾に凝った刺繍を施した美しいブルーのドレスを着せた。キャメロンのクランの色をしたドレスを着せられる意味は、メイリンにもよくわかっていた。キャメロンはすでに彼女を征服したつもりでいるのだ。

ふたりの女が髪を結おうとしたが、メイリンは首を振って断った。乾いたらすぐに自分で編めばいい。

女たちは肩をすくめて部屋を出ていき、残されたメイリンはキャメロンからの呼び出しを待ち受けた。

ベッドにいるクリスペンの横に腰かけると、彼がメイリンの脇の下に身を寄せてきた。

「ぼくのせいで汚れちゃうね」クリスペンがそっと言った。

「いいのよ」

「ぼくたち、これからどうしたらいいの、メイリン？」

クリスペンの声は不安で震えている。メイリンは彼の頭のてっぺんに口づけた。

「なにか考えるわ、クリスペン。なにかね」

部屋の扉がぱっと開き、メイリンは本能的にクリスペンを自分の後ろに隠した。フィンが得意げな顔で入り口に立っている。

「族長がお呼びだ」

メイリンは振り返り、クリスペンの顎に手を触れてまっすぐ自分の目を見つめさせた。

「ここにいるのよ」とささやく。「この部屋から出ないで。約束してちょうだい」

クリスペンはうなずいたが、大きく見開いた目には恐怖が浮かんでいた。

彼女は立ちあがり、フィンのところまで行った。彼が腕をつかもうとすると、メイリンはその手を払いのけた。「ひとりで歩けるわ」

「生意気な女め」吐き捨てるようにフィンが言う。

メイリンはフィンの先に立って階段をおりた。一秒ごとに恐怖が募る。大広間の暖炉のそばに神父が立っているのを見たとき、彼女はキャメロンが周到にことを進めようとしているのを悟った。やはり彼はメイリンと結婚し、ベッドに連れこんで、彼女とニアヴ・アーリンをわがものにしようとしているのだ。

フィンにぐいっと前に押し出されたメイリンは、力と勇気を与えたまえと神に祈った。

「花嫁が来たぞ」神父と話していたキャメロンが振り向いた。

口もとに笑みを浮かべてはいるが、目は笑っていない。彼はメイリンをじろりとにらみつけた。拒否したらどんな結果が待っているか考えろ、と警告するかのように。

ああ神様、どうぞお助けください。

神父が咳払いをしてメイリンを見つめた。「よろしいですかな、お嬢さん？」

一同は黙って彼女の返事を待った。やがてゆっくりと、メイリンは首を横に振った。神父がキャメロンに非難の目を向けた。

「どういうことですか、族長？　おふたりともこの結婚を望んでいるとおっしゃったではありませんか」

キャメロンの形相を見て神父はあとずさった。すばやく十字を切り、族長から安全な距離を取ったところに身を落ち着ける。

次にキャメロンはメイリンに顔を向けた。メイリンの血が凍る。あれだけの美男子だというのに、その瞬間の彼はひどく醜かった。

キャメロンはメイリンに歩み寄って肘の上をつかみ、骨が折れそうになるほど強く握った。「一度しか訊かないぞ」気味が悪いほどやさしい声で言う。「花嫁になる気はあるか?」

メイリンにはわかっていた。拒否すればキャメロンは報復する。ニアヴ・アーリンを手にする道が閉ざされたと知れば、彼はメイリンを殺すかもしれない。けれども、災難が迫っているからといって屈服してしまっては、これだけ長いあいだ世間から隔絶した暮らしをしてきた意味がない。なんとかして、この混乱から脱する方法を見つける必要がある。

彼女は肩を張り、鋼の剣のように心を強く持った。そして明瞭な声で拒絶の言葉を口にした。「いいえ」

キャメロンの怒声がメイリンの耳をつんざいた。こぶしで殴られ、彼女は遠くへ吹っ飛ばされた。体を丸めて苦しげにあえぐ。あばらに強い打撃を受けたので、肺に息が入っていかない。

ぼうっとしたまま焦点の定まらない目をあげると、キャメロンがすぐ前に立ってこちらを見おろしていた。恐ろしいほどの怒りが手に取るように伝わってくる。その瞬間、メイリンは自分が正しい決断をくだしたことを確信した。たとえ逆上したキャメロンにいま殺されなかったとしても、彼の妻となったら、メイリンにはどんな人生が待っているだろう。ニアヴ・アーリンを受け継ぐために必要な世継ぎを産んでしまえば用済みになり、どのみち始末されるのだ。

「降参しろ」キャメロンが警告するようにこぶしを振りあげた。

「いやよ」

さっきほどしっかりした声は出せなかった。唇がわなわなと震え、ため息のような声しか出てこない。それでも彼女はキャメロンに聞こえるように答えた。

大広間のあちこちでひそひそとささやく声があがる。キャメロンは怒りの形相になり、顔は見る見る紫色になっていった。いまにも爆発しそうだ。

彼は光沢のあるブーツでメイリンを蹴りつけた。痛みの悲鳴は次の一撃にかき消された。キャメロンは繰り返し蹴りつけ、それから彼女を立たせて脇腹にこぶしをめりこませた。

「族長、女が死んでしまいます!」

メイリンの意識は朦朧としていた。誰がその警告の言葉を発したのかもわからないまま、自分を支えてくれた腕にしがみついた。息をするたびに耐えがたいほどの痛みに襲われる。

キャメロンがうんざりしたように言った。「部屋に監禁しろ。食事も水もやるな。あのガキにもだ。ガキが腹をすかせて泣きごとを言うようになれば、すぐにこいつも降参するだろう」

怪我のことなどおかまいなしにメイリンは立たされた。硬い石の階段をのぼる一歩一歩が苦痛だった。フィンが部屋の扉を開け、彼女をどさりと投げ入れた。

床にぶつかったメイリンは荒い息をつきながら、なんとか意識を保とうとした。

「メイリン！」

クリスペンが彼女に覆いかぶさり、痛いほどきつく抱きしめた。

「だめ、さわらないで」メイリンはかすれた声を出した。これ以上触れられたら気絶してしまう。

「ベッドに行こう」クリスペンが懇願するように言った。「ぼくが手を貸すよ。お願い、メイリン」

彼はいまにも泣きそうだ。メイリンが目を閉じて安らかに眠れることを祈らなかったのは、自分が死んだらこの子はキャメロンのもとでどうやって生きていけるだろうという思いがあったからにすぎない。

なんとか体を起こしてベッドまで這っていく。少し動くたびに体が悲鳴をあげた。クリスペンもできるかぎり彼女の体重を支え、ふたりで力を合わせてようやくベッドの端までたどり着いた。

メイリンは藁のマットレスに沈みこんだ。熱い涙が頬を伝う。息は荒い。クリスペンが彼女の隣に横たわった。少年の温かな体は慰めを求めているというのに、彼女にはそれを与えてやることもできない。

するとクリスペンが彼女に腕を回し、自らの小さな体にメイリンを抱き寄せた。「お願いだから死なないで、メイリン」彼は小声で哀願した。「ぼく、怖い」

「お嬢様。お嬢様、起きてください。目を覚ましてくださいな」

切羽詰まったささやき声に、メイリンは意識を取り戻した。眠りを妨げた者の正体を知ろうと身動きした瞬間、全身を苦痛が貫き、彼女は空気を求めてあえいだ。

「すみません」女の声が心配そうに言った。「ひどいお怪我なのは知っています。でも急いでくださらないと」

「急ぐ？」

メイリンは舌がよく回らず、頭がぼうっとしている。隣でクリスペンがもぞもぞと動き出し、ベッドの上から見おろす人影に気づいてびくっと身を震わせた。

「そう、急ぐんです」声の主はいらだっているようだ。

「誰なの？」メイリンはやっとの思いで声を出した。

「話している時間はないんです、お嬢様。族長は酔って眠りこんでいます。あなたは怪我がひどくて逃げられないとお考えなんでしょう。逃げるなら、いまです。族長は、あなたが降参しないならこの子を殺すおつもりです」

〝逃げる〟という言葉を聞いて、メイリンの頭の靄《もや》が少し晴れた。体を起こそうとしたが、脇腹に突き刺さるような痛みが走って悲鳴をあげそうになった。

「さあ、手をお貸ししましょう。あなたもよ」女はクリスペンに言った。「お嬢様に手を貸してあげて」

クリスペンが急いで起きあがり、するりとベッドの端からおりた。

「どうして助けてくれるの？」ふたりの手を借りて起きると、メイリンは尋ねた。

「族長がなさったのは恥ずかしいことです」女は小声で言った。「女の人をあんなふうに痛めつけるなんて。族長は頭がおかしくなっていらっしゃるんです。あなたと結婚するという思いに取りつかれておられます。降参してもしなくても、あなたのお命は危険です。それに、この子は殺されてしまうでしょう」

メイリンはありったけの力をこめて女の手を握った。「ありがとう」

「急ぎましょう。隣の部屋に抜け穴があります。でも、そこから先はおふたりだけで行ってください。わたしには、あなた方を連れていく危険は冒せません。抜け穴の向こうで、ファーガスという男が馬を用意して待っています。あなたとその子を馬に乗せてくれますよ。怪我は痛むでしょうけれど、我慢してください。逃げる方法はこれしかありませんから」

メイリンはうなずいた。苦しんで逃げるか、安らかに死ぬか。さして難しい決断ではない。

女は部屋の扉をわずかに開け、メイリンのほうを振り向いて人差し指を自分の口にあてた。身ぶりで左を示し、そちらに見張りがいることを知らせる。

クリスペンがそっと滑りこませてきた手を、メイリンはぎゅっと握って励ました。三人はじりじりと、暗い廊下で眠る見張りの横を通っていった。少しでも息を吐こうものなら、見張りが目を覚まして城じゅうに知らせるかもしれないと思って、メイリンはずっと呼吸を止めていた。

ようやく隣の部屋まで行き着いた。中に入ると、飛び交う埃で鼻がむずむずする。メイリンは鼻をつねってくしゃみをこらえた。

「ここです」暗闇の中で女がささやく。

メイリンが声のするほうに向かうと、石壁から冷気が吹きこんできた。

「神様のお助けがありますように」女はメイリンとクリスペンを狭いトンネルに押しこんだ。

メイリンはいったん足を止めて女の手を握り、すばやく感謝の気持ちを表したあと、クリスペンをうながして狭い通路を進んでいった。

一歩進むごとに新たな苦痛が体を貫く。あばら骨が折れているのかもしれない。けれども、いまは手当てのしようもなかった。

クリスペンを引っ張るようにして、真っ暗な中で足を急がせた。

「誰だ？」

男の声にメイリンははっと立ち止まったが、ファーガスが待っているという女の言葉を思い出した。

「ファーガスなの？」メイリンは小声で訊いた。「わたしよ、メイリン・スチュアート」

「どうぞこちらへ、お嬢様」ファーガスがうながした。

メイリンはトンネルの出口へと急ぎ、冷たく湿った地面に足を踏み出した。はだしでごつごつした石を踏んで顔をしかめる。まわりを見ると、抜け穴から城の裏に出たことがわかった。高い丘の斜面がすぐそばに迫っている。

ファーガスは無言で闇の中に姿を消し、メイリンは走って彼を追いかけた。丘のふもとを進み、キャメロン領の端にある森に向かう。

一頭の馬が木にくくりつけられていた。ファーガスがさっと縄を解き、手綱を握ってメイリンを振り返った。

「まずお嬢様をお乗せしてから、その子を乗せます」彼は遠くを指さした。「あちらが北です。神様があなたとともにありますように」

彼はそれ以上なにも言うことなくメイリンの体を持ちあげ、ぽんと鞍に放りあげた。メイリンは落ちないようにするのがやっとだった。目に涙を浮かべて体をふたつ折りにし、意識を失うまいとこらえる。

どうぞお助けください、神様。

ファーガスはクリスペンを彼女の前に座らせた。彼が自分の後ろでないことを、メイリンはありがたく思った。なにかにつかまっていたかったのだ。

「手綱を操れる？」彼女はクリスペンに寄りかかりながらささやいた。

「ぼくが守ってあげる」クリスペンがきっぱりと言った。「ぼくにつかまっていて、メイリン。ぼくが家に連れて帰ってあげる。絶対に」

彼の声に含まれた確固たる決意に、メイリンは微笑んだ。「信じているわ」

ファーガスにひとつ尻を叩かれると、馬は走り出した。メイリンは痛みに唇を噛み、口から飛び出しそうになる悲鳴をこらえた。このままでは一キロも持ちそうにない。

アラリック・マケイブは馬を止め、手をあげて部下を止めた。午前中ずっとひづめの跡をたどって道々を捜し回ったが、なんの成果も得られていない。まったくの手詰まりだった。彼は鞍から滑りおりて大股で前進し、土が踏み荒らされたところを見つめた。ひざまずき、かすかなひづめの跡とぺしゃんこに倒れた草に手を触れる。誰かがここで馬からおりたらしい。それもついさっきのようだ。

周囲を見渡すと、数メートル先で露出した土の上に足跡が見えた。アラリックは目をあげ、その足跡が向かっているほうを見やった。ゆっくり立ちあがって剣を抜き、広がってこの一帯を取り囲むよう部下に合図する。

彼は慎重に林の中に足を踏み入れた。敵の待ち伏せの様子がないかと油断なく目を光らせる。すると、馬が見えた。少し先で草を食《は》んでいるが、手綱はだらんとぶらさがり、鞍の位置は曲がっている。アラリックは顔をしかめた。あんなふうに馬をぞんざいに扱うのは罪だ。

右のほうでかすかな葉擦れの音がして、彼はぱっと振り返った。とたんに小柄な女が目に飛びこんできた。巨木にもたれかかり、まるで子猫を何匹も隠しているかのようにスカートがもぞもぞ動いている。見開いた青い目には恐怖と――怒りが宿っていた。

乱れた長い黒髪が腰まで垂れている。そのとき、アラリックは彼女のドレスの色と、裾に刺繍された紋章に気がついた。

とっさに激しい怒りに支配され、アラリックは剣を頭上に振りかざして前進した。

女が手を後ろにやって、なにかを自分と木のあいだに押しやった。スカートがまた不自然に動く。女が隠しているのは人間らしい。子どもだ。

「わたしの後ろにいるのよ」女がささやいた。

「でも、メイ――」

アラリックは凍りついた。あの声は知っている。指が震え、生まれて初めて剣の柄《つか》を握る手が揺らいだ。自分の家族を、キャメロンの人間に触れさせてなるものか。

怒りのうなり声をあげながら、アラリックは猛然と走っていき、女の肩をつかんで横に押しのけた。するとクリスペンが木を背にして、あんぐりと口を開けていた。彼はアラリックを見るなり腕に飛びこんできた。

剣が地面に落ちた――これも怠慢の罪だ――が、いまのアラリックにはどうでもよかった。安堵で足から力が抜ける。

「クリスペン」彼はかすれた声で言って男の子を抱きしめた。

怒りのこもった叫び声とともに、アラリックは女に体あたりされた。不意をつかれて後ろによろめき、クリスペンを抱く腕がゆるむ。

女がアラリックとクリスペンのあいだに割って入り、彼の股間を膝蹴りした。アラリックは体を折り曲げ、痛みのあまり悪態をついた。片方の膝をついて剣を拾いあげ、口笛で部下を呼ぶ。この女は頭がおかしいに違いない。

痛みでぼんやりしたアラリックの視界に、いやがるクリスペンをつかんで逃げようとする女の姿が映った。その直後、いくつかのことが立てつづけに起こった。部下のギャノンとコーマックが女の前に立ちはだかる。女が足を止め、クリスペンがその背中にぶつかる。反対方向に走り出そうとした女を、ギャノンが腕をあげてさえぎる。

驚いたことに、女はくるりと身を翻すと、クリスペンを抱きしめて地面に倒れ、子どもの身を守るように覆いかぶさった。

ギャノンとコーマックが戸惑ってアラリックのほうを見た。ちょうどそのとき、ほかの部下たちが木々のあいだを縫って駆けてきた。

さらに事態を混乱させたことに、クリスペンが這い出してきて女の上に身を投げ出し、すごい形相でギャノンをにらみつけた。

「この人を殴っちゃだめ!」

アラリックの部下たちは全員、クリスペンの口調の激しさに驚いて目をしばたたいた。

「その女を殴るつもりはありません」ギャノンが言う。「クリスペン様を連れて逃げるのを止めようとしていただけです。ああ、長いことお捜ししましたよ。族長はひどく心配しておられます」

アラリックはクリスペンのほうに歩いていき、うずくまった女から彼を引き離した。女を立たせようとして手を伸ばすと、またしてもクリスペンにすごい勢いで押しのけられた。

アラリックは口をぽかんと開けて甥を見つめた。

「この人にさわっちゃだめ。ひどい怪我をしているんだよ、アラリック叔父さん」

クリスペンが唇を噛みしめた。いまにも泣き出しそうな様子だ。この女が何者であれ、クリスペンは彼女を恐れてはいないらしい。

「危害を加えるつもりはないよ」アラリックはやさしく言った。

ひざまずいて女の顔から髪を払うと、彼女は意識を失っていた。片方の頬にあざがあるが、それ以外に傷は見えない。

「どこを怪我しているんだ?」

あふれた涙を、クリスペンはあわてて汚れた手の甲でぬぐった。

「おなかだよ。それから背中も。さわったらすごく痛いんだって」

少年を動揺させないように気をつけながら、アラリックは女の服をまくりあげた。腹と背中があらわになると、彼は息をのんだ。周囲で部下たちも悪態をつき、小柄な女への同情の言葉をつぶやいている。

「なんてことだ。いったいなにがあったんだ?」アラリックは尋ねた。

胸郭全体が紫色になり、なめらかな背中には醜いあざができている。あざのひとつは明らかに靴底のかたちをしていた。

「あいつがやったんだよ」クリスペンは声を詰まらせた。「家に連れて帰って、アラリック叔父さん。父上に会いたい」

皆の前で甥に取り乱してほしくはなかったので、アラリックはうなずき、クリスペンの腕を軽く叩いた。あとで少年から話を聞き出す時間はたっぷりある。ユアンも一部始終を聞きたがるだろう。

意識を失った女を見おろして、アラリックは顔を曇らせた。クリスペンを守るために身を投げ出したとはいえ、この女はダンカン・キャメロンの色を身にまとっている。クリスペンの失踪に少しでもキャメロンがかかわっていたなら、ユアンは怒り狂うだろう。

戦争だ。とうとう宣戦布告がなされるのだ。

アラリックは女の世話をするようコーマックに合図し、自分と一緒の馬に乗せようとクリスペンに手を差し伸べた。帰途に尋ねたいことがいろいろある。

ところがクリスペンは頑として首を横に振った。「だめ。アラリック叔父さんはこの人を連れていって。一緒の馬に乗せてあげてよ。約束したんだ、父上がこの人を安全に守るって。でも父上はここにいないから、叔父さんが代わりに守ってあげてよ。そうしなくちゃいけないんだ」

アラリックはため息をついた。クリスペンを説き伏せることはできそうにない。それに、いまは甥が生きていたことがうれしかったので、ばかげた要求にも譲歩していいと思った。権威に対して異議を唱えてはならないということは、あとでたっぷり説教すればいい。

「ぼくも叔父さんと一緒がいいな」クリスペンは心配そうに女に目をやっている。

離れ離れになるなど考えるのも耐えられないと言わんばかりに、彼は女に身を寄せた。

アラリックは天を仰いだ。ユアンはあまり厳しく息子をしつけなかったらしい。困ったものだ。

　というわけで、馬にまたがったアラリックの前では、女がぐったりと鞍に横たわっていた。アラリックは片方の腕で女の体を押さえ、反対側の脚の上にクリスペンを座らせた。クリスペンは女の胸に頭をうずめている。

　笑いたければ笑ってみろと言いたげに、アラリックは部下たちをにらみつけた。余分な人間ふたりを乗せるために、彼は剣を外さなければならなかったのだ。いくらふたりの体重を合わせても戦士ひとり分にもならないとはいえ。

　ユアンにはたっぷり感謝してもらわなければ。この女を兄の膝の上に放り出したら、あとはユアンがなんとかするだろう。

3

一行がマケイブの領地への境界線を越えたとたん、叫び声が起こり、丘のあいだを抜けて響き渡った。遠くで次々と叫びがあがるのがメイリンにも聞こえてくる。間もなく族長も息子の帰還を知るだろう。

メイリンはそわそわと手綱をねじったが、クリスペンは興奮して鞍の上でぴょんぴょん跳びはねんばかりだ。

「そんなふうに手綱を引っ張っていたら、馬と一緒にもと来た場所に戻ってしまうぞ」

後ろめたい思いでメイリンは顔をあげ、右側で馬に乗っているアラリック・マケイブを見た。いまの警告はからかいの気持ちからきたものだろうが、正直なところメイリンはこの男が恐ろしかった。長い黒髪はぼさぼさで、一部を編んで顔の横に垂らしている。見るからに野蛮人だ。

アラリックの腕の中で目覚めたとき、メイリンはあわてて逃げようとして、彼もろとも鞍から落ちそうになった。アラリックはメイリンとクリスペンを自分の体から引きはがしてふたりを地面におろし、事情を説明しなければならなかった。

アラリックは不満げだったものの、メイリンは頑としてクリスペンを自分のそばから離そうとしなかった。誰にも彼女の名前を教えないとクリスペンに約束させていたので、アラリックに問い詰められてもふたりは口を開かなかった。

アラリックは怒鳴り声をあげ、腕をぶんぶん振り回した。首を絞めるぞと脅しもした。けれども最後にはあきらめ、女子どもをののしる言葉を吐いたあと、クリスペンを家に送り届ける旅を再開した。

少なくともあと一日は彼の馬に乗っていくよう、アラリックはメイリンに要求した。なぜなら彼女の体の状態ではひとりで馬に乗ることはできないし、下手な人間に手綱を操らせて馬をいじめるのは罪だからだ。彼はきっぱりとそう言った。

アラリックがメイリンの体調を考慮して頻繁に休憩を取ったため、普通なら二日で着くはずが三日かかってしまった。アラリックが思いやりのある男だということは、メイリンにもわかっていた。なにしろ彼が自分でそう言ったのだから。何度も何度も。

一日目が終わったとき、メイリンはアラリックの助けを借りずにひとりで馬に乗ることにした。彼の顔から自己満足の表情をぬぐい去るためにだ。彼は女性に対してあまり忍耐強くないらしい。そして愛する甥は例外だが、子どもに対してはさらに短気なようだった。

とはいえ、クリスペンが彼女をかばっているということ以外なにも知らないにしては、アラリックはメイリンを丁重に扱ったし、部下たちも礼儀正しく敬意を持って接してくれた。

マケイブ城に近づくにつれ、メイリンは恐怖で喉が締めつけられる思いだった。これ以上沈黙を守ることはできない。族長に問い詰められたら、答えざるをえないだろう。

彼女は身を屈めてクリスペンに耳打ちした。「約束を覚えている、クリスペン？」

「うん」クリスペンがささやき返す。「誰にもメイリンの名前を教えちゃだめなんだよね」

メイリンはうなずいた。この子にそんな頼みごとをしたのは申し訳ないと思う。けれども、たまたまクリスペンと出会って父親のもとに無事送り届けただけの名もない女だと思ってもらえれば、族長は感謝のしるしに馬と食べ物をくれるかもしれない。そうしたらここから出ていける。

「あなたのお父様にもよ」彼女は念を押した。

厳粛な顔でクリスペンはうなずいた。「ぼくを助けてくれたってことしか言わない」

メイリンはあいている手で彼の腕をつかんだ。「ありがとう。あなたは最高の戦士ね」

クリスペンが得意そうに胸を張り、満面の笑みを彼女に向けた。

「おまえたち、なにをこそこそ話しているんだ?」アラリックがいらだたしげに尋ねる。

メイリンがちらりと目をやると、彼はいぶかしげに目を細めてこちらをにらんでいた。

「教える気があれば、最初からもっと大きな声で話しているわ」彼女は平然と答えた。

なにやらぶつぶつ言いながらアラリックが顔を背けた。厄介な女に悪態をついているのだろう。

「きっとあなたは、懺悔すべきことがたくさんあって神父様を困らせるんでしょうね」

彼が片方の眉をあげた。「おれが懺悔などすると思うか?」

メイリンは首を左右に振った。おそらくこの尊大な男は、天国に通じる道はすでに確保している、自分の存在そのものが神のご意思だとでも思いこんでいるのだろう。

「ねえ、見えてきたよ！」クリスペンが大声をあげ、うれしそうに前方を指さした。

一行は丘の頂上に差しかかっていた。眼下に、次の丘の中腹に立つ城が見える。石垣が数カ所崩れていて、男たちの一団が石を取り換える作業に励んでいた。外壁に囲まれた城の本体は、火事にあったかのように黒ずんでいる。

城の右側には湖が広がり、陽光を浴びて水面がきらきら輝いていた。湖の細く突き出した部分が城の前面に伸び、自然の外堀となっている。しかしそこに架けられた橋は、中央部が不安定にたわんでいた。横に仮の橋がつくられているが、馬が二頭並んで通ることもできないほど細いものだった。

城は荒廃しているにせよ、土地は美しかった。城の左側にある谷のそこここで羊が草を食み、二匹の犬を従えた羊番の老人が群れを追っている。ときおり犬は、目に見えない境界線を越えた羊を追いかけて群れに戻し、主人のところに戻って頭を撫でてもらっていた。

メイリンは隣で馬を止めていたアラリックのほうを向いた。「ここでなにがあったの？」

けれどもアラリックは答えなかった。眉間に深くしわが寄り、目の色が黒っぽくなっている。憎悪のほどを察したメイリンは、身震いして手綱をきつく握った。そう、憎悪だ。彼の目に表れていたのは、そうとしか呼びようのないものだった。

アラリックが馬を駆けさせると、メイリンの馬も反射的にあとにつづいた。落馬しないよう、彼女はクリスペンの体をしっかりつかんだ。

丘を駆けおりるあいだ、アラリックの部下たちがメイリンを守るようにまわりを取り囲んでいた。クリスペンがそわそわしていたので、メイリンは彼が飛び出さないよう腕をつかんでいなければならなかった。

仮橋まで来ると、アラリックが馬を止めて彼女を待った。

「おれが最初に行く。きみはすぐ後ろをついてくるんだ」

メイリンはうなずいた。いずれにせよ、先頭に立って城に入りたくはない。ある意味ではダンカン・キャメロンの城に着いたときよりも怖かった。ここにどんな運命が待ち受けているのかわからないからだ。キャメロンの場合は、少なくともなにを企んでいるかはわかっていた。

橋を渡り、中庭に通じる広いアーチ形の入り口をくぐる。叫び声がしたのでメイリンははっとしたが、それはアラリックの声だった。そちらに顔を向けると、彼は馬にまたがったまま、こぶしを高くあげていた。

まわりでは、兵士たち――数百人はいる――が同じように叫びながら剣を突きあげ、上下に振って祝福している。

ひとりの男が中庭に駆けこんできた。髪を後ろになびかせ、大股で地面を蹴って走ってくる。

「父上！」クリスペンが叫んで、メイリンが止める間もなく鞍から飛びおりた。

着地するなり走り出す。メイリンは身のすくむ思いで、クリスペンの父親らしき男を眺めた。胃がよじれる。彼女はごくりと唾をのみこんだ。恐慌をきたしてはならない。

男は巨人のように大きく、アラリックと同じように粗野に見えた。クリスペンを抱きしめて振り回すその顔には喜びがあふれているが、それでもメイリンは彼が恐ろしかった。アラリックにはここまで大きな恐れは感じなかったのだが。

兄弟の体格や背の高さはほぼ同じだった。どちらも長い黒髪を肩の下まで垂らし、一部を編んでいる。メイリンが見回してみると、兵士たちもみんな長くぼさぼさの髪をしていて、見るからに野蛮だった。

「本当に会えてよかった」男が声を詰まらせた。

クリスペンは小さな腕で父親にしがみついている。メイリンはスカートにくっついて取れない草の実を連想した。

息子の頭越しにメイリンと視線が合ったとたん、男の目が険しくなった。メイリンをこと細かに観察しているようだ。彼にじろじろ眺められて、メイリンは全身を切り開かれ調べられているように感じ、きまり悪げにもぞもぞと体を動かした。

周囲の兵士たちが下馬しているので自分ひとり馬に乗っているのが恥ずかしくなり、メイリンはおりようとした。するとアラリックが寄ってきて軽々と彼女を抱きあげ、地面に立たせた。

「気をつけろ」彼は警告した。「怪我はだいぶ治ってきたが、まだ無茶はできないぞ」

心配そうな口調だった。けれどもメイリンが顔をあげると、彼はいつもの仏頂面をしていた。腹が立ったので、メイリンも顔をしかめてにらみ返す。アラリックは驚いたように目をしばたたき、待ち受ける族長のほうに彼女を押し出した。

ユアン・マケイブは先ほどにも増して恐ろしく見えた。いまではクリスペンを地面におろして後ろにさがらせている。思わずメイリンは一歩あとずさったが、山のような大きなものにどんとぶつかった。アラリックだ。

まるでメイリンが見えないかのように、ユアンは彼女を無視してまずアラリックを見つめたが、彼女にもそれで異存はなかった。

「息子を連れ帰ってくれて、礼を言うぞ。おまえとシーレンのことは心から信じていた」

アラリックが咳払いをして、メイリンを前に押しやった。

「クリスペンを連れ戻したことについては、この女に感謝してくれ。おれはただこいつらを護衛してきただけだ」

ユアンが目を細め、メイリンを子細に眺めた。しかめ面になると彼の顔つきは雷雲のように暗くなる。だから目も黒いのかと想像していた。ところが意外にも、彼の目の色は不思議なくらい淡いグリーンだった。

この発見に驚いたメイリンはぱっと振り返り――そうすることで族長と顔を合わせるのを避けるかたちになってしまったのは、しかたあるまい――アラリックの目を見つめた。アラリックはまばたきをし、彼女の頭がおかしいとでも思っているような顔でにらみつけてきた。いや、本当にそう思っているらしい。

「あなたの目もグリーンなのね」メイリンはつぶやいた。

アラリックの渋面が心配そうな表情に変わった。「実は頭も殴られたんじゃないのか?」

「こちらを向け」ユアンが吠えるように言った。

メイリンはあわてて振り返り、本能的に一歩さがって、またしてもアラリックにぶつかった。

アラリックが毒づいて背中を丸めたが、メイリンはユアンのことが気になっていたため、彼がなにに悪態をついているのかもわからなかった。

メイリンの勇気は消え失せた。苦痛を感じるまい、ひるむまいという決意はすっかり萎えてしまった。

足も手も震える。脇腹に痛みが走り、息を吐くたびに苦しげなあえぎ声が出る。額に汗が浮かぶ。それでも、これ以上引きさがるつもりはなかった。

族長は怒っている――メイリンに対して。だが理由はさっぱりわからなかった。

息子を助けてもらったんだから、族長はわたしに感謝すべきじゃない? なにも英雄的なことをしたわけではないけれど、この人はそれを知らないわ。わたしがクリスペンを助けるために十人の男と戦ったかもしれないでしょう?

ユアンがあっけにとられた顔で見つめ返してきたとき、メイリンは自分が頭の中の考えをすべて口に出していたことに気づいた。中庭の人々は静まり返り、まるでメイリンが皆に呪いの言葉を吐きかけたかのように彼女を見つめている。

「アラリック?」メイリンはユアンに目を据えたままささやいた。

「なんだ?」

「わたしが気を失ったら受け止めてくれる? 地面に倒れるのは傷によくないと思うの」

するど意外にも、アラリックはメイリンの両肩をつかんでしっかり支えてくれた。彼の手はわずかに震え、口からは奇妙な音が漏れている。彼女のことを笑っているのだろうか? ユアンが足を前に踏み出した。その表情は驚きからまたしかめ面に戻っている。

マケイブの人たちって、誰も笑わないの?

「ああ、笑わないよ」アラリックが面白そうに言う。

メイリンはもうひとことも言うまいと口を閉じ、族長になじられるのを覚悟した。

ユアンがメイリンのすぐ前で立ち止まった。メイリンは顎をあげ、彼と目を合わせた。大柄な戦士ふたりに挟まれているときに勇敢になるのは難しい。それでも、彼らの足もとにひれ伏して慈悲を請うのは彼女のプライドが許さなかった。いまはそうするのがいちばんいいとは思うのだが。いや、メイリンはダンカン・キャメロンに立ち向かい、生き延びたのだ。この戦士はキャメロンより大きくて乱暴そうだし、虫のように彼女を叩きつぶすこともできるだろう。だがメイリンは臆病者として死ぬつもりはなかった。それを言うなら、そもそも死ぬつもりなどない。

「話せ。おまえは誰だ。なぜダンカン・キャメロンの色を身にまとっている。息子はどうやっておまえの手に渡ったのだ」

メイリンは首を左右に振ってあとずさり、またもやアラリックにぶつかった。足を踏まれたアラリックがまた悪態をつく。勇敢になるという自らの誓いをいまさらながらに思い出し、メイリンは黙ったまま足を前に踏み出した。

ユアンの顔がますます険しくなる。ありえないほどに。「おれに反抗する気か?」

信じられないという口ぶりだ。苦痛で汗ばみ、この族長をここまで不快にさせているドレスを脱ぎたくていらいらしていなければ、メイリンも彼の口調を面白がれたかもしれない。

胸がむかむかしてきた。ユアンのブーツの上に嘔吐してしまわないことをメイリンは祈った。ダンカンのブーツほど新しくはなく光ってもいないが、やはり彼は激怒するだろう。

「反抗する気はありませんわ、族長」平静な声で言えた自分をメイリンは誇らしく思った。

「だったらちゃんと答えろ。いますぐにだ」彼は気味悪いほど穏やかな声で付け加えた。

「あの……」

声が氷のようにひび割れる。喉をせりあがってきたものを彼女はのみこんだ。

救いの手を差し伸べてくれたのはクリスペンだった。もうじっとしていられなかったらしい。彼は猛然と走ってきてメイリンと父親のあいだに入り、彼女の脚に抱きついてあざだらけの腹部に顔をうずめた。

低いうめきが口から漏れ、メイリンはとっさにクリスペンの体をつかんで自分の腹から引き離した。アラリックがまた支えてくれなかったなら、そのままずるずると地面に崩れ落ちていたに違いない。

クリスペンは彼女につかまれたまま体の向きを変え、衝撃やいらだちと闘っているらしい父親を見あげた。

「この人に手を出さないで！」クリスペンが叫ぶ。「怪我人なんだよ。ぼく、約束したんだ。父上が守ってくれるって。約束だよ。マケイブの人間は絶対に約束を破らない。父上がそう教えてくれたでしょう」

ユアンは唖然とした様子で息子を見つめ、口をぱくぱくさせた。首筋の血管がふくれている。

「この子の言うとおりだ、兄貴。その女はベッドに寝かしてやらなきゃならない。熱い風呂に入れてやってもいい」

アラリックが援護してくれたことにメイリンは驚いた。だが、感きわまって礼の言葉も出てこない。もう一度ユアンにちらりと目をやると、彼は疑わしげな顔でアラリックを見つめていた。

「ベッド？　風呂？　息子を連れてきたのは、おれがこの世で誰より憎む男の色をまとった女だぞ。それなのに風呂に入れて寝かせてやれとしか言えないのか？」

族長の怒りは爆発寸前のようだ。メイリンは後ろにさがった。今度はアラリックが横にどいて、彼女がユアンと距離を置けるようにしてくれた。

「この女はクリスペンの命を救ってくれた」アラリックが淡々と言った。

「ぼくの代わりに殴られてくれたんだ」クリスペンが声を張りあげる。

ユアンの表情が揺らいだ。怪我の程度を見定めようとするように、もう一度メイリンを見つめる。本当は有無を言わせず詰問してやりたいと言わんばかりに苦しげな顔になったが、クリスペンとアラリックに期待をこめて見つめられると、口を閉じて自分もあとずさった。

ユアンの腕や首の筋肉が隆起している。そして彼は何度か深く息を吸った。忍耐を保とうとしているのだ。メイリンは心から彼を気の毒に思った。もしこれが自分の子どものことなら、メイリンも彼と同じく事情を説明しろと迫るだろう。そして、ダンカン・キャメロンが彼の不倶戴天の敵だというのが真実だとしたら——嘘をつく理由はない——ユアンが不信と憎悪の目で彼女を見るのも理解できる。彼が板挟みになっているのはメイリンにもわかった。だからといって、突然協力的になるつもりはなかったが。

勇気を奮い起こし、自慢げに聞こえませんようにと願いながら、メイリンは族長の目を見つめた。「確かにわたしはあなたのご子息の命をお救いしました、族長。もし助けをいただければ、深く感謝します。多くは望みません。馬と、できたら食料をいただけないでしょうか。そうすればすぐにおいとまして、これ以上ご面倒はおかけしません」

ユアンはもはやメイリンを見ておらず、顔を天に向けていた。あたかも忍耐力か救済を求めて祈っているかのように。おそらくその両方を求めているのだろう。

「馬。食料」

依然として空を見あげたまま、ユアンが言った。それからゆっくりと顔をさげ、グリーンの瞳を彼女に向けた。焼けつくような目で見つめられて、メイリンは息もできなくなった。

「どこへも行かせないぞ」

4

ユアンは目の前の女をじっと見つめた。気を失うまで揺さぶってやりたい気持ちをどうにか抑える。生意気な小娘だが、肝は据わっている。この女がどうやって息子の心をとらえたのかはわからないが、すぐに真相を見いだしてやるつもりだ。

アラリックすら彼女に魅せられてしまったようだ。無理もない。なにしろ美人なのだから。それでも、弟がこの女をかばって自分に歯向かうのは気に入らなかった。

女が挑むようにさらに顎をあげた。陽光をとらえて目がきらりと光る。青だ。単純な青ではなく、晩春の空を思わせる明るいブルー。

乱れた髪が波打ちながら腰まで垂れている。その腰は、ユアンなら両手を回せるほど細かった。そう、彼の手は腰のくびれにぴったりと吸いつくだろう。その手をほんの少し上にあげれば、豊かな胸を包みこめるだろう。

美しい女だ。そして、厄介のもとだ。

それに、痛みにあえいでもいる。苦痛は見せかけではない。

女の目つきがぼんやりしてくるにつれ、目の下のくまがはっきりと見えてきた。不快感を隠そうと勇敢に努力しているものの、苦しいのは明らかだった。

この女を問い詰めるのはあとだ。

ユアンは片方の手をあげ、彼らを取り巻いていた女のひとりを呼んだ。

「この女の世話をしてやれ。風呂を用意し、ガーティに言って食事の支度をさせろ。頼むから、キャメロンの色以外の服を着せるんだ」

マケイブの女がふたり、急ぎ足で前に出てきて、アラリックの横に立つ女の腕を両側から取った。

「気をつけろ」アラリックが注意する。「怪我したところがまだ痛むらしい」

マケイブの女たちは手を引っこめ、自分たちについて城に入るよう彼女に身ぶりで示した。女はきょろきょろとあたりを見回した。どうやら入りたくないらしい。そして血が出るほどきつく下唇を噛みしめた。

ユアンはため息をついた。「おまえを死刑にするわけではないぞ。おまえは風呂と食い物を求めただろう。それなのに、いまになっておれのもてなしを疑うのか?」

女が顔をしかめ、目を細くしてユアンを見据えた。「わたしがお願いしたのは、馬と食べ物です。あなたにもてなしていただこうとは思っていません。できれば、すぐに出ていきたいんです」

「余分な馬などない。それに、事情がわかるまではどこへも行かせないぞ。風呂がいやなら、入らなくてもいい。女どもが喜んでおまえを厨房に案内してくれる。そこでなにか食えばいいだろう」

ユアンは肩をすくめ、彼女が湯浴みしようがするまいがどうでもいいという気持ちを示した。風呂というのはアラリックが言い出したことだ。しかし女という生き物は、熱い湯に浸かれる機会があれば飛びつくものではないか？

反論したそうに女が口を尖らせたが、我慢するほうが賢明だと思い直したらしい。「湯浴みさせていただきます」

ユアンはうなずいた。「それならおれの気が変わる前に、女どもについていくんだな」

女がなにやらつぶやきながら身を翻した。ユアンは目を細めた。この反抗的な女は彼の忍耐力を試しているらしい。

あたりを見回して息子を捜すと、クリスペンは女たちを追って城のほうに走っていくところだった。

「クリスペン」ユアンは呼びかけた。

クリスペンが振り向いた。あの女から離される不安で、小さな額にしわを寄せている。

「こっちへ来い」

束の間ためらったのち、クリスペンが駆けてきた。ユアンは息子を両腕で受け止めた。また息子を抱けた安堵で、ユアンの心臓は大きく打った。「心配で寿命が十年は縮んだぞ。もう二度とこんなふうに父親を怯えさせないでくれ」

クリスペンがユアンの肩にしがみつき、首筋に顔をうずめた。

「もうしないよ、父上。約束する」

ユアンはクリスペンが身をよじって逃れようとするまでずっと抱きしめていた。ふたたび息子に会えるとは思っていなかった。アラリックの言うことが本当だとしたら、あの女に感謝すべきだろう。

彼は息子の頭越しに、黙りこんだアラリックに問いかけるような目を向けた。弟が肩をすくめる。

「知りたいことがあるなら、おれに訊くのは筋違いだ」いらだたしげにクリスペンを手ぶりで示す。「この子も女も、なにも話そうとしなかった。こいつは生意気にも、兄貴のところに連れて帰れと要求したんだぞ。兄貴に女を守ってほしいんだと」

ユアンは眉をひそめてクリスペンの目を見つめた。「そうなのか？」

クリスペンが後ろめたそうな表情になったが、緑の目には断固たる決意の光が宿っていた。反抗的に唇を尖らせ、ユアンに説教されるのを待ち構えるかのように身を硬くする。

「約束したんだ」クリスペンがきっぱりと言った。「マケイブの人間は決して約束を破らないって、父上は言ったでしょう」

ユアンはうんざりして首を振った。「マケイブの心得をおまえに話したのを後悔したくなってきた。さあ、広間へ行こう。おまえの冒険談を聞かせてくれ」

彼はアラリックにちらりと目をやり、同席するよう無言で命じた。それからギャノンのほうを向いた。「部下を連れて北へ行き、シーレンを捜せ。アラリックがクリスペンを連れて帰ったと伝えるんだ。できるだけ早く戻ってこい」

ギャノンはお辞儀をすると、命令を叫びながら急ぎ足で出ていった。

ユアンはクリスペンを地面におろし、しっかりと息子の肩をつかんだまま城に向かって歩かせた。広間では皆が喜び騒いでいる。クリスペンは女たちひとりひとりからぎゅっと抱きしめられ、クランの男たちからは背中を叩かれた。とうとうユアンは手を振って人々をさがらせた。

テーブルにつくと、ユアンは長椅子の自分の隣を叩いて示した。クリスペンが長椅子に飛び乗り、テーブルを挟んだ向かい側にアラリックが腰かけた。

「さあ、なにがあったか話してくれ」

クリスペンはうなだれて自分の手を見つめた。

「クリスペン」ユアンは穏やかに言った。「おれはほかになんと言ったかな、マケイブの人間が常にすることについて？」

「真実を話す」クリスペンがしぶしぶ答える。

ユアンはにっこり笑った。「そのとおりだ。さあ、話を始めてくれ」

大げさにため息をついて、クリスペンは語り始めた。「アラリック叔父さんに会うために、こっそり城を出たんだ。叔父さんが戻ってきたとき、境界線の近くで待っていて驚かそうと思って」

アラリックがテーブル越しにクリスペンをにらんだが、ユアンは手をあげて止めた。

「この子に話をつづけさせよう」

「きっと遠くまで行きすぎたんだと思う。マクドナルドの兵士につかまったんだ。そいつは、ぼくを族長のところへ連れていって身代金を取ると言った」

彼は訴えかけるような目をユアンに向けた。「そんなことをさせるわけにはいかなかった。父上に恥をかかせることになるし、ぼくたちのクランには身代金を払う余裕なんてない。だから逃げ出して、行商人の荷車の中に隠れたんだ」

ユアンはマクドナルドの兵士に対する怒りに身をこわばらせながらも、息子の声に含まれた誇りに胸を締めつけられた。

「おまえがおれに恥をかかせることはありえないぞ」ユアンは静かに言った。「話を進めてくれ。それからどうなった？」

「次の日、行商人に見つかって追い出された。そこがどのあたりなのかは全然わからなかった。野営していた男たちの馬を盗もうとしたんだけど、そのときにつかまっちゃったんだ。でも、メ——えっと、あの女の人がぼくを助けてくれた」

「誰が助けてくれたって？」ユアンが訊き返す。

「あの女の人だよ」

ユアンはいらだちをのみこんだ。「あの女は何者だ？」

クリスペンが居心地悪そうにもぞもぞした。「言えない。約束したから」

ユアンとアラリックが不満げに視線を交わす。アラリックは〝言っただろう？〟と言わんばかりに眉をあげた。

「わかった、クリスペン。正確にはどういう約束をしたんだ？」

「父上にあの人の名前を教えないって」クリスペンは早口で言った。「ごめんなさい、父上」

「わかった。ほかには、なにを約束した？」

束の間、クリスペンは戸惑った表情になった。テーブルの向かい側では、ユアンが話をどういう方向に持っていこうとしているかに気づいたアラリックがにやりとした。

「約束したのは、名前を教えないってことだけだよ」

ユアンは笑いを押し殺した。「よし、わかった。話をつづけよう。あの女がおまえを助けてくれたんだな。どうやってだ？　あの女は、おまえが馬を盗もうとした男たちと一緒に野営していたのか？　そいつらは女をどこかに連れていくところだったのか？」

クリスペンが額にしわを寄せた。約束を破ることなくその話ができるものかどうか思案しているようだ。

「女の名前は二度と尋ねない」ユアンは重々しく言った。

クリスペンは見るからに安心した様子になると、口をすぼめたあとこう言った。「あの人は修道院からさらわれてきたんだよ。やつらと一緒に行きたがってたわけじゃない。ぼく、あの人が野営地に連れてこられたところを見たんだ」

「なんてことだ、修道女なのか？」ユアンは大声をあげた。

アラリックが強くかぶりを振った。「あの女が修道女だとしたら、おれは修道士だ」

「修道女って結婚できるの？」クリスペンが尋ねる。

「いったいどうしてそんなことを訊く？」ユアンは問い返した。

「ダンカン・キャメロンはあの人と結婚したがってたんだ。でも、修道女なら結婚できないよね？」

ユアンはぴんと背筋を伸ばし、アラリックに鋭い一瞥をくれた。そして、怖がらせないように極力穏やかな態度を保ちつつ、クリスペンのほうに向き直った。

「おまえが馬を盗もうとした男たちだが、そいつらはキャメロンの兵士だったのか？　女を修道院からさらったのも、そいつらなのか？」

クリスペンが真面目な顔でうなずいた。「そいつらはぼくたちを族長のキャメロンのところに連れていった。キャメロンは無理やり……あの人と……結婚しようとしたんだけど、あの人は断った。そうしたら、キャメロンのやつがめちゃくちゃに殴ったんだ」

クリスペンの目が潤んでくる。彼は怖い顔をして涙をこらえた。

ユアンはまたアラリックに目をやり、この情報に対する彼の反応を確かめた。ダンカン・キャメロンが修道院からさらってまで結婚しようとした女とは、いったい何者だろう？　結婚するまで世間から隠されている裕福な相続人か？

「キャメロンが女を殴ったあとは、どうなったんだ？」ユアンは尋ねた。

クリスペンが顔をぬぐった。頬に汚れの筋がつく。

「部屋に戻ってきたとき、あの人はほとんど立っていられないくらいだった。ぼくが手を貸してベッドまで連れていったんだ。そのあと、ぼくたちは世話係の女の人に起こされた。族長はいま酔って寝ているけど、あの人を思いどおりにするためにぼくを殺すつもりだって教えてくれたんだ。族長が目を覚ます前に逃げなきゃならないって言われた。あの人は怖がっていたけれど、それでもぼくを守ると約束してくれた。だからぼくも、ここに連れて帰って父上に守ってもらうって約束したんだ。ダンカン・キャメロンがあの人と結婚するのを許したりしないよね、父上？　二度とあの人を傷つけさせないよね？」

クリスペンはらんらんと目を輝かせてユアンを見あげた。とても真剣な表情だ。そのときの彼は、実際の年齢よりずっと年上に見えた。非常に大きな、八歳の少年には重すぎるほどの責任を背負いながら、その責任を絶対に果たしてみせると強く決意しているかのように。

「ああ。ダンカン・キャメロンにあの女を傷つけさせはしない」

クリスペンは安堵の表情を浮かべたあと、にわかにぐったりとなった。座ったまま体を揺らし、ユアンの腕にもたれかかる。

ユアンはじっと息子の頭を見おろしながら、そのくしゃくしゃの髪に指を滑らせたい衝動と闘った。自分を助けてくれた女性を守ろうと奮闘したクリスペンを、誇らしく思わずにはいられなかった。アラリックによれば、息子はマケイブ城へ帰るあいだもずっとアラリックや部下の兵士たちを困らせていたらしい。そしていまは、マケイブの名において交わした約束を守らせようとユアンを困らせている。

「寝ているぞ」アラリックがささやいた。

ユアンはそっと息子の頭を撫で、脇にしっかりと抱きかかえた。

「あの女は何者だ、アラリック？　キャメロンにとってどういう存在なんだ？」

アラリックがいらだちの声をあげた。「知るもんか。一緒にいるあいだじゅう、あの女はなにも言おうとしなかったんだぞ。女もクリスペンも、沈黙の誓いを立てた修道士みたいに固く口を閉ざしていた。おれにわかるのは、見つけたときにあの女がひどく殴られて怪我をしていたことだけだ。あんなにひどい虐待を受けた女は見たことがない。胸が悪くなったよ。男が女にあんな手荒なまねをするなんて、弁解の余地もない。なのに、あれだけ重い怪我をしながら、あの女はクリスペンの身が危ないと思ったとき、おれや部下たちに飛びかかってきたんだ」

「一緒にいるあいだじゅう、なにも言わなかっただと？　ひとことも口を滑らせなかったのか？　よく考えろ、アラリック。なにか言ったはずだ。女というのは、長いあいだ口を閉じていられない生き物だぞ」

アラリックがうなった。「あの女にそう言ってやれよ。本当なんだ、兄貴。なにひとつしゃべらなかった。ヒキガエルを見るような目でおれを見ていたよ。しかもあの女のおかげで、クリスペンまでおれを敵みたいに扱っていた。ふたりでこそこそ内緒話をして、おれが割りこんだらにらみつけてきたんだぞ」

ユアンは顔をしかめ、堅い木のテーブルの表面を指でこつこつと叩いた。「キャメロンはあの女のなにを望んでいるんだ？　それに、ハイランドの女がローランドの修道院でなにをしていた？　ハイランダーは自分の娘を金塊のごとく大事に守るぞ。遠く離れた修道院に追いやられるなど理解できない」

「罰を受けているのでなければな」アラリックが指摘した。「不謹慎なことをしているところを見つかったのかもしれない。神聖な結婚をする前に女がベッドに連れこまれるのは、珍しいことじゃないからな」

「あるいは、手のつけられないじゃじゃ馬で、父親が愛想を尽かしたのか」ついさっきの彼女がいかに扱いにくく反抗的だったかを思い出して、ユアンはつぶやいた。そういうことなら納得できる。それにしても、父親にはるか遠くへ追いやられたのだとしたら、よほどのとんでもない悪さをしたに違いない。

アラリックが含み笑いをした。「確かに元気のいい女だ」そのあと真顔になる。「だが、クリスペンのことはしっかり守っていた。あの子と男たちのあいだに割って入ったことは一度ならずある。かなり傷が痛むようだったのに」

ユアンはしばらく考えこんだ。それから顔をあげてまたアラリックを見やった。「傷を見たのか？」

「見た。兄貴、キャメロンの野郎は女を蹴りやがったんだ。背中に靴底の跡があった」

ユアンは広間じゅうに響き渡るほど激しく悪態をついた。「あの女とキャメロンの関係を知りたいものだ。やつが修道院からさらってくるほどあの女を求め、結婚を拒まれたらこっぴどく殴った理由も。キャメロンはあの女の気を変えさせるために、おれの息子を利用しようとさえした」

「それはうまくいったかもしれないな」アラリックが暗い声になった。「あの女はクリスペンを守っていた。キャメロンが脅迫したら、きっと屈服しただろう」

「しかし、困ったものだな」ユアンは静かな口調で言った。「キャメロンは女を欲しがっている。息子はおれに女を守らせたがっている。女は出ていきたがっている。それに加えて、あの女が何者かという謎がある」

「キャメロンが女の居場所を知ったら、つかまえに来るぞ」アラリックが注意をうながした。

ユアンはうなずいた。「だろうな」

兄と弟が目を見合わせる。ユアンの無言の宣言に、アラリックがうなずいた。キャメロンが戦いを望むなら、マケイブは喜んで受けて立つのだ。

「あの女をどうする？」最後にアラリックが尋ねた。

「それについては、事情をすべて聞き出してから決める」ユアンは言った。

自分は道理のわかる人間だという自信が彼にはあった。それを知れば、女もきっと全面的に協力するだろう。

5

目を覚ましたメイリンは、この狭い部屋にいるのが自分ひとりではないことに気がついた。うなじの毛が逆立つ。そっと片方の目を開けると、ユアン・マケイブが部屋の入り口に立っていた。

窓を覆う毛皮の隙間から日光が差しこんでくる。光があたったユアンの姿は、なぜか真っ暗闇の中に立っているよりも不気味に見えた。明るいところで見ると彼の大きさがよくわかる。入り口をふさがんばかりの巨体は威嚇的だった。

「邪魔をしてすまない」ユアンがぶっきらぼうに言った。「息子を捜していたんだ」

彼の視線を追って自分の横を見ると、そこが盛りあがっていた。クリスペンが夜中のうちに潜りこんできたのだろう。上掛けを首までかぶり、メイリンの脇腹にぴたりと寄り添っている。

「ごめんなさい。わたしが連れてきたのでは……」

「ゆうべはおれがそいつをベッドに入れたんだ」ユアンがそっけなく言う。「どうやら夜のうちに自分で移動したらしい」

メイリンは動こうとしたが、ユアンが手をあげて止めた。「いや、起こさないでいい。ふたりとも休養が必要だろう。おまえたちの朝食は取っておくようガーティに言っておく」

「あ、ありがとうございます」

突然やさしくなったユアンにどう接していいかわからず、メイリンは当惑して彼を見つめた。昨日のユアンは怖かった。あの険しい顔つきを見れば、男でも逃げ出していただろう。彼は小さくうなずくと、部屋を出て扉を閉めた。

メイリンは顔をしかめた。あれほど急に態度が一転するのは、どうもうさんくさい。しかし隣で眠っている子どもを見おろすと、彼女の表情はやわらいだ。そっとクリスペンの髪に触れ、顔を縁取る柔らかな巻き毛に見入る。やがてはこの髪も父親同様長くなるのだろう。息子が無事戻ってきたことで、族長は気持ちが落ち着いたようだ。彼女への感謝の念に目覚め、昨夜の無愛想な態度を悔やんでいるのかもしれない。

メイリンは希望に胸をふくらませた。いまなら彼も馬と食料を気持ちよく与えてくれるのではないだろうか。どこへ逃げればいいのかはわからないが、ダンカン・キャメロンはユアン・マケイブの不倶戴天の敵らしいから、ここにとどまるのは賢明ではない。

悲しみがこみあげ、メイリンはクリスペンをきつく抱き寄せた。長くわが家同然に暮らしていた修道院、慰めを与えてくれた修道女たちの存在は、もはや自分には無縁となってしまった。いまの彼女には家も安全な隠れ家もない。

メイリンは目を閉じ、神の慈悲と保護を熱心に祈った。神はきっと、困ったメイリンに必要なものを与えてくださるだろう。

次に目覚めたとき、クリスペンはベッドにいなかった。メイリンは伸びをして足の指を曲げたが、そのとたん全身に苦痛が走って顔をゆがめた。熱い風呂に入って心地よく眠ったあとも、痛みはまだ完全には癒えていない。それでも昨日よりはずっと楽に動ける。ひとりで馬に乗れる程度には回復していそうだ。

毛布をはねのけて石の床に足を置き、冷たさに身をすくめた。それでも立ちあがり、窓まで行って覆いを引き開けると部屋に光を入れた。

まるで琥珀を溶かしたような光がメイリンの全身に降り注ぐ。彼女は目を閉じて太陽に顔を向け、ぬくもりを浴びた。

まさにハイランドの春らしい、気持ちのいい日だ。メイリンは山腹を眺め、十年ぶりに故郷ハイランドに戻った喜びを噛みしめた。実を言えば、もはや天国を見ることはないのかと絶望に陥っていたのだ。〝美しき天国《ニアヴ・アーリン》〟を。自分が受け継いだ土地――わが子が受け継ぐ土地は、いずれこの目で見るつもりだ。父から譲られた唯一の財産を。

メイリンはこぶしを握りしめた。「わたしは負けないわ」ひとりごとを言う。

これ以上ぐずぐずしていてもしかたがないので、世話係の女が置いていってくれた質素なドレスを身につけた。襟ぐりに女らしい花模様が刺繍され、ウエストのあたりには緑と金の糸でマケイブの紋章と思われる模様が縫い取られている。ダンカン・キャメロンの色以外のものを着られてよかったと思いながら、彼女は足早に部屋を出た。

だが階段の下まで行くと、どうしていいかわからなくなり、メイリンはためらった。きまり悪さを覚えながら広間に入っていきかけたところで、マケイブの女のひとりに見つかった。女は笑みを浮かべると、急ぎ足でメイリンに近づいてきて挨拶をした。

「こんにちは。少しは気分がよくなったかしら？」

メイリンは顔をしかめた。「〝こんにちは〟って、もうお昼なの？　一日じゅう寝るつもりはなかったのに」

「体を休める必要があったのよ。昨日はいまにも倒れそうだったでしょう。ところで、わたしはクリスティーナというの。あなたのことは、なんて呼べばいいのかしら？」

どうしていいかわからず、メイリンは顔をほてらせた。適当な名前をでっちあげようかとも思ったが、嘘はつきたくなかった。

「言えないの」彼女は言葉を濁した。

いぶかしげに眉をあげたものの、クリスティーナはそれ以上の反応は見せなかった。そして手を伸ばしてメイリンと腕を組んだ。

「じゃあ、厨房へ行きましょう。ぐずぐずしていたら、ガーティがあなたの食事を犬にやってしまうわ」

クリスティーナに問い詰められなかったことに安堵しながら、メイリンは彼女に連れられて厨房に入っていった。そこでは年配の女性がかまどの世話をしていた。メイリンはなぜか、落ち着いた品のいい女性を想像していた。調理を担当する女性は母親のようにやさしいものではないだろうか？

ところがガーティは違っていた。がりがりに痩せこけ、白髪を首の後ろで引っ詰めている。あちこちから飛び出したほつれ毛が顔にかかっていて、見るからに粗野な感じだ。彼女に鋭い目つきで見つめられたとき、メイリンは皮をはがれたような気がした。

「やっと起きてきたね。こんな時間まで寝床に入っているのは死にかけの人間だけだよ。でもあんたは死にかけているようには見えないね、そんなに元気そうなんだから。もう寝坊しないでおくれ。これからは朝食を取っておいたりしないよ」

あっけにとられてメイリンは思わず笑い出しそうになったが、相手が気を悪くするかもしれないと思い直した。そして神妙に体の前で両手を組み、二度と寝坊しないと約束した。この約束をするのは簡単だった。マケイブ城でもうひと晩過ごすつもりはなかったからだ。

「じゃあ、お座り。隅に腰掛けがあるだろう。そこで食べればいいよ。ひとりだけのために、また広間にテーブルを用意するのもばからしいからね」

メイリンは素直に従い、急いで食事をした。ガーティとクリスティーナはメイリンが食べるのを見つめながら、彼女が自分たちのほうを見ていないと思ったときにひそひそと言葉を交わしていた。

「名前を言わないんだって?」ガーティが大声を出した。

メイリンのほうを向き、ばかにしたように息を吐く。「人が名前を言わないのは、なにか隠すことがあるときだ。あんたはなにを隠しているんだい? 族長がそんなことを許すとは思わないほうがいい。あの方は厳格なお人だ。あんたみたいな小娘のばかげた考えなどお認めにならないよ」

「では、そのことは族長とだけお話しするわ」メイリンはきっぱりと言った。強く出れば、ガーティも引きさがるかもしれないと思ったのだ。老女は目を丸くして、また火の世話に戻っていった。

「族長のところに連れていってくれる？」メイリンは腰掛けから立ちあがり、クリスティーナに頼んだ。「いますぐお話ししなくてはならないの」

「もちろんよ」クリスティーナが愛想よく言う。「あなたの食事が終わったらすぐにお連れするように言われていたの」

食べたばかりのものが、すっぱいエールのようにメイリンの胃の中で渦巻いた。

「緊張しているの？」城の外に出る石段をおりながら、クリスティーナが訊いてきた。「大丈夫よ。族長はぶっきらぼうに見えるし、怒ったときは厳しいけれど、クランの人間に対しては公明正大な方よ」

クリスティーナは言わなかったが、メイリンはマケイブのクランに属してはいない。つまり公明正大という方針は、彼女にはあてはまらないことになる。けれどもメイリンはクリスペンを救ったのだし、族長が息子を愛しているのは明らかだ。それだけを頼りに、メイリンは角を曲がって中庭へ行った。

たくさんの男たちが訓練にいそしんでいる光景に、メイリンは目を見張った。剣と盾のぶつかる音が耳をつんざかんばかりに響き渡っている。午後の日差しが金属にまぶしく反射し、彼女は目を細めた。まばたきをして、空中で躍る光から目をそらす。その視線の先にあるものに気づいたとき、メイリンははっと息をのんだ。

彼女は手を胸にあてた。視界がぼやける。胸が苦しくなってきて初めて、自分が呼吸を止めていたことに気づいた。口いっぱいに空気を吸いこんだが、めまいはおさまらなかった。

マケイブ族長が兵士と剣の稽古をしていた。身につけているのはブーツとトルーズだけだ。むき出しの胸に汗が光り、ひと筋の血が脇腹を流れ落ちている。

ああ、どうしよう。

メイリンは憑かれたように見つめていた。こんなふうにじろじろ見るのが罪であるとわかっていたものの、目をそらすことができなかった。

ユアンは肩幅が広く、分厚い胸にはいくつか傷痕があった。男がこの年齢まで、戦いで傷を負わずに生きていくことは不可能だ。ハイランダーにとっては、これこそが名誉のしるしだった。戦傷のない男はいくじなしの弱虫だとみなされる。

じっとり湿った髪が背中に張りついている。ユアンは編んだ髪を揺らしながら土の上で身を翻し、相手の攻撃をかわした。そして腕の筋肉を硬くふくらませながら、重い剣を頭上にかざして振りおろす。相手の兵士はぎりぎりのところで盾をあげて身を守ったが、その衝撃で体勢を崩した。

兵士が大の字に倒れ、剣が音をたてて地面に落ちた。だが苦しげにあえぎながらも、彼は盾で身を守ることを忘れなかった。

ユアンは顔をしかめて、若い兵士に手を差し伸べた。「今回は前より長く持ちこたえたな、ヒース。しかし、まだ行動が感情に左右されている。気持ちを抑えることを学ばないと、戦場ではすぐにやられてしまうぞ」

ヒースと呼ばれた兵士はむっつりしている。族長の厳しい言葉をありがたく思ってはいないらしい。彼はユアンの伸ばした手を無視して立ちあがったが、その顔は怒りで真っ赤になっていた。

そのときユアンが顔をあげた。クリスティーナとともに立っているメイリンの姿を認め、目を細める。メイリンは彼の強い視線に刺し貫かれるように感じた。ユアンが手ぶりをし、それに応えてアラリックが彼にチュニックを投げる。裸の上半身に手早くチュニックをはおると、ユアンは手招きしてメイリンを呼んだ。

彼がチュニックを身につけたことをなぜか残念に思いながら、メイリンは足を引きずるようにして少しずつ近づいていった。情けない。おとなの女だというのに、この男の前に出ると、いたずらをして叱られようとしている子どもになった気分だった。

罪悪感でメイリンの心は痛んだ。懺悔をすればきっと治るだろう。

「歩こうか。話し合うことがいろいろとある」

メイリンはごくりと唾をのみ、かたわらのクリスティーナをうかがった。けれども彼女は族長にお辞儀をすると、向きを変えてもと来たほうへと帰っていった。

ユアンが白い歯を見せてにやりと笑った。「さあ。おれは噛みつかないぞ」

その冗談めかした口調に、メイリンは思わずぱっと笑みを浮かべた。その表情が男たちにどんな影響をおよぼしたかには、まったく気づいていない。

「わかりました、族長。そう請け合ってくださったからには、覚悟しておともしますわ」

ふたりは中庭を出て、湖を見おろす丘の坂道をのぼった。頂上まで来ると、ユアンは立ち止まって水面を見渡した。

「息子から話を聞いた。おまえには感謝しなくてはならないようだ」

メイリンは胸の前で手を組み、指先でドレスの布をつまんだ。「いい息子さんですわ。わたしがあの子を助けたように、あの子もわたしを助けてくれました」

「そうらしいな。あいつはおまえをおれのもとに連れてきた」

彼のその言い方がメイリンには気に入らなかった。まるで彼女が自分のものになったとでも言わんばかりだ。

「族長、わたしは今日ここを発たなければなりません。馬をいただくことができないのなら、しかたありません。歩いて出ていきます。でも、境界線まで誰かに付き添っていただければありがたいのですが」

ユアンが彼女のほうを向き、眉をあげた。「歩いて？　それではたいして遠くまで行けないぞ。おれの領地を出たとたん、誰かに馬で連れ去られてしまう」

メイリンは顔をしかめた。「大丈夫です、気をつけますから」

「ダンカン・キャメロンの手下にさらわれたときと同じくらい気をつけておくわけか？」

メイリンの顔が熱くなった。「それは別の話です。予想もつかなくて……」

ユアンの目がわずかに面白がるようにきらめいた。「拉致される予想ができている人間などいないだろう？」

「そうですね」メイリンはつぶやいた。

「教えてくれ。おまえは約束を重んじる人間のようだ。きっと、他人にも約束を守ることを期待しているだろう」

「ええ、もちろんです」メイリンは熱をこめて答えた。

「そしておれの息子に約束をさせた。そうだな？」

彼女はうつむいた。「はい」

「あいつが約束を守ることを期待している。そういうことだな？」

メイリンはばつが悪そうにもぞもぞしたあと、後ろめたい様子でうなずいた。

「さて、クリスペンもおれにひとつ約束をさせた」

「どんなことですか？」

「おまえを守るという約束だ」

「まあ」

どう言えばいいのかメイリンにはわからなかった。うかつにも自らの罠にはまってしまったらしい。

「ハイランドじゅうを歩いて逃げ回る女を守るのは難しい。そう思わないか？」

この会話の向かう先が気に入らず、メイリンは渋い顔になった。

「その約束はなかったことにしますわ」

ユアンが口角をあげて笑いながら首を左右に振った。彼の顔つきの変化をメイリンはぼうっと見つめた。ああ、なんという美男子だろう。本当に美しい。そしてさっきよりも若く見えるし、それほど冷酷そうでもない。とはいえあの傷痕から考えると、やわな人間ではありえない。そう、彼は戦士だ。戦いでは数知れず敵を殺してきたことだろう。指で人の首の骨を折ることすらできそうだ。もちろんメイリンの首も。

思わずメイリンは手を喉にあてた。

「その約束をなかったことにできるのはクリスペンだけだ。そしてあの子も言ったと思うが、マケイブの人間は常に約束を守る」

確かにクリスペンがそんなことを言っていたと思い出し、メイリンは憂鬱になった。彼はまた、父親が彼女を守るとも言っていた。あのとき彼女は自分の身を守ることだけに集中していたので、彼の言葉の意味を深く考えていなかったのだ。

「つまり、わたしは出ていけないのですか？」彼女は小声で訊いた。

少しのあいだユアンはその質問について考えているようだった。そのあいだもメイリンに目を据えたままだ。彼女は居心地が悪くなってもじもじした。

「おまえが安全でいられる場所があるのなら、もちろん行くのを許そう。家族のところへ行きたいのか？」

家族がいるという嘘はつきたくなかったので、メイリンは黙っていた。

ユアンがため息をついた。「名前を教えてくれ。なぜダンカン・キャメロンはどうしてもおまえと結婚したがったのか。クリスペンはおまえを守ると約束したのだし、おれはそうするつもりだ。しかし、事情がわからなければ守ることもできない」

ああ、メイリンが命令に従わないと、彼はまた不機嫌になってしまう。昨日はいまにも彼女の首を絞めたそうな様子だったし、ひと晩眠ったからといってその願望は薄れていないだろう。いまは辛抱しているようだが。

昨日のようにあからさまに反抗する代わりに、メイリンは体の前で手を組んだまま黙って立っていた。

「いいか、おれはすぐに事情を暴いてやるつもりだ。いま、おれが知りたいことをさっさと話してしまうほうがいいぞ。おれは待たされるのはきらいなんだ。あまり我慢強くはない。特におれの支配下にある者が反抗してきたときは」

「わたしはあなたの支配下にはありません」考える前に言葉がメイリンの口をついて出た。

「おれの領地に足を踏み入れた瞬間、おまえはおれの支配下に入った。そして息子の約束によって、おれの保護する対象となった。おれが息子に約束したことで、それは動かしようのない事実となった。だから、おまえはおれに従うんだ」

メイリンは昂然と顔をあげ、鋭いグリーンの瞳をじっと見つめた。「わたしはダンカン・キャメロンにつかまっても生き延びました。あなたにつかまっても生き延びます。あなたが無理に話を聞き出そうとしたところで、わたしはなにも言いません。殴るなら殴ればいいわ。それでもわたしは絶対に、あなたが知りたいことを話しません」

ユアンが激しい怒りに目をぎらつかせ、呆然と口を開けた。「おれに殴られると思っているのか？　おれがキャメロンと同類の男だと思うのか？」

怒りもあらわな彼の口調に、メイリンはびくっとしてあとずさった。彼女の言葉に挑発されたユアンの両肩から、怒りが波のごとく打ち寄せてくるようだ。彼はうなるようにその質問を投げかけていた。

「侮辱するつもりはありませんでした。あなたがどんな人間なのか、わたしは知りません。あなたとは知り合ったばかりですもの。わたしたちの出会いが友好的でなかったことは、あなたもお認めになるでしょう」

ユアンがくるりと背を向け、片方の手を頭にやった。いらだって髪の毛を引き抜くためなのか、彼女の首を絞めないようにするためなのかはわからない。

次に振り向いたとき、ユアンは瞳に強い決意の炎を燃やしながら、前に進んで彼女との距離を詰めた。あわててメイリンはもう一歩さがったが、彼はすぐに追いついて彼女の前に立ちはだかった。顔には怒りがあふれている。

「おれは相手が男でも女でも、キャメロンがおまえにしたような扱いをしたことは一度もない。犬でも、もっといい扱いを受けている。二度とおれをあいつと比べたりするな」

「は、はい、族長」

　ユアンが片方の手をあげた。メイリンは必死に自分を抑えてひるまないようにした。どうして平気な顔をしていられたのかは自分でもわからないが、殴られるかもしれないという恐怖を表さないことが重要だと思えたのだ。ユアンは彼女の頬に落ちていたひと筋の髪の毛に触れた。

「ここでは誰もおまえに危害を加えない。おれを信じろ」

「あなたを信じるよう命令することはできませんわ！」

「いや、おれにはできる。そしておまえはおれを信じる。明日まで待ってやるから、おれを信頼して事情を話すかどうか心を決めるんだ。おれはおまえの族長だ。おまえはここにいる者たちと同様、おれに従う。わかったか？」

「そんな……そんな、ばからしい」彼をこれ以上怒らせることへの恐怖も忘れて、メイリンは言い立てた。「そんなばかな話、聞いたことがないわ」

　彼女はユアンに背を向け、彼の命令をどう思っているかを無言で示した。そして足を踏み鳴らしながら去っていったので、ユアンの顔に浮かんだ面白そうな笑みに気づかなかった。

6

メイリンは午後じゅうかけて丘から城の守りを調べ、脱出路として使えそうな場所がないかと探した。なにしろユアンはここから出るのを許してくれなかったのだから。彼女は周囲の状況に目を光らせつつ、いったいどこへ行こうかと思案をめぐらせた。

ダンカン・キャメロンはほかの修道院もしらみつぶしに調べるだろう。それはあまりにも安易な逃げ道だ。母の一族は西部の島出身だが、母は国王の愛妾になる前から、自らのクランとのつながりを断っていた。

それに正直なところ、母の一族がニアヴ・アーリンのことを知らないとは思えない。母の故郷へ行ったなら、あの土地について知っている男のもとにすぐさま嫁がされてしまうだろう。時間が必要だ。最善の策を考えるための時間が。

マザー・セレニティは、メイリンの結婚相手として可能性のある男性のリストづくりに協力してくれた。彼女は戦士には興味がなかったけれど、戦士を夫にする必要性は認識していた。遺産であるニアヴ・アーリンをメイリンが手にした瞬間から、彼女の夫は、野望あふれる強欲な輩からあの土地を守ることに生涯を費やさねばならなくなるのだ。

だが、それが世の常ではないだろうか？　強者だけが生き残り、弱者は消え去るのみ。

メイリンは顔をしかめた。いや、違う。神は弱き者をお守りになる。だからこそ、神は戦士をつくられたのだ。女子どもを守ることができるように。弱者を虐待するキャメロンは悪魔の申し子に違いない。

彼女はため息をついて、日に照らされて温まった地面に両手をついた。立ちあがって部屋に戻り、脱走計画を練ろうと思ったのだ。ところが腰を浮かせたとき、クリスペンが手を振りながら丘を駆けのぼってくるのが見えた。

メイリンはもう一度地面に座りこみ、男の子がやってくるのを待った。満面に笑みを浮かべたクリスペンが、彼女の横にどすんと腰をおろした。

「今日は気分がよくなった？」

「ずっといいわ。動いていたら、少しは痛みがましになるかと思って」

クリスペンが彼女に身をすり寄せた。「よかった。父上と話をした？」

メイリンはため息をついた。「したわ」

彼が笑顔になる。「言ったでしょう、父上が全部面倒を見てくれるって」

「確かにね」メイリンはつぶやいた。

「それで、メイリンはずっとここにいるの？」

希望に満ちた子どもの顔を見ると、彼女は悲しくなった。クリスペンに腕を回して抱きしめる。「ここにはいられないのよ、クリスペン。わかってちょうだい。ダンカン・キャメロン以外にも、わたしの正体を知ったらさらっていこうとする人たちがいるの」

クリスペンが顔をくしゃくしゃにして、鼻をぐすんといわせた。「どうして？」

「ややこしい事情があるのよ。そんなものがなければよかったのに。だけど、マザー・セレニティはいつも、人は自分に与えられた環境でできるかぎりのことをしなくてはいけないと教えてくださったわ」

「いつ、どこへ行くの？　また会える？」

ここは慎重を要するところだった。クリスペンが、彼女がここを出ていくことを父親に言いに行っては困る。ひとりで出ていくと決めた以上、自分を信じろと言う族長に妨害されたくはない。そこまで考えて、メイリンはふんと鼻を鳴らしそうになった。彼が自分を信じろとクランの者に命じることはできるだろうし、きっと実際にそうしているはずだ。けれどもメイリンのような立場にいる女は、誰も信じることができないのだ。

「まだわからないのよ。出ていくにあたっては、計画を立てなくちゃいけないから」

クリスペンが顔をあげてメイリンの目を見つめた。「さよならが言えるように、出ていくときはぼくに教えてくれる？」

ここ数日ですっかり好きになったこの子を置いていくと思うと、メイリンの心は痛んだ。けれども、教えると言えば嘘をつくことになる。出発のことは誰にも知られたくない。

「約束はできないわ、クリスペン。いまお別れを言うのがいいんじゃないかしら。そうしたら、いまのうちにお互い言いたいことを言ってしまえるでしょう」

クリスペンが伸びあがり、彼女を押し倒さんばかりの勢いで抱きついた。

「大好き」強い口調で言う。「どこへも行ってほしくない」

メイリンは彼を抱きしめて頭のてっぺんに口づけた。「わたしも大好きよ。いつまでも、あなたのことは忘れないわね」

「約束する？」

彼女は微笑んだ。「それは約束できるわ」

「今夜の食事のとき、ぼくの横に座ってくれる？」

皆が寝静まるまで城を出るつもりはなかったので、その要求に応えるのは簡単だった。メイリンがうなずくと、クリスペンは大きな笑みを見せた。

中庭から大きな声が、丘の上まで響いてきた。メイリンが声のしたほうを見ると、馬に乗った兵士の一団が橋を渡って城に入っていくところだった。

クリスペンがメイリンの腕から身を引きはがし、数メートル走って足を止めた。「シーレン叔父さんだ！　帰ってきたんだ！」

「それなら、お出迎えに行っていらっしゃい」メイリンは微笑んだ。

クリスペンが戻ってきて、彼女の手を握って立たせようとする。「メイリンも来てよ」

メイリンはかぶりを振って手を引き抜いた。「ここにいるわ。あなたは先に行って。わたしはもう少ししてから行くから」

もうひとりのマケイブ兄弟に会うのは気が進まない。メイリンは身を震わせた。どうせ彼も、ユアンやアラリック同様に腹立たしい男なのだろう。

ユアンが迎えに出ると、シーレンが馬からおりて歩いてきた。

「本当なのか？　クリスペンは戻ったのか？」

「ああ、本当だ。昨日アラリックが連れて帰ってきた」

「で、あいつはどこなんだ？」

ユアンが微笑んだとき、クリスペンが声をかぎりに「シーレン叔父さん！」と叫びながら中庭を駆けてきた。シーレンは顔色を変えてあとずさり、腕に飛びこんできて身をよじらせる子どもを抱きしめた。

「神の恵みだ」シーレンが息を吐いた。「生きていたのか」

クリスペンが叔父の首に腕を回してしがみついた。「ごめんね、シーレン叔父さん。叔父さんや父上を心配させるつもりじゃなかったんだ。でも大丈夫。メイリンがちゃんと面倒を見てくれたから」

ユアンの眉がぱっとあがった。横にいるアラリックも、クリスペンがうっかり口を滑らせたことを聞いていた。

シーレンが顔をしかめ、クリスペンの頭越しにユアンを見た。「誰だ、メイリンというのは？」

一瞬、クリスペンがシーレンの腕の中で身をこわばらせた。そのあともがいたので、シーレンは甥を地面におろしてやった。クリスペンが苦しげな表情でユアンを見る。

「どうしよう、父上、約束を破っちゃった。破っちゃったんだ！」

ユアンは手を伸ばし、安心させるように息子の肩をぎゅっとつかんだ。「破るつもりはなかったんだろう。アラリックとシーレンに、いまのことはただちに忘れるよう命じよう。それで少しはおまえの気分がよくなるのなら」

「父上も？」クリスペンが心配そうに尋ねた。「父上も忘れてくれる？」

ユアンは笑いを噛み殺し、弟たちを一瞥した。「三人とも、忘れるように努める」

「いったいぜんたい、なんの話だ？　誰か教えてくれないか？」シーレンが言う。「丘の斜面に座っている女と関係あるのか？　初めて見る顔だが」

ユアンはシーレンの視線を追い、城を見おろす丘に座るメイリンを見つめた。領内に入りこんだよそ者をすぐに見つけるとは、さすがシーレンだ。彼は自分たちに近づく者には油断しない。つらい経験を経て教訓を学んだのだ。

「ずっとここにいるわけじゃないんだ」クリスペンが悲しげに言った。

ユアンは息子のほうを振り向いた。「なぜそんなことを言う？」

「ここにはいられないって、あの人が自分で言ったから」

「兄貴？　おれは兄貴を殴って口を割らせなくちゃならないのか？」シーレンが訊いた。

ユアンは手をあげてシーレンを黙らせた。「ほかになにか言ったか、クリスペン？」

クリスペンが眉間にしわを寄せた。口を開けたが、すぐに閉ざす。「ぼく、もう約束を破っちゃったんだ。これ以上はなんにも言わないよ」

ユアンはため息をついて首を左右に振った。事態はどんどん手に負えなくなっていく。こめかみがずきずきと痛んだ。神よ、隠しごとをしたがる頑固な女どもからこの身を守りたまえ。しかもあの女はすっかり息子の心をとらえてしまったうえに、さっさとこの城を出ていこうとしている。

そう思ったとき、彼は顔をしかめた。あの女にとどまってほしいわけではない。クリスペンの心を傷つけてほしくないだけだ。扱いにくい女に振り回されたり、その女が持ちこむ問題に悩まされたりするのはごめんだった。

「少し遊んできたらどうだ。叔父さんには城の中に入ってもらう。おれはシーレンとアラリックと話があるから」

気を悪くするどころか、クリスペンはほっとした顔になった。くるりと背を向け、さっきまでメイリンがいた丘へと駆けあがっていく。ところが彼女の姿は見えなかった。ユアンは彼女がどこへ行ったのかと見回したが、どこにも見つからなかった。

「メイリンだって？　いったいメイリンとは誰のことで、クリスペンとどういう関係があるんだ？　それに、その女はここでなにをしている？」

ユアンは親指でアラリックを指し示した。「あいつが連れてきた」

予想どおりと言うべきか、アラリックはこの騒ぎにおける自分の役割を否定した。彼のうんざりした声を聞いて、ユアンは笑いを押し殺した。

シーレンは忍耐の限界といった様子だった。もともとそれほど我慢強いほうではない。そこでユアンは自分の知るかぎりのことを話し、抜けているところをアラリックが補足した。

話を聞き終わると、シーレンがあきれた顔でユアンを見た。

「なにも言おうとしない？　兄貴はそれを許したのか？」

ユアンは嘆息した。「どうすればいいんだ？　キャメロンのように殴るのか？　いずれは降参する。おれを信じるかどうか決めるのに、明日まで待ってやることにした」

「もし明日になって、あの女が拒否したら？」アラリックがにやりとする。

「そんなことはさせない」

「大事なのは、クリスペンが戻ってきたということだ」シーレンが言う。「女がなにをしようとなにを言おうと、どうでもいい。キャメロンが戦いをしかけてきたら、おれは喜んで受けて立つ。そのあとで女を好きなところへ行かせてやればいい」

「中に入ろう。そろそろ暗くなってきた。ガーティが夕食を用意しているぞ。あいつは食事が冷えると怒るからな。おまえたちもよく知っているだろう」ユアンは言った。「メイリンという女のことはおれに任せてくれ。おまえたちふたりは、あの女にかかわる必要はない」

「かかわりたくもないね」シーレンはそうつぶやくと、肩で風を切ってユアンの横をすり抜けていった。

7

メイリンはショールをきつく体に巻きつけ、崩れかけた石垣をよじのぼった。湖に近い場所を選んだのは、こちらのほうが見張りが手薄だからだった。敵が湖を越えて襲撃してくるとは考えにくいのだ。

春の空気は身を刺すように冷たい。暖かくこぢんまりした部屋を出てきたのは間違いだったのだろうかという思いが唐突にこみあげた。

夕食は緊張の連続だった。族長の末弟をひと目見た瞬間、彼女はクリスペンの横に座ると約束したことを後悔した。シーレンは恐ろしい顔でにらみつけてきた。ほかのマケイブ兄弟からも何度も怖い顔でにらまれていたけれど、彼の顔はことのほか陰鬱で、メイリンをぞっとさせた。

そこで、気分がよくないと言い訳をして、そそくさと階段をのぼって部屋に引っこんだ。クリスペンは彼女の中座に落胆することもなく、部屋まで食べ物の皿を持ってきてくれた。ふたりは暖炉の前で座りこみ、食事をすませた。

そのあとメイリンは疲れたと言ってクリスペンを部屋から追い出し、好機の訪れを待った。数時間耳をそばだて、城の中が静まるのを待ちつづけた。そして、皆が寝床に入った――少なくともそれぞれの部屋に引きあげた――ことを確信すると、こっそりと階段をおりて、湖に面した門から外へ出た。

城と湖とのあいだにある林に入ると、メイリンは呼吸が楽になった。ここなら人目を引かずに動けるし、湖岸沿いに進めば城から離れていける。

大きな水音がして、メイリンははっと湖に目を向けた。身をこわばらせて息を止め、木々の隙間から真っ黒な湖面に目を凝らす。今夜は月が隠れていて、雲から漏れ出た細いひと筋の光だけが波打つ水面を照らしている。

そのわずかな光でも、三人の男が真夜中の泳ぎを楽しんでいることが見て取れた。彼らの正体もわかった。ユアン・マケイブと弟たちが湖に飛びこんでいるのだ。しかも、一糸まとわぬ姿で。

即座にメイリンは両手で目を隠した。三人の成人男性の裸を見てしまったなんて、とてつもなく恥ずかしい。それにしても、彼らはどうかしているのだろうか？　湖水は途方もなく冷たいはずだ。そこで泳ぐのがいかに寒いか考えただけで、彼女は身震いした。

メイリンは数分間、手で目隠しをしたまま木のそばでうずくまっていた。ようやく手をおろすと、ユアン・マケイブが湖からあがってくるところだった。彼女は驚愕で目を丸くした。両手をだらんと垂らしたまま、全裸の男性を呆然として眺めた。ユアンは立ったまま布で体を拭いている。彼がひと拭きするごとに、その筋肉質の体にメイリンの目がいった。そして……そして……両脚のあいだの部分については、考えることもできなかった。

自分がまじまじと彼の……男性の部分を見つめていることに気づくと、メイリンはすぐにまた両手で目を覆い、口から漏れそうになる悲鳴を抑えるために唇を噛みしめた。

彼らがさっさと泳ぎを終えて城に戻ってくれることを願うしかない。林の中で動き回って注意を引く危険は冒せない。かといって、ここでじっと無遠慮に彼らを見ているわけにもいかない。

顔がほてる。両目を手でしっかり覆ってはいても、服を着ていないユアン・マケイブの姿はメイリンの脳裏にくっきり焼きついていた。どうやっても、湖から——裸で——出てきた彼を記憶から消し去ることができなかった。

このひどい罪を償うには、少なくとも三回は懺悔しなければならないだろう。

「もう見ていいぞ。ちゃんと服を着たからな」

族長の無感情な声がはっきりと耳に届いた。メイリンは羞恥心に襲われた。恥ずかしさのあまり、顔が引きつる。彼女はここで目を覆ったままじっとしていることしか考えられなかった。

もしかして、ものすごく強く願ったら、目を開けたとき族長はずっと遠くへ行っているかもしれないわ。

「そうはいかないな」楽しそうな声が返事をする。

メイリンは片方の手をおろして口にあてた。最初からこうしておけば、ばかなことを口走らずにすんだはずだ。ユアンがずっと遠くへ行ってしまえばいいという思いを。

片方の目の覆いが外れたのでおそるおそる見てみると、言葉どおり彼は服を着ていた。それを確認してメイリンはもう片方の手もおろし、おずおずとユアンを見やった。

彼は脚を広げ、胸の前で腕を組み、彼女の予想にたがわず顔をしかめてこちらをにらんでいた。

「こんな闇の中でこそこそなにをしていたのか、話す気はあるか？」

メイリンは肩を落とした。どうやら逃げられないらしい。彼と弟たちがこんなに遅い時間にばかみたいに泳いでいるなんて、どうして予想できただろう？

「答える必要があるかしら？」彼女はもごもごと言った。

ユアンがため息をついた。「おれのもとから出ていってはならないと、何度言わせればわかるんだ？　おれの支配下にありながら堂々と命令に背くような人間に、おれは甘くないぞ。おまえが兵士なら殺しているところだ」

最後のひとことは、ほらには聞こえなかった。劇的な効果を狙ったような言い方ではなく、メイリンを脅すために言ったわけではなさそうだ。そう、ユアンが口にしたのは単純な真実なのだ。だからこそいっそう、彼女は怯えた。

それでもメイリンの心のどこかが、彼の言葉を否定するようにうながした。「わたしはあなたの支配下にはありません、族長。なぜそんなふうに思いこまれたのかはわかりませんけれど、それは間違いです。誰もわたしを支配してはいません。神とわたし自身以外は」

ユアンがにやりと笑った。白い歯が低い月光を反射してきらりと光る。「ひとりで生きていくと決意している女にしては、ひどく間抜けな失敗をしているな」

メイリンは鼻を鳴らした。「なんて無慈悲な言い方かしら」

「しかし、事実だろう。さて、話が終わったのなら城に戻ろう。できれば、息子がおまえの部屋へ行く前にな。あいつはおまえと寝るのが好きらしい。おまえの寝床が空なのを見たときの反応は想像したくないんだ」

クリスペンのことを持ち出すなんてずるい。彼はわざとそうしているのだ。メイリンの感情を操り、クリスペンを置き去りにすることに罪の意識を感じさせようとしている。メイリンは渋面をつくって不快感をあらわにしたが、ユアンはそれを無視して、しっかりと彼女の腕をつかんだ。

メイリンは彼に連れられて城に戻るしかなかった。石垣沿いを進み、中庭を横切る。見張りの前でユアンはいったん足を止め、二度とこの女を逃がすなと命じた。それから城に入り、部屋まで送ると言い張ってメイリンをうんざりさせた。

扉を開け、彼女を中に押しやると、ユアンは入り口に立って獰猛な顔つきでにらみつけた。

「そんな顔で怖がらせるつもりだとしても、わたしは平気よ」メイリンは明るく言った。

束の間、ユアンが上を向いた。きっと数を数えているのだと彼女は思った。おそらくそうやって、ほとんど備わっていない忍耐力をかき集めているのだろう。

「必要とあらば、この扉に外からかんぬきをかける。おれはその気になれば非常に親切になれる人間だ。だが、おまえは心底おれを困らせる。明日まで時間をやるから、おれを信じて隠していることを話すんだ。明日になっても口を割らなかったら、おまえの気に入らない待遇を与えることになるぞ」

「いまでも気に入らないわ」メイリンはむすっとして、彼のほうに手を振った。「行ってちょうだい。もう寝るだけだから」

ユアンが顎をぴくりと震わせ、横におろした手の指を曲げ伸ばしした。その指でメイリンの首を絞めるところを想像しているのだろうか。いまこの瞬間、彼の頭にあるのはまさにそのことのようだった。

彼はメイリンの言葉を無視して前進し、彼女を脅すかのように目の前で立ちはだかった。目を細くして彼女を見おろす。

そして指先でメイリンの鼻に触れた。「ここでの規則を決めるのはおまえではない。おれだ。それを覚えておくほうが身のためだ」

にわかに彼の大きさに圧倒され、メイリンは唾をのんだ。「忘れないわ」

ユアンはうなずき、きびすを返して部屋を出ていくと、大きな音をたてて扉を閉めた。

メイリンは藁のマットレスの上に倒れこみ、うんざりとため息をついた。まったく思いどおりにならない。本当なら、いまごろマケイブの領地から遠く離れていたはずなのだ。少なくとも、境界線まではたどり着いていただろう。北へ向かう計画だった。自分にとって、南のほうにはなにもない。

ところが実際には、高圧的な族長の城に閉じこめられている。彼は兵士に対するのと同じように、メイリンに対しても自分を信じろと命令できると考えている。しかし明日になれば、彼女がそうやすやすと言いなりにはならないことを悟るだろう。

8

「族長！　族長！」

ユアンがいぶかしげにテーブルから顔をあげると、マディ・マケイブが部屋に駆けこんできた。顔が赤くなっている。

「どうした、マディ？　話し合いの最中だぞ」

マディは叱責を意にも介さず、ユアンの前で立ち止まった。気持ちが高ぶるあまり両手をぎゅっと握り合わせる。

「族長のお許しをいただきまして、お知らせすべきことがあります」マディはあたりをはばかるように見回して声を落とした。「内密に願います、族長。とても大事なことですから」

ユアンのこめかみがうずいた。今朝は早くから問題つづきだった。ゆうべもだ。彼はメイリンとの遭遇を思い出した。あの女はまだ部屋から出てきていない。きっと、わざとやきもきさせようとしているのだろう。弟たちとの話がすみしだい、ユアンは彼女と向き合って、時間切れだと言うつもりでいた。

ユアンは手をあげ、部下たちにさがるよう合図した。アラリックとシーレンの視線をとらえて、ここにいるようとうなずく。マディの話がなんであれ、弟たちのいる前で言わせればいい。

兵士たちがいなくなるやいなや、ユアンはマディに顔を向けた。

「さて、部下との話し合いを中断させてまで伝えたい大事な話とは、いったいなんだ?」

「あの女の方のことです」マディの言葉に、ユアンはうなった。

「今度はなんだ? 食事を拒んでいるのか? 窓から身投げすると脅したのか? それとも姿を消したか?」

マディが困惑の表情を浮かべた。「もちろん違います、族長。二階の部屋にいらっしゃいます。わたしが自分で朝食をお届けしました」

「では、女がどうしたのだ?」ユアンはいらだたしく問いただした。

マディが大きく息をついた。ここまでずっと走ってきたらしい。「座ってもよろしいですか、族長? 短い話ではありませんので」

シーレンが目を丸くし、アラリックは退屈そうな顔になった。ユアンはマディに座るよう手ぶりで示した。

マディは腰をおろすと両手をしっかりと組み、目の前のテーブルにその手を置いた。

「あの方はメイリン・スチュアートです」

ユアンがなんらかの反応を示すのを期待するかのように、彼女はもったいぶって言った。

「女の名がメイリンなのは知っている。姓は知らなかったが、スチュアートというのはハイランドではよくある名前だ。問題は、どうやってその名前を知ったかだな。あの女は誰にも自分の名を告げようとはしなかった。クリスペンが口を滑らせなかったら、おれにもわからなかったところだ」

「ええ、あの方はわたしにもおっしゃいませんでした。でも、わかったんですよ」

「どういうことかさっぱりわからない。説明してくれ」ユアンは辛抱強く言った。

「お食事を持って二階へ行ったら、あの方はお着替えの途中でした。気まずかったので、もちろんわたしはお詫びしました。ですが、体を隠される前に〝しるし〟が見えたんです」

マディが声を高くして身を乗り出した。目が興奮できらめいている。

ユアンは話のつづきを待った。この女は噂話が好きなのだ。弟たちはマディの大げさな話しぶりに、しかたないとあきらめて椅子にもたれた。

「あの方はメイリン・スチュアートなんです」マディは繰り返した。「アレグザンダー国王の紋章をつけていらっしゃいます。見たんですよ、太腿に焼き印が押されているのを。あの方は、ニアヴ・アーリンの相続人なんです」

ユアンは首を横に振った。「そんな話はたわごとだ、マディ。吟遊詩人が歌う言い伝えにすぎない」

「どんな言い伝えだ？」アラリックが身を乗り出した。「そんなもの、おれは知らないぞ」

「兄貴は吟遊詩人の歌を聞かないからだよ」シーレンが無表情で言った。「祭りのときに、女のスカートをめくるのに忙しすぎるんだ」

「で、おまえは詩人や歌い手の歌を聞くのか？」アラリックはばかにしたように言った。

シーレンが肩をすくめた。「最近の噂話を知るのに役に立つからな」

マディが目をきらめかせてアラリックのほうに顔を向けた。「その歌では、アレグザンダー国王は王妃シビラと結婚したあとで、別の女に娘を産ませたことになっています。赤ん坊が生まれたとき、王は娘の身元を証明するため、太腿に国王の紋章の焼き印を押したそうです。その後、王はニアヴ・アーリンの地を、娘が最初に産む子どもに遺贈しました」前のめりになってささやく。「王がそうされたのは、卑しい身分の女が産んだ庶出の娘に、いい縁組があるようにと望まれたからです」

アラリックがふんと鼻を鳴らした。「アレグザンダーに娘がいなかったのは周知の事実だ。嫡出子はひとりもおらず、庶出の息子がひとりいるだけだ。マルコムが」

「でも、実は娘がいたんです。メイリン・スチュアートという名前の娘が。そのお方が二階のお部屋にいらっしゃるんですよ」マディは言い張った。「いいですか、わたしはしるしを見たんです。間違いありません」

マディと弟たちの発言を聞きながら、ユアンは黙って考えこんでいた。こんなばかげた話を信じていいものかどうかわからない。しかしそう考えれば、ダンカン・キャメロンがなんとしてもメイリンと結婚したがったのも、彼女が必死で逃げようとしているのも説明がつく。

「娘を認知すれば簡単だったんじゃないのか？」アラリックが疑問を呈した。「国王の庶子なら、当然いい縁組があるはずだ。王族とつながりたいという理由だけでも、男どもは列をなして求婚するだろう」

「先王は誰にも知られたくなかったんですよ。何年か前に広まった噂を覚えています。アレグザンダーは、娘に土地を遺贈すると決めるのに九五年待ったそうです。シビラ王妃との結婚を重んじておられましたのでね。マルコムのほうは結婚前に生まれたんです。その遺贈について、どんな説明がされたのかはわかりませんけれど、国王の死後すぐに、娘がいるという噂が流れ始めました」

「反乱を起こしたマルコムはいまだに牢獄の中だ。アレグザンダーに別の子どもが存在することが明らかになれば、マルコムの支持者は動揺するだろうな」ユアンは考えこんだ。「確かに、キャメロンが結婚したがる大きな理由になる。遺産を乗っ取れば、いまよりずっと大きな力を手にすることができる。はるかに大きな力だ。スコットランド国内にまたもや戦いが勃発するもしれないし、現国王のデイヴィッドは新たな危険に直面することになる。王位継承権のあるアレグザンダーの子どもが、ひとりどころかふたりもいたとしたら、デイヴィッド王の地位はますます危うくなる。いま、もう一度国内を二分するような戦争をしている余裕はないはずだ」

「私生児は王位を継げないぞ」シーレンが指摘した。「絶対にありえない」

「しかし考えてみろ、シーレン。ダンカン・キャメロンがニアヴ・アーリンを手中におさめたら、やつは強大な力を持つ。アレグザンダーの子どもが嫡出子であろうがなかろうが、そんなことは関係ないんだ。それだけの富と力を持ったキャメロンがマルコムと手を組めば、やつらは国王を倒して政権を握れるだろう」

「こんなばかばかしい言い伝えを信じると言っているのか？」アラリックが驚いて尋ねた。

「おれはなにも言っていない。いまはまだ」ユアンは落ち着いて答えた。

「おわかりになりませんか、族長？」マディの声には興奮があふれている。「あの方は、わたしたちの祈りに応えて神から遣わされたんですよ。族長があの方と結婚なさったら、お世継ぎがニアヴ・アーリンを受け継ぐことになります。最初に生まれた子どもにあの土地が遺贈されるだけじゃありません。途方もない額の持参金もあるそうです」

「結婚？」

三兄弟が声を揃えて叫んだ。ユアンは唖然としてマディを見つめた。

マディは大きくうなずいた。「ねえ、いい考えでしょう。族長が結婚なさったら、ダンカン・キャメロンはあの方と結婚できなくなるんですよ」

「確かにそうだ」シーレンが言う。

アラリックがいぶかしげにシーレンのほうを向いた。「おまえまで、そんなばかげた話に付き合うのか？」

ユアンは手をあげて皆を黙らせた。頭痛がどんどんひどくなっていく。兄弟の会話に耳を傾けていたマディを、彼はにらみつけた。

「さがっていいぞ、マディ。ここでの話はひとことも外に漏らすな。城で噂が広まったら、言い出したのがおまえだとすぐにわかるからな」

彼女は立ちあがってお辞儀をした。「承知しております、族長」

マディが急ぎ足で出ていくと、ユアンは弟たちに向き直った。

「ばかなことを考えていないと言ってくれ」兄を制してアラリックが言った。

「ばかなこと?」ユアンが穏やかな口調で尋ねる。

「結婚だよ。あの女がアレグザンダーの庶子だとしたら、現国王の姪ということになる。しかも、十年前にデイヴィッドの王位を奪おうとしたマルコムの異母妹だ。マルコムは機会があればまた反乱を起こすつもりでいる」

「とりあえずおれは、あの女とじっくり話し合うつもりだ。自分の目で〝しるし〟を見てみようと思う。父上はアレグザンダーと親しかったから、おれは王の紋章を何度も見たことがある。だから女の脚の焼き印がほんものかどうかは見分けがつく」

シーレンが鼻を鳴らした。「女が、はいどうぞとスカートを持ちあげて焼き印を見せてくれると思うか? むしろ、腹を立てて兄貴の股間を膝蹴りするだろう」

「おれは説得力のある人間にもなれるんだ、必要に迫られればな」ユアンはゆったりとした口調で言った。

「へえ、見てみたいもんだ」とアラリック。

ユアンは両眉をあげた。「おまえにはなにも見せないぞ。メイリン・スチュアートのスカートの下を見たいというそぶりでも見せたら、おれはおまえを剣で壁に串刺しにしてやる」

アラリックが身を守るように両手をあげた。「おれの言ったことは忘れてくれ。厄介な女だと言っているわりに、兄貴はあの女のこととなるとえらく神経質になるんだな」

「あの女がマディの言うとおりの人間なら、おれは結婚しようと思う」ユアンは不機嫌な顔になった。「持参金が手に入れば、おれたちのクランは助かる」

弟ふたりが同時にぽかんと口を開けた。シーレンは大声で悪態をつき、アラリックは首を左右に振って天を仰いだ。

「よく考えてくれ、自分がなにを言ったかわかっているのか」シーレンが言った。

「まともに考えているのは、おれひとりだ」ユアンは言い返した。「女が最初に産んだ子がニアヴ・アーリンを相続するという話が本当だとしたら、このクランにとってどんな意味があるか考えてみろ。スコットランドで最高にすばらしい土地をおれたちが支配できるんだぞ。そうしたらもう、ここでぐずぐずとダンカン・キャメロンに復讐する日のことを空想している必要はない。さっさとやつを滅ぼしてしまえる。やつの名は歴史から消されるんだ。おれたちは名誉を回復し、マケイブのクランは国王に次ぐ地位を持つことになる。ダンカン・キャメロンは八年前におれたちを滅ぼしかけた。しかしこれからは、そんな力を持つ者は誰もいなくなる」

ユアンはテーブルにこぶしを振りおろした。全身が怒りで震えている。

「おれは父上の墓に誓ったんだ。必ずやこのクランに栄光を取り戻し、ダンカン・キャメロンに罪の償いをさせると」

シーレンの顔がこわばった。その目に苦痛がよぎるのをユアンは見た。シーレンは唇を引き結んでうなずいた。「それについては、おれたちも同じ気持ちだ」

「ニアヴ・アーリンは、ここからマクドナルドの土地を挟んで北側にある。マクドナルドと強い同盟関係を結べたら、おれたちはこのあたり一帯を支配下におさめられる」

この八年間考えてきたことが一気によみがえり、興奮がユアンの全身の血管を駆けめぐる。ついに亡き父への誓いを果たす方法が見つかったのだ。

「あの女は勇敢だし、クリスペンをかわいがっている。あいつのいい母親になるだろう。これからおれとのあいだに生まれる子どもたちにとってもだ。その代わりに、おれがあの女を守ってやる。もう二度とダンカン・キャメロンのことを心配する必要はない」

「兄貴が説得する相手はおれたちじゃないぞ」アラリックがにやりとした。「あの女だ。おれとシーレンはいつでも兄貴の味方さ。わかっているだろう。どんなときでも、おれは兄貴に忠誠を尽くす。兄貴が誰と結婚しようが、その相手に対しても忠誠を尽くすつもりだ。あの女が勇敢なのはおれもよく知っている。それに、ニアヴ・アーリンのような土産を持ってくるのなら、結婚に反対する理由はない」

シーレンもうなずいたものの、メイリンに関してはなにも言わなかった。しかたがない。シーレンがふたたび女を信頼するようなことになれば、そのほうが驚きだ。彼もやがては息子を欲しがるようになるかもしれないが、子を産むために彼の結婚相手となる女性は気の毒だとユアンは同情を覚えた。シーレンはかつてひとりの女に心を捧げたが、それは若さゆえの過ちであり、二度とそんなことはしないと決意しているのだ。

ユアンは両手をテーブルに置いて立ちあがった。「メイリン・スチュアートとはいろいろ話し合うことがありそうだ。アラリック、兵士をひとり護衛につけて、マッケルロイ神父を呼んでこい。いまマクドナルドのところで、病気で死んだ男の葬儀を執り行っている。結婚式のために神父に来てもらわなければならん。マディの言うとおり女が前国王の落胤《らくいん》だとしたら、ぐずぐずしてはいられない。ただちに結婚するぞ」

9

ユアンはメイリンの部屋の前で立ち止まり、自分の部屋に近いことを思ってにやりと笑った。彼女が彼のそばで寝泊まりしていることを知ったら、メイリンは気を悪くするだろう。礼儀を守るためにユアンはノックしたが、返事を待つことなく扉を開けて中に入った。

窓辺にいたメイリンが振り返った。おろした髪が肩をかすめてふわりと舞う。日光を入れるため、窓にかかる毛皮は引き開けられていた。明るい色合いの瞳に光が反射して、彼女ははっとするほど魅力的だった。

そう、確かに美しい。彼女と結婚して子を孕《はら》ませるのは、少しも難しくはないだろう。それどころか、結婚を決意したからには、ユアンはメイリンを寝床に迎えることを楽しみにしていた。

突然入ってこられてメイリンは憤慨しているようだ。だが文句を言われる前に、ユアンは手をあげて制した。この女はユアンの権威になんの敬意も抱いていない。しかしその状況はすぐに変わる。彼女を妻にしたあかつきには、ユアンは夫に対する妻の義務を喜んで教えてやるつもりでいる。中でも大切なのは、疑問を抱かず彼に従うことだ。

「さて、おれの知りたいことを話す気になったか?」公正を期すため――ユアンは公正な男なのだから――彼は自分の知っていることを話す前に、素性を明かす機会をメイリンに与えたいと思った。

予想どおり、メイリンは挑むように顎をつんとあげて、首を横に振った。「いいえ。話しません。あなたを信じるように命令することなんてできないのよ。そんなばかな話、聞いたこともないわ」

彼女はこれから長々とユアンをこきおろすつもりらしい。黙らせるため、彼は考えられるただひとつのことをした。

つかつかと歩いていって彼女の腕をつかみ、抱きあげて熱烈なキスをしたのだ。メイリンが息を荒くしたが、ユアンは彼女の怒りの声を唇で封じた。

メイリンが身をこわばらせ、ふたりのあいだに手を入れて彼を押しのけようとした。しかしユアンはかまわずに舌で彼女の唇をなぞり、その甘さを堪能しつつ、彼女の口に押し入ろうとした。

メイリンがあえぎ声をあげたが、それはむしろため息だった。唇が開き、彼の胸に押しつけられた体が温かなハチミツのごとくとろけていく。彼女はどこもかしこも柔らかかった。剣の柄が手になじむように、彼女の体はユアンになじんだ。このうえなくしっくりと。

ユアンは舌を彼女の口に滑りこませた。またしてもメイリンが身をこわばらせ、指を彼の胸に食いこませる。ユアンは目を閉じ、彼女の脚のあいだに自分のものを突き立てるときにその指が自分の背中に食いこむところを想像した。

ああ、なんと魅力的なのだ。そう、彼女と寝るのはちっともつらいことではない。彼の子を宿したメイリンの腹がふくれるところを思い浮かべ、ユアンは満足感を覚えた。非常に大きな満足感を。

ようやくユアンが唇を離すと、メイリンはうつろな目をして、唇を赤くふくれさせ、風に揺れる若木のようにふらふらになっていた。

何度かまばたきをしたあと、彼女は顔をしかめた。「どうしてこんなことをしたの?」

「おまえを黙らせるにはそれしかなかった」

メイリンが怒り出した。「黙らせる? わたしの口をふさぐために、わたしの……わたしの……唇をもてあそんだの? 無礼だわ。二度とそんなことは許さないから」

ユアンは微笑んで、胸の前で腕を組んだ。「いや、おまえは許してくれる」

彼女はぽかんとして、何度か口をぱくぱくさせた。「絶対に許さないわ」

「絶対に許す」

メイリンが足を踏み鳴らした。怒りに燃える目を見て、ユアンは笑いをこらえた。「あなたは頭がおかしいのね! これはなにかの計略なの? わたしを誘惑して名前を言わせようとしているわけ?」

「そんなつもりはないぞ、メイリン・スチュアート」

ショックを受けたように彼女があとずさった。このときユアンは、マディの話が正しいことを確信した。メイリンの反応は芝居ではない。真実を知られて、心の底から恐怖を感じているのだ。

そしてたちまち、自ら素性を明かしてしまったことを悟ったようだった。彼の言葉を否定しなかったのだから。メイリンが目に涙を浮かべ、口を手にあててくるりと背を向けた。

ユアンの胸は痛んだ。うなだれたメイリンを見ていると動揺を覚える。彼女はこれまで充分つらい思いをしてきて、さらにいまはすっかり打ちひしがれている。彼がメイリンの名前を口にした瞬間から、彼女の目は輝きを失っていた。

「メイリン」ユアンはそっと彼女の肩に手を置いた。メイリンが身を震わせる。静かに泣いているのだ。「泣くな。素性を知られたのは、そんなにひどいことではないぞ」

「そうかしら?」メイリンは鼻をぐすんといわせ、ユアンの手を逃れて窓のほうへ行った。うつむくと髪が落ちて、顔が隠れた。

ユアンは涙が苦手だった。どうしていいかわからない。怒らせているときのほうが気が楽だ。だから彼は、メイリンの怒りをかき立てることをした。泣くのはやめろと命令したのだ。

思ったとおり、彼女は追い詰められた子猫のように激しくまくし立てた。

「わたしは泣きたいときに泣くわ。命令するのはやめて!」

ユアンは眉をあげた。「おまえこそ、おれに命令するつもりか?」

メイリンが赤面した。少なくとも、もう泣いてはいない。

「さて、太腿の焼き印について話してもらおうか。お父上の紋章だな。見せてくれ」

メイリンが顔を真っ赤にして一歩あとずさり、背中を窓枠にぶつけた。「あなたに脚を見せるようなはしたないまねはしません!」

「おれたちが結婚したら、脚以外の部分も見せてもらうぞ」ユアンはあたりまえのように言った。

「結婚？　結婚ですって？　あなたと結婚なんてしないわ、族長。わたしは誰とも結婚しません。少なくとも、いまはまだ」

ユアンの注意を引いたのは、〝いまはまだ〟という部分だった。結婚を考えていないわけではないということだ。彼女は分別のある女のようだし、結婚の重要性は理解しているらしい。結婚しないかぎり、ニアヴ・アーリンを受け継ぐ子どもを産むことはできないのだから。

ユアンはベッドに腰かけて足を伸ばした。話し合いには時間がかかりそうだから、楽な姿勢を取るほうがいい。

「どうして〝まだ〟なのか教えてくれ。結婚のことは考えたんだろう」

「ええ、考えたわ。何年ものあいだ、ほとんどそのことしか考えなかった」早口でメイリンが言った。「この十年、わたしがどんな思いで過ごしてきたかわかる？　いつもびくびくしながら暮らしていたのよ。わたしを思うままにして、わたしと結婚することで利益を得ようとする男たちから隠れていたの。わたしの腹に子種を植えつけて、子どもが生まれたらわたしを捨てるつもりの男たちからね。

身を隠さなければならなくなったとき、わたしはまだ子どもだった。子どもよ。計画を練るために時間が必要だったの。修道院長のマザー・セレニティは、戦士と結婚するべきだと言ってくださったわ。わたしの財産を守れる強さと道義心を備え、わたしを丁重に扱ってくれる人」小声で言う。「婚姻によってわたしがもたらす贈り物を、そしてわたし自身を大切にしてくれる人と」

その声の弱々しさにユアンは心を動かされた。彼女が話したのは若い女の夢物語だ。現実的ではない。しかしメイリンを見たとき、彼にはわかった。彼女は怯え、絶望するあまり、理想の男性が見つかるという希望にすがりついている。彼女と結婚して子を孕ませ、目的を果たしたら捨てるつもりの男たちの中に、そんな男性がいると夢見ているのだ。

彼はため息をついた。メイリンは愛と慈しみを求めている。ユアンにそんなものは与えられないが、保護と敬意なら与えてやれる。ダンカン・キャメロンなら絶対に差し出そうとはしないものだ。

「おれはなにがあってもおまえを傷つけない。マケイブのクランにおいて、おまえは族長の妻としてふさわしい敬意を受けられる。おれがおまえと、生まれてくる子どもを守ってやる。おまえは遺産を守れる強い男を求めていたのだろう。おれこそ、その男だ」

メイリンが疑わしげにユアンを見つめた。「侮辱するつもりはないけれど、族長、この城は崩れかかっているわ。自分の城さえ守れない人が、ニアヴ・アーリンのような土地を守ることができるの?」

彼女にそのつもりがなかったとしても、やはり侮辱に変わりはない。ユアンは身を硬くした。

「こんなことを言ったからといって怒らないで」メイリンがあわてて言葉をつづけた。「結婚したら、わたしはその相手に命をゆだねるのよ。相手がふさわしい男性かどうか確かめる権利はあるはずだわ」

「おれは八年かかって兵士を鍛えてきた。いまやスコットランドには、これほど大きく訓練の行き届いた軍は存在しない」

「だとしたら、どうしてこの城は、戦いで壊滅的な被害を受けたように見えるの？」

「実際、被害を受けたんだ」ユアンはそっけなく答えた。「八年前に。その後おれはクランの人間を養い、兵を訓練することだけに心を砕いてきた。城の修理はあと回しだった」

「わたしはまだ誰とも結婚するつもりはなかったの」メイリンが悲しげに言った。

「ああ、そうだろう。しかし、もうそんなことは言っていられないぞ。ダンカン・キャメロンに見つかったのだから。ニアヴ・アーリンほどの土地がかかっているんだ。やつがあきらめると考えているなら、おまえは大ばか者だ」

「侮辱するのはやめて。わたしはばかではありません」

ユアンは肩をすくめた。話がなかなか進まないことに、いらだちが募っていく。「いいか、おまえに選択肢はふたつしかない。ダンカン・キャメロンか、おれかだ」

メイリンが青ざめ、動揺したように両手を握り合わせた。

「しばらく考えるといい。神父は二日後にやってくる。それまでに返事をしてくれ」

呆然とした様子の彼女に背を向け、ユアンは部屋を出た。扉のところで立ち止まり、振り返ってメイリンを見据える。

「二度と逃げようとするなよ。反抗的な女を捜して領地を駆け回るのは願いさげだからな」

10

マケイブ族長との結婚。メイリンは部屋の中を歩き回った。頭がおかしくなりそうだ。窓の前で立ち止まって外を眺め、春のさわやかな空気を吸いこむ。今日は暖かく、たまに冷たいそよ風が吹くだけだ。

心を決めるため、ショールをはおって早足で部屋を出た。城を一歩出たとたん、マケイブの兵士のひとりが横に並んだ。そっと見あげると、クリスペンと一緒にいるところを見つかったときにアラリックとともにいた男だった。名前を思い出そうとしたけれど、あのときのことはぼんやりとしか覚えていない。

てっきり挨拶しようとしているだけだと思って、メイリンは笑顔を見せた。ところが、彼女が角を曲がって石垣に開いた穴に向かっていくあいだも、兵士は横に並んで歩きつづけている。

ドレスの裾を持ちあげて崩れた岩を乗り越えようとしたとき、兵士がメイリンの手をそっと握って、岩を迂回させた。

メイリンは突然立ち止まった。すぐそばにいた兵士が彼女にぶつかりそうになる。メイリンは振り向いて顔をあげ、彼と目を合わせた。

「どうしてついてくるの？」

「族長のご命令です。城のまわりをひとりで歩き回るのは危険です。族長ご自身が近くにおられないときは、わしがおともするよう言いつかっています」

メイリンはふんと言って、片方の手を腰にあてた。「わたしがまた逃げるんじゃないかと心配して、そうならないようあなたに見張らせているわけね」

兵士はまばたきひとつしなかった。

「出ていくつもりはないわ。族長は、逃げようとしたらどうなるか警告してくださったもの。わたしはただ散歩して新鮮な空気を吸いたいだけ。だから、ほかの仕事を放り出してわたしに付き添わなくてもいいのよ」

「わしの仕事は、あなたの安全を確保することだけです」男が真面目な顔で言った。

メイリンは腹立たしげにため息をついた。ユアンの部下はみんな、こんなふうに愚鈍で頑固なのだろう。わざわざそんな人間ばかりを選んでいるのかもしれない。

「わかったわ。あなたの名前は?」

「ギャノンです」

「ねえギャノン、あなたは一日じゅうわたしを見張っているの?」

「コーマックとディオミッドと交代でです。わしら三人は、アラリック様やシーレン様に次ぐ地位にあります」

メイリンはごつごつした岩だらけの道を進んで丘をのぼり、草を食む羊たちのいるほうへ向かった。

「こんな仕事をあてがわれて気が進まないでしょうね」彼女は皮肉っぽく言った。

「いいえ、名誉です」ギャノンが重々しく答えた。「族長に信頼していただけるのは、すばらしいことです。奥方様の安全を守る仕事を、ただの兵士に言いつけたりはなさいません」

メイリンは立ち止まって振り返った。金切り声をあげてしまわないように唇を噛む。「わたしは奥方なんかじゃないわ！」

「二日後にはそうなられるのでしょう、神父様がいらしたらすぐに」

メイリンは目を閉じ、あきれて首を振った。普段の彼女は酒を飲まないが、いまなら浴槽一杯のエールでも飲めそうだ。

「族長はあなたに大いなる栄誉を与えておられるのですよ」彼女の動揺を感じ取ったかのように、ギャノンが言った。

「わたしのほうが栄誉を与えている気がするんだけど」メイリンはひとりごちた。

「メイリン！　メイリン！」

振り向くと、クリスペンが彼女の名前を叫びながら全速力で坂道をのぼってきた。追いつくと、メイリンを倒しそうな勢いで腕に飛びこんでくる。彼女が転ばずにすんだのは、ギャノンがしっかり支えてくれたからだった。

「気をつけてくださいよ」ギャノンが笑みを見せた。「さもないと、この方を倒してしまいますからね」

「メイリン、本当なの？　ねえ、本当？」

クリスペンは興奮で踊り出しそうだった。星のように目をきらめかせ、彼女の腕をつかんで、ぎゅっと抱きつく。

メイリンは少年の肩をつかんでそっと引きはがした。「なにが本当なの、クリスペン？」

「父上と結婚するんだって？　ぼくの母上になってくれるの？」

一気にメイリンは怒りに包まれた。どうしてそんなことを？　ユアンはなぜクリスペンに話したのか？　もしメイリンが結婚を拒んだら、この子は傷つくだろう。陰険な企みに、彼女は衝撃を受けた。彼はもっと高潔な人だと思っていたのに。傲慢だし意固地でもあるが、嘘をついて幼い子どもの気持ちを傷つける人間だとは思っていなかった。

腹立ちのあまり、彼女はギャノンに食ってかかった。「族長のところへ連れていって」

「しかし、いまは兵士たちと訓練中です。よほどの緊急事態でなければ、邪魔は許されません」

メイリンは進み出て、ギャノンの胸に人差し指を突きつけた。そして一語ごとに指を動かして強調しながら言い放った。ギャノンはあとずさりするほかなく、警戒するように彼女を見つめている。

「すぐに族長のところへ連れていって。さもないと、わたしは城じゅうをひっくり返してでも彼を捜し出すわ。信じてちょうだい、これは生きるか死ぬかの問題なの。彼が生きるか死ぬかということよ」

ギャノンが頑として拒否するつもりなのを悟ると、メイリンは両手をあげ、大きなため息をついて怒りを表した。そして向きを変えて丘をくだり始めた。自分でユアンを見つけるつもりだ。兵士と訓練をしているのなら、中庭にいるはずだ。

これからユアンに言うことをクリスペンには聞かせたくなかったので、彼女は振り返ってぴしりとギャノンを指さした。

「クリスペンと一緒にいなさい。わかったわね？」

命令されたギャノンがぽかんと口を開け、途方に暮れたようにメイリンとクリスペンを交互に見た。とうとう彼は身を屈めてクリスペンになにか言い、羊番のほうに行かせた。

メイリンは向きを変え、足を踏み鳴らして坂道をおりていった。一歩進むごとに怒りが募る。岩につまずいて顔から地面に突っこみかけたが、ギャノンが肘をつかんで支えてくれた。

「ゆっくり行ってください。お怪我をなさいますよ！」

「わたしは大丈夫」メイリンはつぶやいた。「怪我をするのは族長のほうよ」

「は？　すみません、聞こえなかったのですが」

メイリンはギャノンをにらみつけて彼の手を振り払った。角を曲がって中庭に入ると、剣と剣のぶつかる音や悪態が耳に飛びこんできて、汗と血のにおいが鼻をついた。彼女は訓練中の男たちを見渡し、ついに怒りの原因をつくった男を見つけた。

ギャノンが止める間もなく、メイリンは族長に目を据えたまま、男たちの中にずかずか入っていった。彼女のまわりで叫び声があがる。横を通り過ぎたときに誰かが倒れたような気がしたけれど、足を止めて確かめたりしなかったので、はっきりとはわからなかった。

半分ほど行ったとき、ユアンが動きを止めて振り返った。メイリンを見ると額にしわを寄せ、怖い顔でにらみつける。普段の不機嫌な顔ではなく、激怒の表情だ。それでもメイリンは平気だった。彼女も同じくらいかんかんに怒っているのだから。

ユアンの目の前で立ち止まったとき、ようやくギャノンが追いついた。彼は息を切らし、情けない顔でユアンを見つめた。

「申し訳ありません、族長。お止めできませんでした。どうしても族長にお会いしたいとおっしゃって――」

ユアンがギャノンに怒りの目を向け、不信感もあらわに眉を吊りあげた。「こんなちっぽけな女が中庭を横切るのを止められなかったのか？　兵士に殺されたかもしれないんだぞ」

なにをばかなことをと言ったふうに、メイリンは鼻を鳴らした。けれども首をめぐらせて、黙りこんでたたずむ男たちを見たとき、思わずごくりと唾をのんだ。みんな剣を持っている。落ち着いて考えていたなら、メイリンも中庭の端を回っていくほうが賢明だと気づいただろう。

男たちはひとり残らず怖い顔でこちらをにらんでいる。やはりユアンは無愛想な頑固者ばかりを部下に選んでいるらしい。

自分の行動を悔やんでいることを知られまいと、メイリンはユアンに向き直り、視線にありったけの力をこめて彼をにらみつけた。彼も怒っているのかもしれないが、メイリンはもっと怒っているのだ。

「まだ返事はしていないでしょう、族長」メイリンは声を張りあげた。「どうして？　どうしてそんなに……陰険で卑怯なことができるの？」

ユアンのしかめ面が驚きの表情に変わった。いぶかしげに彼女を見つめる顔を見て、メイリンは彼が誤解したのかもしれないと思った。そこで急いで、自分がなにを怒っているのか正確に告げることにした。

「クリスペンに、わたしがあの子の母親になると話したでしょう」彼に歩み寄り、指で胸を突く。「一日間待ってくれると言ったじゃない。神父様がいらっしゃるまで。結論を出すまでに二日くれたわよね。なのに、わたしが奥方になると城じゅうに触れ回ったんでしょう」

メイリンは彼の胸を手でぴしゃりと叩いた。

ユアンはうるさい虫を払いのけようとするかのように、下を向いてメイリンの手を見つめた。それから顔をあげる。その目の冷たさに、メイリンは身を震わせた。

「話はそれだけか？」

メイリンは一歩さがった。怒りの波は静まりつつある。憤りを吐き出したいま、彼女は現実に気づき始めていた。

彼女がそれ以上距離をあける間もなく、ユアンが足を前に進めた。

「二度とおれの道義心を疑うようなことを言うな。おまえが男ならとっくに死んでいる。今度おれに対していまのような口のきき方をしたら、どんな結果になるかわからないぞ。おまえはおれの領地にいる。ここではおれの言葉が法だ。おれの保護下にいるかぎり、疑わずにおれに従え」

「そんなのごめんよ」メイリンは小声で言った。

「なに？　なんと言った？」ユアンが叫ぶ。

メイリンは落ち着いた顔で彼を見あげ、穏やかな笑みを浮かべた。「いいえ、族長。なにも言っていませんわ」

ユアンが目を細めた。手がぴくぴく動いている。彼女の首を絞めたくてたまらない様子だ。これは彼の病気なのだろうかとメイリンは思った。

彼はいつも人の首を絞めて回っているのかしら？　それともわたしが特別なの？

「首を絞めたくなるのはおまえだけだ」ユアンが怒鳴った。

メイリンはぱっと口を閉じ、目をつぶった。いつの日かあなたは、心の中の思いをすぐ口にする癖を悔やむことになる、とマザー・セレニティに言われていた。今日がその日なのかもしれない。

男たちの険しい顔が、面白がるような表情に変わっていた。笑いものになるのはいやだったので、メイリンも厳しい顔をした。ところが彼らはにやにや笑うのをこらえるかのように、さらに口もとをぴくぴくさせるだけだった。

「一度しか言わないぞ」ユアンが不気味な声で言った。「おれたちが結婚するかもしれないということは、マッケルロイ神父を呼びに行った者と、おまえの護衛を申しつけた者にしか話していない。神父には、急いで来てもらうために事情を説明する必要があったからな。ところがおまえはたったいま、クランじゅうにおれたちの結婚の話を暴露してしまった」

メイリンが不安げに見回すと、かなりの人数が集まっていた。みんな、あからさまな好奇の目で彼女とユアンを眺め、ふたりの交わすひとことひとことに聞き入っている。

メイリンは唇をゆがめて、ひるむことなくユアンを見あげた。彼はまだ怒りをたぎらせている。

「だったらどうしてクリスペンが知っているの？　それになぜ、奥方の安全を守るのが務めだと言い張る護衛がわたしにつけられているの？」

「おれが嘘を言っているとでも？」

彼の声は気味が悪いほど静かだった。あまりにも低くてメイリンにしか聞こえないくらいだ。しかしその口調を聞いて、メイリンは爪先まで恐怖に貫かれた。

「違うわ」メイリンはあわてて答えた。「ただ、あなたが誰にも言っていないのなら、どうして結婚話を知っている人がたくさんいるのかと思っただけよ。結婚するかどうかも決まっていないのに」

ユアンが目を細めた。「まず言っておくが、おれたちは必ず結婚する。おまえが分別を取り戻して、そうするしかないと悟ったらすぐに」

自信たっぷりの物言いにメイリンが異議を唱えようとしたとき、ユアンが手で彼女の口をふさいだ。

「黙って最後まで話を聞け。おまえはいままでの人生で、ほんのわずかなあいだも黙っていたことがないようだな」

メイリンはうめいたが、ユアンはますます強く口を押さえた。

「きっと息子は、おれが部下に結婚の話をしているのを耳にしたのだろう。おまえが息子に黙っているようにと注意していたら、あいつはほかの誰にもその話をしなかったはずだ。しかし、おまえはもうクランじゅうにおれたちの結婚を発表した。これを求婚だと考える者もいるはずだ。だとしたら、おれはその求婚を受けよう」

ユアンがにやりと笑い、彼女の口から手を離してあとずさった。

「そんな……あなたは……」メイリンは口を開け閉めしたが、それ以上言葉は出てこなかった。

集まった群衆から喝采の声があがった。

「結婚式だ！」

人々が祝福の言葉を叫び、剣を突きあげた。兵士たちは盾の裏と剣の柄を打ち合わせる。

メイリンは大きな音に顔をしかめ、なすすべもなくユアンを見あげた。彼は腕組みをして、彼女を見つめ返した。男っぷりのいい顔には満足の笑みが浮かんでいる。

「求婚なんてしていないわ！」

彼女の言葉の激しさにも、ユアンは悠然としていた。「しきたりでは、キスで婚約の誓いを立てることになっている」

ばかばかしいと言う間もなく、メイリンは彼に抱き寄せられていた。ユアンの胸板をどんどんと叩く。彼にしっかり抱きしめられていなかったら、反動で後ろに転がっていただろう。

「口を開けろ」ユアンのかすれた声は、怒りにあふれているにしては、不思議なほどやさしかった。

思わずメイリンが唇を開くと、ユアンが官能的に舌を絡めてきた。彼女は、なにがなんだかわからなくなった。彼にキスをされていること、またもや舌を口の中に入れられたことしかわからない。

そして彼がクランの人々に、ふたりの結婚を発表してしまったこと。いや、発表したのはメイリンのほうだったのか。神と人々の前で長くキスすればするほど、求婚を断るのは難しくなる。それに気づいたメイリンは、ユアンをぐいっと押した。反動で倒れそうになったが、恥ずかしいことにギャノンが支えてくれた。彼女は腕で口をぬぐった。

族長は得意満面だ。満足そうににやにやしながら、メイリンをじっと見つめている。

「キスですって？　キスなんてしないわ。あなたをぶん殴ってやりたい！」

メイリンは身を翻して逃げ出した。後ろからユアンの笑い声が追いかけてくる。

「手遅れだぞ！　もうキスはした」

メイリンは部屋に戻った。最初からずっとここにいればよかったのだ。彼女は窓の前でまた歩き回り始めた。なんてひどい男。彼と一緒になれば、自分は一日もしないうちに頭がおかしくなるだろう。彼は仕切り屋で高圧的だ。傲慢で、美男子で、そしてうっとりするようなキスをする。

メイリンはうなり声をあげ、ぴしゃりと額を叩いた。うっとりするようなキスなどしていない。あんなキスのしかたは間違っている。マザー・セレニティは、キスで舌を入れるなどという話はしていなかった。修道院長はこと細かに説明してくれたのだ。メイリンはいずれ結婚するのだし、無知なままで初夜の床につくことがあってはいけないと言って。

舌？　いや、マザー・セレニティは舌についてはなにも言っていなかった。そんな話があったなら、絶対に覚えているはずだ。

最初にユアンがキスしてきたとき、メイリンは異常だと思った。間違いだと。けれども、あのときメイリンは口を開けていた。ユアンも口を開けていたなら、舌が入ってきたのは偶然だったのかもしれない。

メイリンは顔をしかめた。もしかして、マザー・セレニティのほうが間違っていたのだろうか？　いや、博識な彼女にそれはありえない。メイリンは彼女を絶対的に信頼している。でも二度目は？　あれは偶然ではなかった。なぜなら今回、ユアンは口を開けるようメイリンに命じたのだ。そしてメイリンがなにも考えることなく口を開けてしまったため、舌が入ってきた。

そのことを思い出すだけで、メイリンの体は震えた。あれは……。

あれは威厳に欠ける行為だった。そう、そういうことだ。彼がまたあんなことをしようとしたら言ってやろうとメイリンは思った。

この件が解決したことで少しだけ気分がよくなり、メイリンは間近に迫った結婚という問題に思いを向けた。

マザー・セレニティとともに設定した夫としての基準を、ユアンが満たしているのは確かだった。彼は間違いなく屈強な男だ。自分の保護下にあると考える者に対して強い執着心を持っている。強大な軍を持っているのは、中庭にいた男たちの数、彼らの激しい訓練の様子を見れば明らかだ。

そして、この結婚はユアンにとっても有利なものとなるだろう。彼はメイリンを守り、強い力でニアヴ・アーリンの土地を守ってくれる。と同時に彼は、王にも匹敵するほどの富と土地を得ることになる。

そのような強大な力を与えていいと思うほど、彼を信頼できるだろうか?

さっきは彼の道義心に疑問を呈するつもりではなかった。怒ってはいたものの、本心から彼が卑劣な人間だと思っていたわけではない。そう思っていたとしたら、もっと必死に逃げようとしていただろう。そう、メイリンは彼からの求婚について真剣に考えていたのだ。いや、彼女からの求婚だろうか。どちらでもいいけれど。

これまでメイリンはあまり多くの男性に出会ってはいなかった。会ったのはまだ小さいころ、夜中に連れ去られて長期間修道院に隔離されるようになる前だ。けれども、悪い人間につかまる恐怖は忘れられず、そうなったら自分がどんな人生を送ることになるかはよくわかっていた。

ユアン・マケイブに恐怖は感じない。恐ろしい男ではあるけれど、彼に暴力を振るわれるかもしれないという恐怖はなかった。彼にはメイリンの首を絞める機会がいくらでもあった。そうしたいと思ってもいたはずだ。それでも彼は自分を抑えていた。息子の失踪と救出に関してメイリンが果たした役割を知らなかったときでさえ、彼女に危害を加えようとはしなかった。

彼はただ怒鳴るのが好きなだけだ。

そう思うと、メイリンの顔に笑みが浮かんだ。マケイブの男たちは本当にしかめ面が好きらしい。だがアラリックは、女たちへの悪態をつぶやきながらも、彼女を擁護してくれた。シーレンは……いまのところ彼とメイリンのあいだには、互いを避けるという暗黙の了解がある。彼は確かに恐ろしい。メイリンのことをあまり気に入っていないらしいし、それを彼女に知られようと知られまいとかまわないようだ。

ユアンとの結婚を検討しているなんて、頭がどうかしてしまったのだろうか？

メイリンは窓辺にたたずんだまま、城を取り囲む丘が暗くなっていく様子を眺めた。遠くでは犬が羊を追って吠えていた。濃い紫の闇が土地全体を包む。地面から白い霧が立ちのぼり、丘を覆った――母親が子どもをベッドに入れて毛布をかけてやるように。

これがメイリンの人生になるのだ。自分の夫。自分の城。自分のクラン。これからは、彼女が子を産んだときにもたらされる富のことしか考えない野蛮人に見つかって、結婚を強いられる心配をしなくてもいい。

人並みの人生を送れるようになるのだ。あきらめかけていた人生を。そして家族ができる。クリスペン。ユアン。彼の弟たち。クランの人々。

メイリンの胸が詰まった。

彼女は天を仰ぎ、熱をこめて祈りの言葉をつぶやいた。「神様、どうかこれが正しい決断でありますように」

11

彼女は湯をいっぱいに張った浴槽に浸かり、目を閉じて頭を反らせ、至福の表情を浮かべている。

ユアンは彼女を起こさないよう、静かに扉の陰から見つめていた。自分がここにいることを告げるべきなのはわかっていたが、なにも言わなかった。ひとり静かに、この眺めを堪能していた。

メイリンは頭の上に髪をまとめてピンで留めていた。何本かの後れ毛がふわりと細い首筋のまわりまで落ち、肌に張りついている。ユアンはその髪の毛に視線を這わせた。とりわけ、丸みのある胸にかかった髪の毛に魅了されていた。

魅力的な胸だ。それ以外の部分と同じく。柔らかな曲線は目に快い。彼女が身動きしたので、ユアンは見つかったのかと思った。けれどもメイリンは目を開けなかった。背を反らすと、ちょうどピンク色の胸の先端が水面からのぞいた。

ユアンの口がからからに乾いた。トルーズの中で欲望のあかしが張り詰める。彼女に強い反応をかき立てられたことに動揺して、彼はこぶしを握ったり開いたりした。

硬くなった股間がうずく。ユアンは激しい欲望に駆られていた。このままずかずか入っていって彼女を浴槽から引っ張り出し、ベッドに横たえても、誰も止めないだろう。メイリンは彼のものなのだ。彼女がこの土地に足を踏み入れた瞬間から。ユアンと結婚しようとしまいと。

それでも、ユアンの中の強情な部分は、メイリンのほうから彼のもとへ来てくれることを願っていた。彼女が運命を甘受して、自らの意思で彼と結ばれることを望んでいた。そう、相手がその気になっているほうが、交わりははるかに快いものとなる。すぐに彼女をその気にさせられないわけではないが……。

怯えたようなあえぎ声が部屋に響き渡った。ユアンは渋い顔をして、大きく見開いたメイリンの目を見つめた。彼女に怖がられるのはごめんだ。

そしてメイリンが恐怖に怯えていたのは、ほんの一瞬だった。

憤怒の表情を浮かべてメイリンが立ちあがった。木の浴槽から湯がこぼれ、彼女の体を伝い落ちた。ユアンがついさっきまでうっとり眺めていた魅惑的な曲線が、くっきりと見えている。

「なにをしているの!」

彼女は一糸まとわぬ姿で、体を震わせて立っていた。その全身を彼の目からさえぎるものはなにもない。ああ、胸を誇らしげに突き出して怒りを発散させている彼女は、本当に美しい。脚の付け根の黒い縮れ毛が甘美な神秘を隠している。

立ちあがったために裸身をさらしてしまったことに気づいて、メイリンが甲高い悲鳴をあげ、あわてて浴槽に身を沈めた。両方の腕で胸を覆い、前のめりになって、できるかぎり体を隠す。

「出ていって！」

ユアンは驚いて目をしばたたいたあと、彼女の悲鳴ににやりと笑った。小柄で無害に見えても、メイリンには無視できない存在感がある。ユアンの部下たちも、メイリンに振り回されていた。

彼女はギャノンとディオミッドとコーマックを容赦なくこき使っている。一日の終わりになると、ユアンは彼らから、女主人を守る――そしてなだめる――仕事についての苦情を聞かされていた。コーマックなど、メイリンが兵士の訓練を担当すればいいと考えている。きっと彼女は恨みを根に持つ性格なのだ。それで、自分を監視する仕事を与えられている彼らに仕返しをしているのだろう。

たまたま行き合った男たちにも、メイリンは遠慮なく命令して回っていた。なぜそんなことをするのかと問われたときには、やさしくて罪のなさそうな笑みを浮かべ、族長によれば自分はもうすぐ城の女主人になるのだから、男たちには自分の命令を聞く義務があるのだと答えた。

問題は、そういう命令のほとんどがばかげたものであることだ。彼女はこの二日間、皆をへとへとにさせていた。それをやめさせるためにユアンはここへ来たのだ。マッケルロイ神父は間もなく到着する。だから、まず彼女の返事を聞く必要があった。そして、彼女が男たちを振り回して疲れさせるのをやめさせねばならない。

戦士があんなふうに泣きごとを言うのはみっともない。

「見るべきものは、もう全部見たぞ」ユアンはゆったりとした口調で言った。

メイリンが頬を染め、非難の目で彼を見つめた。

「ノックもなしに入ってこないで。失礼ね」

ユアンは片方の眉をあげ、彼女が困惑するとわかっていながら見つめつづけた。メイリンが兵士たちを困らせようとするのと同じように、ユアンも彼女をいらだたせたかった。

「おまえは浴槽の中でぐっすり眠っていた。軍隊が通り過ぎても気がつかなかっただろう」

メイリンがふんと言って首を左右に振った。「浴槽で眠ったりしません。溺れ死んでしまうもの。そんなばかなことはしないわ。わたしは愚か者ではないのよ」

もう一度、ユアンはにやりと笑った。しかし、さっきは実際に眠りこんでいたではないかと言い張るのはやめておき、咳払いをして用件を切り出した。

「話がある。返事を聞かせてくれ。神父が間もなく到着する。もう悪さは充分だろう。そろそろ真面目に話をつけよう」

「浴槽から出て服を着るまで、あなたとは話しません」メイリンが鼻をぐすんといわせた。

「手伝ってやろう」ユアンは表情ひとつ変えずに言った。

「それはご親切に……」言いかけたメイリンは、彼がなにを申し出たのかに気づいて言葉を切った。目を細め、しっかりと脚を抱える。「あなたが部屋を出ていくまで、ここから動かないわ」

怒りのせいではなく、こみあげてきた笑いを抑えるために、ユアンはため息をついた。

「すぐに戻ってくる。急いだほうがいいぞ。おれはもう充分長く待たされた」

彼は背を向けて部屋を出た。そのとき怒りのうなり声がはっきりと聞こえて、ユアンはまたしてもひそかに笑った。あの女はマケイブのクランにふさわしい花嫁に、そして女主人になりそうだ。あんな境遇に置かれたら臆病になっても無理はないのに、メイリンは戦士並みに獰猛だ。彼女が心や体に幾層にもまとったものをはがして、その下に隠された真の姿をあらわにするのが楽しみだ。さっき濡れてきらめいていた、美しく柔らかい姿を。

ああ、メイリンは本当に美しい。ユアンは彼女を神父の前に連れていくのが待ち遠しかった。


メイリンは勢いよく浴槽から出て、毛皮をしっかり体に巻きつけた。そわそわと何度も肩越しに後ろを見ながら、服を着られる程度に暖炉の前で急いで体を乾かす。ぐずぐずしていたら、服を着終わる前にユアンが戻ってきてしまう。

服を身につけると、暖炉の前に座って濡れた髪を乾かし、櫛を通した。一陣の風が窓を覆う毛皮をはためかせ、冷たい空気が湿った髪に吹きつける。メイリンはぶるっと震えた。

ユアンが来るのはわかっていたはずだが、ノックの音がしたとき彼女はびくりとして振り返った。扉が開き、彼が入ってくる。ユアンは炭火のように目をきらめかせて、彼女の全身に視線を走らせた。突然、メイリンは寒さを忘れた。部屋がさっきよりずっと暑くなったような気がした。

口の中が乾く。メイリンは生まれて初めて言葉を失っていた。ユアンの様子はいままでとどこか違う。なにが違うのかはわからないし、知りたいとも思わない。彼はメイリンを見つめた——いや、見つめたのではない。むさぼるような視線を向けてきた。まるで獲物に忍び寄る飢えた狼だ。

その想像にメイリンはごくりと唾をのみ、牙から守るかのごとく手で喉を隠した。

ユアンが彼女の動きを見逃さず、面白がるように目を光らせた。「なぜいまになっておれを怖がる？　おまえは最初からおれを恐れていなかった。おまえに急に怖がられることをした覚えはないんだが」

「もう終わりなのよ」メイリンはそっと言った。

ユアンが首をかしげ、彼女に近づいてきた。暖炉の前に置かれた小型の長椅子に、大きな体をおろす。

「なにが終わりだって？」

「時間よ。もう時間がなくなったということ。ばかだったわ、心の準備をしていなかったなんて。長く待ちすぎたのよ。もっと早く夫を選んでおくべきだった。だけど修道院は平和だったから安全だと思いこんでいたの。マザー・セレニティとはいつもわたしの将来について話し合っていたけれど、一日ごとにその将来は近づいていたのね」

ユアンが首を横に振った。なにを否定されたのかわからず、メイリンは戸惑って彼を見た。

「おまえのしたことは正しかった。おまえは待っていたんだ」

メイリンは不審そうに鼻にしわを寄せた。「なにを待っていたというの?」

するとユアンが微笑んだ。尊大さが顔じゅうに広がる。「おれを」

ああ、この人にはいらいらさせられる。きっとわざとやっているのだ。メイリンはため息をついた。これ以上求婚を断りつづけても、なにもいいことはない。彼女が結婚するつもりであることは、ユアンも知っているはずだ。ほかにどうしようもないのだから。けれども彼は、はっきりとした返事を聞きたがっている。だからメイリンは言った。

「あなたと結婚します」

ユアンが勝ち誇ったように目を輝かせた。またからかってくるのだろう、やっと正気を取り戻したとかなんとか言うのだろうとメイリンは思っていた。ところが彼はなにも言わず、メイリンにキスをした。

ついさっきまである程度の距離を置いていたはずなのに、気がつけばユアンはすぐそばに来ていて、メイリンは彼のにおいに包まれていた。

ユアンが彼女の顎をつかんで上を向かせ、唇を重ねた。一秒ごとに温かく——いや、熱く——なりながら、ベルベットのように柔らかい唇を動かしていく。

キスされただけで正気が弾け飛ぶなど、メイリンは信じられなかった。いつも正気を取り戻せと言っているくせに、ユアンは自ら進んでまた彼女の正気を失わせようとしている。

ユアンの舌がメイリンの唇をこする。彼女が口を閉じたままにしていると、彼は根気よく軽い愛撫をつづけた。唇の合わせ目に舌を這わせ、甘噛みする。今回、彼は口を開けるよう命令はしなかった。なのに固い決意に反して、メイリンはあまりの快感にため息を漏らしてしまった。

唇が開くなり、ユアンの舌が滑りこんできてなまめかしく動く。愛撫されるたびに、メイリンの体の奥深くが反応した。どう説明していいかわからない。キスされただけで胸が張り詰め、体のあちこちが痛いほどうずくのはどうしてだろう?

メイリンは身をよじりたくなった。とてもじっとしていられない。ユアンに腕を撫でられると、頭から足の先までぶるぶると震えた。

ユアンが身を引いたとき、メイリンはぼうっとしていて、困惑の目で彼を見つめるばかりだった。

「ああ、おまえはなんという女だ」彼がぽつりと言う。

メイリンは何度もまばたきをして、心を落ち着けようとした。いまは厳粛に、そして賢明になるべきなのだ。互いへの敬意に基づいた結婚で強い絆が築ける、といったことを言わなければならない。

それなのに、どんな言葉も浮かんでこなかった。彼にキスされて、頭の中が真っ白になっている。

「これは正しいキスのやり方じゃないわ」彼女は口走った。

こんなことしか言えないとは、なんと恥ずかしい。メイリンは目を閉じ、ユアンに非難されることを覚悟した。

けれども目を開けると、彼は面白そうな顔をしていた。いまにも笑い出しそうだ。メイリンはむっとして目を細めた。どうやら彼には指導が必要らしい。

「で、正しいやり方というのは？」

「口は閉じておくの」

「なるほど」

メイリンは念を押すようにうなずいた。「そう、キスで舌は使わないのよ。下品なことだもの」

「下品なのか？」

メイリンはふたたびうなずいた。思っていたより簡単だった。ユアンは彼女の指導を真剣に受け止めているらしい。

「マザー・セレニティによれば、頬や口へのキスはとても親密な相手とだけするものよ。でも、あまり長くつづけてはいけないわ。気持ちを伝えられるだけの時間でいいの。舌についてはなにもおっしゃらなかった。だから、キスで舌を口の中に入れるのは正しくないのよ」

ユアンの唇が妙にぴくぴくした。何度か口をこすったあと、彼は手をおろして言った。「で、そのマザー・セレニティというのは、キスの大家なのか？」

メイリンは大きくうなずいた。「ええ、そうよ。いつかわたしが結婚するときに知っておくべきことを、すべて教えてくださったわ。ご自分の務めを真剣に考えておられたの」

「では、おまえがじきじきにおれを指導するんだ。どうすればいいか教えてくれ」

メイリンは顔をしかめたが、彼は夫になるのだということを思い出した。だからこの場合、愛の行為についてメイリンが彼に教えるのは正しいことだし、期待されてもいるのだろう。すぐに納得して自分のやり方を修正しようとするとは、ユアンも感心な男だ。彼とはうまくやっていけそうな気がする。

間近に迫った結婚についてずっと気分がよくなったメイリンは、身を乗り出して唇をすぼめた。これから彼に正しい方法を伝授するのだ。

唇が触れ合ったとたん、ユアンが彼女の肩をつかんで自分のほうに引き寄せた。

メイリンはのみこまれたように感じた。食べられたように。まるでユアンが彼女の存在自身を吸いこもうとしているみたいだ。

そして厳しい説教と辛抱強い指導にもかかわらず、彼はやはり舌を差し入れた。

12

「起きてください、お嬢様！　今日はあなたの結婚式ですよ」

メイリンはまぶたをこじ開けた。狭い部屋に詰めかけた女たちを見てうめく。彼女はくたくただった。この地に着いてから昨日まで、深夜に逃亡を図ったり、部屋の中で歩き回ったりで、もう疲れ果ててしまった。ゆうべ族長と話し合ったあと、ようやく深い眠りに落ちたのだ。

女のひとりが窓を覆っていた毛皮を横に引いて開けると、日光がカミソリのように鋭くメイリンの目を刺した。

さらに大きなうめき声が出る。女たちが声をあげて笑った。

「族長とのご結婚をあまり喜んでおられないみたいですね」

「クリスティーナ、あなたなの？」メイリンは不満たらしく言った。

「ええ、そうです。わたしです。お風呂のために、お湯を運んできますからね」

「湯浴みならゆうべすませたわ」風呂をやめたら、あと一時間よけいに寝られるかもしれない。

「あら、結婚式の日の朝に湯浴みは欠かせませんよ。髪を洗って、いいにおいの香油をお肌にすりこむんです。マディの手づくりで、とてもいい香りなんですよ。族長もお喜びになりますわ」

いまわたしの心を占めているのは族長じゃないわ。睡眠よ。

部屋じゅうでくすくすと笑い声がした。またしても内心の思いを口にしてしまったらしい。

「結婚式にお召しになるドレスも持ってきました」別の女が言う。

メイリンは顔をあげて、わくわくした顔で笑いかけている若い娘の名前を思い出そうとした。メアリー？　マーガレット？

「フィオナです」

メイリンは嘆息した。「ごめんなさい。女の人はたくさんいるから」

「いいんです」フィオナが快活に言った。「さて、わたしたちがあつらえたドレスをごらんになりますか？」

メイリンは肘をついて体を起こし、集まった女たちをぼんやりした目で眺めた。「ドレス？あなたたちが縫ったの？　でも、わたしが結婚を承諾したのは、ゆうべのことよ」

マディは悪びれたそぶりも見せなかった。メイリンに大きく微笑みかけながらドレスを広げる。「そりゃあ、族長があなたを説得するのは時間の問題だってわかっていましたからね。早く縫い始めてよかったでしょう？　丸二日かかりましたけれど、できあがりには満足していただけると思いますよ」

メイリンは目の前に広げられたドレスに見入った。こみあげた涙を、まばたきして抑える。

「きれいだわ」本当に美しかった。生地は深みのあるグリーンのブロケードとベルベット。

袖と裾には金色の縁取りが入っている。ボディスのまわりには細かい模様が刺繍されていて、陽光を浴びて金糸がきらめいていた。

「こんなにすてきなドレスは見たことがないわ」

三人の女は満面に笑みを浮かべた。それからマディがベッドまで来て上掛けをはがした。

「族長をお待たせしないほうがいいですよ。夜明けに神父様がいらっしゃったので、族長はさっさと結婚式をすませたくていらいらしておられます」

「まあ、それはだめね」メイリンはそっけなく言った。「族長を待たせると、ろくなことがないわ」

それから一時間、女たちはメイリンを頭から足の先までごしごしこすって洗った。風呂を終えてベッドに横たわり、全身に香油をすりこまれるころには、メイリンは意識を失う寸前だった。

三人はメイリンの髪を洗って乾かし、つややかに光るまでブラシを通した。髪は光沢を放ち、背中に広がる。女性を結婚式の日に最高の気分にさせるすべを彼女たちが知っていることは、メイリンも認めざるをえなかった。

「終わりました」クリスティーナが告げた。「ドレスを着たら、もう結婚式に出られますよ」

そのときノックの音がして、ギャノンの声が重い木の扉の向こうから響いた。

「族長が、あとどれくらいかかるかとお尋ねだ」

マディがあきれ顔で扉をぐいと開け、メイリンの裸身を見られないよう、自分の体でギャノンの視界をさえぎった。

「用意ができたらすぐに下へ行きますと族長に伝えてちょうだい。こういうのは、あわてちゃだめなのよ！　花嫁さんには、結婚式に最高にきれいになってもらいたいでしょう？」

ギャノンがもごもごと謝罪の言葉をつぶやき、族長に伝えると約束してあとずさった。

「さてと」マディがメイリンのところに戻ってきた。「このドレスをお召しになって、下でお待ちの族長のところへ行きましょう」

「もう何時間もかかっているぞ」ユアンはぼやいた。「いったいなにをしているんだ？」

「あいつらは女だからな」それですべての説明がつくと言いたげに、アラリックが答えた。

シーレンがうなずき、ジョッキを持ちあげてエールを飲みほす。

ユアンは背の高い椅子に腰かけて首を横に振った。結婚式。今日と、最初の妻との結婚式の日とでは、大きな違いがある。

最近では、シーリアのことはたまにちらりと考える程度だった。若くして亡くなった妻の顔をはっきりと思い出せないこともある。あれから長い歳月がたった。一年ごとに、彼女のことは記憶から薄れていく。

シーリアと結婚したとき、ユアンはいまよりずっと若かった。そして彼女も若くはつらつとしていた。それだけは覚えている。いつもにこにこ笑っていた。ユアンとシーリアは幼いころ――彼が日々剣の訓練に励むようになるまで――仲のいい遊び友達だった。その後、互いの父親が相談して、クラン同士の結束を固めるためにふたりを結婚させることに決めた。結婚して二年目に、シーリアは男の子を産んだ。ところが三年目に入る前に、彼女は死に、城は崩壊し、クランは壊滅寸前となったのだ。

シーリアとの結婚式は陽気に行われ、祝宴は三日間つづいた。妻は喜びに顔を輝かせ、ずっと微笑んでいた。

メイリンは微笑むだろうか？　それとも、ここに着いたときと同じつらそうな表情で結婚式に臨むのか？

「父上、メイリンはどこなの？」クリスペンがささやいた。「やっぱりやめることにしたのかな？」

ユアンは横を向き、息子に笑いかけた。力づけるように少年の髪を撫でる。「ドレスを着ているだけだ。もうすぐここへ来て、誓いの言葉を言う。おまえも知っているように、メイリンは約束を重んじる人間だ。心配するな。女というのは、結婚式の日にはどんなときよりきれいに見せたがるものなんだ」

「だけど、いまでもきれいなのに」

「それはそうだ」ユアンは本心から言った。彼女は美しく魅惑的だ。「それでも、こういうときには特別美しくなりたいと思うんだ」

「メイリンはお花を持っている？　花束がいるよ」

クリスペンのうろたえた顔を見て、ユアンは笑い出しそうになった。息子はユアンよりも緊張しているようだ。いや、ユアンは緊張していない。いらいらしていて、さっさとすませたいと思っているだけだ。

「お花を用意していないの?」クリスペンが重ねて訊く。

ユアンは息子を見おろした。そのぞっとしたような表情を見て、彼は顔を曇らせた。

「花のことは考えていなかった。しかし、おまえの言うとおりかもしれん。コーマックと一緒に花を摘んできてくれないか」

部屋の向こうで父子の会話を聞いていたコーマックは、さっきのクリスペン同様ぞっとした表情になって、あわててあとずさった。けれどもクリスペンが彼の前まで駆けてきて、メイリンのために花を摘みに行こうと言った。

コーマックは不満げにユアンを一瞥したあと、少年に引っ張られて大広間を出ていった。

「どれだけ長くかかるんだ?」シーレンが座ったまま落ち着かなげに体を揺らし、長い脚をだらりと床に投げ出した。「時間の無駄だ。絶好の訓練日和だというのに」

ユアンが小さく笑う。「おれは自分の結婚式が時間の無駄だとは思わないがな」

「もちろんだ」とアラリック。「おれたちが汗をかいて訓練しているあいだ、兄貴は温かくて柔らかい体を味わうんだから」

「兄貴も汗をかくさ」シーレンがふざけて言った。「おれたちとは違う汗のかき方だが」

ユアンは手をあげて、配下の兵士たちに聞かれる前に下品な話を止めた。これから花嫁になろうという女性に恥ずかしい思いをさせたくはない。

そのときマディが駆けこんできた。顔を真っ赤にし、胸を上下させて大きく息をついている。

「花嫁さんですよ、族長！」

ユアンはエールを飲んでいた神父をちらりと見て、手招きした。メイリンが角を曲がってくると、広間にいた全員が立ちあがって出迎えた。

束の間、ユアンは言葉を失った。美しいという言葉ではとうてい言い尽くせない。最高に魅力的だ。用心深くていささか無作法な女はどこかへ行ってしまった。いまの彼女は王家の血を引く貴婦人。まさに王女だ。

メイリンは堂々と、落ち着いた表情で入ってきた。髪の一部を首筋で結び、残りは腰まで垂らしている。

彼女がまとっている威厳ある雰囲気を感じ取り、ユアンは突然、自分がつまらない人間であるような気になった。

クリスペンが部屋に駆けこんできた。花束をあまりにきつく握って振り回しているので、早くも茎が折れ、花はしおれている。メイリンに駆け寄って花を彼女の手に押しつけると、花びらが散って舞い落ちた。

するとメイリンの表情が一変した。落ち着き払った冷静さは姿を消し、温かな目になってやさしくクリスペンに微笑みかける。そして身を屈めて彼の額にキスをした。

「ありがとう、クリスペン。ものすごくきれいだわ」

なぜだかユアンの胸は締めつけられた。

彼は前に進み出て、クリスペンのすぐ後ろに立った。息子の肩に手を置いて、メイリンのブルーの瞳を見つめる。

「神父が待っているぞ」彼はぶっきらぼうに言った。

メイリンはうなずいてクリスペンを見た。「わたしたちと一緒に来てくれる、クリスペン？だって、あなたもこの式の主役だもの」

破裂するのではないかとユアンが心配になるくらい、クリスペンは大きく胸をふくらませた。それからメイリンの手をつかむ。ユアンは彼女のもう片方の手を握ろうとした。メイリンはマディに花束を渡してユアンと指を絡めた。

そうだ、と彼は思った。これがユアンの家族だ。息子と、その母親となる女。彼はメイリンの手を引いて、待ち受ける神父のほうに向かい、ふたりの弟が彼らの両側に並んだ。

こうして家族に囲まれて、ユアンとメイリンは誓いの言葉を交わした。メイリンの声はまったく揺るがなかった。結婚へのためらいはみじんも感じられない。彼女はまっすぐに神父の目を見つめてからユアンのほうを向き、敬い従うという誓いの言葉を復唱した。

神父がふたりの結婚を宣言すると、誓いのあかしとしてキスをしようとユアンは顔を寄せた。メイリンが一瞬ためらったのち、小声で言った。「舌は使わないで！」

ユアンの笑い声が広間じゅうに響き渡った。クランの者たちは族長がなぜ笑ったのかといぶかって見つめたが、彼の目は花嫁だけに向けられていた。

彼女と唇を重ねる。甘く、温かな唇。彼はじっくりとメイリンの口を探った。そして、舌を使った。

ユアンが顔を離すと、メイリンが鋭い目つきでにらみつけてきた。彼はにやりとして妻の手をつかみ、彼女を抱き寄せてクランの者たちに向き直った。それから彼女の手を高くあげ、城の新たな女主人の誕生を知らしめた。

皆の叫び声が広間に轟く。あまりの大音響に、メイリンが顔をしかめた。それでもユアンの横で誇らしげに立ち、口もとにうれしそうな笑みを浮かべている。

配下の兵士がひとりずつやってきてひざまずき、新たな女主人に忠節を誓った。最初のうち、彼女はこうして忠誠を示されて戸惑っているらしく、穴があったら入りたいかのようにもじもじしていた。

それでも彼女が徐々に自分に与えられた新しい立場になじんでいくのを、ユアンは笑顔で見守った。世間から隔離された生活を送ってきた彼女が、いま初めて、自らの運命に足を踏み入れようとしているのだ。

最後のひとりがメイリンの前で頭を垂れると、ユアンは彼女の肘をつかんでテーブルに連れていった。ガーティ率いる厨房担当の女たちが宴のために皿を並べる。部屋の隅では小さな楽団が陽気な音楽を奏でる準備を始めた。祝宴のあとは、日没の床入りの儀式まで、誰もが陽気に踊り騒ぐのだ。

ユアンはテーブルの上座についた。メイリンには族長の妻として自分の横にいてほしい。

隣に椅子を置くように命じて彼女を座らせ、並べられた皿に最初の料理が盛られると、彼は自分の皿からおいしそうなところを選り分けてメイリンに差し出した。

夫の気遣いを喜んで、メイリンは彼のナイフの先から柔らかい肉を食べた。まばゆいばかりの笑顔を向けられたユアンは、一瞬息もできなくなった。彼女にすっかり気を取られてしまい、エールの入ったジョッキを倒しそうになった。

アラリックがユアンの、シーレンがメイリンの横に陣取る。大テーブルの最後のひとりにまで料理が行き渡ると、アラリックが立ちあがり、静かにするよう合図した。それからゴブレットを掲げて、ユアンとメイリンに顔を向けた。

「族長と奥方に乾杯！　この結婚に健康と多くの息子が恵まれんことを！」

「それから娘もね」メイリンが、ユアンが聞き逃しそうなほど小さな声で言う。

ユアンは笑みを浮かべて、クランの者たちの同意の声が響くのに聞き入った。自分のゴブレットを掲げ、アラリックのほうに顔を傾ける。

「そしてわれらの娘が母親のように美しくあらんことを」

メイリンが小さく息を吐き、目を輝かせてユアンを見た。彼女の笑顔に、広間じゅうがぱっと明るくなる。ユアンが驚いたことに、彼女は突然伸びあがり、両手で彼の顔を挟んでキスをした。そのなまめかしいキスにユアンは爪先を丸めた。

やんやの喝采が起こる。シーレンまでもが楽しそうな顔になった。メイリンが唇を離したとき、ユアンはぼうっとして自分の名前も思い出せなかった。

メイリンが彼に体を寄せ、柔らかな曲線を押しつけてきた。ユアンの体はただちに反応した。瞬時に股間が硬くなる。しかしこの体勢では、下腹部のうずきをやわらげるために動くこともできない。姿勢を変えたらメイリンを押しのけてしまうことになるが、彼女に離れてほしくはなかった。

というわけで、彼はじっと座っていた。刻一刻と股間を張り詰めさせながら。

祝宴も半ばに差しかかったころ、笛の奏者が特別陽気な曲を吹き始めた。活気のある速い曲に合わせて、何十人もがリズミカルに床を踏み鳴らす。メイリンも拍手をして楽しげに笑った。

「おまえは踊れるか？」ユアンは尋ねた。

彼女が残念そうに首を横に振った。「いいえ、修道院では踊ったりしないの。だから下手だと思うわ」

「おれも優雅に踊れるほうじゃない。一緒にでたらめに踊ろう」

またもやメイリンが笑顔になり、ぱっと彼の手をつかんだ。ユアンは瞬時に誓いを立てた――いかに愚かに見えようとも、メイリンが望むかぎり一緒に踊ってやると。

「族長、族長！」

見張りの兵士がひとり、抜き身の剣を手にして広間に駆けこんできた。ユアンを見つけると、即座にテーブルの上座に向かう。ユアンは立ちあがり、無意識のうちにメイリンを守るようにその肩に手を置いた。

兵士は息を切らして、ユアンの目の前で足を止めた。アラリックとシーレンも立ちあがって報告を待つ。

「敵軍が近づいています、族長。ついさっき報告を受けました。やつらはダンカン・キャメロンの旗を掲げています。最新の報告では、敵は南からやってきて、領地の境界線まであと二時間のところに迫っています」

13

ユアンが荒々しく悪態をついた。アラリックとシーレンも激怒の表情になったが、彼らの目はらんらんと輝いていた。期待の輝きだ。

もう一度ユアンはメイリンの手をつかみ、彼女の顔が痛みでゆがむほどきつく握った。

「兵を集めろ。中庭に集合して、おれを待て」

そのままメイリンを引っ張ってテーブルから立たせようとしていると、アラリックが声をあげた。「いったいどこへ行くんだ、兄貴？」

「床入りだ」

メイリンはあんぐりと口を開けたまま、階段のほうへ連れていかれた。ユアンが階段を駆けのぼり、メイリンはほとんど引きずられるようにして早足であとにつづいた。

夫の部屋に引き入れられ、扉をバタンと閉められる。呆然としていると、ユアンが服を脱ぎ始めた。

「ドレスを脱げ」ユアンはそう言ってチュニックを横に放った。

すっかりまごついて、メイリンはベッドに腰をおろした。ドレスを脱げ？　彼はあわただしくブーツを脱いでいる。でも夫の服を脱がせるのは妻の務めだ。彼のやり方は間違っている。

誤りを指摘しようと、メイリンは立ちあがって駆け寄り、彼を止めた。ユアンが手を止めて、頭がどうかしたのかとでも言いたげに彼女を見つめた。

「あなたの服を脱がせるのはわたしの務めよ。妻の務め。わたしたち、もう結婚したんでしょう。だから寝室ではわたしが脱がせてあげないと」

ユアンが目つきをやわらげ、片方の手でメイリンの頬を包んだ。「許してくれ。今回は違うんだ。ダンカン・キャメロンの軍勢が近づいている。甘い言葉ややさしい愛撫でおまえを誘惑している時間はない」額にしわを寄せて顔を曇らせる。「手っ取り早く床入りをすませないと」

メイリンはいぶかしげに顔をあげ、彼を見つめた。けれどもユアンはそれ以上の質問をさえぎり、彼女のドレスの紐をほどこうとした。なかなかボディスを脱がせられないので、いらだちもあらわに生地を引っ張る。

「なにをしているの？」メイリンは口ごもった。

生地が裂けて肩からめくれ落ち、メイリンは息をのんだ。あわてて引きあげようとしたが、ユアンがドレスを一気に引きおろしてしまい、彼女は下着姿になった。

「あなた」メイリンは言いかけたが、彼に肩をつかまれ、唇で口をふさがれた。ユアンは彼女をベッドのほうへ押していきながら、残りの下着をはぎ取っていく。

ユアンのトルーズが床に落ちると、メイリンは腹に硬いものがあたるのを感じた。視線を落とし、その突き出たものを見て唖然とした。

ユアンがメイリンの顎をつかんで顔をあげさせる。そして唇を重ね、メイリンを仰向けにベッドに寝かせて覆いかぶさった。全体重が彼女にかかるのを防ぐため、片方の腕をマットレスに置いて体を支える。

「脚を広げろ、メイリン」彼が唇を触れ合わせたまま、かすれた声で言った。

なにがなんだかわからないまま、メイリンは太腿の力をゆるめた。するとユアンの手が脚のあいだに入ってきて秘めた部分を親指で撫でたので、彼女は狼狽して甲高い声をあげた。

ユアンの唇が首筋をかすめた。耳の下を甘噛みされ、メイリンの肩から胸にかけて鳥肌が立った。妙に高ぶった気分になる。息が切れ、なにかが感じられる……どう表現していいかわからないが、気持ちはいい。

「すまない」ユアンの声は重く、残念そうだった。「心からすまないと思っている」

メイリンは彼の肩をつかみながら、いぶかしげに顔をしかめた。引きしまった熱い彼の体が自分の上で動く。彼はなぜ謝っているのだろう？　愛の行為の最中に謝罪するなんて。

そのとき、鋼のごとく硬いものが脚のあいだを突いた。メイリンは束の間考えたあと、その正体に気づいた。ぱっと目を開け、指を彼の肌に食いこませる。

「ユアン！」

「許せ」ユアンがささやいた。

彼がひと息で貫く。メイリンは体をふたつに引き裂かれるほどの痛みを感じた。さっきまでのふわふわした気持ちよさは消え去った。

メイリンは悲鳴をあげながら、彼の肩を両手のこぶしで叩いた。涙が頬を伝い落ちる。ユアンが顔にキスを浴びせて、その涙を吸い取った。

「しいっ」

「痛いわ！」

「すまない」ユアンは繰り返した。「本当にすまない、メイリン。だが、ここでやめるわけにはいかない。最後までいかないと」彼が遠慮がちに動くと、メイリンはまた彼を叩いた。

ユアンに体を引き裂かれたんだわ。きっとそうよ。

「引き裂いてはいない」ユアンが不満そうに言った。「少しじっとしていてくれ。痛みはすぐに消えるから」

ユアンが腰を引くと、メイリンは彼と一緒に引っ張られたように感じてたじろいだ。そのあとまた突き入れられると、圧迫感に思わず哀れっぽい声が出た。

廊下から叫び声が聞こえて、メイリンは身をこわばらせた。ユアンが毒づき、ふたたび動き始める。メイリンは衝撃に打たれたまま横たわっていた。体の内からわきあがる不快感をどうしていいのか、どう呼んでいいのかもわからない。

一度、二度、さらにもう一度、ユアンが突き入れる。それから全身を張り詰めさせて静止した。メイリンに聞こえるのは、彼の激しい鼓動だけだ。

突然、ユアンがごろりと転がった。メイリンは脚のあいだがべっとり濡れているのを感じた。このあとどうすればいいのかわからず、じっと横になったまま小刻みに体を震わせる。

しかし夫はそそくさと服を着た。

ブーツを履くと、ユアンがベッドに戻ってきてメイリンの体の下に腕を滑らせた。愛の営みのあとに言うべきやさしい言葉をようやくかけてくれるのかと彼女は期待した。ところが、ユアンはメイリンを抱きあげて少しのあいだあやすように揺すると、暖炉の前の長椅子に座らせた。

メイリンは目をぱちくりさせながら、ユアンがベッドからシーツをはがして中央の血の跡を確かめるのを眺めた。彼はそれを丸めて握り、すまなそうな目でちらりと彼女を見た。

「おれは行かなくてはならない。誰か女を呼んで、おまえの面倒を見てもらおう」

ユアンは部屋を出て扉を閉めた。メイリンは一連の出来事にあっけにとられたまま、彼の後ろ姿を見送った。

ほどなくマディが入ってきた。目には同情の光をたたえている。

「落ち着いてくださいな」彼女はメイリンを抱きしめた。「顔色が悪いですよ。まあ、そんなに目を丸くなさって。お湯を持ってこさせましょう。お風呂に入れれば、痛みもましになりますよ」

メイリンはあまりに恥ずかしくて、頭の中で渦巻く疑問をマディにぶつけることもできなかった。体にまったく力が入らず、ただじっと座っているほかない。すると中庭から鬨《とき》の声があがり、何百頭もの馬の足音で地響きがして、ほかの音はなにも聞こえなくなった。

メイリンは打ち捨てられたドレスに目をやった。ユアンが破ったドレス。結婚式のドレス。

いま起こった一連の出来事のなかで、ドレスが破れたのはさほど重大なことではないのかもしれない。それなのに熱い涙があふれ、抑えようとしても抑えきれずに頰を流れ落ちていく。マディはメイリンのそばを離れて新しいシーツを敷き直すと、部屋をせわしく動き回った。といっても、特にするべきこともなかったのだが。

「お願い」メイリンは小声で言った。「ひとりになりたいの」

マディは迷っている様子だったが、メイリンに重ねて請われ、しぶしぶ背を向けて出ていった。メイリンは膝を抱いたまま長椅子に座りこみ、弱まっていく暖炉の炎を長いこと眺めていた。それから立ちあがって、べたつく体を拭く。終わるとベッドに潜りこみ、きれいなシーツの上で体を丸めた。あまりにも疲れ、取り乱していて、ダンカン・キャメロンの攻撃について思い悩む余裕もなかった。

ユアンは兵を率いて丘の頂を越え、領地の南の境界線沿いに険しい坂道をおりていった。両脇には弟たちが控えている。ひとりの兵士が必死で馬を走らせて駆け寄り、ユアンに最新の情勢を知らせた。キャメロンの軍勢は速度をゆるめることなく近づいてきているらしい。

奇襲攻撃の準備をする暇はない。そして実のところ、奇襲をかけるつもりはなかった。城を守るための小部隊だけを残して、全兵士を連れてきたのだ。数で相手に負けているのは間違いないが、マケイブの戦士たちは数で劣る分を埋め合わせるだけの力を持っている。

「敵は次の丘の頂上を越えたところです、族長」ギャノンがユアンの前で馬を止めて報告した。

ユアンはにやりと笑った。間もなく復讐が果たせるのだ。

「では、次の坂道でキャメロンを迎え撃とう」彼は弟たちに言った。

アラリックとシーレンが天に向かって剣を掲げた。まわりの兵士たちの叫び声が一帯に響き渡る。ユアンは馬に拍車をかけ、一行は坂を駆けおりて次ののぼりに差しかかった。坂道をのぼりきるとユアンは部下に止まれと命じ、集まってきたキャメロンの軍勢とにらみ合った。

ユアンはキャメロンの兵士たちを見回した。やがて獲物を見つけ、目を輝かせる。ダンカン・キャメロンが戦いの大将の装いに身を包んでいた。

「キャメロンはおれがもらった」ユアンは部下に向かって叫んだ。それから左右の弟たちを見やった。「いよいよ目にもの見せてやるぞ」

「皆殺しか？」アラリックが淡々と訊く。

ユアンは鼻孔をふくらませた。「ひとり残らず」

シーレンが剣を振り回した。「じゃあ、さっさとやろう」

ユアンは鬨の声をあげて坂を駆けおりた。まわりの兵士たちも声をあげてつづく。ほどなく、谷には馬の足音が轟き渡った。マケイブの男たちが復讐の火炎のごとく坂道をおりていく。死者の魂をも目覚めさせんばかりの獰猛な叫び声をあげながら。

キャメロン方の兵士は束の間ためらっていたが、相手が逃げるのではなく攻撃してくることを確認すると、わっと前に向かって走り出した。両軍は丘のふもとでぶつかり、激しく剣を交えた。ユアンは自分の前に現れた最初のふたりをばっさりと切り捨てた。敵の目に驚き――そして恐怖――が浮かぶ。彼らはユアンほど強い戦士に会うとは思っていなかったらしい。ユアンは大きな満足を覚えた。

あたりをすばやく見回して味方の様子を確かめる。心配する必要はなかった。シーレンとアラリックはキャメロン配下の兵士をなぎ倒し、それ以外の者たちも機敏に動いて敵を始末していた。

ユアンはキャメロンに目を据えた。彼はまだ馬からおりていない。後ろにさがって部下を眺め、命令を叫んでいるだけだ。ユアンは相手を切り倒しながら一直線に進んでいき、やがて彼とキャメロンとのあいだにはふたりの兵士だけが残された。

ひと太刀で胸を切ってまずひとりを倒す。ユアンは血に染まった剣を振り、目標を阻む最後のひとりに向き直った。兵士は油断のない目をユアンに向けたあと、キャメロンを振り返った。そしてユアンに切りかかるかのように剣を振りあげたが、ぎりぎりのところで背を向けて逃げていった。

キャメロンの目に突如恐怖が宿ったのを見て、ユアンは満足の笑みを浮かべた。

「馬からおりろ、キャメロン。そんな立派な馬の血は流したくない」

キャメロンが剣を振りあげ、もう片方の手で手綱を握って、馬を前に駆けさせた。身の毛もよだつような悲鳴をあげながらユアンに向かってくる。

ユアンは攻撃をかわして自分の剣をひねり、キャメロンの剣を彼の手から払い落とした。剣は空中を飛び、ズボッという気味の悪い音を立てて、少し先で倒れていた死体に突き刺さった。

次の攻撃に備えてユアンは振り返った。ところがキャメロンは馬の足をゆるめなかった。拍車をかけてさらに速度をあげ、部下から、そして戦闘から遠ざかっていく。

ほかの敵と戦うべく、ユアンは体の向きを変えた。激しい怒りに歯を食いしばる。臆病者。どうしようもない臆病者だ。キャメロンは自分が助かるために、死にゆく部下を見捨てて逃げたのだ。

ユアンは戦いにけりをつけるよう命令を出して、弟たちのほうへ戻っていった。キャメロンの兵士たちは、力では悲しいほど劣っていた。

不運なキャメロン軍でたったひとり残された隊長も同じ結論に達したらしく、撤退を叫んだ。兵士たちは撤退というより、一目散に逃げていった。

キャメロンと違って、隊長は臆病ではなかった。彼は逃げなかった。部下に急いで撤退をうながし、自分は最後尾で勇ましく戦いながら、部下が安全に逃げられるよう全力で防衛していた。

ユアンは部下に追撃を命じたあと、隊長に目を向けた。

近くまで行くと、年配の隊長の顔にあきらめの色が見えた。ユアンは剣をあげて大股で前進した。隊長は一歩さがったあと、死ぬまで戦う覚悟を見せて剣を持ちあげた。

ユアンは大きく剣を振りかぶった。ふたりの剣が大きな音をたててぶつかる。相手は衰弱していた。すでに刀傷を負い、血を流している。ユアンがふたたび剣を振りおろすと、相手の手から剣が離れ、音をたてて地面に落ちた。

ユアンを見つめる隊長の目の奥には死神が見えた。隊長自身もそれを悟り、戦士らしく受け入れた。敗北を認め、ユアンの前で膝をついて頭を垂れたのだ。

ユアンは隊長を見おろした。胸の内で渦巻く怒りをなんとかのみこむ。彼の父も、キャメロンに切り捨てられる前にこうしたのだろうか？　それとも、もっと悲惨な死を迎えるまで戦いつづけたのか？　この男のように、敗北が避けられないことを父も知っていたのか？

しばらく頭上に差しあげていた剣を、ユアンはゆっくりとおろしてあたりを見回した。戦いはおさまりつつある。キャメロンの兵士はちりぢりになっていた。死んでいる者。死にかけている者。徒歩で逃げている者。馬で逃げ回っている者。

ユアンは口笛を吹いて馬を呼んだ。死を覚悟していた隊長が、目に驚きの色を浮かべて顔をあげる。

馬がおとなしく止まると、ユアンは鞍の後ろから、メイリンの血のついたシーツを取り出した。旗のように広げ、シーツの端を風になびかせる。それから彼はシーツを手で丸め、隊長の面前に突き出した。

「これをキャメロンのところに持っていけ」ユアンは歯を食いしばって言った。「おれの言葉を伝えろ」

隊長がゆっくりと手を出してシーツを受け取り、承知したというしるしにうなずいた。

「ダンカン・キャメロンに言え。メイリン・スチュアートは、いまやメイリン・マケイブになった。おれの妻だ。床入りもすませた。ニアヴ・アーリンは決しておまえのものにはならない。やつにそう伝えるんだ」

14

ユアンと部下たちが城の中庭まで戻ってきたのは、真夜中をずいぶん過ぎてからだった。みんな泥や血にまみれて疲れ果てていたものの、やすやすと勝利を得られたことで大喜びだった。

祝いの宴が開かれるだろう。しかしユアンは祝いたい気分ではなかった。ダンカン・キャメロンが報復の手を逃れたことで、腐ったエールを飲んだかのように胸がむかむかしていた。あの卑怯者を剣で串刺しにしてやりたい。八年前にやつがしたことに加えて、先日のメイリンへの仕打ちに対する復讐としても。

彼は部下に、見張りを手厚くするよう命じた。メイリンと結婚したいま、すべきことは山積している。城の守りを増強する必要があるし、マクドナルドなど近隣のクランと新たな同盟を結ぶことがこれまでになく重要になってきた。

そういったさまざまなことが肩にのしかかってはいても、ユアンが第一に考えたのはメイリンのことだった。あんなふうに急いで交わったのが悔やまれる。罪悪感を覚えたくはなかった。罪悪感とは過ちを犯した者のためにあるものだ。過ちを犯したり自らの失敗を認めたりすることなど、ユアンは考えたくもなかった。けれどもメイリンにつらい思いをさせたのは確かだし、どう償っていいのかわからない。

彼は時間を取って、ほかの男たちとともに湖で体を洗った。かわいい妻が待っているのでなければ、汚れるのもかまわずブーツを履いたままベッドに潜りこんで朝まで寝ていたことだろう。

泥と血を洗い流したあと、手早く体を拭いて階段をのぼり、部屋に向かう。ユアンは切望に突き動かされていた。メイリンに少しばかりのやさしさを見せてやりたいだけではない。猛烈に彼女を求めていた。さっきは彼女の魅力を味見しただけだったが、今度はそれをむさぼりたい。

そっと扉を開けて中に入る。部屋は真っ暗だった。石炭の燃える暖炉の明かりだけを頼りに、彼はベッドに向かった。メイリンはベッドの真ん中で眠っていた。髪がシルクのベールのように広がっている。ユアンは片方の膝をベッドについて、彼女を起こそうと身を乗り出した。そのとき、彼女の体の向こう側が盛りあがっているのに気がついた。

顔をしかめて上掛けをはがしてみると、メイリンの腕のなかにはクリスペンがおさまっていた。息子は彼女の胸に頭をつけて眠っている。彼女が両腕で守るように子どもを抱きしめているのを見て、しかめていたユアンの顔に笑みが浮かんだ。彼女はクリスペンの新しい母親という役割をとても真剣に考えているようだ。ふたりは寒い夜の二匹の子猫さながらに、しっかり体を寄せ合っていた。

今夜はキスや愛撫で妻を起こすことはできない。その事実をあきらめて受け入れ、ユアンはため息をついてメイリンの隣に横たわった。

彼女の背中に胸板がぴったりつくまで身を寄せる。それから片方の腕をメイリンとクリスペンに回し、いい香りのするメイリンの髪に顔をうずめた。

彼は生まれてこのかた、これほど瞬時に眠りについたことはなかった。

数時間後、ユアンはメイリンやクリスペンを起こさないよう気をつけてベッドから出た。真っ暗な中で服を着て、扉に向かって歩きかけたとき、ブーツがなにかを踏んだ。手を伸ばして邪魔なものを拾いあげてみると、メイリンが結婚式で着ていたドレスだった。

あわただしく床入りするためにドレスを引き裂いてしまったのだ。ユアンはしばらくそれを見つめた。驚きで大きく見開かれたメイリンの目や、傷ついた表情を思い起こして顔をしかめる。

たかがドレスではないか。

ユアンは手の中でそれを丸め、持ったまま階段をおりた。こんなに早い時間でも、城はすでに動き出している。広間に入ると、シーレンとアラリックが食事を終えたところだった。

「結婚すると朝寝坊になるんだな」シーレンがゆったりとした口調で言った。「おれたちはふたりとも、一時間前から起きているぞ」

弟のからかいを無視してユアンはテーブルの上座についた。給仕女のひとりがあたふたと料理を持ってきて前に置いた。

「手に持っているのはなんだい、兄貴?」アラリックが尋ねる。

ユアンは自分の手を見おろして、まだメイリンのドレスをしっかり握っていることに気づいた。アラリックには返事もせず、給仕女を呼び戻す。

「マディはまだこのあたりにいるか？」

「はい、族長。呼んでまいりましょうか？」

「いますぐに頼む」

女はお辞儀をすると急いでマディを呼びに行った。ほどなくマディがやってきた。

「お呼びですか、族長？」

ユアンはうなずいた。「これだ」ドレスをマディのほうに突き出す。彼女は驚いた顔で受け取った。「繕えるか？」

マディは手の中でドレスをひっくり返して、裂けたところを調べた。

「はい、族長。針と糸があればすぐにでも」

「やってくれ。またもとのようにして妻に持たせたい」

マディが微笑み、意味ありげに目をきらめかせた。居心地が悪くなったユアンは険しい顔で手を振り、彼女をさがらせた。マディはにやにやしながらドレスを脇に挟んで広間を出ていった。

「ドレスを破ったのか？」シーレンが薄ら笑いを浮かべる。

「兄貴の娘っ子の扱い方はひどいな」アラリックがあきれたように首を振った。「さっさと寝室に連れていって、これ以上ないほどすばやく床入りをすませ、しかも結婚式のドレスを破ったとは」

ユアンは鼻孔をふくらませた。「メイリンは娘っ子ではないぞ。いまやおまえの義理の姉だ。女主人、そして族長の妻として敬意を払え」

アラリックは降参したと言わんばかりに両手をあげ、椅子にもたれた。「悪気はなかったんだ」

「えらく神経質だな」シーレンが口を挟む。

ユアンは末弟をにらみつけて黙らせた。「今日はやるべきことがたくさんある。アラリック、マクドナルドのところへ使いに行ってくれ」

アラリックとシーレンが、意外そうな表情で身を乗り出した。

「なんだと？　兄貴、あの野郎はクリスペンをさらおうとしたんだぞ」アラリックが言う。

「やつは、配下の兵士がそんなことをしたとは知らなかった、そいつが勝手に行動したんだと言っている。その兵士はもう死んだらしい」ユアンは無表情で言った。「だからクリスペンが二度と危険にさらされることはない。マクドナルドは同盟を結びたがっている。おれたちを仲間にすると得だからな。おれはいままで、やつの申し入れを拒否してきた。しかし、やつの領内を通行できるようになれば、ここと二アヴ・アーリンとがつながる。おれはぜひそれを実現させたいんだ、アラリック」

「なるほどな。じゃあ、一時間以内に出発する」

アラリックは旅の支度をするため広間から出ていった。ユアンはさっさと食事を終えると、シーレンとともに広間を出て訓練場に向かった。

ふたりは中庭に立ち、兵士が剣の稽古をするのを見守った。

「メイリンには常に護衛をつけておく」ユアンは低い声でシーレンに話しかけた。「おれが彼女と結婚したからといって、ダンカン・キャメロンはあきらめないだろう。いろいろ手を打たなければな。メイリンは城の中にとどめておいて、油断なく見張っておく必要がある」

シーレンが警戒するような目つきで兄を見た。「おれにそんな仕事を押しつけないでくれよ。メイリンは兄貴の奥方なんだ」

「彼女はわがクランの将来を担っている」ユアンは気味悪いほど穏やかな声で言った。「なにをしたいか、したくないかという話をするときには、そのことを忘れるな。おれに忠誠を尽くすのと同じように、おれの妻にも忠誠を尽くすんだ」

「しかし、子守をしろっていうのか？」シーレンが苦々しげに言う。

「おまえはただメイリンを安全に守りさえすればいい。それがどれほど難しいんだ？」訓練がひと区切りつくと、ユアンは側近の隊長たちを手招きした。

ギャノンとコーマックとディオミッドに対して、彼は間断なくメイリンを護衛するよう命じた。

「承知しました、族長。しかし、奥方様はいやがられるでしょうな」ギャノンが言う。

「妻の好みなど関係ない」ユアンは言い返した。「大切なのは、メイリンが安全に守られ、おれのそばにいることだ」

三人はうなずいた。

「妻を警戒させないように。おれの領地にいることが危険だと思わせたくない。しっかり護衛はしてほしいが、それがあたりまえのことなのだと思わせてくれ」

「お任せください、族長。おれたちはレディ・マケイブを安全にお守りします」コーマックが請け合った。

メイリンを見張る重要性を部下が理解してくれたことに満足したユアンは、次に伝令を呼んだ。国王にあてて、メイリンと結婚したことを知らせて持参金を要求する手紙をしたためる。

何年かぶりに、ユアンの胸は復讐でなく希望に高鳴った。自分のクランが受けた非道な仕打ちを正す日がいずれ訪れることはわかっていた。メイリンの持参金があれば、クランはふたたび繁栄するだろう。食料も物資もふんだんに手に入る。切り詰めて質素に暮らさなくてもよくなるのだ。

少しメイリンと話す時間を取ろうと思っていた――なににについて話すのか、自分でもよくわかっていなかったが――にもかかわらず、あれやこれやに手を取られているうちに一日が過ぎていった。ダンカン・キャメロン配下の兵士を打ち負かしたことを告げて、メイリンを力づけてやりたい。そうすれば彼女は喜び、安心を感じられるようになるだろう。そしてユアンが妻と城を守れることを、もはや疑わなくなるはずだ。

しかし部下のことでちょっとした問題が持ちあがったために、ユアンはメイリンと夕食をともにすることができなくなった。重い足取りで階段をのぼって部屋に向かうころには、彼は疲労困憊していたが、それでも湖に飛びこんで体を清めていた。

扉を押し開けてみると、メイリンはすでにベッドに入っていた。小さく規則的な息遣いからして、もう眠っているようだ。ユアンは彼女を起こそうと思って近づいていった。ところが、今夜もまたクリスペンが寄り添って寝ている。ユアンは嘆息した。明日になったら、息子は廊下の向かい側にある自分の部屋で眠らせるよう彼女にはっきり申し渡そう。

けれども、どうしても話はできなかった。メイリンが目覚めた瞬間からずっと、ユアンが話をする機会は訪れなかったのだ。午後になるとユアンはしびれを切らして、自分のところに来るようにとメイリンを呼び出した。

ところが妻はやってこなかった。いまはディオミッドが護衛についているので、ユアンは彼女を連れてくるようコーマックに命じた。するとコーマックは、メイリンはほかの女たちの小屋を訪れているので族長とはあとで話をする、という返事を持って戻ってきた。

ユアンは顔をこわばらせた。奥方が命令を拒否したという知らせを族長に伝えなければならなかったことで、コーマックは恐縮しているようだ。

どうやらユアンとメイリンは、息子がどこで眠るかということ以前に、もっとずっと大事な問題について話し合う必要がありそうだった。つまり、族長じきじきの命令を拒む権利があるとメイリンが考えていることについてだ。

ユアンはその夜、メイリンとともに夕食をとった。彼女は疲れて緊張している様子だった。彼が自分のほうを見ていないと思ったときには、さっと彼のほうに目を走らせていた。まるで、ユアンがテーブルを乗り越えてこちらに向かってきて、部屋まで引っ張っていかれるのではと心配しているかのように。

ユアンはため息をついた。しかし初夜のことを考えると、それは根拠のない不安ではない。彼はいくぶんいらだちをやわらげた。メイリンは怯えているのだ。恐怖を静め、不安を取り除いてやるのは、ユアンの務めだ。

保護なら喜んで与えてやれる。妻と呼ぶ女に対しては不動の忠誠心を持っている。彼が生きているかぎり、妻が生活で不自由な思いをすることはない。それは戦士たるユアンとしては当然のことだ。しかし、やさしさや思いやりとなれば話が違う。不安をやわらげてやるために甘い言葉をかけるなど、考えただけでぞっとした。

思いが顔に出ていたのだろう、メイリンがぎょっとした表情になり、先に失礼すると言ってそそくさと立ちあがった。さがっていいというユアンの言葉を待つこともなく、クリスペンになにかささやきかける。彼は口いっぱいに食べ物をほおばったまま、あわててテーブルから離れた。そしてふたりは手に手を取って、広間を出て階段のほうに向かった。

彼女の魂胆に気づいたユアンは、怒りに目を細めた。メイリンは彼を避けるために、わざとクリスペンを自分のベッドに寝かせているのだ。拒絶されて気分を害していなければ、ユアンも彼女の狡猾さに感心していただろう。

シーレンにうなずきかけて、ユアンは立ちあがった。実を言えば、階段をのぼって新妻と対決するよりは戦争へ行くほうがましだったのだが。妻との問題はどう解決すればいいのか見当もつかない。

まずは夫の命令に従うよう厳しく説教してやろう。そのあと、彼がそばにいるときにびくびくするのをやめろと命じればいい。

それでうまくいくはずだと思いながら、ユアンは部屋まで行って扉を開けた。メイリンが驚きの表情を浮かべてぱっと振り返った。

「なにかご用かしら、あなた？」

ユアンは片方の眉をあげた。「自分の部屋に戻るのがいけないのか？」

メイリンが顔を赤らめ、クリスペンをそばに引き寄せた。「もちろんいいわ。でも普段は、こんなに早くお休みにならないでしょう。その、まだ寝には来ないと思って……」

声がしだいに小さくなっていき、メイリンの顔はますます赤くなった。そして、これ以上ひとことも言うまいとするかのように、しっかりと唇を引き結んだ。

ユアンは彼女をからかわずにはいられなかった。「知らなかったな、おれが寝る時間についておまえがそんなに詳しいとは」

とたんにメイリンは不機嫌に夫をにらみつけた。

はっきり話をつけようと心を決めたユアンは、指を曲げてクリスペンを呼んだ。息子がしぶしぶメイリンから離れて父親に近づいてくると、ユアンはその肩に手を置いた。

「今夜は自分の部屋で寝ろ」

抗議しようとしたメイリンを、ユアンは険しい顔でにらんで制した。クリスペンも反論したそうだったが、厳しくしつけられている彼は、父親に逆らうことができなかった。

「はい、父上。母上におやすみのキスをしてもいい？」

ユアンは微笑んだ。「もちろんだ」

クリスペンが急いでメイリンのところへ行った。メイリンが彼の頭のてっぺんに口づけ、ぎゅっと抱きしめる。そのあとクリスペンは戻ってきてユアンの前に立った。

「おやすみなさい、父上」

「おやすみ、息子よ」

息子が部屋を出るまで待ってから、ユアンはメイリンに向き直った。彼女はつんと顔をあげ、挑むような光をたたえた目を夫に向けた。まるで戦いに備えているかのようだ。そう思うとユアンは内心面白かったが、なんとか笑いを押し殺した。正直なところ、メイリンがこの地に来てから彼は笑ってばかりいる。いままで生きてきて、こんなに笑ったことなどなかったというのに。

「おれが呼んだらすぐに来い。おまえが命令に素直に従ってくれることを期待する——いや、要求する。反抗は許さない」

メイリンが口をすぼめた。初め彼は、妻がまた怯えているのかと思った。しかしもう一度見てみると、彼女は激怒していた。

「どんなばかばかしい命令でも？」メイリンが鼻であしらうように言った。

ユアンはいぶかしげに眉をあげた。「おまえを呼びつけることがばかばかしいだと？　話し合うことがあったんだ。おれの時間は貴重なんだぞ」

メイリンが一度口を開け、すぐに閉じた。なにかぶつぶつと言ったようだったが、ユアンには聞き取れなかった。

「その問題が解決したところで本題に入ろう。息子をかわいがってくれるのはありがたいが、あいつには城のほかの子どもたちと一緒に寝る部屋がある」

「あの子は両親と一緒に寝るべきだわ」

「ああ、確かにそういうときもあるだろう。だが、結婚直後は違う」

「わからないわ、新婚だということがどう関係あるのかしら」

ユアンはため息をつき、いらだちを抑えようとした。この女は本当に扱いにくい。

「息子が一緒に寝ていたら、妻を抱くのは難しいだろう」彼は噛んで含めるように言った。

メイリンが顔を背け、体の前で両手を揉み合わせた。「どちらでもいいのであれば、できればわたしは……しないほうがいいんだけど」

「では、どうやって子を宿すつもりだ？」

メイリンが鼻にしわを寄せ、用心深く、しかし希望をこめてユアンを見つめた。「もしかしたら、もうあなたの子種が根づいたかもしれないわ。待ってみましょう。あなたが愛の行為が苦手なのははっきりしているし、わたしだってそうだもの」

ユアンは唖然とした。きっと聞き間違えたのだ。苦手だと？　一度口を閉じたがまた開いてしまい、あきれてもう一度閉じた。

メイリンが肩をすくめる。「愛の行為が得意な男性もいれば、戦いが得意な男性もいるでしょう。あなたは戦いのほうが向いているみたいね」

ユアンは顔を引きつらせた。この小生意気な女は彼の男としての誇りをずたずたに引き裂いている。彼女に批判されてユアンの欲望は萎え、怒りと憤りが激しく燃えあがった。だが気がつくと、メイリンは唇を震わせ、怯えた目をしていた。

彼はため息を漏らした。「ああ、確かにおまえを抱いたとき、おれは初めて女と寝る若造並みに下手くそだった」

メイリンの頬が薄紅色に染まる。上品さに欠ける物言いを反省して、ユアンは髪をかきむしった。

「おまえは生娘だった。痛いのはどうやっても防ぎようがなかっただろう。しかし、おれがその気になれば、もっと気持ちのいいものにすることもできたはずなんだ」

「そうだったらよかったのに」メイリンが残念そうに言った。

ユアンは悪態をついた。どれほど痛い思いをさせてしまったのだろう？　じっくりと快感を与えて悦ばせることができなかったのはわかっている。あのときは、とにかく一刻も早く床入りをすませる必要があったのだ。恥じらう生娘を誘惑する時間はなかった。そしていま、恥じらう生娘は、頑固で反抗的な妻になってしまった。

「メイリン、結婚は床入りが終わって初めて有効になるんだ。おまえを抱く前になにかが起こってしまう危険は避けたかった。おまえが敵につかまっていたら、キャメロンはおまえの体を奪い、おれたちの結婚を無効にするよう申し立てただろう。自分の主張を裏づけるために、おまえを孕ませたはずだ」

メイリンが唇を震わせてうつむいた。スカートに置いた手の指をそわそわと絡み合わせる。彼女の注意がそれた隙をついて、ユアンは近づいていった。メイリンの両手を包みこむように握る。彼女は小さく、柔らかく、繊細だった。あまりにも乱暴に傷つけてしまったことを思って、ユアンの心は乱れた。

妻を抱いたことを後ろめたく思うのは間違っている。どんなかたちであれ、妻の務めは夫を悦ばせることだ。それでも涙にあふれた彼女の目を思い出すと、ユアンの胸はこぶしで殴られたように痛んだ。

「これからは、あんな痛い思いをしなくていい」

メイリンは目をあげて、戸惑ったように額にしわを寄せた。「本当に?」

「ああ」

「どうして?」

ユアンはいらだちを抑え、いまは妻にやさしくしてやらねばならないのだと自らに言い聞かせた。

「おれは愛の行為が得意だからだ。おまえにもそれをわからせてやる」

メイリンの目が大きく開く。「そうなの?」

「そうだ」

彼女は口を開けて一歩あとずさろうとした。しかしユアンは彼女の手を取り、自分の胸もとまでその体を引き寄せた。

「実のところ、おれがどれだけ上手なのか、おまえに見せてやるつもりだ」

「そうなの?」

「そうだ」

メイリンが唾をのみ、困惑に見開いた目でユアンを見つめた。「いつ見せてくれるの?」

ユアンは頭をおろし、メイリンに唇を重ねた。「いますぐに」

15

メイリンはユアンの胸に手を置いて体を支えた。そうでもしないと、あまりにも刺激が強くて倒れてしまっただろう。ため息をついてさらに彼に寄りかかり、キスを深める。ユアンがなまめかしく下唇をなめて口を開けるようながしたときも、彼女は反対しなかった。

ユアンが愛の行為に長けていないとしても、キスだけでメイリンは快感の海に溺れてしまいそうだ。うまくいけば、彼はキスをつづけるだけにして、それ以外のことは省略してくれるかもしれない。

「キスを返してくれ」ユアンがささやきかけた。「口を開けろ。おまえを味わわせてくれ」

彼の言葉がベルベットのごとくなめらかにメイリンの肌を滑っていく。胸が張り詰め、メイリンはぞくりと震えた。体の奥がうずき始める。とうてい口にできない場所が。彼はどうしてキスだけでそんな反応を呼び覚ませるのだろう?

ユアンの手がメイリンの腰から肩、首、そして顔まであがってきた。やけどしそうな熱さだ。彼の指が永久に消えない焼き印を頬につけているように感じられる。といっても、彼の触れ方はとてつもなくやさしかった。羽の生えた小さな生き物のように、指が肌をすうっとかすめていく。

彼の舌がしきりにつついてくるのに耐えきれず、メイリンは唇をゆるめ、彼の侵入を許した。熱く、ざらざらした舌。あまりにも罪深い感触。こんな退廃的な快感は断固として拒まなければならないのに、どうしても拒めない。

自分も彼を味わってみたいという強い誘惑に駆られる。その誘惑は、こめかみで、頭の中で、体の奥で、しつこくリズムを刻んだ。メイリンはおずおずと舌でユアンの唇をなぞってみた。彼がうめく。なにか間違えたのかと思って、メイリンはぱっと体を引いた。

しかしユアンがすぐに彼女を引き寄せて唇をむさぼったので、メイリンは息を荒くした。

「もう一度」ユアンが小声で言った。「おれを味わってくれ」

その声の調子からすると、メイリンが舌で触れたのをいやがってはいないようだ。彼女はふたたび軽く彼の唇をなめた。ユアンは彼女が中に入ってこられるよう口を開けた。

そのことに勇気を得て、メイリンは熱く濡れた舌を大胆に進めた。キスという単純な行為から得られる大きな悦びに、全身が震える。自分が裸で無防備に横たわり、その上でユアンが何度も繰り返し自らの欲望を満足させているところが想像できる。この前と違って、今回はメイリンも彼を求めていた。彼に覆いかぶさってほしい。メイリンは自らの肌が窮屈ででもあるかのように、落ち着きなく体を動かした。

「今回はきちんと服を脱がせてやろう」ユアンがささやいて、彼女をベッドまで導いた。

メイリンはぼうっとしていて、頭の中はこんがらがっていた。それでも、彼のやり方が正しくないことに気づいて顔をしかめた。いつも彼女のほうが正しい方法を教えてやらなければならないのだろうか？

「わたしが脱がせてあげるのよ。それがわたしの務めだもの」

ユアンがにやりとした。「おまえの務めになるのは、おれがそうしろと言ったときだけだ。今夜はおれが、じわじわと楽しみながらおまえを脱がせる。おまえはじっくり時間をかけて誘惑されるべきなんだ。もう一度初夜を迎えよう。過去に戻ってやり直せるものなら、やり直したい。しかしそれはかなわないから、次善の策を取る。今夜はおまえを悦ばせてやる」

その言葉に含まれた約束に、メイリンは足の先まで震えた。目をしばたたきながら、ドレスが片方の肩から引き抜かれるさまを見つめる。あらわになった首筋から腕にかけての曲線を、ユアンが唇でなぞった。

彼は露出した肌にくまなくキスを浴びせながら、徐々にドレスを引きおろしていく。一枚また一枚と着るものが足もとに落ちていき、やがてメイリンは全裸になった。

「きれいだ」ユアンの声はかすれていた。温かな息が、鳥肌の立ったメイリンの体にかかる。白くて丸い胸の片方をユアンが手で包み、押しあげた。胸の頂が張り詰め、幾筋もの稲妻がメイリンの下腹部に向かって走った。

それからユアンは身を屈めて、ぴんと立った頂に舌を這わせた。たちまちメイリンの膝ががくがくする。小さな音をたててベッドに倒れこむと、ユアンも軽く笑いながら横になった。

そっと彼女を押して仰向けに寝かせ、大きく力強い体でのしかかる。しげしげと裸体を眺められたメイリンは、手を伸ばして上掛けを探った。なんでもいい、自分をこんなに無防備に感じさせないものが欲しい。

ユアンが彼女の手を押さえつけて止め、やさしく目をのぞきこんだ。「だめだ、体を隠すんじゃない。おまえは最高に美しい。こんなにきれいな女は見たことがない」人差し指で腰のくびれをなぞったあと、上に移動して硬く尖った胸の頂を愛撫する。「肌は上等なシルクのように柔らかい。そして胸は……味わわれるのを待っている、熟れたメロンを思い起こさせる」

メイリンは息を吸おうとしたが、胸がいっぱいでなにも入ってこなかった。息が苦しい。はあはあと浅く呼吸をしているうちに、頭が朦朧としてきた。

ユアンがベッドから離れた。束の間、メイリンは恐慌に陥った。彼はどこへ行くのだろう？　けれどもユアンは自分の服を脱いでいるだけだった。さっきメイリンの服を脱がせたときよりもあわただしい手つきでブーツを蹴るように脱ぎ、チュニックとトルーズをむしり取って部屋の向こうに投げ捨てる。

メイリンは彼を見ずにはいられなかった。目を背けたくとも背けられなかっただろう。ごつごつして引きしまった体に、彼女は見入っていた。その肉体には何本もの傷が走っている。古い傷も、新しい傷もある。余分な肉はまったくついていない。胸も腹も筋肉のかたまりだ。たいていの男は年齢にともなって腹がたるんでくるものだが、メイリンの戦士は違っていた。彼は戦火の中で鍛えあげられた男だ。

メイリンは緊張して唾をのみ、彼の脚の付け根に視線を落とした。この前あんな苦痛をもたらしたものの正体を知りたかったのだ。目を見開いたまま、硬く……大きなものを見つめる。気がつけばメイリンはどんどんあとずさりしていた。

「怖がるな」ユアンがささやき、彼女に覆いかぶさった。「今回は痛くしない」

「本当に?」

彼はにっこり笑った。「ああ。おまえも気に入るだろう」

「そうなの?」

「ああ、メイリン。そうだ」

「わかったわ」メイリンはかすかな声を出した。

ユアンが彼女の唇にキスをした。温かく、そしてやさしく。不思議なことに、メイリンは守られ、大切にされていると感じていた。いまの彼女は、愛の行為についてふたつの矛盾した思いを抱いている。前回は痛いだけだった。でも今回は……とても気持ちがいい。

ユアンはキスをつづけ、唇を下へ移動させていった。顎の線、首筋、耳の下の柔らかいところ。一瞬止まってそこに舌を這わせたあと、歯で脈打つ部分をとらえた。

「きゃっ!」

メイリンは首筋にあてた彼の口が微笑むのを感じた。ユアンは唇を彼女の肌から離さず、どんどん下へ向かい、胸に近づいていく。前回、胸の頂を舌で転がされたときの自分の反応を思い出し、メイリンは背を反らして彼の口に胸を近づけた。

ありがたくも、ユアンはそのことで彼女をからかったりしなかった。メイリンはあまりにも高ぶっていて、なにがなんだかわからなかった。ユアンの唇が片方の頂をとらえて強く吸った。メイリンはのけぞり、彼の髪をつかんだ。ああ、すごく感じる。

ユアンは吸いつづけた。あるときは激しく、あるときはやさしくリズミカルに。舌が敏感な部分に円を描き、歯が軽く刺激を与える。頂はさらに硬くぴんと立った。

「甘い。なんて甘いんだ」ユアンがもう片方の胸に移った。

メイリンはため息を漏らした。かすれた感嘆の声というより、不明瞭な叫びだった。部屋の寒さはもう気にならなかった。夏の日に草むらで横たわり、日光に骨の髄まで溶かされてしまったかのようだ。

そう、いまの彼女は完全に骨抜きになっていた。

ユアンが胸の頂を吸いつつ、下腹部に向かって指を滑らせた。肌を愛撫しながら太腿の合わせ目に向かう。指が分け入ってきたとき、メイリンは身を硬くした。

「大丈夫だ。力を抜いてくれ。気持ちよくしてやるから」

指が特別感じやすい場所を見つけて軽くこすり、それから円を描くように動き始める。メイリンは息をのんで目を閉じた。とてつもない快感が襲ってくる。ユアンが言っていたとおりに。

奇妙に体が引きつれた。筋肉が収縮する。高い山の頂上から落ちる寸前のように、彼女は不安定に揺れていた。

「ユアン！」

彼の名を口走る。名前を呼んだのはこれが初めてであることを、ぼんやりと意識していた。

ユアンが胸から口を離しても、メイリンは彼の髪をつかんでいた。思いきり強く髪の毛を引っ張っていたことに気づき、手を離してベッドに落とす。それでもまだなにかをつかんでいたかった。

ユアンの舌はメイリンのみぞおちから下腹部に向かっていく。彼女の呼吸がどんどん速くなり、腹が大きく上下した。彼はゆっくりとへそのまわりを舌でなぞったあと、驚いたことに、さらに下へと移動していった。ベッドに沿って体を下に動かしながら、さっき指が愛撫したところに向かう。

まさか。それはあまりにも下品すぎる。

ああ、彼は本当に……。

燃えるように熱い中心部にユアンがキスをした。欲望に満ちた好色なキスだ。あたかも雷に打たれたかのように、メイリンの全身がぴくぴくと痙攣した。

そんなことをしてはいけない、だめだと言わなければ。正しい方法を伝授しなければ。それなのに、メイリンは、やめないでということしか考えられなかった。

お願いだから、やめないで。

「やめないさ」ユアンがメイリンの最も秘めた部分に向かってつぶやいた。

メイリンは脚をこわばらせて閉じようとした。けれどもユアンはやさしく広げた。

「力を抜いて」

メイリンも力を抜こうとしていた。努力はした。なのに彼の口にいたぶられて、もうどうすることもできない。そのとき彼の舌が熱く官能的に彼女を愛撫した。彼が音をたててメイリンをなめると、いわく言いがたい快感が下腹部を駆け抜けた。目の前がぼんやりする。真っ白になって感覚がなくなるまで、彼女はベッドに指を食いこませた。

もう自分の体を制御できない。もどかしげに背を反らし、足を震わせる。やがて震えは太腿から全身に広がった。

「ああ、おれを受け入れる準備ができたようだな」

ユアンの声はかすれ、切迫している。メイリンが見てみると、彼は目をぎらつかせ、獰猛とも言える表情で彼女を凝視していた。

「そうなの?」

「ああ、そうだ」

彼は驚くべき速度で上に移動した。片方の手でメイリンの尻をくるみ、脚のあいだに腰を据える。メイリンはそこに熱く、とてつもなく硬いものがあてがわれるのを感じた。

ユアンが顔をおろして彼女と唇を重ねた。今回メイリンはためらわず、彼に正しいキスの方法を教えようとも思わなかった。彼に要求される前から口を開け、むさぼるように自らキスをした。

「おれに抱きつけ」互いの口を開けた熱いキスの合間に、ユアンがかすれた声で言った。

メイリンは彼の広い肩に腕を回して、指を背中に食いこませた。キスをする。彼を味わう。息とともに彼をのみこんでいく。

動いたことにもメイリンが気づかないほどすばやく彼は腰をあげ、ほんのわずかに彼女の中に押し入った。メイリンは自分でも驚くほど大きく脚を広げた。

ユアンがまたキスをした。互いの額を合わせると、ふたりの目と目が合った。これだけ近い距離だと、メイリンに見えるのは濃い瞳孔を囲む淡いグリーンの輪だけだった。

「力を抜くんだ。痛くはしない」

メイリンは自分からキスをした。ふたりの唇がやさしく触れ合い、繊細なダンスをする。

「わかっているわ」

そう、彼女にはわかっていた。今回はこの前の交わりとは違う。あわてる必要はなく、不快な衝撃を感じることもない。メイリンの体は彼の力と欲望に屈服していた。そして自分自身の欲求にも。

ユアンの腰がゆっくり前に突き出されていく。メイリンが脚を広げると、彼はさらに深く身を沈めてきた。圧倒されるほどの、満たされた感覚。そこに痛みや驚きはなかった。

「もう少しだ」

メイリンは目を見開いた。ユアンはさらに中へ入っていき、奥深くにまで自らをうずめ、動きを止めた。メイリンは息もできなかった。彼がメイリンを抱きしめ、動き始めた。ゆったりとした、気持ちのいいリズムだ。メイリンは欲求で頭がおかしくなりそうだった。

彼の背中の筋肉が波打ち、盛りあがる。メイリンは彼にしがみつこうとして、めちゃくちゃに指を動かした。嵐に揉まれたかのように、なにかつかまるものを求めていた。

ユアンの動きはどんどん速く、激しくなっていく。欲望のにおいが濃く漂う空気の中で、ふたりのため息がまじり合った。

「脚をおれに巻きつけろ。しっかりつかまっているんだ」

メイリンは全身で彼にしがみついた。二度と離せないくらい固く体を絡み合わせる。

燃えるような快感が募る。やがてメイリンはもどかしげに体をくねらせた……クライマックスを求めて。呼吸をするのもつらかったので、息を止めた。胸が苦しくなっても我慢して、なにか得体の知れないものに向かっていった。

そして、彼女は砕け散った。未完成のタペストリーの糸のようにばらばらにほどけていく。悲鳴をあげた、いや、あげようとした。けれどもユアンに口をふさがれて、狂乱の叫びを吸い取られた。

自分の体がまったく制御できない。なにも考えられない。できるのは感じることだけだ。やさしくなにかを耳にささやきかけてくるユアンの腕の中で、彼女は力なく身をゆだねるしかなかった。

いま起こったことが理解できずに、メイリンは焦点の定まらない目を夫に向けた。彼は苦しげに顔をゆがめていた。最後に激しくひと突きして、メイリンの奥深くに自らをうずめる。そして精を放ち、ぐったりとメイリンに覆いかぶさって彼女をマットに沈みこませた。

メイリンは彼の喉のくぼみに顔をうずめた。すっかり消耗してしまい、あと一年ほどベッドで寝て過ごしたいくらいだ。ユアンはしばらくメイリンの上でじっとしていたが、やがて体を持ちあげて横に転がった。

彼がメイリンを抱き寄せ、髪を撫でる。こめかみにキスをして、彼女の頭を自分の顔の横にぴったりとあてがった。

メイリンは頭が混乱していて、いまなにが起こったのか理解できなかった。だがひとつだけ、強く感じることがあった。

「ユアン？」小声で呼びかける。

彼は一瞬の間を置いて返事をした。「うん？」

「わたし、間違っていたみたい」

ユアンが顔をメイリンの頬にすりつけた。「なにを間違っていたんだ？」

「あなたは愛の行為が上手だわ」

ユアンは含み笑いをすると、いっそう妻を強く抱きしめた。メイリンは大きくあくびをして彼の腕の中に心地よく体をおさめ、目を閉じた。

16

目覚めたとき、メイリンは一瞬自分がどこにいるのかわからなかった。もやもやした気分を振り払おうとまばたきをする。頭はまだぼんやりしていたが、体のほうは傷が少し痛むものの、びっくりするほど温かく満ち足りていた。湯気の立つ風呂にゆっくり浸かったあとのように、手足に力が入らない。

窓を覆う毛皮が引き開けられていて、日光が差しこんでいた。太陽が高くのぼっているところを見ると、かなり寝坊してしまったらしい。ガーティはつむじを曲げているだろう。メイリンが食事にありつくのは昼まで待たされることになりそうだ。いや、すでに昼になっているかもしれない。

昨夜の記憶が瞬時によみがえった。下腹部に生じた炎が上に移動して、メイリンの顔がかっと熱くなる。体を起こしたとき、なにも身にまとっていないことに気づいた。上掛けをつかんで顎まで引きあげたが、ばかばかしくなって手を離した。寝室にはメイリンしかいない。誰にも体を見られることはないのだ。それでも彼女は急いでベッドからおり、すばやく服を着た。

髪はくしゃくしゃに乱れている。頬に手をあててみると、まだほてっていた。まるで赤く燃えた炭のように見えているだろう。

彼女は夫に、あなたは愛の行為が苦手だなどと言ってしまった。しかし彼は、それが間違いだと実証した。メイリンが想像もしなかったことを、彼はしたのだ。口と……舌で。

恥ずかしさでまたもや全身が赤くなり、メイリンは目を閉じた。どうやって彼と顔を合わせられるだろう？

メイリンはマザー・セレニティを敬愛していた。誰よりも信頼していた。あの修道院長はメイリンに親切で、そして寛容だった。神の試練に耐えたヨブのように忍耐強くメイリンを指導し、彼女のさまざまな質問に答えてくれた。だが愛の行為については、すべてを教えてくれたわけではなかったらしい。キスについても。

マザー・セレニティの教えの内容が実際の驚くべき愛の行為と違っていたことを思って、メイリンは顔をしかめた。院長がキス……そして愛の行為……について間違えていたのだとしたら、ほかにも間違えていたことがあるのではないか？　メイリンは突然、自分が無学で情けないほどなにも知らないように感じた。

ここで気を揉んでいてもしかたがない。この件については誰かに教えを請おうとメイリンは思った。クリスティーナ……いや、彼女は未婚だし若すぎる。ガーティの毒舌は怖いし、たとえ質問しても、ばかばかしいと笑ってメイリンを厨房から追い出すだけだろう。残るはマディだ。メイリンより年上で、明らかに世慣れている。しかも既婚者だ。彼女なら愛の行為については詳しいはずだし、どちらが間違っているのか裁定をくだしてくれるだろう。

そうと決まると気分がよくなり、メイリンはもつれた髪にブラシをかけて三つ編みにした。

これで、ひと晩じゅう愛の行為にふけっていたようには見えないはずだ。それから部屋を出て階段をおりた。

厄介なことに、コーマックが広間で待っていた。メイリンが入っていくとすぐに彼は立ちあがり、彼女のそばに来た。メイリンが不機嫌な顔を向けても笑いながら挨拶をするだけだ。彼をいい気にさせないため、メイリンはコーマックの存在を無視して、ガーティに叱られるのを覚悟で厨房に向かった。ところが中から大きな音がしたので、入り口で足を止めた。鍋や釜がガチャガチャぶつかり、その騒音に負けじとガーティが声を張りあげて厨房の女たちのひとりを怒鳴りつけている。

いま、怒りっぽい料理人をおだてて遅い朝食をねだるのは難しそうだ。

「あの、コーマック？」

「はい、奥方様」

「そろそろ昼食の時間かしら？　実は今朝、ずいぶん寝坊してしまったの。ゆうべはよく眠れなくて」メイリンは早口で言った。寝坊の原因が単に眠れなかったことだけではないと、彼に悟られたくない。

コーマックが手の甲で口を抑えて笑いを噛み殺し、真面目な表情をつくろうとした。しかし、なにを考えているかは一目瞭然だ。メイリンは彼をにらみつけた。

「きっとあの人、みんなに自慢して回ったのね」ひとりごとを言う。

「は、なんとおっしゃいました？」コーマックが顔を近づけた。

「なんでもないわ」

「もうすぐ昼飯です。あと一時間もかからないでしょう。おなかがおすきでしたら、ガーティになにか見繕わせますが」

そう言われてメイリンの腹がぐうっと鳴った。けれども厨房のほうにちらりと目をやるとまたすさまじい音がしたので、彼女は食事をあきらめた。

「いいえ、待つわ。ほかにすることがあるから」

メイリンはきっぱりとした足取りで歩き出した。コーマックも彼女の気持ちを察してひとりで行かせてくれるかもしれない。ところが彼は歩調を合わせて、城の石段をおりるメイリンについてきた。

外に出ると、暖かい日光が降り注いだ。けれども空気は冷たい。メイリンは、マディが部屋に置いてくれていたショールを忘れてきたことに気づいたが、階段をのぼって取りに戻るのは面倒だった。いや、それなら……。

後ろを向いて、コーマックに愛らしく微笑みかける。「族長の部屋にショールを置いてきてしまったの。外はまだ寒いでしょう。取ってきてくれないかしら？」

「承知しました、奥方様。お体を冷やしてはいけません。族長がお怒りになります。ここでお待ちください。すぐに取ってまいりますので」

コーマックが城に入っていくまで、メイリンはおとなしくしていた。そして彼の姿が見えなくなるやいなや、中庭に出てしまわないように注意しながら早足で歩き出した。途中でふたりの女を呼び止めてマディの居場所を尋ねた。朝の仕事が終わっていったん自分の家に戻ったと聞かされたので、メイリンは城の左手に並んだ質素な家々のほうに向かった。

マディの家の前まで来ると、深呼吸してノックした。一瞬の間を置いてマディが扉を開け、メイリンが立っているのを見て驚いた顔になった。

「奥方様！　なにかご用でしょうか？」

メイリンは肩越しに後ろを見て、コーマックがついてきていないことを確かめた。

「そうなの。ちょっと教えてほしいことがあって」メイリンは声を落とした。「内密に」

マディが一歩さがってメイリンを招き入れた。「いいですよ。どうぞお入りください。なにか召しあがりますか？　かまどでウサギのシチューを温めていたところです。亭主はお昼に熱いシチューを食べるのが好きでしてね。でもまだしばらくは帰ってこないでしょう」

朝食を食べ損ねて腹が鳴っていたことを思い出したメイリンは、奥から漂ってくるおいしそうなにおいをくんくんと嗅いだ。

「いただくわ、迷惑でなければ。今朝は寝坊してしまったの」メイリンは哀れっぽく言った。

マディが微笑み、メイリンを手招きして、かまどのあるところまで誘った。「今朝のガーティはかなり機嫌が悪かったらしいですね」

メイリンはうなずいた。「朝食に遅れて厨房へ行ったら命が危ないと思ったわ」

マディが椅子を引いてメイリンを座らせ、シチューを皿に盛った。その皿をメイリンに渡すと、自分はテーブルを挟んで向かい側に腰かける。

「さて、奥方様、なにをお知りになりたいんです？」

メイリンが口を開こうとしたとき、表の扉がノックされた。マディが眉をひそめながら応答しに行き、すぐにクリスティーナとバーサを連れて戻ってきた。ふたりはメイリンがいるのを見て目を丸くした。

「まあ、奥方様」クリスティーナが声をあげる。「奥方様の居場所を知らないかとマディに訊きに来たんです。コーマックが奥方様を捜して城じゅうをひっくり返しているんですよ」

メイリンは吐息を漏らした。「マディに相談があったから、ショールを取ってきてと言ってコーマックを追い払ったのよ。内緒の話で、コーマックには聞かせたくなかったから」

バーサが大きく微笑んだ。「じゃあ、奥方様の居場所は教えないことにしましょう」

メイリンは感謝のしるしにうなずいた。これで出ていくだろうと思いきや、ふたりはテーブルにつき、バーサが身を乗り出した。

「どんな相談です？　わたしたちもお力になりますよ。奥方様はもう、わたしたちのご主人様なんですからね」

「内密のお話だとおっしゃっているのよ」マディがバーサをとがめた。

メイリンはうなずいた。「そう。大きな声では言えないことなのよ」

頬がほてった。きっと顔が真っ赤になっていることだろう。

「なるほど、女だけの話ですね」バーサが訳知り顔になった。「どうぞお話しくださいな。わたしたちの口は堅いですから」

クリスティーナは戸惑った様子だったが、メイリンはうなずいた。

「そうね」メイリンはおずおずと話し始めた。「いろんな意見を聞いたほうがいいかもしれないわ。実は、教えられたことと経験したことが違っていて、ちょっと混乱しているのよ。わたしはマザー・セレニティから、男女の営みについて教えてもらったの」

「あらまあ」バーサがつぶやいた。「まさか、年寄りの修道院長からすべてを教わっただなんて言わないでくださいよ」

メイリンはびっくりしてバーサを見返した。「教わったのよ。だって、マザー・セレニティは博識なんですもの。嘘をついたりしないわ。たぶんわたしが、彼女の教えを取り違えていたのね。いろんなことを教わったから」

マディがあきれたように首を振り、舌打ちをした。

「お知りになりたいことを話してくださいな。マザー・セレニティに悪気はなかったでしょうけれど、正しく教えたとは思えないんですよ」

「あの、キスについて教わったんだけど、夫は――」頭にあることを口にするのが恥ずかしくて、メイリンは言いよどんだ。

「つづけてください」クリスティーナが先をうながした。好奇心で目を見開き、身を乗り出している。

「ええと、彼は舌を使ったの。マザー・セレニティは、キスで舌を使うことなんて全然言っておられなかったのよ。あれだけしっかり説明してくださったのに」

マディとバーサがくすくす笑って、意味ありげに視線を交わした。

「で、族長のキスをお楽しみになりました？」マディが訊く。

メイリンはうなずいた。「ええ。白状すると、わたしも舌を使ったの。なんというか……息が苦しくなったわ。いったいどういうことなのかしら」

「キスのときに舌を使うですって？」クリスティーナが目をむいた。

マディがクリスティーナをにらみつけ、追い払うように手を振った。「あんたはこんな話をするには若すぎるわよ。外で、コーマックが来ないか見張りをしていてちょうだい」

クリスティーナはがっかりした様子だったが、反論はせず、立ちあがって部屋を出ていった。正面の扉が閉まる音がすると、バーサとマディはメイリンに向き直った。

「お知りになりたいのは、それだけですか？」マディが尋ねた。

メイリンはもじもじした。こんな話はやめて城に戻って、勝手に出歩いたことでコーマックに説教されたほうがいいのかもしれない。

「大丈夫ですよ」バーサがやさしく言った。「なんでもお訊きくださいな。誰にも言いませんから」

メイリンは咳払いをした。「あの、彼に、あなたは愛の行為が苦手ねって言ってしまったみたいなの」

女たちがぎょっとした顔をしたので、メイリンはうっかり口走ったことを悔やんだ。するとふたりは大声で笑い出した。笑いはなかなか止まらず、彼女たちは頬を伝う涙をぬぐった。

「で、そう言われて族長はどうなさいました？」マディが苦しげな呼吸の合間に尋ねる。

「あまりいい顔はしなかったわ」メイリンはぼそぼそと言った。「あとでわたし、間違っていたと言ったの」

バーサがにやりとした。「本当に間違っておられたわけですね？」

マディもわかったと言わんばかりにうなずいた。「間違いだということを、族長は実地に証明なさったんでしょう？　結婚初夜のことは許してあげてくださいな。奥方様は初めてだったんです。どうやっても、痛いのは避けられなかったでしょう。そういうのは、さっさとすませるのがいいんです」

「でも、彼は……」

「なんです？」バーサが訊いた。

「下品だったわ」メイリンは小声で言った。

マディが手で笑いを抑えたが、目は楽しそうにきらめいていた。「でも、よかったんでしょう？」

「そうね。彼はいろんなことをしたの……」

「どんなことですか？」

「あの、彼は口を使ったの」メイリンは身を乗り出して声を低めた。「下のほうに。それから、わたしの……」

「胸に？」とバーサ。

メイリンは恥ずかしくてたまらず、目を閉じてうなずいた。

ふたりの女はくすくす笑いながら椅子にもたれた。

「族長はちゃんとなさったみたいですね」マディはうれしそうだった。「そんなに上手な男性をベッドに迎え入れられて、奥方様は幸運ですよ。みんながみんな、そうだとはかぎりませんから」

メイリンはいぶかしげに問い返した。「そうなの？」

バーサがうなずいた。「わたしが言ったってことは黙っていてくださいよ。うちのマイケルが上手になるまでには、何年もかかりました。わたしより年上の女の人に相談しなかったら、いつまでもあのままだったでしょうね」

「あら、うちのラノルドだって同じよ」マディが割りこむ。「あの人はせっかちでね。もう相手をしてやらないってわたしが脅してから、やっと少しましになったんです」

女たちのおしゃべりを聞いて、メイリンはめまいがしそうだった。こんな他人に言えないようなことを、ふたりは大っぴらに話している。メイリンのほうは、穴があったら入りたいほど恥ずかしいというのに。

マディがテーブルの向こうから手を伸ばしてきてメイリンの手を握りしめ、にっこり笑いかけた。「ちょっと助言させてくださいな。年寄りの言うことですけれど」

メイリンはゆっくりとうなずいた。

「殿方が愛の行為に長けているだけでは、充分ではないんです。あなたのほうも上手にならないと」

バーサも大きくうなずいた。「ええ、そのとおりですよ。ベッドで夫を満足させていれば、浮気をされる心配もありません」

浮気？　メイリンはぞっとしてふたりを見つめた。「彼が女遊びをするかもしれないと言っているの？」

「いいえ、族長をおとしめるつもりはありません。だけど、備えあれば憂いなしっていうじゃありませんか。族長を充分満足させておくに越したことはありません。ベッドで満ち足りているほうが、男は御しやすいんですよ」

マディがバーサの肩を叩いて笑った。「本当にね。お願いごとをするなら、愛し合ったあとがいちばんです」

夫が御しやすくなるのは好都合だ。メイリンはその考えが気に入った。それに、ユアンが貞節でないかもしれないといったん思ってしまうと、その疑いを頭から振り払うのは難しかった。まさかそんなことはないと思うけれど。

「わたしはなにを知っておけばいいの？」

「そうですね、族長は舌をお使いになったんですよね。下のほうに」バーサが目をきらめかせた。「あなたも同じことをすればいいんです。そうしたら、族長はきっと大喜びなさいますよ」

どういうことかわからず、メイリンはきょとんとした。そして、ぞっとした。なにか言おうと口を開きかけたものの、言葉が出てこない。自分がバーサの言ったことをしている光景が思い浮かび、脳裏から消し去ることができなかった。

「どういう……」それだけ言うのがやっとだった。なにを尋ねればいいのだろう？

「奥方様がびっくりしてらっしゃるわよ」マディがバーサをたしなめる。

バーサは肩をすくめた。「遠回しに言ったってわからないでしょう。誰かがお教えしなくちゃ。マザー・セレニティでは役に立たなかったんだから」

マディがふたたびメイリンの手を握った。「バーサが言っているのは、男の人はキスをされるのが好きってことです……下のほうに。男のものにね」

バーサがふんと鼻を鳴らした。「はっきり言いなさいよ、マディ。男はあそこを吸われるのが好きなんだって」

メイリンの顔から血の気が引いた。キスをする？　吸う？

「奥方様もそこにキスされて気持ちがよかったんでしょう？　男だって同じです。女の手や口や舌でそこに触れられて、かわいがってもらうのが好きなんです」

確かにメイリンはユアンの愛撫を楽しんだ。口をつけられることも。彼は巧みに舌を使った。そう、舌を使われるのは気持ちがよかった。それがいかに下品なことでも。

「わたしの……わたしの……口を、彼の……」メイリンにはどうしても言えなかった。「そんなの下品だわ！」

バーサが目を丸くし、マディは声をたてて笑った。

「愛の行為に上品さはいりませんよ」マディはすまして言った。「上品だったら、楽しくありません」

バーサも真顔になって首を縦に振った。「みだらにたわむれるのは、全然悪いことじゃないんですよ」

メイリンは自分の耳が信じられなかった。このことについては、じっくり考えてみる必要がある。マディとバーサに礼を言って帰ろうとしたとき、扉が激しく叩かれて、三人はぎくりとした。

マディが立ちあがって扉に向かい、メイリンとバーサも後ろからついていった。けれども扉が開いたとき、事態はメイリンの予想よりも悪いことが判明した。

メイリンに説教しようと立っていたのはコーマックではなかった。ユアンとシーレンが並んで腕組みをしている。ふたりとも怖い顔だ。クリスティーナがすまなそうな顔で脇に控えていた。

「どういうことか説明してもらおうか?」ユアンが言った。

17

メイリンは夫に返事をせず、マディとバーサのほうを向いて丁寧に頭をさげた。「相談に乗ってくれてありがとう」

振り向くと、ユアンはまだこちらをにらみつけていた。一方シーレンは、メイリンを捜す仕事を言いつけられたことにいまだにいらだっているようだ。メイリンはマディの家を出て、ユアンの横をすり抜けようとしたが、彼はどいてくれない。ぐいと押してみたものの、彼は岩のごとく動かなかった。

しかたなくメイリンは一歩さがった。「わたしに話があったの?」

ユアンが大きくため息をつき、乱暴に彼女の腕をつかんだ。メイリンは女たちに手を振ると、彼に手を引っ張られて歩いていった。足をもつれさせながら、半ば走るようにユアンについていく。そうでもしなければ、息巻く夫に地面を引きずっていかれただろう。

ちらりと後ろを見ると、シーレンがすぐあとからついてきていた。どこかへ行ってもらいたいと思って不機嫌な顔でにらんでみたが、彼はふたりきりにしてほしいという彼女の無言の願いを聞き入れてはくれなかった。

マディの家からある程度離れたところまで来ると、ユアンがようやく立ち止まった。復讐に燃える血に飢えた戦士のような顔でメイリンの前に立つ。彼女は勇ましく夫に向き合おうとしたものの、すっかりひるんでしまった。ユアンは腹を立てている。いや、そんな言葉では言い尽くせないほど激高している。

怒りのあまり、すぐには叱責の言葉も出てこないようだ。何度か口をぱくぱくさせたあと、ユアンは横を向いた。気を静めようとしているらしい。

メイリンはおとなしく待っていた。両手を組み、目を見開いて彼を見あげる。

「そんなあどけない目でおれを見るな」ユアンがうなった。「おまえはおれに背いた。またしても。おまえを部屋に監禁しておきたい気持ちだ。死ぬまでな」

メイリンがその脅しに答えないでいると、ユアンは大きく息を吐いた。

「どういうことなんだ？　コーマックを追い払って、護衛なしで出歩いたことに、どんな言い訳をするつもりだ？」

「マディと話をしたかったの」

ユアンがしばらくのあいだ彼女を凝視した。「それだけか？　おれの命令を無視したばかりか、自分の身の安全にも無頓着に行動したのは、すべてマディと話すためだったと？」

「内緒の話だったから」

ユアンが目を閉じ、声を出さずに唇を動かした。数を数えているのだろうか？　こんなときに計算をしなくてもいいだろうに。

「コーマックに、マディの家まで護衛させることはできなかったのか？」

メイリンはぎょっとして彼を見た。「だめよ！　絶対にできないわ！　男の人に聞かれたくない話なのよ。人前では話せないような、内密の話」

ユアンが天を仰いだ。「やつを小屋の外で待たせることもできたはずだ」

「窓越しに盗み聞きされるかもしれなかったわ」

「おまえが女どもと内密の話をしようとするたびに、城じゅうを捜して歩く暇はおれにはない。これからは、必ず弟か側近の誰かを護衛につける。これ以上ひとりでうろうろするなら、部屋に閉じこめるぞ。わかったか？」

ユアンの指示に、シーレンもメイリンと同じくらい不満そうだった。ユアンに押しつけられた仕事にぞっとしているらしい。

メイリンはしぶしぶうなずいた。

「わかったかと言ったんだ」

ユアンが横を向き、シーレンを指さして言った。「おまえがメイリンのそばにいろ。おれには急ぎの用がある」

迷惑そうなシーレンの表情が気に入らなかったメイリンは、中庭のほうへずんずん歩いていくユアンの背中に向かって舌を出した。

シーレンが腕組みをしてメイリンをにらんだ。「そろそろ昼食だ。城に戻ったほうがいいんじゃないか？」

「あら、でもおなかはすいていないのよ」メイリンは快活に言った。「マディが親切に、おいしいウサギのシチューをごちそうしてくれたから」

シーレンの顔つきが険しくなる。「だったら部屋に行って昼寝をすればいい。たっぷりと」

「メイリン！　メイリン！」

クリスペンの声がしたので振り返ると、彼がほかの三人の子どもたちを引き連れて走ってきた。

「メイリン、一緒に遊ぼう」クリスペンが彼女の手を引っ張った。「競走してるんだ。審判になってよ」

メイリンは笑顔になり、クリスペンと熱心な友人たちに手を引かれた。彼らは口々に、自分のほうが速く走れると言い張り、走るところを見ていてほしいとメイリンに懇願した。シーレンが大げさにため息をつき、大股であとからついてきた。けれども、メイリンは彼を無視していた。シーレンに一挙手一投足を見張られなければならないのなら、彼女のほうは彼など存在しないようにふるまってやるのだ。

シーレンのような大きな男が見えないふりをすることを想像して、メイリンは思わずくすっと笑ってしまった。ユアン配下の戦士はみんなそうだが、彼も見るからに獰猛で筋骨隆々としている。そして巨木のような存在感があった。

そう、彼がついてきていないと思いこむのは難しいだろう。でも少なくとも、知らん顔をすることはできる。

困ったような彼の表情がちらりと見えたとき、メイリンは罪悪感を覚えて顔をしかめた。後ろめたさを感じたくはない。修道院から遠く離れて、ちょっと自由が欲しかっただけなのだから。

だが、クリスペンたちのあとについて城の横の広場に向かうあいだも罪悪感はいっそう募り、彼女は胸の前で両手を揉み合わせた。

メイリンは唐突に足を止めて振り返り、シーレンとぶつかりそうになった。「協力することにしたわ。あなたが城の近辺でわたしを護衛することを許します」

シーレンが疑わしげに眉をあげた。「きみが兄貴の命令におとなしく従うと、おれが信じるとでも思っているのか？」

メイリンは悲しげに首を左右に振った。「あなたには悪いことをしたと思っているの。ごめんなさい。ユアンが理不尽な命令を出すのは、あなたの責任じゃないわ。悪いのは彼よ。あなたは自分の務めを果たしているだけだわ。だからわたしには、少しでもその仕事を楽にしてあげる義務がある。あなたがお荷物を押しつけられているのはよくわかっているから」

シーレンは彼女がお荷物だということを否定もせず、うんざりした表情でメイリンを見つめるだけだった。

「とにかく、もう二度とずるい手は使わないと約束します」メイリンはおごそかに言った。

それから、誰が先に走るかで言い争っている子どもたちに向き直った。メイリンは笑ってその輪に入り、まとわりつくたくさんの手をかわした。

一時間後、メイリンはへとへとになっていた。子どもたちの相手をして、すっかり精力を使い果たしてしまったのだ。クリスペンを追いかけている途中で立ち止まり、とても貴婦人らしいとは言えない様子でうつむいて激しくあえいだ。

子どもたちが叫びながら彼女を取り囲む。ふと見ると、シーレンがしかめ面で、ことの成り行きを見守っていた。

「あなたがこの子たちを追いかけてよ」メイリンは声をあげた。「あなたはわたしを護衛しているんでしょう」

「護衛だ。子どものお守りじゃない」シーレンがぶっきらぼうに答える。

「みんなで彼に襲いかかりましょう」メイリンは声をひそめた。

「うん、やろう！」クリスペンがささやき返す。

「そうだそうだ！」まわりの子どもたちも声を揃えた。

いたずらな思いに、メイリンは微笑んだ。あの戦士が地面に倒されて助けを求めている光景は見ものだろう。

「いいわ。でも、そっと忍び寄るのよ」

「戦士みたいに！」ロビーという子が叫んだ。

「そう、戦士みたいに。あなたたちのお父様みたいにね」

男の子たちは胸を張った。けれども女の子たちは不満げだった。

「あたしたちは、メイリン？」八歳のグレッチェンが訊いた。「女の子だって戦士になれるわよね」

「なれるもんか！」クリスペンがぞっとしたような声で言った。「戦いは男の仕事。女は守ってもらうんだ。父上はそう言っていたよ」

女の子たちの目が怒りでぎらついた。内輪揉めを防ぐため、メイリンはみんなを引き寄せた。「ええ、女の子も戦士になれるわよ、グレッチェン。さて、こういう作戦でいきましょうか」

頭を寄せた子どもたちに、メイリンはひそひそと指示を告げた。

男の子は攻撃における自分たちの役割に満足していないようだったが、女の子のほうは大喜びだった。すばやく指示を再確認したあと、女の子たちはスキップで城のほうに向かった。シーレンの横を通り過ぎるやいなや立ち止まって振り返り、後ろからそっと忍び寄る。シーレンは前方から自分に近づいてくるやんちゃな男の子たちのほうに気を取られていた。

いぶかしげにクリスペンを見たあと、彼はメイリンのほうに目をやった。メイリンはなに食わぬ顔で微笑んだ。

自分になにが起こったのか、シーレンにはわからないようだった。女の子たちは妖怪のような悲鳴をあげて、背後から彼に駆け寄った。シーレンの背中に飛びつき、イナゴのように彼に群がる。

シーレンは驚きの叫び声をあげて倒れた。何本もの腕や脚が絡まり、楽しそうな叫び声が響く。男の子も負けじと鬨の声をあげ、のしかかっていった。

最初こそ仰天して叫んだものの、シーレンはしなやかな動きで反撃した。笑いながら子どもたちと取っ組み合う。それでも最後には女の子たちの下敷きになって降参を迫られ、助けを請わざるをえなかった。

シーレンが両腕をあげ、笑いながら降参を告げる。彼の変貌ぶりを、メイリンは意外な思いで見つめた。彼が微笑むのすら、目にした記憶はほとんどない。ましてや、いま子どもたちとふざけ合っているときのように楽しそうに笑うのを見たのは、まったく初めてだ。彼の子どもあしらいのうまさに、メイリンは唖然として首を横に振った。もしシーレンが怒ったら、子どもたちを守るために割りこむつもりだったのだ。

女の子たちはすぐに勝利の雄叫びをあげた。男の子たちのほうは、シーレンをやっつけたのは自分たちだとぶつぶつ言っている。

「シーレン、女の子は戦士になれないってクリスペンが言うの。戦士になって女を守るのが男の仕事だって」グレッチェンが口を尖らせた。「でもメイリンは、女の子だって戦士になれるって言ってくれたわ。どっちが正しいの?」

シーレンが軽く笑った。「弱い者と自分の女を守るのが戦士の務めだという意味では、クリスペンは正しい。だがメイリンは女戦士のいい見本を示してくれている。一カ月もしないうちに、メイリンはおれたちみんなに助けを請わせているだろうな」

「そのとおりだ、シーレン」

メイリンはぱっと振り返った。ユアンと側近のギャノンとコーマックが少し離れたところに立って、子どもたちに打ち負かされたシーレンを面白そうに眺めている。

メイリンは身を硬くして唾をのみこんだ。きっとまた、妻の務めについて厳しく説教されるのだろう。ところがユアンは歩いてきて子どものひとりを立たせ、手で土を払ってやっただけだった。

　グレッチェンがシーレンの広い胸板の上に座ったまま、満面の笑みをメイリンに向けた。

「あたし、族長みたいな戦士になりたい。だってあたし、先週もロビーをこてんぱんにやっつけたのよ」

「そんなことあるもんか！」ロビーが叫んだ。

「そうだもん」

　ロビーがグレッチェンに飛びかかってシーレンの胸から突き落としたので、メイリンはぞっとした。だが心配は無用だった。グレッチェンは根拠もなく自慢していたわけではなかったらしい。すぐにロビーを突き倒し、腕を地面に押さえつけて、馬乗りになった。

　メイリンはため息をついて、男の子対女の子の全面戦争を防ぎに行った。ユアンも同時にやってくる。メイリンが暴れるロビーからグレッチェンを引きはがし、ユアンがロビーに手を貸して立たせた。

　そのとき、メイリンは脇腹に鋭い痛みを感じた。驚いて見ると、一本の矢が子どもたちのすぐ横の地面に深く突き刺さっている。この矢はメイリンとユアンのあいだを通り抜けたのだ！

　メイリンは呆然とした。もう少しで子どもたちにあたるところだった。誰が矢を放ったのかと振り向いたが、すぐにシーレンに押し倒され、のしかかられた。

「どいて！」メイリンは叫びながら彼の肩を叩いた。「なにをしているのよ？　子どもたちを守って！」

「黙れ！」シーレンが怒鳴った。「子どもたちは兄貴が見ている」

「許せない！　なんて不注意なの？　あの子たちが死ぬところだったわ！」

シーレンが手でメイリンの口をふさぎ、ゆっくりと体を離した。そのままあたりの様子をうかがう。ユアンも両腕に子どもたちを抱きかかえたまま、鋭い目つきでまわりを見ていた。ギャノンとコーマックもそれぞれ残りの子どもたちをかばう位置につき、じっと族長の命令を待っている。

ユアンが悪態をついた。子どもたちの前で彼が汚い言葉を吐いたことに、メイリンは顔をしかめた。このことについても、折を見て注意しないといけないだろう。

彼が顔をあげて命令を叫ぶと、すぐに兵士たちが集まってきた。子どもたちが手厚く警護されて城に連れ戻されたあと、ユアンはメイリンのそばに来て彼女を見おろした。

シーレンが地面から立ちあがり、ユアンとふたりでメイリンの両脇を抱えて持ちあげる。メイリンはスカートから土埃を払った。

誰よりも先に、彼女は矢のところへ行って地面から引き抜いた。その矢をユアンの胸に押しつける。恐怖は怒りに取って代わられていた。

「あなたの部下はどれだけ不注意なの？　子どもが殺されていたかもしれないのよ！」

18

ユアンもこの事件については妻と同じくらい激怒していた。しかし、部下たちの前で妻が自分をなじるのは許せない。

「黙れ」

メイリンが目を丸くしてあとずさった。やっと彼女も自分の立場を理解したらしい。ところが彼女は目を細め、険しい顔で夫をにらみつけた。

「黙りません」低い声で言う。「子どもたちが自由に遊んで走り回れる安全な場所をつくってちょうだい。兵士がまともに矢の狙いをつけられないのなら、こんなに中庭に近いところで遊ぶのは危険よ」

ユアンは妻の手から矢を取りあげて、そこにつけられたしるしを確かめ、ふたたび彼女に目を戻した。「誰の仕業か判明するまでは、部下たちやおれが悪いと勝手に決めつけて侮辱するのはやめるんだ。城に戻って子どもたちの面倒を見ていろ。コーマックがおまえの護衛につく」

メイリンは傷ついた表情になったが、ぷいと後ろを向くと、スカートをなびかせて急ぎ足で立ち去った。

ユアンはギャノンのほうを向いた。この不手際に対する怒りがおさまらない。「この矢を放ったやつを見つけて、おれのところまで連れてこい。子どもが死んでいたかもしれないんだ。いや、おれの妻も危ないところだった」

矢が自分とメイリンのすぐそばを通っていったことを思い、ユアンはこぶしを握りしめた。矢は低いところを抜けたので、ユアンにあたってもたいしたことはなかっただろうが、メイリンのような小柄な女にとっては致命傷になりかねない。

彼はついさっきメイリンがいた場所に視線を落とした。眉をひそめて膝をつき、指で地面に触れる。たちまち喉が締めつけられ、鼓動が激しくなった。彼女の足跡のすぐ横の地面が黒くなっている。血だ。メイリンが歩いていったほうに目をやると、そこにも血が点々と落ちていた。

「なんてことだ」

「どうした、兄貴?」シーレンが鋭く尋ねた。

「血だ」

ユアンはさっと立ちあがって、遠ざかるメイリンの後ろ姿を見つめた。「メイリン!」

城に入る石段の手前まで来たときユアンの叫び声が聞こえて、メイリンは足を止めた。顔をしかめて振り返る。ところがおかしなことに、彼女が動きを止めても、まわりの世界はぐるぐる回りつづけていた。

体がぐらりと揺れる。メイリンはまばたきをして、まっすぐに立とうとした。おかしい。

膝が震えてがくがくしている。気がつけば彼女は地面にひざまずき、夫が猛烈な勢いでこちらに走ってくるのをぼんやりと見ていた。

「ああ、どうしよう。今度こそ彼を本気で怒らせてしまったわ」

しかしユアンは怒っているようには見えなかった。彼は……心配そうだった。メイリンに駆け寄り、真正面で膝をつく。すぐ後ろにはギャノンがいて、同じように心配そうな顔をしていた。シーレンまでもが、いつもの退屈そうな顔とは違う表情だ。眉根を寄せ、彼女の反応を待っているかのようにじっと見つめている。

「どうしてひざまずいているの？」メイリンはささやいた。

「おまえを部屋まで連れていくからだ」ユアンが、まるで子どもを相手にするようにゆっくりと言った。

焼きごてをあてられたような鋭い痛みが走り、メイリンは顔をゆがめた。脇腹を押さえたまま倒れそうになる。ユアンがそっと彼女の肩をつかんで支えた。

「でも、どうして？　まさか……」メイリンは前のめりになってささやいた。「いまは愛し合うときじゃないわ、ユアン。真っ昼間よ。まだ正午にもなっていないのに」

ユアンがその言葉を無視して彼女を抱えあげた。メイリンは彼のほうに倒れこんだ。そのときまた脇腹が痛み、息をのんだ。目に涙があふれ、外の世界が潤んで見える。

「すまない、メイリン」ユアンがぶっきらぼうに言った。「痛くするつもりはなかった」

彼が部屋まで運んでくれるのは、悪いことではないかもしれない。なぜならメイリンは急に体がだるくなり、目を開けているのもつらくなったからだ。

「怒鳴るのをやめてくれたら眠れるのに」彼女は文句を言った。

「だめだ、寝るな。まだだ。傷をちゃんと調べるまでは起きていろ」

それからユアンがまた叫んだ。今度は治療師を呼べと怒鳴っている。治療師？　治療師なんていらないのに。いま必要なのはぐっすりと眠ることだ。だから彼女は夫にそう言った。なのに彼は返事もせず、彼女を部屋に運び入れてベッドに横たえた。メイリンがようやく目を閉じようとしたとき、ユアンが彼女の服を脱がせ始めた。

メイリンは驚いて目を開け、彼の手をぴしゃりと叩いた。「なにをしているの？」

ユアンが暗い顔で見おろした。「おまえは怪我をしたんだ。服を脱がせて、傷の場所を確かめさせてくれ」

メイリンは目をしばたたいた。「怪我？」そういえば、脇腹がひどく痛む。

「矢がかすめたに違いない。おまえが立っていたところに血が落ちていた。どこか痛いところはあるか？」

「脇腹。言われてみたら、ものすごく痛いわ」

ユアンの指が脇腹を撫であげると、メイリンは哀れっぽいうなり声をあげた。彼が顔を曇らせる。「我慢してくれ。すまないと思うが、傷を調べなくてはならない」

そしてベルトに留めたナイフを手に取って、ドレスの横を大きく切り開いた。

「あなたはわたしのドレスをどんどんだめにするのね」メイリンは悲しそうに言った。「すぐに、わたしには寝巻きしか着るものがなくなるわ」

「新しいドレスをつくらせるさ」彼がささやいた。

その言葉にメイリンは喜んだ。ユアンは手早くナイフでドレスを切りつづけている。痛くないほうを下にして横向きになったとき、ユアンがはっとするのがわかった。

「ああ、やっぱり矢にあたったんだ」

メイリンは身をこわばらせ、早口でまくし立てた。「矢にあたった？　自分からあたりに行ったわけじゃないわ。あなたの部下が射た矢よ。誰の仕業かしら。ガーティの大鍋でお尻をぶってやるわ」

ユアンが含み笑いをした。「そうひどい傷ではないが、まだ出血している。縫わないといけないな」

メイリンはびくりとした。「ユアン？」

「なんだ？」

「わたしの体に針を刺さないで。お願い。そんなにひどい傷じゃないと言ったでしょう。傷口をきれいにして包帯を巻いておくだけでいいんじゃない？」

哀願口調にはなりたくなかった。弱くて愚かな女みたいだ。けれども体に針を通されるのは、矢が皮膚をかすめることよりも怖かった。

ユアンが彼女の肩に唇をつけて、しばらくそのままじっとしていた。「すまない。しかし縫う必要があるんだ。傷は深いし、ぱっくり開いているから、包帯だけでは無理だ。きれいにして傷口を閉じてやらないと」

「あなたは……一緒にいてくれる?」

彼がメイリンの腕を撫でおろしたあと、肩から頬へと手を滑らせた。彼女の顔から髪を払いのけ、うなじをつかむ。

「ずっとここにいるぞ、メイリン」

19

「どういうことだ、治療師がいないとは？」ユアンは驚いて訊き返した。

コーマックとて、治療師がつかまらないことを告げたくはなかっただろう。顔を見ればびくびくしているのがわかる。

「治療師を見つけてここに連れてこい」ユアンは歯を食いしばった。

「無理なんです、族長」コーマックが大きなため息をついた。「マクローレンのところの治療師が死んだので、ローナがマクローレン族長の奥方のお産を手伝いに行きました。族長ご自身が許可を与えられました」

ユアンはいらいらと息を吐いた。もちろん許可を与えていた。治療師のローナは熟練した産婆でもある。マクローレン族長は身重の妻のお産がうまく進まず、必死でユアンに助けを求めてきたのだ。そのときは、マケイブの者が怪我をしたり病気になったりしたら、ユアン自らが治療にあたればいいと考えていた。

ところがいま、彼の妻が傷口の縫合を必要としている。正直なところ、ユアンはやりたくなかった。

「エールを持ってこい。できるだけ強いやつだ」彼は小声でコーマックに命じた。「怪我の消毒や痛み止めのためにたくわえているのがどこにあるか、ガーティに訊けばいい。水と針と糸、それに傷口を縛る布がいる。すぐに見つけてこい」

コーマックが行ってしまうと、ユアンは振り向いた。メイリンはベッドで目を閉じて横たわっている。顔色は不自然なほど青白く、そのためいっそう弱々しく見えた。

自分の考えが悪いほうに向かっていることに気づいて、ユアンは首を横に振った。傷は深刻なものではない。死にはしないはずだ。感染症で熱を出すことさえ防げれば。

ギャノンとディオミッドは心配そうにベッドの横でおろおろしている。コーマックが必要なものを持ってくるのを待つあいだ、ユアンは彼らに向き直って小さな声で言った。

「城にいる人間は全員尋問しろ。なにかを目撃した者がいるはずだ。偶発的な事故だとは思えない。わがクランの男たちは慎重だからな。誰が弓矢の稽古をしていたか調べ出せ」

「誰かが故意に奥方様を狙ったとお考えですか？」ギャノンが意外そうに尋ねた。

「それを明らかにしたいんだ」

「誰もわたしを殺そうとなんてしていないわ」メイリンがかすれた声を出した。「ただの事故だったのよ。みんなに、許しますと言っておいて」

「おれはどうしたらいい、兄貴？」シーレンの表情は厳しい。

「ここにいてくれ。メイリンを押さえていてほしい」

側近ふたりが出ていくのと入れ代わりに、コーマックが駆けこんできた。腕いっぱいに荷物を抱え、指先でエールの瓶をつかんでいる。ユアンは彼の持ってきたものを受け取ってベッドの横に置いた。

誰にもメイリンの体に触れさせたくはなかったが、ひとりですべてを行うのが無理なのはわかっていた。ユアンが縫合しなくてはならないのなら――治療師がいないとなると、できるのは彼だけだ――彼女が動かないよう誰かが押さえつけておく必要がある。でないと、よけいに彼女を傷つけてしまいかねない。

ユアンはコーマックを見あげた。「子どもたちの様子を見てきてくれ。クリスペンから目を離すな。メイリンが怪我をしたと聞いたら、あいつは心配するだろう。処置が終わるまで、マディたち女どもに言って、一階で息子の世話をさせておくんだ」

コーマックがお辞儀をして急ぎ足で部屋から出ていき、あとにはメイリンとユアン、そしてシーレンが残された。

ユアンは酒瓶を手に持ち、ベッドに横たわるメイリンの頭のそばに腰かけた。彼女の頰を指でなぞる。

「いいか、目を開けてこれを飲むんだ」

メイリンがまぶたをぴくぴくさせたあと、ぼんやりと目を開けた。ユアンに助けられて体を起こし、唇を瓶の口につける。液体が口に入るやいなや、彼女はいかにもまずそうに顔を背けた。

「毒を飲ませるつもり？」

ユアンは笑いをこらえて、瓶をまた彼女の口に近づけた。「エールだ。これを飲んで楽にしてくれ。痛みもやわらぐだろう」

メイリンが唇を噛んで、不安そうな顔を彼に向けた。「痛み？」

ユアンはため息をついた。「ああ、そうだ。残念だが、縫合は痛い。しかしこれを飲めば、それほどひどい痛みは感じない。本当だ」

「飲みほしたら、たぶんなにも感じなくなるさ」シーレンがひとりごとのように言った。

メイリンは鼻にしわを寄せて大げさにため息をつき、ユアンが流しこむエールを口に受け入れた。感心なことに、彼女はほとんどむせずに飲みこんだ。ユアンが瓶を下に置いたときには、メイリンの顔は黄緑がかった色になっていた。ほんのちょっとした刺激でエールを吐いてしまいそうだ。

「深呼吸しろ。鼻からだ。酒を胃に落ち着かせろ」

メイリンは上体の力を抜いて枕にもたれた。すぐにレディらしからぬ大きなげっぷが出て、つづいてしゃっくりが出た。

「聞こえなかったわよね」

シーレンが眉をあげ、面白そうにユアンを見た。「なにが聞こえなかったかって？」

「あなたっていい人ね、シーレン」メイリンは大仰に言った。「見かけほど野蛮じゃないわ。ときどき笑ってみたら、すごく美男子になると思うんだけど」

それを聞いてシーレンが渋い顔になった。

数分後、ユアンは身を乗り出してメイリンを見おろした。「どんな気分だ？」

「すばらしいわ。ユアン、どうしてあなたはふたりいるの？　ひとりで充分なのに」

ユアンは微笑んだ。「準備はいいようだな」

「そうなの？　なんの準備？」

ユアンはコーマックが用意した湯に布を浸した。それを絞り、メイリンの脇腹の乾きかけた血をそっとぬぐう。腕の内側にも血がにじんでいることからすると、矢は腕と脇腹のあいだを通っていったらしい。

しかし脇腹のほうに近かったので、こちらを縫合しなければならないのだ。

彼はシーレンに、メイリンの向こう側に行くよう合図した。シーレンがベッドの横を回っていき、慎重にメイリンの腕をどけてユアンのほうに脇腹を露出させた。

「体を押さえつけろ」ユアンは落ち着いて言った。「針を刺すときに動かれては困る」

シーレンが不承不承といった様子で、メイリンの体を自分にぴったりとつけて固定し、腕を動かせないよう手首を握った。

メイリンが目を開け、ぼんやりと彼を見あげた。「シーレン、あなたがこのベッドにいるのを知ったらユアンは怒るわよ」

シーレンがあきれて目をぐるりと回した。「今回は許してくれるだろう」

「あら、わたしは許さないわ」メイリンがむっとした声をあげる。「いけないことよ。ベッドにいるわたしを見ていいのは夫だけなの。わたしが彼になにを言ったか、知っている？」

ユアンは片方の眉をあげた。「そういうことは人に言わないほうがいいと思うが」

彼の言葉を無視してメイリンがつづけた。「あなたは愛の行為が苦手なのねって言っちゃったの。彼は喜んでいなかったと思うわ」

ユアンに怖い顔でにらまれながらも、シーレンは大声で笑い出した。

「まあ、族長のことを笑うのは無礼よ」メイリンが真面目な口調で言った。「しかも、本当はそうじゃなかったの。わたしは大間違いしていたのよ」

酔っ払ったメイリンがこれ以上よけいなことを言わないよう、ユアンは手で彼女の口をふさいだ。「おしゃべりはもう充分だ」

シーレンのおかしそうな顔を無視して、彼はそろそろ始めるぞと合図をした。

弟が真顔になった。針を刺されたメイリンがびくりとするのを見て、シーレンの目に同情らしきものがよぎった。

ふた針目を縫われるとき、メイリンの口から哀れっぽい声が出た。

「急いで」ささやき声で言う。

「ああ、そうする。さっさとすませるぞ」

戦いでは、ユアンの手は決して震えなかった。どんなときも必ず、しっかりとした手つきで剣を握っていた。そんな彼が、皮膚に針を刺すという簡単な作業で指が震えないようにするために、ありったけの自制心を呼び起こさねばならなかった。

最後の縫い目を結んだときには、メイリンはどうしようもないほどぶるぶると体を震わせていた。あまりに強く彼女を押さえているシーレンは、指に血が通わず白くなっている。メイリンの肩にはあざが残りそうだった。

「手を離せ」ユアンは静かに言った。「これで終わりだ」

メイリンから離れたシーレンを、ユアンは部屋から出ていかせた。扉が閉まると、メイリンの頬に触れる。そこは涙で濡れていた。

「すまなかった。しかたがなかったとはいえ、おまえに痛い思いをさせてすまない」

メイリンがぎゅっとつぶっていた目を開ける。ブルーの瞳は涙で光っていた。「そんなに痛くなかったわ」

それが嘘なのはわかっている。しかしユアンは彼女の虚勢を誇らしく思った。

「少し休んだらどうだ？　マディに言って、痛みに効く薬湯を持ってこさせよう」

「ありがとう、ユアン」メイリンがささやいた。

ユアンは身を乗り出して彼女の額に軽く口づけた。メイリンが目を閉じるまで待ち、それから部屋を出ていった。

外に出ると、彼はたちまち介護者から戦士へと変化した。

まずマディを捜して、メイリンのそばから離れないよう指示を出す。そのあと中庭に出て、コーマックとディオミッドとギャノンが兵士たちを尋問している様子を眺めた。

「なにかわかったか？」

「まだ尋問していない者が大勢います。時間がかかるでしょう」ギャノンが答えた。「たくさんの男が矢の稽古をしていましたが、狙いがそれた矢について知っている者は見つかっておりません」

「それは納得できない。偶然であれ故意であれ、誰かがレディ・マケイブを矢で射ったのだ。そいつを見つけ出せ」ユアンはディオミッドのほうを向いた。「おまえが監督していたのではないか？　手下の動きを把握していないのか？」

ディオミッドが頭を垂れた。「はい、族長。おれに全責任があります。おれの監督下の者は全員尋問して、犯人を見つけ出します」

ユアンは暗い顔になった。「この城の子どもたちを危ない目に遭わせたくない。メイリンの言うとおり、安全なところで遊ばせるべきだ。母親に、狙いのそれた矢にあたってわが子が死ぬかもしれないという心配をさせてはいけない。これからは、子どもは城の裏の丘で遊ばせるんだ。兵士が訓練しているところから離れた場所で」

「いまの遊び場所も、充分に中庭から離れています」コーマックは不満そうだった。「今日のようなことは起こるはずがないんです」

「そうだな。しかし実際、起こったのだ。こんなことは二度と許さん。尋問が終わったら、皆を集めろ。言いたいことがある」

ユアンが重い足取りで部屋に戻ったのは真夜中過ぎだった。クランの人間を子どもまで含めてひとり残らず尋問したが、誰も不審な者は見ていなかった。矢の稽古をしていた男たちはみんな、自分ではないと言い張った。それでも矢はマケイブのクランのものだった。そのことに疑いの余地はない。そのあとユアンは兵士たちに、訓練をもっと慎重に行うようきつく言い渡した。クランの者を自分たち自身から守れない人間が、どうやって外部の危険から守れるというのだ?

ユアンが部屋に入ると、暖炉のそばにいたマディが身じろぎした。

「どんな具合だ?」ユアンはささやき声で訊いた。

マディが立ちあがり、足音を忍ばせてユアンのほうへ来た。「よくお休みです。さっきは痛がっておられましたけど、薬湯を飲んだあとは落ち着かれて、ぐっすりお眠りになりました。一時間ほど前に包帯を換えました。出血は止まっています。上手にお縫いになりましたね、族長」

「熱が出ている気配は?」

「まだありません。体は冷たいですよ。少し落ち着かなかっただけです。きっとよくなられますよ」

「ありがとう、マディ。家に戻っていいぞ。メイリンのそばにいてくれたことに感謝する」

「お役に立ててよかったです、族長。なにかありましたら、すぐにお呼びください」

マディがお辞儀をして部屋を出ていった。

ユアンは服を脱ぎ、メイリンの眠りを妨げないよう注意してベッドに入った。彼の体が触れると、メイリンは体を動かし、彼の腕の中にすっぽりとおさまった。まるで寒い夜の温かい子猫だ。彼の首に向かって大きくため息をつき、脚を絡ませ、片方の腕を彼の体に回してきた。

ユアンは含み笑いをした。メイリンは独占欲の強い女だ。ユアンの体を自分のものだと思っていて、彼が近づくたびにためらいなく所有権を主張する。それをわずらわしく感じているわけではない。むしろ、温かく魅力的な女に抱きしめられるのは、思ってもみなかったほど気持ちがよかった。

ユアンは彼女のほつれた毛を指先に巻きつけた。彼は恐怖に支配されるような男ではない。なのに、メイリンが矢で傷つけられたと知ったとき、これまでに感じたことがないほどの恐怖を味わった。彼女を失うことがどうしても許せなかった。

理由はいくつでも考えられる。その最たるものは、メイリンが死んだらニアヴ・アーリンをこの手にできないということだ。クランの再建はならず、復讐は果たせない。それは事実だ。しかしもっと単純な真実がある。ユアンは彼女を失いたくなかったのだ。必死で彼女の傷を調べていたとき、それ以外のことはちらりとも頭をよぎらなかった。

そう、ユアンはメイリンのとりこになっていた。初めて彼女に目を留めたときに感じたことは正しかった。彼女は厄介のもとだ。

20

メイリンが目覚めたとき、脇腹よりも頭のほうが痛みはひどかった。乾いた唇をなめたけれど、口の中のいやな味は消えてくれない。

ユアンになにをされたのだろう？　覚えているのは、まずい液体を飲めと言われて、無理に喉に流しこんだことだけだ。いま思い出しただけでも、胃がむかむかしてくる。

寝返りを打って脇腹の痛みを確かめようとしたとき、温かく気持ちのいい体にぶつかった。彼女はにっこり笑って腕をクリスペンの体に回し、ぎゅっと抱きしめた。

クリスペンが目を開けて、彼女の胸にすり寄った。「大丈夫、母上？」

「いい子ね、わたしはもう大丈夫よ。つねられたほどの痛みもないくらい。ちょっとした傷だもの」

「ぼく、怖かった」

クリスペンの声が揺れる。その不安そうな口調に、メイリンの胸は詰まった。

「ごめんなさいね、怖い思いをさせて」

「痛かった？　父上は傷を縫わなきゃならなかったって、マディが言ってたんだ。すごく痛かったんだろうね」

「ええ、そうね。だけど、そんなにひどくはなかったわ。お父様はしっかりした手つきですばやく縫ってくださったから」

「父上は最高なんだ」クリスペンは父親を絶対的に信頼しているようだ。「ぼくにはわかってたよ、ちゃんと母上の手当てをしてくれるって」

メイリンは微笑んで彼の頭のてっぺんにキスをした。「ベッドから出なくちゃ。長いこと寝ていたから、筋肉がこわばって痛いのよ。手を貸してくれる？」

クリスペンがさっとベッドからおりて、メイリンが立ちあがるのを手伝った。

「あなたは自分の部屋に戻って着替えなさい。下で会いましょう。ガーティがわたしたちの食事を用意してくれるでしょうから」

彼は大きな笑顔をメイリンに向けたあと、部屋から駆け出して扉を閉めた。

クリスペンがいなくなると、メイリンは伸びをして顔をしかめた。痛みはそれほどひどくない。嘘をついたわけではない。ただ、うっかり体を動かしたとき、ずきりと痛むだけだ。ベッドから出られないほどではない。

衣装だんすから服を出そうと横を向いたとき、明るい色がちらりと目に入った。メイリンは窓際の小さなテーブルを見やった。テーブルの上に、きちんとたたまれた布が置いてある。結婚式で着たドレスだ。メイリンは傷のことをすっかり忘れて駆け寄った。豪華な布地をつかんで持ちあげ、広げてみる。新品同様で、どこが破れていたのかもわからない。

ドレスを顔に押しあて、彼女は目を閉じて喜びを満喫した。たかがドレスのことでこんなに感情的になるなんてばかみたいだ。でも、女が結婚するのは一生に一度ではないか？　メイリンは顔をしかめた。まあほとんどの場合は、ということだ。族長が死んで自分が未亡人になるなんて考えたくない。

彼女は最後にもう一度ドレスを撫でて、指にあたる柔らかな感触を堪能した。それから、次に着る機会が訪れるまで丁寧に片づけた。

早く部屋を出たいと思って、メイリンは服を着た。できるかぎり左の脇腹の傷に響かないようにと気をつけながらだったので、動きはぎこちなかった。

なんとか髪をとかしたが、片方の手で編むのは無理なのでそのままおろしておいた。それほどやつれた感じには見えないだろうと自己満足し、朝食に間に合うことを願って部屋を出た。

そろそろ、城の女主人としての務めを果たすべきだろう。そうしていれば、ユアンと衝突するのも避けられる。

いつしか結婚式から数日がたっていた。なのにそのあいだ、クランの女性たちと知り合いになったことと、忠実なお目付け役を避けようとしたこと以外には、ほとんどなにもしていない。

もう漫然と過ごすのはやめよう。城の中のことを掌握するようにしなければ。脇腹を矢で射られたことを思うと、どのみち城の外に出るつもりはなかった。

広間に入ると、クランの者たちのぎょっとした顔に出迎えられた。ギャノンとコーマックはなにやら熱心に語り合っていたが、メイリンを見るなり話をやめて、彼女にふたつ目の頭が生えたかのようにあっけにとられた顔をした。ちょうど通りかかったマディが、両手をあげて駆け寄ってきた。

「奥方様、ベッドから出られてはいけません」ギャノンが叫んで、コーマックとともに走ってきた。

「そうですよ」とマディ。「起きちゃだめです。ベッドで食べていただけるように、お食事をお持ちするところだったんですから」

メイリンは手をあげて彼らを制した。「心配してくれてありがとう。心から感謝しているわ。でもわたしはもう大丈夫。ずっとベッドにいたら、頭がおかしくなってしまうもの」

「族長がお喜びになりません」コーマックがぶつぶつと言った。

「族長になんの関係があるの？　わたしが立てるようになって、城の女主人としての役割を果たせると知ったら、彼だって安心するわ」

「お休みになってください」マディがなだめるように言いながら、メイリンを階段のほうに向けさせた。「傷に障りますよ」

メイリンはマディの手を振り払ってふたたび広間のほうを向いたが、そこでギャノンにぶつかった。

「さあ奥方様、ベッドに戻ってください」彼は断固として言った。

「大丈夫なのよ。ちっとも痛くないもの。いえ、ほんのちょっとずきずきするけれど」コーマックにいぶかしげに見つめられて、メイリンはそう付け足した。「でも、こんな晴れた日に寝ているほどひどい怪我じゃないわ。あなたたちがついてくるのも許可するわよ」彼女はギャノンとコーマックに向かって言った。

「許可？」ギャノンが困り顔で訊き返した。

メイリンはうなずいて穏やかな笑みを見せた。「ええ、そう。誰にも迷惑はかけないわ。本当に」

「信じられませんね」コーマックがつぶやく。

「マディ、よかったら手を貸してくれないかしら」

マディは困惑していた。「もちろんお助けしますよ、奥方様。だけどやっぱり、上へ行って横になるほうがいいと思いますよ。ベッドでお食事をしながら、わたしに手伝わせたいことをお話しくださいな」

メイリンは威圧するように皆を見回し、不満をあらわにした。「ベッドへ行かなくてはならない理由なんて、ひとつもありません」

「理由ならいくらでもあるぞ」

コーマックとギャノンがほっとして肩の力を抜き、マディが吐息をついた。メイリンが振り返ると、背後にユアンが立っていた。少しばかりいらだたしげな顔をしている。

「なぜおれの妻は、ほんのわずかな協力もしてくれないんだ？」

メイリンはぽかんと口を開けた。「それは……それは……あの、とても無礼な言い草よ。わたしが扱いにくい人間みたいに聞こえるじゃない。そんなことはないのに」身を翻してほかの者たちを見渡す。「そうよね？」

コーマックが大きな虫をのみこんだような表情になり、ギャノンは一心に壁を見つめた。しかしマディは遠慮なく笑い出した。

「どうしてベッドで寝ていないんだ、メイリン？」ユアンが尋ねる。

メイリンは彼に向き直った。「もう大丈夫だもの。今日は昨日よりずっと気分がいいの。まあ、頭痛はするけれど。わたしになにを飲ませたの？」

「おまえをおとなしくさせるためのものだ。マディにもうひと瓶用意させたいくらいだ」

メイリンは返事をしなかった。

「包帯を換えてやるから、一緒に上へ行こう」ユアンは妻の体を階段のほうに向けた。

「でも……わたし、いまから――」

ユアンは彼女を押すようにして階段をのぼらせた。「なにをやろうとしているのかは知らないが、おれが傷を調べるまで待て。本当に歩き回っても大丈夫なくらい治っているとおれが判断したら、おまえを閉じこめることについては考え直してやろう」

「わたしを閉じこめるですって？　そんなばかなこと――」

ユアンが唐突に足を止め、メイリンの言葉をさえぎってキスで口を封じた。焼けつくような、足の先までしびれるようなキスだ。やさしさのかけらもなく、強烈で……情熱的で。それなのにメイリンは、やめてほしくないと思った。

ユアンが顔を引いたとき、メイリンは呆然としていた。ここは……部屋の外だろうか？

彼女はまばたきをして、どうしてここにいるのか思い出そうとした。

「なにを言おうとしていたんだ？」

メイリンは額にしわを寄せた。口を開け、また閉じる。「忘れちゃったわ」

ユアンがにやりとして扉を開け、彼女を部屋に引き入れた。彼がドレスを引っ張り始めたので、メイリンはその手をぴしゃりと叩いて払いのけた。

「もうドレスを破いてほしくないわ」

彼がため息をついた。「あのドレスはマディに繕わせた。それに、わざと破ったわけじゃない」

メイリンは両目を見開いた。「あなたがドレスを繕わせたの？」

ユアンは返事をせず、唇を引き結んだ。

「あなたが、わたしのドレスを繕うように言ってくれたの？」

「まさか」ユアンがぶっきらぼうに言った。「そんなものは女の仕事だ。男は、女の見栄のことなど気にしない」

メイリンは笑みを浮かべて、ユアンが止める間もなく彼の胸に飛びこんだ。「ありがとう」

彼の腰に腕を回す。

ユアンが大きく息を吐いて妻を引きはがし、とがめるような目を向けた。「おまえはいつになったら自制というものを覚えるんだ？　そんなに暴れたら、傷が開いてしまうぞ」

いかめしい表情の夫にメイリンは微笑みかけ、伸びあがって両手で彼の顔を包んだ。その顔を下に向けて激しくキスをする。やがて息が苦しくなってきた。

いったいどちらのほうがこのキスで強く感じたのだろう。メイリンがかかとをおろしたとき、ユアンの目はぎらぎら光り、鼻孔はふくらんでいた。

「本当に大丈夫なのよ、ユアン。マザー・セレニティはよく、神の手がわたしを導いておられるのだとおっしゃっていたわ。だってわたしは、どんなにひどい転び方をしても、どんな怪我をしても、びっくりするほど早く回復したの。確かに脇腹は痛むけれど、そんなにひどくはないわ。痛いというより、ちょっとむずがゆい感じ。だから一日じゅう寝ている必要はないのよ」

「ドレスを脱げ、メイリン。おれが自分の目で回復具合を確かめる」

メイリンは不満げにため息をついてボディスの紐をほどき、そっと脱ぎ始めた。むき出しの肩を見てユアンの表情が緊張するのを、目の端でとらえる。

彼にまじまじと見つめられていることを意識しながら、メイリンは必要以上に時間をかけてゆっくりとドレスをおろしていった。おろした髪が胸にかかる。その隙間からのぞく頂に、ユアンが目を凝らした。

「横になったほうがいい？」メイリンは小声で尋ねた。

ユアンが咳払いをする。「ああ。それがいい。楽にしてくれ。すぐ終わる」

メイリンはベッドに横たわり、目を伏せてユアンをそっと見た。巧みな手つきで包帯を換えながらも、熱い視線を彼女の体の傷以外の場所に漂わせている。メイリンは彼の手で肌を撫でられているように感じた。

彼が脇腹に包帯を巻き終えると、メイリンはもどかしげに体をくねらせた。胸が突き出され、ユアンの腕に触れる。感じやすい胸の頂がぴんと立ち、彼女の体の奥に熱い快感が走った。

「いまは愛し合うときじゃないぞ」ユアンがささやいた。「しかし、おまえにはそそられる。どんな女もかなわないほどに」

メイリンが彼の首に腕を回す。ふたりは無言で見つめ合った。ユアンの瞳は美しい。メイリンは春のハイランドの丘を連想した。どこまでも緑色で、活気にあふれている。

ユアンが顔をおろしてキスをした。最初はやさしく、軽く口を触れ合わせる。彼はメイリンの口の端にキスをしたあと、唇の真ん中に行き、それからもう片方の端に口づけた。

「おまえは日光の味がする」

メイリンの胸が締めつけられた。甘い言葉をかけられて喜びがあふれる。

脚のあいだに、硬く脈打つものが押しつけられるのがわかった。トルーズの中で彼のものが張り詰め、もどかしげに暴れている。ユアンが欲しい、とメイリンは思った。どうしようもなく彼が欲しい。

「ユアン」彼女は声を落とした。「本当に、いまは愛し合うときじゃないの?」

彼は喉の奥でうめいた。「ああ、おまえは妖婦だ」

自分がなにをしているのかわからないまま、メイリンは彼に腰を押しつけた。そこがぴったりと彼に合わさった。全身が熱くほてっている。彼女はなにかを求めていた。彼だけが与えることのできるものを。

「キスして」とささやく。

「ああ、キスしてやる。おまえがやめてと言うまで」

ユアンが硬くなった胸の頂を吸った。その手は彼女の体を撫でている。メイリンはご主人様に触れてもらおうとしている猫のように背を反らせ、さらなる愛撫を要求した。

「暴れるな。怪我がひどくなるぞ」

怪我？　ユアンがキスをつづけてくれなかったら、彼に怪我をさせてやる、とメイリンは思った。

ユアンがメイリンの足の付け根に手を滑らせ、感じやすい部分を守る縮れ毛を親指でかき分けた。震える欲望の中心をかすめ、湿った場所を探る。暴れるなと注意されていたにもかかわらず、メイリンは狂おしい反応を抑えることができずに背を反らした。

体の中で火がつき、炎が急速に下腹部に広がる。ユアンに指で体の内側を撫でられるたびに炎は大きくなった。これは正しいことなのだろうか？

正しいかどうかなんて、どうでもいい。彼がしていることはとても気持ちがいい。やめてほしくない。そして実際に、メイリンはやめないでと言った。何度も何度も、すすり泣きの合間に言葉がこぼれ出た。

ユアンは両方の胸を交互にいたぶり、指で彼女を狂乱に導いている。メイリンの秘部は熱くしっとりと濡れ、彼女は絶頂に向かって急速にのぼり詰めていった。

あえぎ声を出しながら彼の肩をつかんで腰をあげ、さらなる愛撫を求める。ユアンはもう一本指をうずめ、同時に親指で欲望の中心に力を加えた。

メイリンは叫ぼうとした――そして叫んだ――けれど、ユアンは口を彼女の胸から口へと移動させ、クライマックスの激しい悲鳴を吸い取った。

傷のことも、包帯も、痛みも、不快感も、すべて忘れ去られた。快感の波が次から次へと襲ってくる。やがてメイリンはぐったりとなり、なすすべもなく空気を求めてあえいだ。

ユアンが横に転がって、そっと彼女を抱き寄せた。唇を軽くメイリンの頭にあて、片方の手で乱れた髪を撫でる。そして余すところなく彼女の肌を愛撫した。メイリンはぼんやりと、暖かな光に包まれているように感じていた。

「眠れ、メイリン」ユアンがささやいた。「ゆっくり休め」

満ち足りてぼうっとしていたメイリンは反論もできず、自分でも知らないうちに目を閉じていた。最後に思ったのは、ユアンはエールよりもよく効く眠り薬だ、ということだった。

21

メイリンはなまめかしくあくびをして、両腕を頭上に伸ばした。ユアンに激しく愛されたことで体がふにゃふにゃになっていて、脇腹の痛みも感じられない。

ベッドから出て動き回ろうと心を決めていたのに、気がつけば半日を寝室で過ごしていた。夫にまんまとしてやられたとぼやきながら、顔をしかめて起きあがる。

きっと彼は最初からそのつもりだったのだ。傷の手当てをするという名目でメイリンを部屋に連れていき、愛撫で気をそらした。そんなユアンのことを、最初は愛の行為が苦手な男性だと考えていたなんて。

実のところ、彼は非常にその方面に長けている。

今回部屋を出たときは、ギャノンが部屋の前で待ち構えていた。ついてきた彼を、メイリンは驚いて見やった。

「午後じゅうずっと部屋の前にいたの？」

「はい。奥方様を安全にお守りするのがわしの仕事ですから。奥方様はすぐに姿を消す癖がおありだ。だからおれとコーマックでくじを引いて、どっちが部屋の前で見張りをするか決めたんです」

メイリンは眉をひそめた。自分のお守りはよほど面倒な仕事らしい。どちらが不愉快な役目を負うかを、くじで決めるとは。

夫や見張りに邪魔されずにマディに会いに行こうと決意して、メイリンは階段に向かった。

広間ではコーマックがクランの年長の男たちとともに、樽入りのエールを飲んでいた。

「クリスペンはこのあたりにいる？」メイリンはコーマックに声をかけた。

「いいえ、奥方様。最後に見たときは、ほかの子どもたちと遊んでおられました。お連れしましょうか？」

「いいわ、遊ばせておいて。いま用事はないから」

コーマックが立ちあがり、メイリンとギャノンのほうに向かってきたが、彼女は手をあげて止めた。「マディに会いに行くだけよ。ギャノンが付き添ってくれるわ。そうでしょう、ギャノン？」

「はい。会いに行くだけのおつもりでしたら」

「もちろんよ。もう夕方でしょう。すぐに暗くなるわ」

ギャノンは安堵した様子を見せた。コーマックにうなずきかけ、手ぶりでメイリンを先に立たせて広間を出る。

メイリンは早足を保った。誰に見られても、もうすっかり回復したと思われたい。けれどもマディの家に着いたときには息が切れていて、扉にもたれてゼイゼイと呼吸をした。

息を整え、礼儀正しく扉をノックする。ところが誰も応答せず、メイリンは不審げに顔をしかめた。

「マディはいませんよ、奥方様」隣家の女が声をかけた。「お城の厨房でガーティの手伝いをしています」

「ありがとう」メイリンは礼を言った。

「厨房へお行きになりますか？」ギャノンが丁重に訊く。

ガーティと顔を合わせたくはなかったので、マディと話すのはあとにしようとメイリンは思った。急ぎの用があるわけではない。

城に戻ろうと後ろを向きかけたとき、並んだ小屋のあいだにある道の真ん中で騒ぎが起きているのに気づいた。ふたりの初老の男がこぶしを振り回しながら暴言を吐き、激しく言い争っている。

「なんの喧嘩かしら？」

「ああ、ご心配にはおよびません、奥方様。アーサーとマグナスです」

ギャノンはメイリンをうながして戻ろうとした。しかし男たちの声はどんどん大きくなっていく。メイリンは気になってその場から動けなかった。

「お黙り、この助平じじい！」

メイリンは目をぱちくりさせた。ひとりの女が窓から身を乗り出して、ふたりの男を怒鳴りつけたのだ。ところがアーサーとマグナスは女の声を無視して口論をつづけている。どうやら喧嘩の原因は、ふたりのあいだにいる雌馬らしい。馬は素知らぬ顔でじっと立っている。

「あの馬は誰のものなの？」メイリンは声をひそめて訊いた。「どうしてあの人たちは、馬のことであんなに激しくやり合っているの？」

ギャノンがうんざりとため息をついた。「やつらは昔から喧嘩ばっかりしているんですよ、奥方様。口喧嘩が好きなんでしょう。馬のことがなくても、なにかしら言い争いの種を見つけます」

ひとりが背を向け、すぐに族長のところへ行くと大声で言いながら、足を踏み鳴らして歩き始めた。

メイリンはとっさに男の前に立ちはだかった。男がメイリンにぶつかりそうになり、あわてて足を止めた。

「よく前を見て歩け、娘！　どいてくれ。族長に用があるんだ」

「礼儀をわきまえて言葉に気をつけろ、アーサー」ギャノンが怒鳴った。「そこにいらっしゃるのは族長の奥方様だぞ」

アーサーが目を細め、首をかしげた。「ああ、本当だ。お怪我をなさったんでしょう？寝ていなくていいんですかい？」

メイリンは嘆息した。怪我の話は城じゅうに広まっているようだ。女主人としては、あまりひ弱に見られたくないのに。彼女はすでに心の中で、これからどうすればいいかを考えていた。マディの助力があろうとなかろうと、そろそろ自分も城の運営にかかわるべきだろう。

「道をあけろ」マグナスが割りこんだ。「のろまな無礼者だな、アーサー」

彼はメイリンに笑顔を向け、さっと頭をさげた。「まだご挨拶がすんでいませんでしたな。

マグナス・マケイブと申します」

メイリンはマグナスとアーサーに等分に微笑みかけた。でないと、アーサーはへそを曲げて新たに喧嘩を始めようとするかもしれない。

「あなたたちが馬のことで言い争っているのが聞こえてしまったの」メイリンはためらいがちに話を切り出した。

アーサーが鼻を鳴らす。「マグナスのやつが、ほらばかり吹くんです」

メイリンは手をあげて制した。「こんなちょっとしたことで族長をわずらわせるより、代わりにわたしが話を聞くわ」

マグナスが両手を揉み合わせ、勝ち誇ったようにアーサーを見やった。「いいんじゃないか？　奥方様が、どちらが正しいか裁いてくださるんだぞ」

アーサーは目をくるりと回した。メイリンの申し出に感激しているわけではなさそうだ。

「正しいも正しくないもありませんや」彼は淡々と言った。「この馬はわしのもんです。昔っからそうでした。ギャノンも知っています」

ギャノンが目を閉じて首を左右に振った。

「わかったわ」メイリンはマグナスに目を向けた。「アーサーの主張に反論はある？」

「ありますよ」マグナスは語気を強めた。「二カ月前、こいつはこの馬に噛みつかれてカッとなりました。どこを噛まれたかっていうと――」

「そんなことは言わんでいい」アーサーがあわてて口を挟んだ。「噛まれたってだけで充分だ。大事なのはそれだけだ」

マグナスはメイリンに顔を寄せてささやいた。「ケツを噛まれたんですよ、奥方様」

メイリンは目を丸くした。女主人にそんな下品な言葉を吐いたマグナスを、ギャノンが鋭く叱りつけたが、相手は泰然としていた。

「とにかくですね、アーサーはこの馬に噛まれて腹が立ったんで、縄をゆるめて馬の腹をぴしゃりと叩いて言ったんですよ、こんな恩知らずの……」彼は言葉を切って咳払いをした。

「馬なんか、もう帰ってくるなってね。寒い雨の日でした。わしはこの馬を連れて帰って体を拭いてやり、カラス麦を食べさせてやりました。だからね、この馬はわしのものなんです。アーサーは馬を捨てたんですよ」

「奥方様、族長もこいつらの訴えをお聞きになりました」ギャノンがささやきかけた。

「それで、夫はどんな裁定をくだしたの？」

「ふたりで話し合って解決しろと」

メイリンは憤然とした。「それではなんの役にも立たないわ」

これは絶好の機会かもしれない。権威を確立し、自分が族長にふさわしい配偶者であることをクランの人々に示すのだ。ユアンは多忙な立場にある。こんな瑣末な問題は、彼を引きこむことなく解決すべきだろう。

メイリンはまた口論を始めたふたりのほうに顔を戻した。手をあげて黙らせようとしたが、彼らは応じない。それで指を唇に差し入れてヒュッと口笛を鳴らした。

ふたりがあっけにとられてメイリンを眺めた。

「ご婦人が口笛なんか吹いちゃいけません」アーサーがいさめる。

「こいつの言うとおりですよ、奥方様」

「あら、あなたたち、やっと意見が合ったようね。こうでもしなければ、あなたたちは黙らなかったでしょう」

「なにかご用だったんですかい？」マグナスが尋ねた。

メイリンは体の前で両手を握り合わせた。この論争の完璧な解決策を思いついたのだ。

「ギャノンに馬を真っぷたつに切らせて、あなたたちに半分ずつあげるわ。それなら公平でしょう」

アーサーとマグナスはぽかんとメイリンを見つめたあと、互いに顔を見合わせた。ギャノンは黙りこみ、目を閉じた。

「頭がおかしいみたいだ」アーサーが言う。

マグナスもうなずいた。「族長もお気の毒に。きっとだまされなさったんだ。頭がおかしい女と結婚するなんて」

メイリンは腰に手をあてた。「わたしの頭はおかしくないわ！」

アーサーが首を横に振った。目には同情の色が浮かんでいる。「おかしいってのは言葉が過ぎたかもしれません。混乱、そう、ちょっと混乱しておられるんだ。最近頭に怪我をされましたか？」

「いいえ、していないわ！」

「じゃあ、子どものころには？」とマグナス。

「わたしの頭は完全に正常よ」

「だったらいったいどうして、馬を半分に切るなんてことを思いついたんです？　そんなばかな話、聞いたことがありませんや」

「ソロモン王はそれで事件を解決したのよ」メイリンはつぶやいた。

「誰です、ソロモン王が、馬を半分に切れと命じたんですか？」マグナスが戸惑いをあらわにした。

「ソロモン王って？　スコットランドの王様じゃありませんよね。きっとイングランドの国王でしょう。いかにもイングランド人が考えそうなことだ」アーサーが言う。

マグナスも同意した。「うん、イングランド人ってのは頭が悪いからな」彼はメイリンを見やった。「奥方様もイングランド人なんですか？」

「違うわ！　どうしてそんなことを訊くの？」

「もしかしたら、イングランドの血がまじっているのかもしれない」アーサーが言った。

「それなら納得できる」

メイリンは頭を抱えた。髪を根もとから引き抜きたい衝動に駆られる。

「ふたりの女が自分こそ赤ん坊の母親だと主張したとき、ソロモン王は、赤ん坊をふたつに切り分けろと命じたのよ」

ギャノンまでもがぞっとした顔になった。マグナスとアーサーは唖然としてメイリンを見つめ、首を左右に振った。

「イングランド人はわしらを野蛮人と呼ぶが、自分たちのほうがよっぽど野蛮じゃないか」

アーサーがぶつぶつと言った。

「ソロモン王はイングランド人じゃないわ。古代イスラエルの王様よ」メイリンは辛抱強く説いた。「話の要点はこういうことよ。ほんものの母親は、自分の赤ん坊が殺されるのが耐えられなかった。だから子どもの命を救うために、相手に赤ん坊を譲ると言ったの。それでどちらがほんものか判明したわけ」

話の教訓を理解してくれただろうかと、メイリンはふたりを期待の目で見つめた。ところが彼らは、メイリンがののしりの言葉を吐いたかのように、黙ってこちらを見つめるばかりだった。

「もういいわ」メイリンは彼らの前に進み出て、ぼうっとしているマグナスの手から手綱を奪い取り、不運な雌馬を引いて城のほうに向かった。

「奥方様、なにをなさるんです？」ギャノンがあわててついてきた。

「おい、わしらの馬が盗まれたぞ！」マグナスが叫ぶ。

「わしらの馬？　わしの馬だぞ、この間抜けが」

またしても口論を始めたふたりの男を無視して、メイリンは歩きつづけた。

「ふたりとも、このかわいそうな馬を飼う資格はないわ。ユアンのところに連れていきます。彼がなんとかしてくれるでしょう」

ギャノンの表情は、馬を族長のもとに連れていくのには反対だと告げていた。

「心配しないで、ギャノン。ユアンには、あなたは止めようとしたと言っておくから」

「本当ですか？」

ギャノンの口調は滑稽なほど期待に満ちていた。

中庭まで来ると、兵士が剣の訓練をしておらずユアンの姿もないことに気づいて、メイリンは立ち止まった。

「あら、彼はどこ？」不満げに言う。ギャノンがすぐに返事できずにいると、彼女は言った。「いいわ、気にしないで。馬は馬丁頭のところに連れていくわ。城には馬丁頭がいるんでしょう？」

「はい、奥方様、おります。しかし――」

「じゃあ厩舎の場所を教えて。マケイブの領内のことは、もっとちゃんと知っておかなくてはね。城の近辺には行ったし、女の人たちの家にも行ったわ。でもそれ以外のことはなにもわからないの。明日は、わたしたちでもっといろいろ探検しましょうね」

ギャノンは目をしばたたかせた。「わしたちで？」

「ええ、そうよ。それで厩舎は？」

ギャノンは大きく息をついて、中庭の向こう側にある小道を指さした。中庭を囲む石垣の外へとつながる道だ。メイリンは馬を連れて歩き出した。

踏みしめられた道をたどっていくと、城の裏側に出た。向こうに見える古い建物が厩舎らしい。入り口の木枠は新しかったけれど、昔の火事で焼けたような跡もそこここに残っている。屋根の穴は修繕されていて、雨や雪にも耐えられそうだ。

族長の馬を飼っている小屋のアーチ形の入り口を見たとき、メイリンはうんざりした。マグナスとアーサーが立っていたのだ。ふたりは近づく彼女に警戒の目を向けている。メイリンは不快感を示そうと眉根を寄せた。

「馬は返さないわよ」大声で言う。「馬丁頭に預けて、ちゃんと世話をさせるから」

「頭の悪い女だな、わしが馬丁頭なんですよ」アーサーが怒鳴り返した。

「言葉に気をつけろ、奥方様だぞ」ギャノンがうなる。

メイリンはぽかんとアーサーを見て、ギャノンに向き直った。「馬丁頭？　この……この……ばかな男が、馬丁頭なの？」

ギャノンがため息を漏らした。「言おうとしたんですが」

「そんなばかな。この人には、厩舎の管理という大きな仕事があるんでしょう」

「わしは立派に仕事をしています。わしの馬を盗む人間を追い回さずにすんだら、もっときちんと仕事ができるんですがね」

「あなたは首よ」

「あんたにわしを首にすることはできん！」アーサーが金切り声で叫んだ。「できるのは族長だけだ」

「わたしはここの女主人よ。そのわたしが、首だと言っているの」メイリンは喧嘩腰に言い、ギャノンのほうを見た。「あの人に言ってあげて」

ギャノンは少々不安げな面持ちで、女主人の言うとおり確かに首だとアーサーに申し渡した。メイリンは満足してうなずいた。

アーサーが悪態をつきながら足を踏み鳴らして去っていく。マグナスは得意げににやにやしながら見送っていた。

「馬があの人のお尻に噛みついたのも当然だわ」消えてゆくアーサーの後ろ姿を見ながら、メイリンはひとりごちた。

ギャノンに手綱を渡す。「馬を仕切りの中に入れて、餌をやってくれる?」

彼の不満そうな顔を無視してメイリンは背を向け、城のほうに戻っていった。自分のしたことには大満足だった。夫に出くわすことなく窮屈な城から抜け出せたうえに、難しい事態を自らの手で裁いたのだ。初めて、城の女主人としての務めを果たすことができた。メイリンは微笑んで駆け足で石段をのぼり、大広間に入っていった。

彼女はコーマックに手を振った。「部屋に行って、夕食のための着替えをするわ。ギャノンもすぐに来るでしょう。いまは馬の世話をしてくれているの」

コーマックが額に困惑のしわを寄せて立ちあがった。「馬?」

メイリンはスキップしながら階段をのぼった。今日は無為に過ごさずにすんだ。それどころか、とても充実していた。城の活動に積極的にかかわろうという試みは大きな前進を見せていた。そう、些細なことでユアンをわずらわせずに裁定をくだしたのだ。自分もせめてそれくらいのことはしなければ。ユアンには大事な務めがたくさんある。メイリンがいろんな問題を彼に代わって解決できるようになれば、それだけ彼は大切なことに集中できるのだ。

メイリンはバシャバシャと水をかけて顔を洗い、ドレスの汚れを払い落とした。ああ、今日はいい日だったし、傷はちっとも痛まなかった。

「メイリン!」

ユアンの怒鳴り声が階段から部屋まで響いてきて、メイリンはびくりとした。あまりの大きな声に、垂木までもが振動している。

メイリンは首を横に振り、ブラシを取りあげてさっと髪のもつれを整えた。左腕をあげても脇腹が痛まないようになれば、時間をかけて髪を編めるようになるだろう。明日の朝にはできるかもしれない。

「メイリン、すぐにおりてこい!」

彼女は顔をしかめてブラシを置いた。彼は本当に短気だ。もう一度ドレスをはたくと、階段をおりた。角を曲がって広間に入る。ユアンが中央で仁王立ちになっていた。胸の前で腕を組み、口をゆがめて怖い顔をしている。

横にはアーサーとマグナス、ギャノンとシーレンが控えていた。何人かの兵士が興味深げにテーブルのまわりにたむろしている。

メイリンはユアンの前まで来て、控えめに微笑んだ。「お呼びになった?」

ユアンの顔がいっそう渋くなる。彼は髪をかきむしり、天を仰いだ。「おまえはさっき、人の馬を盗み、しかも馬丁頭を首にしたそうだな。どういうことか説明してくれるか？」

「論争をおさめたの。自分の馬をいじめる憎むべき男があなたの馬の世話をする責任者だとわかったので、事態を改善したのよ」

「おまえにそんな権利はない」ユアンはきつい口調で申し渡した。「おまえの務めは、おれに従うことだけだ。城の運営には口を出すな」

メイリンの胸がずきんと痛んだ。屈辱に顔をこわばらせて男たちを見回す。ギャノンは同情してくれているようだが、シーレンは兄の言葉に同意しているらしい。

これ以上の屈辱には耐えられない。メイリンは身を翻し、ぎこちない足取りで広間を出ていった。

「メイリン！」ユアンが怒鳴る。

彼女は夫を無視して歩調を速めた。階段を避け、横の扉から外に出る。

憎らしい。ひどい。腹が立つ。男はみんなそうだ。彼らはメイリンを愚かだと非難する。けれどもこのクランこそ、メイリンが知る中でいちばん愚かな集団だ。

涙で目が焼けるように熱い。メイリンは腹立ちまぎれに涙をぬぐった。夕闇が迫り、城は薄紫がかった灰色に包まれている。夜気はひんやりしていたが、メイリンは気にせず無人の中庭を横切った。

壁際の見張りが声をかけたが、メイリンは遠くへ行くつもりはないと言って男を遠ざけた。ただ離れていたいだけだ。ユアンの怒声と非難の視線が届かないところまで。

彼女は石垣から外には出ず、城の壁沿いを歩いた。どこか、安全でひとりになれる場所があるはずだ。

すると、城の裏に古い浴場の跡が見えてきた。腰掛けもある。メイリンは頭を低くして傾いた門をくぐり、一枚だけかたちをとどめて立っている壁に沿って置かれた腰掛けに座りこんだ。

ようやくクランの人々から離れていられるところが見つかった。ひとりで泣き、夫の冷たい態度を嘆くことのできる場所が。

22

妻のあとを追ってはならない、とりわけ部下の前では。それはユアンにとって大事なことだった。自分がなにをやらかしたのか、彼女はまるでわかっていないのだ。頭を冷やす時間をやり、そのあとで妻の務めについて説教すればいい。

ユアンは背後に立つ男たちのほうを向いた。すでにガーティがテーブルに夕食を並べている。においからすると、新鮮な肉を持って帰らせるためにユアンが派遣した男たちの狩りは順調だったようだ。

「わしは仕事に戻してもらえるんですかい、族長?」アーサーが尋ねた。

ユアンはしぶしぶうなずいた。「ああ、アーサー。おまえは馬の扱いに長けている。だがマグナスとの口喧嘩は、もうおれのところへ持ちこむな。奥方を悩ませてしまうぞ」

アーサーは不満げながらうなずいて、さっさと席についた。マグナスはアーサーをからかいたそうな様子だったが、ユアンの渋面を見て自重し、自分も席についた——アーサーのところからひとつ向こうのテーブルに。

ユアンが座るとほかの者もあとにつづいた。皿に料理を盛りに来たマディを、ユアンは呼び止めた。

「男どもに給仕し終わったら、妻のところへも食事を届けてくれ。部屋にいるはずだ。夕食抜きにはさせたくない」

「はい、族長。すぐにお持ちします」

妻が飢えず、問題がとりあえずの解決を見たことに満足して、ユアンは新鮮な鹿肉を味わった。

時間をやればメイリンの動揺もおさまるだろう。ユアンが部屋に戻るころには彼女も落ち着いているはずだ。彼は的確な分析ができたことを自画自賛して、シチューをお代わりした。

ところが三十分後、マディが広間に駆けこんできてメイリンが部屋にいないと告げたとき、ユアンは誤りを悟った。衝動的な妻に関しては、なにごとも単純にはいかないらしい。

彼女のおかげで、ユアンは自分が能なしのように感じてしまう。彼女を安全に守ろうという努力はまったく実を結ばないように思える。どちらも事実ではないとはいえ、ユアンはいらだちを覚えずにはいられなかった。彼は幼いころから、かたときも自信を失ったことがなかったのだ。軍隊を訓練し、自ら率いることができる。五倍もの兵を擁する敵を倒すことができる。そんなユアンが、小娘ひとり言うことを聞かせられないとは。なんということだ。

頭がどうにかなりそうだった。

彼はテーブルを押して立ちあがり、さっきメイリンが消えた方向へ大股で進んでいった。

彼女は階段をのぼらなかったと考えて、城の外へ出る扉をくぐった。

「奥方を見たか？」彼は壁の上で見張り番をしているロドリックに呼びかけた。

「はい、族長。三十分ほど前に、ここを通っていかれました」

「いまはどこだ？」

「浴場です。グレゴリーとアランが見張りをしています。わんわん泣いておられますが、ほかはご無事です」

ユアンは困り顔でため息をついた。怒った猫のように毛を逆立てているか、腹立ちまぎれに彼をこきおろしているほうが、まだましだ。泣く？　女の涙は苦手だし、どう対処していいかわからない。

彼は浴場のほうに向かった。グレゴリーとアランが壁の手前に立っていて、近づいてくるユアンを見てほっとした表情になった。

「よくいらっしゃいました。奥方様をお止めください。あんなに泣いていては病気になります」アランが言う。

グレゴリーも顔をしかめた。「ご婦人があれほど泣くのはよくありません。どんなことでも約束してあげてください。あのままだと涙で溺れてしまいます」

ユアンは片方の手をあげた。「妻を見守ってくれたことに感謝する。もう行っていいぞ。あとはおれが面倒を見る」

ふたりは安堵を隠そうともせず、喜んで帰っていった。浴場からは小さくすすりあげる声が聞こえてくる。彼女が泣いていると思うだけでつらかった。

ユアンは真っ暗な中に入っていき、まばたきして闇に目を慣らしながらあたりを見回した。すすり泣く声のほうを見ると、メイリンが壁際の腰掛けに座っていた。石壁に穿たれた細い窓から差しこむ銀色の月光の中で、その姿は影絵のようだ。メイリンは肩を落としてうつむいていた。

「あっちへ行って」メイリンのくぐもった声が崩れかかった浴場に響いた。

「ああ、メイリン」ユアンは彼女の横に腰かけた。「泣くな」

「泣いてなんかないわ」明らかに泣いている声で彼女が答えた。

「嘘をつくのは罪だぞ」ユアンは、そう言えば彼女が反応することを知っていた。

「妻に怒鳴ってばかりなのも罪よ」メイリンが悲しげに言った。「あなたはわたしを大切にすると約束したでしょう。だけど、まったく大切にされている気がしないの」

ユアンはため息を漏らした。「メイリン、おまえに関してはおれの我慢も限界だ。きっとこれからもずっと、おれをいらだたせるんだろうな。おれがおまえを怒鳴るのは、これが最後じゃない。最後だと言ったら嘘になる」

「あなたは部下の前でわたしに恥をかかせたのよ」メイリンは低い声で言った。「あの最低の馬丁頭の前で。あいつはいやな男よ。馬に近づけてはいけないわ」

ユアンは彼女の頬に手を触れ、よく顔が見えるように落ちた毛を耳の後ろにかけた。肌が涙で湿っているのを感じて、暗い表情になる。

「聞いてくれ、いとしい人。アーサーとマグナスは、おれが生まれる前からいつでもなにかしら言い争いをしていた。あのふたりが口喧嘩をやめる日は、やつらの葬式だろう。あいつらが馬のことで訴えに来たとき、おれは裁定をくださなかった。放っておけば、ふたりは言い合いをつづけるだけだ。おれが馬をどちらかにやると決めても、どうせまたほかに喧嘩の種を見つけるだろう。馬の件なら、あまり他人に迷惑をおよぼさずにすみそうだった」

「わたしはふたりから馬を取りあげたの。年寄りの馬だけど、ふたりのばかな老人に取り合いされるより、もっといい世話をしてもらう権利があるはずよ」

ユアンはくすくすと笑った。「ああ、おまえは馬を盗んでアーサーを首にしたそうだな」

メイリンが座ったまま横を向き、ユアンに手を重ねた。「どうして、あんなひどい男が馬丁頭なの？　ねえユアン、あの人は自分の馬を餌も与えずに放り出したのよ。そんな男にあなたの軍馬を託していいの？　戦いに連れていく馬を」

メイリンの激しい語調に、ユアンは微笑んだ。彼女は激情家だ。すでにユアンの城を自分の家とみなし、責任を果たそうと躍起になっている。

「おれの馬がきちんと世話されるようにしたいというおまえの気持ちはうれしい。しかし実は、アーサーは馬の扱いにかけては達人だ。反抗的で喧嘩っ早くて無礼なやつだが、年寄りだし、おれの父が族長だったころからずっと馬丁頭を務めている。やつは自分の馬を虐待しているわけじゃない。そんなことをしたら、おれがあいつを鞭で打ってやる。馬に尻を噛まれたあと、体面を保つためにあんな話を吹聴しただけだ。本当は馬にやさしいんだ。やつにとって、馬は自分の子ども同然だ。死んでも認めないだろうがな。どんな生き物よりも馬を大切にしている」

メイリンがうなだれて自分の足もとを見つめた。「わたし、みんなに恥をさらしてしまったのね？」

「そんなことはない」

彼女は膝に置いた指を絡み合わせた。「ここに溶けこみたかっただけなの。クランの一員になりたかった。役に立ちたかった。みんなに尊敬されて、問題があれば相談しに来てほしかった。わたしは昔から、家庭や家族を持つことを夢見てきたわ。修道院にいるとき、よく想像したものよ。恐怖から解放された生活、自分のしたいようにできる生活とは、どんなものなんだろうって」

おずおずと夫を見あげた目ははかなげだった。「そんなの、ただの夢だったのよね、ユアン？」

ユアンの胸が苦しくなった。正直なところ、メイリンの境遇や、それが彼女にどんな影響を与えたのかについては、あまり考えていなかった。おとなになってからずっと、彼女は修道院で修道女だけを友とし師として、世間から隔絶された生活を送ってきたのだ。自由と、自分を大切にしてくれる者とを切望していながら、実際に待っていたのは厳しく不確実な人生だった。

なぜメイリンが勝手気ままに動き回ろうとするのか、ユアンの権威に反抗するのか――いまようやく、その理由がわかった。彼女は夫を困らせようとして命令を無視しているわけではなかった。ただ、初めて知った家族と家庭の存在を喜び、そこでの生き方を模索していたのだ。生まれて初めて翼を広げ、自分の力を試していたのだろう。

　ユアンは彼女に腕を回し、愛情をこめて抱きしめた。「いいや、メイリン、夢ではない。新しい家、新しい家族で、それが実現するんだ。おまえはまだ手探りで生きているところだ。間違えることもあるだろう。おれだって間違うことがある。ふたりにとって、これは新しい経験だ。ひとつ提案がある。おまえがおれに辛抱してくれたら、おれもあまり怒鳴らないようにしよう」

　メイリンがしばし黙りこみ、やがて顔をあげてユアンを見つめた。「それなら公平ね。自分の知らないことに干渉してごめんなさい。あなたの言うとおりだわ。わたしはそんなことのできる立場ではなかったのね」

　傷つき、打ちひしがれた妻の声を聞くと、ユアンの心は乱れた。「いいか、おれを見るんだ」彼は指をメイリンの顎にかけて上を向かせた。「ここはおまえの家、おまえのクランだ。おまえはここの女主人なんだ。だから、おれに次ぐ権威がある。時間をかけて、自分の家になじんでいけばいい。あらゆることを一日で成し遂げる必要はない」

　メイリンはうなずいた。

「体が冷たいな。城に戻ろう。おれがしっかり温めてやる」

　ユアンの期待どおり、その言葉を聞いてメイリンはもどかしげに体をくねらせた。さらに刺激を与えるために、彼は唇を押しつけて、冷たい口を自らの熱で温めた。まるで氷と炎だ。ほどなくメイリンは口を開け、なまめかしく熱いキスを返してきた。この女はキスのしかたと舌の使い方を覚えるのが早い。

こんなキスをつづけられたなら、ユアンは彼女の目を見ながら下品なことを考えるだけで一生を過ごしてしまいそうだ。

「行くぞ」彼は乱暴に言った。「でないと、いまこの場でおまえを抱いてしまう」

「あなたって罪深さの見本ね」メイリンが上品ぶった非難口調で言った。

ユアンは小さく笑って、いとおしげに彼女の頬を軽く叩いた。「ああ、そうかもしれない。しかしおまえだって聖人とは言えないぞ」

メイリンは、ふたりが部屋に戻ったあとマディが届けてくれた料理を食べながら、夫を見つめた。彼は両手を頭の後ろで組み、足首を交差させて、けだるい様子でベッドに寝そべっている。

ユアンがトルーズだけを残して服を脱いでいたので、メイリンは食事に集中できなかった。そこで寝ている彼は、どうしようもなく魅力的だ。

最後のひと口をのみこんだとき、先日マディの家で交わした会話がメイリンの脳裏によみがえった。顔が真っ赤に染まる。彼女はユアンに見られないようにうつむいた。なにを考えているか、言うつもりは毛頭なかった。とんでもなく下品な内容なのだから。

だがその考えは頭から離れない。メイリンは目の端で彼を見て、バーサの言ったようなことをする勇気があるかどうか自問した。彼が口でメイリンをあんなに乱れさせることができたのなら、逆もまた真実だというのは納得できる。

「食べ終わったか？」ユアンがやさしく訊いた。

メイリンは空の皿を見て、そっと横にどけた。そう、彼をたぶらかしてみるなら、いまが絶好の機会だ。自分が人を〝たぶらかす〟のだと思うと、笑いそうになった。マザー・セレニティが知ったら、さぞ怖い顔をすることだろう。

あからさまに誘いをかけているようには見られたくなかったので、メイリンは時間をかけて寝る支度をした。いつもより慎重に、ゆっくりとなまめかしく服を脱ぐ。二度、横目でユアンをうかがうと、彼は半ば伏せた目でこちらを凝視していた。瞳の色が濃い。

一糸まとわぬ姿になったメイリンは、堂々と洗面器のところまで歩いていき、見せびらかすように体を清めた。向きを変えて、ユアンに横からの姿を見せる。濡れた布で胸をぬぐって頂がぴんと立つと、彼がはっと息をのんだ。

充分に勇気を奮い起こし、しっかり時間をかけて計画を練ってから、メイリンは布を横に放ってベッドに向かった。

「まだ服を着ているのね、あなた」彼女はユアンの前に立ち、そうささやいた。

トルーズをはいていても、股間のふくらみは隠しようもない。すでに硬いのに、刻一刻とさらに硬くなっていく。

「ああ、そうだな。すぐに脱ごう」

体を起こしかけたユアンの胸を、メイリンは手で押して止めた。

「あなたの服を脱がせるのはわたしの務めよ」

メイリンは指をトルーズの紐にかけた。ユアンがふたたび寝そべる。紐を少しゆるめたとたん、張り詰めたものが飛び出した。この大きさに慣れることなどあるのだろうかと、メイリンは心配になった。こんなものをどうやって口に入れたらいいのかわからない。でもバーサは自信たっぷりに、男の人はそれが好きだと言っていた。

メイリンがトルーズを腰から下へやるのに苦労していると、ユアンが腰を浮かして彼女に手を重ね、布をおろすのに協力した。

ユアンが起きあがろうとしたが、メイリンはふたたび彼を押し戻した。そして自分も横になり、唇を彼の口に近づけた。

キスをして、彼を味わう。メイリンは手を彼の胸にさまよわせ、厚く硬い筋肉の感触を楽しんだ。ぎざぎざの傷、ちくちくする胸毛。胸の先端は触れるとぴんと硬くなる。メイリンは何度も先端をさすりながら、彼の反応に見入っていた。彼もメイリンがそこを愛撫されたときと同じように感じているらしい。

「なにを企んでいる？」ユアンが彼女の口に向かってささやいた。

メイリンは微笑んだ。彼の顎に口を押しつけ、だんだん下へ向かっていく。前にユアンがしてくれたように首にキスをすると、彼の体がびくりと動いた。メイリンと同じく、彼もこれが好きなようだ。

「考えていることがあるの」胸の先端のすぐ上で口を止めてささやく。それから舌をぺろりと出して先端をなめた。そこが硬くなって突き出る。

ユアンがうめいた。「なにを考えているんだ?」

メイリンは彼の胸に両手を置いたまま舌を滑らせていき、へそに挿しこんだ。ユアンがのけぞる。屹立したものが彼女の脇腹を突いた。

「考えているのは、男の人も好きかもしれないということよ……下のほうにキスされるのを……女の人が……下のほうをキスされるのと同じくらい」

「おいおい」ユアンがあえぐように言った。

メイリンは彼の太いものに指を巻きつけ、先端をくわえた。

息を引き取る直前のような苦しげな声がユアンの口からほとばしる。身をこわばらせて背中を反らした姿は、まるで棒のようだ。彼の手がシーツをつかんだ。そう、気に入っているらしい。

彼が楽しんでいるのに勇気づけられ、メイリンは彼をさらに深く口に含んだ。口の奥まで吸いこみながら、手を上下に動かして愛撫する。

「メイリン」ユアンが荒く息をついた。「ああ、天国にいるようだ。すばらしい」

メイリンはにっこり笑って手をさげ、欲望の源を撫でた。ユアンが腰を突きあげる。彼女はできるかぎり奥まで彼を受け入れた。ユアンのものはありえないほど硬く大きくなっている。いまにも破裂しそうだ。

メイリンの手に握られたそれはどくどくと脈打っている。芯は硬く、それでいて表面はなめらかで柔らかい。まるでシルクに包まれた鋼の剣だ。

「メイリン、もうだめだ。いますぐやめないと、おまえの口の中に出してしまうぞ」

メイリンは彼を握りしめたまま顔をあげ、夫の目を見つめた。顔にかかった彼女の髪を、ユアンが手を伸ばして払い、手のひらを頬にあてた。

「口の中に出したい？」メイリンは口を離し、おずおずと訊いた。

「ああ、メイリン、それは死にかけている人間に、生きたいかと尋ねるようなものだぞ」

彼女は両手でユアンの顔をつかんで唇を重ねた。長く、甘く。唇をなぞってから舌を中に入れ、互いの舌を絡める。彼をじらし、味わう。

「気に入ったわ、あなたを味わうのは」

ユアンが彼女の胸をつかんだ。メイリンは逃げようとしたが、彼は顔をあげ、胸の頂に吸いついた。攻められて膝ががくがく震えてしまい、メイリンは彼に寄りかかった。少しでも隙を見せたら、ユアンはすぐに立場を逆転させて、誘惑するほうに回るだろう。

だからメイリンはそっとキスをしながら体を引いた。ふたたび彼の胸に、引きしまった腹に、さらに下にとキスをしていく。縮れた茂みからは、硬くなったものが屹立していた。

まず根もとに口づけたあと、裏側に走る血管を舌で撫であげる。先端に到達したときには、すでに割れ目から液体がにじみ出ていた。メイリンはそこを軽くなめた。かすかにしょっぱい味がする。

ユアンがゆっくりと息を吐き出した。メイリンに根もとまでのみこまれると、慎重に保っていた彼の自制心が弾け飛んだ。

ベッドの上で身をよじる。大きく、激しく。メイリンは彼をしっかりつかんだまま、舌で彼を狂喜させた。ユアンが彼女に手を重ね、強く握って上下に動かした。彼の望みを察したメイリンは、手と口を同時に激しく動かし始めた。

「ああ、そうだ。つづけてくれ」ユアンがうめく。

彼はメイリンの髪をつかんだあと、首の付け根を握って頭を固定させ、腰を激しく突きあげた。メイリンが喉の奥まで彼をくわえこむ。すると熱い液体が彼女の舌にほとばしり、口の中を満たした。噴出は果てしなくつづく。

彼女は想像もしたことがないほどの刺激を受けていた。これほどみだらで野卑な行為が、計り知れないほどの興奮をもたらすとは、夢にも思っていなかった。夫をこんなふうに愛することで、彼に劣らないほどの快感を覚える。

自分が強くなり、彼と同等になったという気がする。彼が与えてくれるのと同じだけ、自分も彼に与えることができるのだ。

ユアンはぐったりとベッドに沈みこんだ。メイリンの口から彼のものがするりと出ていく。メイリンは口に残っていた彼の情熱のあかしをごくりと飲みこみ、手の甲で唇をぬぐった。ユアンが胸を大きく上下させて荒く息をしながら、熱い視線でメイリンを見つめた。

「おいで」かすれた声で呼ぶ。

メイリンを引き寄せ、汗で濡れた熱い体をぴったりと合わせる。彼女に腕を回して強く抱きしめ、髪に口づけた。

愛し合ったあとの男は御しやすいというマディの言葉を思い出し、メイリンは顔をあげた。髪が彼の胸に落ちる。

「ユアン?」

彼の手がメイリンの肩を撫でたあと、下へ滑って尻を包んだ。そこを握ったり軽く揉んだりしながら、ユアンが彼女の目を見つめる。

「なんだ?」

「約束してほしいの」

ユアンは首をかしげた。「どんな約束だ?」

「わたしたちは結婚したばかりだし、結婚生活については、まだわからないことがたくさんあるわ。でもわたし、気がついたの。自分が独占欲の強い女だって。だから浮気はしないと約束してほしいの。殿方が愛人を囲うのがよくあることなのは知って――」

ユアンににらまれて、メイリンは途中で口を閉ざした。彼はため息をついた。

「おれはおまえのせいでくたくたなんだ。なのに、どうやってほかの女をベッドに連れこむことができるんだ?」

メイリンは眉をひそめた。聞きたかったのはそんな言葉ではない。

もう一度、彼がため息をついた。「メイリン、おれは誓いの言葉を口にした。おれは誓いを軽んじる男ではない。おまえがよき妻、貞淑な妻でいてくれるかぎり、ほかの女を求めたりしない。おまえやおれ自身の名誉を、そんなふうに汚すものか。おまえはおれに忠誠を尽くす。そしておれは、おまえと、おまえの産む子どもたちに忠誠を尽くす。おれは自分の責任を真剣に受け止めている」

目に涙があふれ、メイリンは頭をおろして彼と額を合わせた。「わたしも忠誠を尽くすわ、ユアン」

「当然だ」ユアンは怒ったように言った。「おまえに手を触れる男は殺してやる」

「キスされるのは気に入った？　……下のほうに」

ユアンがにやりとして唇を突き出し、彼女にキスをした。「とても気に入った。毎晩寝る前に、あそこにキスしろと命令してもいいな」

メイリンは顔をしかめて彼の腹をこぶしで叩いた。ユアンが笑いながら痛がるふりをしてうめく。そしてメイリンの手首をつかみ、脇腹に響かないよう気をつけながら体を転がした。互いに横向きになって抱き合い、息遣いが感じられるほど近くに顔を寄せる。ユアンは指の関節で妻の頬を撫でた。

「さて、今度はおれがキスをするかな。舌を使って」

メイリンは息をのんだ。目の前で星がちかちかとまたたく。「舌？　この前言ったばかりでしょう、あなたの舌がどれだけみだらか」

「さっきのおまえ以上にみだらにはなれないぞ」

それからユアンは実地に示した。彼がメイリンのどんな想像をも超えて、はるかにみだらであることを。

23

部屋の扉がどんどんと叩かれる音に、ユアンは目を覚ました。応答しようと体を起こすより先に、扉が勢いよく開く。彼は瞬時にベッドから出て床に手をつき、剣の柄を握った。

「おれだよ、兄貴」シーレンの声がした。「死人みたいに寝ていたんだな」

ユアンはベッドに戻って毛布を引きあげ、まずメイリンの、次いで自分の裸体を隠した。

「すぐに出ていけ」いらだちをこめて言う。

「女みたいに恥ずかしがっているなら、兄貴が服を着るまで向こうを向いていてやるよ」

「おれのことはどうでもいい」ユアンはうなった。

「兄貴、おれにメイリンは見えないよ。見ようともしていない。大事な用がなければ、おれだって部屋に押し入ったりしないさ」

「ユアン?」

メイリンが眠たげに言って毛布から顔を出した。髪はくしゃくしゃに乱れ、目はとろんとしているのに、なんとも愛らしい。見ないと言い張ったくせに、シーレンは彼女のほうに目をやっていた。

ユアンは妻に身を寄せて顔に落ちた髪を払い、額にキスをした。「いいんだ、いとしい人。また眠ってくれ。おまえはもっと休まないと」

メイリンはなにかつぶやいたかと思うと、ふたたび毛布の下に潜りこんだ。ユアンは最後にもう一度彼女の頰に手を触れ、ベッドから出て服を着こんだ。

着替えが終わるまで外に出ているようシーレンに言い、ブーツを履いて剣を手に取る。メイリンをちらりと見やってから廊下に出ると、シーレンが横に並んだ。

「いとしい人？　また眠ってくれ？」彼は兄の口まねをした。「もしかして兄貴、タマをどこかに落としてきたのか？」

ユアンはこぶしをシーレンの顎に食いこませた。シーレンがよろめき、階段から落ちないよう壁に手をついて体を支えた。

「なんだよ、兄貴。結婚したら人が変わったのか」顎を撫でながら言う。

「おれは変わっていないぞ」

ふたりが広間に入ると、アラリックがいた。服は汚れ、顔には疲労の色がにじみ出ている。

「おれを暖かいベッドから引きずり出したのは、アラリックが帰ったからか？」

「ああ、大事な用だそうだ。兄貴にすぐ会えるように、先触れをよこしてきた」

「兄貴」アラリックが大股で歩み寄ってきた。

「先触れをよこすとは、どんな緊急の話なんだ？」

「マクドナルドがこっちに向かっている」

ユアンはいぶかしげに眉根を寄せた。「ここへ？　なぜだ？　なにがあったんだ、アラリック？」

「兄貴の結婚だよ。マクドナルド族長は、自分の娘を兄貴に嫁がせるつもりだった。それができなくなったと知って、かなり機嫌を損ねている。いくらおれが兄貴は新婚だと言っても、やつはすぐに兄貴と会うと言って聞かないんだ。同盟を結びたいなら会ってくれるはずだってね」

ユアンは毒づいた。「客をもてなす余裕はない。自分のクランの者さえろくに食べさせられないのに、マクドナルドとその手下どもを泊めるだと？　準備には何週間もかかるんだ。二、三日くらいではとても用意ができない」

アラリックが気まずそうに目を閉じた。

「なんだ？」ユアンが語気を荒くする。

「二、三日じゃない。一日だ」

ユアンの口からさらに悪態が飛び出した。「一日？　いったい、やつはいつ来るんだ？」

アラリックがふうっと息を吐き、疲れた様子で額の汗をぬぐった。「どうしておれが全速力で馬を走らせて帰ってきたと思う？　マクドナルドは明日到着する」

「ユアン？」

振り向くと、メイリンが物問いたげにこちらを見つめていた。

「口を挟んでいいかしら？」

妻が許可を求めたことに驚いて、ユアンは眉をあげた。メイリンは緊張した面持ちで弟たちを見つめている。

ユアンが手を出すと、メイリンが駆け寄ってその手を握りしめた。「どうしたんだ、メイリン？」

「耳に入ってしまったのよ。マクドナルド族長がいらっしゃるんですって？　なにか都合の悪いことがあるの？」

夫を見あげるブルーの目は不安でよどんでいる。

「大丈夫だ、いとしい人。なにも問題はない。マクドナルドはおれに話があるんだ。おまえはなにも心配しなくていい」

「でも、明日いらっしゃるのよね？」

「そうだ」

メイリンは一瞬顔を曇らせたが、すぐに姿勢を正した。「しなくてはいけないことがたくさんあるわ、ユアン。傷のことでうるさく言って、わたしを寝かせておくつもり？　それとも、大事なお客様が来られたときに恥をかかないように、わたしに妻としての務めを果たさせてくれる？」

「恥だと？」

メイリンは腹立たしげにため息をついた。「この城はお客様を迎えられる状態じゃないわ。掃除に、料理に、やることはたくさんあるの。もし今日誰かがここに来たら、わたしは族長の妻として無能だと思われてしまう。そうしたら、恥をかくのはわたしだけじゃないわ。あなたもよ」

夫に恥をかかせることを思ってうろたえているメイリンを見て、ユアンは目つきをやわらげた。彼は両手で妻の手を握りしめた。

「少しでも痛みを感じたら休むと約束するなら、おまえが客を迎える準備をするのを止めはしない。しかし、力仕事はほかの者に任せろ。傷口が開くようなことはするな」

メイリンが微笑むと、部屋じゅうがぱっと明るくなったようだった。彼女は目を輝かせ、ユアンの指をきつく握った。喜びのあまり彼に抱きつきたそうだったが、なんとか自制して手を離した。

「ありがとう、あなた。期待を裏切らないようにするわ」

軽く頭をさげ、メイリンは急ぎ足で歩き出した。「おかえりなさい、アラリック」そう声をかけたあと足を止め、困惑顔で振り返る。そして急いでアラリックのところまで行き、彼の手を取った。「ごめんなさい。旅から帰ったばかりだというのに、食事はしたのか訊きもしなかったわ。元気なの？　よかったわ、無事に帰ってきてくれて」

メイリンが彼の手を握ったまま上下に振るので、アラリックはまごついた顔をした。

「元気だよ、メイリン」

「お風呂に入れるように、部屋にお湯を運ばせましょうか？」

アラリックがぎょっとしたのを見て、ユアンは笑いを噛み殺した。

「いや、いいよ。体は湖で洗うから」

メイリンが顔をしかめた。「だけど湖は冷たいわ。お湯のほうがいいんじゃない？」

シーレンはにやりと笑った。「遠慮するなよ。ゆっくり風呂に入ればいいじゃないか」

アラリックがシーレンをにらみつけた。それからメイリンにやさしく微笑みかけたので、ユアンはほっとした。妻の感情を傷つけたことで弟を説教したくはなかったのだ。

「思いやりには感謝するよ。だけど本当に風呂はいらない。狭い浴槽に体を押しこむより、湖で泳ぐほうがいいんだ」

メイリンが彼に明るい笑みを向けた。「わかったわ。ではあなた、わたしは行くわね。今日はすることが山ほどあるから」

ユアンが手を振ると、メイリンは飛ぶように広間を出ていった。

アラリックが不審そうにユアンを振り返った。「どういうことだ？ 休むとか、傷口が開くとか。兄貴、いったいなにをしたんだ？」

「来い」ユアンは言った。「食事をしよう。おまえが行ってからの出来事を話してやる。おまえも、マクドナルドのところでなにがあったか教えてくれ」

メイリンはきっぱりとした足取りで城の中を歩いた——二十四時間でなにをしなければならないのか、なにができるのかを考えながら。三十分後、マディとバーサを呼んで、奇跡を起こすにはふたりの協力が必要だと話した。

マディとバーサが城の女たちを集め、メイリンは中庭に通じる石段の上から彼女たちに呼びかけた。

「明日、大切なお客様がいらっしゃいます。わが族長に恥をかかせるようなことがあってはなりません」

女たちはうなずきながら同意の言葉をささやいた。

メイリンは彼女たちをいくつかの集団に分け、それぞれに用事を割りあてた。そこには子どもたちも加えられた。女たちが忙しく行き来し始め、城は一気ににぎやかになった。

次にメイリンは、今日城の修理を割りあてられていた男たちと話をし、マクドナルド一行の馬のために厩舎を掃除して馬房を用意するよう言いつけた。

それから最後に、食事の相談をするためガーティのところへ行った。

予期せぬ客のためにごちそうを用意するよう言われて、料理人はおかんむりだった。そんなことができるはずはない、と彼女は声を荒らげた。けれどもメイリンは彼女をにらみつけ、文句を言っても無駄だと諭した。客にひもじい思いをさせることはできないのだから。

「あたしは奇跡なんて起こせませんよ」ガーティはぶつぶつ言った。「うちのクランに食べさせるだけで精一杯なんです。なのに、マクドナルド一行の分もなんて」

「どうしたらいいの?」メイリンはうんざりして尋ねた。「いまなにがあって、どうやったらそれで間に合わせられる?」

ガーティは手招きして、メイリンを食料庫に案内した。棚にはほとんどなにも置かれていない。食料はほぼ底をつき、最後に狩りをしたときの肉が少し残っているだけだ。

「狩りをしながら、なんとかしのいでいるんです。狩りに出た男たちが手ぶらで帰ってきたら、誰も食事にありつけません。たくわえはありません。あと数カ月のあいだに充分補充できなかったら、厳しい冬を乗り越えるのも難しそうですよ」

メイリンは途方に暮れた。冬までに持参金が届けばいいのだが。そうしたらクランは二度と飢えに苦しまずにすむ。子どもたちに食べ物が行き渡らないことを思うと、メイリンの胸は痛んだ。

頭痛がひどくなり、彼女は額とこめかみをこすった。「男の人たちを狩りに行かせたらどうかしら？　今夜獲物を持って帰ってもらったら、明日の夕食になにか料理できる？」

ガーティは顎をさすりながら貯蔵庫を見渡した。「ウサギをたくさん持ってきてもらえれば、残っている鹿肉も使ってシチューができますね。肉はそんなに多くなくても、いい味が出ますよ。まだ残っている小麦粉をかき集めたらパンが焼けますし、シチューに浸して食べるカラス麦のビスケットもつくれます」

「すごいわ、ガーティ。すぐ族長に相談して、何人か狩りに出せないか訊いてみるわね。運がよければ、マクドナルド一行の滞在中持つくらい、たっぷりのシチューができるかもしれないわ」

ガーティがうなずいた。「そうしてくださいな。あたしはそのあいだに、パンの用意を始めます」

メイリンはユアンを捜しに行った。彼は中庭で、剣の稽古をする若者たちの監督をしている。この前のことを思い出して端のほうでじっと待っていると、ユアンが妻に気づいた。

彼女は手を振って夫を呼んだ。ユアンが部下にふたことみこと声をかけると、彼女のところへやってきた。

「ユアン、ウサギが欲しいの。できるだけたくさん。何人か狩りに出せないかしら?」

ユアンは中庭の向こう側に目をやった。弟たちが熱心に剣を交わしている。シーレンもアラリックもしきりに悪態をつきながら、なんとか相手をやっつけようと懸命に動き回っていた。

「おれが行こう。シーレンとアラリックを連れて。おまえが必要なだけウサギを捕ってきてやるぞ」

メイリンは微笑んだ。「ありがとう。ガーティが喜ぶわ。どうやってマクドナルドの人たちを食べさせようかと気に病んでいたから」

ユアンの目の色が濃くなり、唇がゆがんだ。「やつらにはちゃんと食べさせる。おれはいつもそうしてきた」

メイリンは彼の腕に手をかけた。「もちろんそうよ、ユアン。わたしの持参金が届いたら、もうなにを食べようかと思い悩む必要もなくなるわ」

ユアンがしばらく彼女の頬に手を置いたあと、指を顎まで滑らせた。「おまえは神からこのクランに与えられた奇跡だ。おまえのおかげで、わがクランは生き返る」

彼の手のやさしさに心が温まり、メイリンは髪の根もとまで赤くなった。

「では行ってくる。日没までには戻る」

　ユアンが中庭を横切ってアラリックとシーレンを呼ぶ。メイリンはその後ろ姿を見送った。それから身を翻し、城に入る石段に向かった。マクドナルド一行を迎えるのには、まだまだ準備することがある。今夜は少しでも眠れたら運がいいと思わなければ。

24

メイリンは疲れた目で広間を見渡した。もう夜明け前だ。女たちは夜通し働いた。子どものいる女は夜のうちに帰っていたが、それ以外の者はメイリンとともに残って、最後の準備にかかっていた。

そして目覚ましい成果が得られた。一日足らずのあいだにこれだけのことをするのは大変だったが、その結果には充分満足できた。

城の内部はぴかぴかに輝いている。床も壁もきれいになった。天井の固定燭台のろうそくは新しいものに取り換えられ、影が天井で揺らめいていた。

花の甘い香りが汗と泥とかびくささを消していた。メイリンは寝室の毛布をはがして、大きな石づくりの暖炉の前に並べた。

この数時間、煮え立つシチューのにおいがメイリンを苦しめていた。ユアンと弟たちが狩りで捕ってきたウサギをガーティが煮ているのだ。焼きたてのぱりぱりしたパンを思い浮かべると、よだれが出そうになる。

ユアンは何時間も前にメイリンをベッドへ行かせようとした。けれども彼女は仕事を終えてしまうのだと頑固に言い張った。マクドナルド族長がいつ到着するかわからないのだから。

「すばらしいですね、奥方様」マディが誇らしげに言う。

メイリンはバーサとマディのほうを見て微笑んだ。「ええ、本当に。すっかり様子が変わったわね。まだ修理が必要なところはあるし、火事で焼けたところもそのままだけど、わたしたちの仕事には誰もけちをつけられないわ」

バーサが額に落ちた髪を払いのけた。「ここにお客様をお招きできることになって、族長はさぞ鼻が高いでしょう。奥方様が奇跡を起こされたんですよ」

「ふたりとも、夜を徹して手伝ってくれたわね。ありがとう。みんなに、もう休むように言ってちょうだい。お昼までは起きてこなくていいわ。あなたたちが休んでいるあいだ、ほかの人が仕事を代わってくれるから」

ふたりがうれしそうにうなずき、急ぎ足で帰っていく。広間にはメイリンひとりが残された。

メイリンは最後にもう一度仕事の成果を眺め、振り向いて、重い足取りで階段に向かった。ユアンとの約束を忠実に守ったわけではなかった。脇腹がずきずき痛む。縫合したところが開いていなければいいのだが。しかし、この仕事はどうしても必要だったし、自分はなにもせずに城の女たちを遅くまで働かせるわけにはいかなかったのだ。

メイリンは自分が果たした役割に大いに満足していた。女たちは長時間熱心に、しかし陽気に働いた。メイリンを喜ばせようと必死になってくれた。彼女にはそのことがうれしかった。

いま初めて、ここが家のように感じられた。自分の家。本当の意味でマケイブというクランの一員になれた気がする。

メイリンは足音を忍ばせて部屋に入っていった。けれども心配は無用だった。ユアンは起きていて、すでに服を着ており、ブーツを履き終えたところだったのだ。

彼はメイリンを見るなり顔をしかめて立ちあがり、よろめいた彼女を受け止めた。

「働きすぎだ」ユアンが注意した。「痛むのか？　傷口が開いたんじゃないだろうな？」

メイリンは彼の胸に額をつけてもたれかかり、落ち着くまでじっとしていた。ユアンが両手を彼女の腕から肩へと滑らせて、ぎゅっと抱きしめた。

「まっすぐベッドへ行け。文句は言うな。そしてマクドナルドが到着するまで起きてくるんじゃない。わかったか？」

「ええ」メイリンはかすかな声を出した。命令に従うふりをする必要もなかった――自分でもそのつもりだったのだから。

「おいで。傷を見てやろう」

ユアンが彼女を連れてベッドに向かい、やさしい手つきで服を脱がせた。

「そんなに上手に女の服を脱がせるなんて、罪深い手ね」メイリンはつぶやいた。

ユアンは笑いながら彼女の体を横向きにした。縫ったところを親指でなぞり、メイリンがびくりとしたのを見て顔を曇らせる。

「赤く腫れている。無理に動かしたな、メイリン。気をつけないと、熱を出して寝こむことになるぞ」

メイリンは大きくあくびをして、なんとか目を開けておこうとした。「やることがたくさんあったのよ。寝こんでなんかいられないわ」

彼は頭をおろしてメイリンの額にキスをし、少しのあいだ唇をそこにつけていた。「熱くはないな、いまのところは。眠っておけ。マクドナルドが領地の境界線まで来たという知らせを受け取ったら、おまえが風呂に入れるよう、誰かに湯を運んでこさせよう」

「そうしてもらえるとうれしいわ」

そうささやくと、メイリンはもう起きていられなくなり、目を閉じて闇の世界へと入っていった。


寝室の扉がノックされ、メイリンは目を覚ました。まばたきをして眠気を振り払おうとする。けれども、まるで目に砂をかけられたように視界がぼんやりしていた。

「レディ・マケイブ、お風呂の湯を持ってまいりました」扉の外から声がかけられた。「マクドナルドご一行は一時間以内に到着されます」

その言葉で彼女ははっきりと覚醒した。

ベッドの上掛けを払いのけ、あわてて扉を開ける。女たちが桶で湯を運びこみ、ほどなくメイリンは心地よく風呂に浸かっていた。湯が冷めるまでゆっくり入っていたい気持ちはあったが、急いで髪を洗った。

ふたりの女が部屋に残って、髪を乾かしてブラシをかけてくれた。メイリンはそのあいだずっと落ち着かなかった。緊張していた。彼女が本当に城の女主人にふさわしいかが、これで試されるのだ。

ユアンにも、マクドナルドの者たちにも、失格だと思われたくない。

一時間後、メイリンは結婚式で着たドレスに身を包んで階段をおりた。広間はにぎやかだ。ユアンは主賓用テーブルのそばで弟たちと話している。

メイリンが入っていくと、ユアンが顔をあげて彼女を見た。彼の満足げな目を見てメイリンの気持ちは高揚した。ユアンに手招きされ、急ぎ足で彼の横へ行く。

「客に挨拶をするのにちょうど間に合ったな。あと二、三分でやってくるぞ」

ユアンが妻をあとに従えて広間を出た。ふたりの弟が後ろにつく。中庭まで行くと、マクドナルドの兵士が橋を渡り、中庭に通じるアーチ門をくぐってきた。

もちろん偏見はあるにせよ、メイリンの目には、マケイブの兵士たちのほうがずっと立派に見えた。

ユアンとメイリンは並んで石段の上に立った。そのとき兵士たちの先頭にいた男が馬をおり、ユアンにうなずきかけた。

「また会えてうれしいぞ、ユアン。ずいぶん久しぶりだな。最後にここへ来たときは、おまえのお父上が出迎えてくれた。お父上は本当にお気の毒だった」

「ああ」ユアンが言う。「妻のメイリン・マケイブを紹介しよう」

メイリンはユアンに連れられて石段をおり、彼の前で頭をさげた。

グレガー・マクドナルド族長が彼女の手を取って会釈し、指の関節に口づけた。「お会いできて光栄ですぞ、レディ・マケイブ」

「こちらこそ、族長。皆さんに軽食を差しあげたく存じます。どうぞ広間にお入りになってください。食事の用意はできていますので、ご都合のいいときにお出ししますわ」

族長は大きく笑い、自分の後ろを手で示した。「娘のリオナ・マクドナルドを紹介しましょう」

その若い娘はいかにもしぶしぶといった様子でゆっくり進み出た。ではこの人が、マクドナルド族長がユアンと結婚させたがっていた女性なのか。メイリンは顔をしかめないようにするのが精一杯だった。とてもきれいな娘だ。髪は日光を浴びて金糸のごとく輝き、顔にはしみひとつない。瞳は珍しい琥珀色で、明るい髪の色とよく似ており、同じように日光を映して金色に輝いている。

メイリンはユアンにちらりと目をやって、彼の反応をうかがった。この女性と結婚する機会を逃したことを後悔してほしくはない。

ユアンの目が面白そうにきらめいた。たぶんメイリンの胸中を読んで、なにを考えているのか察したのだろう。

メイリンはリオナに微笑みかけた。「どうぞお入りになって、リオナ。旅で疲れたことでしょう。テーブルでは隣に座って、お友達になりましょう」

リオナはおずおずと笑みを浮かべ、メイリンに腕を取られて城に入っていった。

食事はにぎやかだった。マクドナルド族長は声が大きく騒々しい男で、メイリンがうんざりするほどの食欲の持ち主だった。この男を毎日食べさせようと思ったら、マケイブの狩人たちは昼夜休みなく狩りをしなければ間に合わないだろう。

ガーティが仏頂面で、族長の皿に三度目のお代わりを盛った。メイリンはガーティの目を見てかぶりを振った。族長を侮辱するのは許されない。

会話の話題は日常的なことばかりだった。狩り。家畜泥棒。境界線の守りに関する不安。しばらくするとメイリンは話を聞き流し始めた。必死であくびをこらえる。

リオナを会話に引きこもうと努力したけれど、彼女は食事のあいだじゅうずっとうつむいて、黙々と食べるばかりだった。

食事がようやく終わりに差しかかったとき、ユアンがメイリンと目を合わせた。メイリンは立ちあがり、テーブルから離れた。男たちだけで話し合う時間がやってきたのだ。彼らは女を同席させたいとは思っていないだろう。

彼女はリオナを誘って城のまわりを散歩しようと思った。子どもたちとの遊びに引きこんでもいい。ところがメイリンがテーブルから離れるなり、リオナはそそくさと部屋に引きあげた。

メイリンは肩をすくめてクリスペンを捜しに出かけた。

女たちが広間を出ると、マクドナルド族長はユアンにうなずきかけた。「奥方のことは鼻が高いだろう。食事はすばらしかったし、われらは温かく歓迎してもらった」

「ああ、妻はわがクランの誇りだ」

「しかしわしは、おまえが結婚したと聞いてがっかりしたぞ。おまえとリオナの縁組を望んでいたのだ。結婚によって同盟を結べば、ふたつのクランは一心同体となれただろうに」

ユアンは眉をあげたが、なにも言わなかった。この会話をどの方向へ進めるつもりかと、マクドナルドを見つめる。

マクドナルドはアラリックとシーレンを見やったあと、ユアンに目を戻した。

「率直に言わせてもらうぞ、ユアン」

ユアンは部下にテーブルから離れるよう合図した。アラリックとシーレンは、ユアンやマクドナルドや横に立っているマクドナルドの部下数人とともに、あとに残った。

「どうしても同盟を結びたいのだ」マクドナルドが切り出した。

ユアンは思案顔で唇を結んだ。「グレガー、なぜそんなに同盟を求める？　父の死以来、われらは親密な関係にあるとは言えなかっただろう。あなたと父が互いに対して忠実だったことは確かだが」

マクドナルドがため息をついて椅子にもたれ、突き出た腹に手を置いた。「いまはどうしても同盟が必要なのだ。ダンカン・キャメロンがわしの領地をおびやかしている。この数カ月のあいだに、何度かやつのクランと小競り合いがあった。おそらくやつは、わしの軍の力を試しているんだろう。白状するが、わしらはあまり優勢とは言えなかった」

「あの野郎」ユアンはつぶやいた。「あなたの領地はニアヴ・アーリンと接している。あいつはメイリンの土地を乗っ取ろうと計画しているんだ」

「ああ。しかしわしひとりでは持ちこたえられない」

「どうしたいのだ？　おれは、あなたの娘とは結婚できないのだが」

「もちろんだ」マクドナルドがゆっくりと言い、アラリックに目を移した。「しかし、彼ならできる」

25

エールを飲んでいたアラリックはむせそうになった。シーレンはマクドナルドの目的が自分でなかったことに安堵した様子ながら、満面に同情の念を浮かべて横目で兄を見た。

ユアンは警告するようにアラリックを見たあと、マクドナルドに向き直った。

「なぜ政略結婚を通じて同盟を結ぶことが、そんなに大事なんだ？　われわれが共通の利益のために同盟を結ぶなら、結婚にこだわらなくてもいいのではないかな」

「リオナはわしの世継ぎだ。たったひとりの。わしが死んだら、跡を継ぐ息子はいない。娘の結婚相手は、喜んで族長の地位を受け継ぎ、ダンカン・キャメロンのような脅威から領地を守れる力のある男でなければならない。われわれのクランが単なる協約ではなく婚姻を通じて結びつけば、おまえとアラリックは互いに忠誠を尽くすだろう。同盟が破られる心配はない」

ユアンは侮辱に憤り、背筋を伸ばしてマクドナルドをにらみつけた。「おれの言葉だけでは信用できないと？」

「いや、そうではない。単に互いを守り合うという以上の関係が結べれば、同盟がさらに強固になるということだ。ダンカン・キャメロンのような男に、わしの領地を支配されたくない。やつは自分の利益のためなら母親でも裏切るような、権力欲のかたまりみたいな野郎だ。

最近とみに耳にするようになった噂だが、ユアン、やつは国王に対して反逆を企んでいるらしい。どうやらマルコムと共謀して反乱を起こすつもりのようだ」

ユアンは指でテーブルをとんとんと叩き、アラリックに目を向けた。アラリックは、あきらめとしか呼びようのない顔をしている。

「弟たちと相談する必要がある。アラリックの意見を聞かずに、おれひとりで決めるわけにはいかない」

マクドナルドがうなずいた。「もちろんだ。われわれのクランは、それぞれ単独でも充分に強い。それが力を合わせれば言うことなしだ。マクローレンもわしらの側に立ってくれるだろうか？」

マクローレンのクランは規模こそ小さいが、兵士は優秀だ。マケイブ、マクドナルドと手を組めば、強大な同盟ができあがる。そしてマケイブがニアヴ・アーリンを支配下におさめることで、さらに強くなれるだろう。

「大丈夫だろう」ユアンは答えた。「その三つが手を組んだとなると、ダグラスのクランも味方についてくれるかもしれない。ダグラスの領地はニアヴ・アーリンの北側と西側に広がっている」

「ダンカン・キャメロンがニアヴ・アーリンの周辺を嗅ぎ回っているぞと言ってやったら、ダグラスは喜んでこちら側につくだろう」マクドナルドは言った。「ダグラスだけではキャメロンのような軍勢には立ち向かえないが、われらが一緒となれば、キャメロンに勝ち目はなかろう」

「わがクランだけが相手でも、ダンカン・キャメロンに勝ち目はない」ユアンがぽつりと言う。

マクドナルドが驚いたように眉をあげた。「それは思いあがりだぞ、ユアン。数では向こうに負けているではないか」

ユアンはにやりと笑った。「おれの兵士のほうが優秀だ。やつらより強いし、ずっと統制がとれている。おれにとって、この同盟はキャメロンを破るためにあるのではない。味方がいてもいなくても、おれたちはやつを打ち負かせる。同盟を結ぶのは将来に向けて地歩を固めるためだと考えている」

マクドナルドのいぶかしげな顔を見て、ユアンは椅子に背を預けた。「おれたちの強さを実証してほしいか？　自分の目で、同盟を結ぶ相手をじっくり見たいのではないかな」

マクドナルドが目を細めた。「どうやって実証する？」

「お互いの優秀な兵士を戦わせる」

マクドナルドの顔にゆっくりと笑みが広がった。「勝負か、面白そうだな。いいだろう。なにを賭ける？」

「食料だ。三カ月分の肉と香辛料」

「おい、それは無茶だぞ。そんなに大量の食い物を失うわけにはいかん」

「負けるのが心配なら、もちろん勝負はやめにしよう」

相手のアキレス腱を知ることはきわめて重要だ。グレガー・マクドナルドについていえば、彼の弱点は挑発に乗りやすいことだった。彼が賭けに負けるのを怖がっているとほのめかすのは、猟犬の前に肉を置くのと同じなのだ。

「その勝負、乗った」マクドナルドがうれしそうに両手を揉み合わせ、勝ち誇ったように目を輝かせた。

ユアンは立ちあがった。「やるならさっさとけりをつけよう」

マクドナルドもさっと立ちあがり、手を振って側近のひとりを呼んだ。それからユアンに疑わしげな視線を向ける。

「おまえと弟たちが勝負に参加することは許さん。配下の者だけだ。兵士対兵士で戦おう」

ユアンは苦笑いをした。「そちらがそう望むなら。おれの配下には、おれと同等の剣の技術を持つ者しかいない」

「うちの兵士の底力を見せてやろう。おまえの蔵から食い物をいただいていくのを楽しみにしているぞ」マクドナルドが得意そうに言った。

ユアンは笑顔のまま、先に行くようマクドナルドに手ぶりで示した。

マクドナルドが部下を連れて急ぎ足で広間を出ていっても、アラリックはすぐには歩き出そうとしなかった。「兄貴、この結婚話に乗り気なのか？」

ユアンは弟を見やった。「おまえはいやなのか？」

アラリックが困惑した顔になる。「そうは言っていない。だけど兄貴、おれはまだ妻を持つ心の準備ができていないんだ」

「おまえにとってはいい機会だぞ、アラリック。自分のクランの族長になれるんだ。自分の土地と、それを受け継ぐ息子を持てることになる」

「違う」アラリックが静かに言った。「マケイブがおれのクランだ。マクドナルドじゃない」

ユアンは弟の肩に手を置いた。「もちろん、マケイブはいつまでもおまえのクランだ。しかし、考えてみろ。兄弟が隣同士の領地をおさめるんだぞ。おれたちは盟友になるんだ。ここにいれば、おまえは族長にはなれない。おまえの跡継ぎも同じだ。こんな絶好の機会を逃す手はないぞ」

アラリックがため息をついた。「しかし、結婚だって?」

「きれいな娘だぞ」ユアンは指摘した。

「きれいかね」アラリックは不満そうだった。「食事のあいだじゅう、顔なんてろくに見られなかった。ずっとうつむいていたからな」

「顔を見る機会は、これからいくらでもある。それに、気にしなければならないのは顔じゃない。それ以外の部分だ」

アラリックが声をあげて笑い、あわててまわりを見回した。「奥方にはそれを聞かれないほうがいいぞ。聞かれたら、今晩兄貴は男どもと寝ることになる」

「用意はいいか、ユアン?」マクドナルドが中庭から大声で呼びかける。

ユアンは手をあげた。「ああ、いいぞ」

「あの人たち、いったいなにをしているのかしら？」中庭から轟く大声を聞いて、メイリンは言った。

クリスペンがメイリンの手を取り、丘のほうに引っ張っていく。「丘にのぼって見てみようよ！」

ほかの子どもたちもあとにつづき、間もなく一同は丘の頂上に到達した。メイリンは手をかざして日光をさえぎり、眼下の光景に目を凝らした。

「戦っているよ！」クリスペンが叫んだ。

大勢の戦士がぐるりと輪になっているのを見て、メイリンは目を見開いた。輪の中心にはふたりの兵士が立っている。ひとりはマケイブ、ひとりはマクドナルドの者だ。

「まあ、ギャノンだわ。どうしてマクドナルドの兵士と戦っているの？」

「そういうものなんだ」クリスペンが胸を張った。「男は戦う。女はかまどの世話をする」

グレッチエンがクリスペンの腕を叩いて鋭くにらみつける。するとロビーがグレッチエンをぐいっと押した。

メイリンはしかめ面をしてクリスペンを見つめた。「きっとお父様がそう言ったのね」

「シーレン叔父さんだよ」

彼女はうんざりした。いかにもシーレンの言いそうなことだ。

「でも、どうして戦っているの？」

「賭けですよ、奥方様！」

メイリンが振り向くと、マディがマケイブの女を何人か引き連れて坂道をのぼってきた。女たちはかごを持っている。

「どんな賭け？」メイリンは近づいてくる女たちに訊いた。

女たちがかごを置くと、パンの香ばしいにおいが漂ってきた。さっきごちそうを食べたばかりだというのに、メイリンの腹はぐうっと鳴った。

子どもたちが期待の表情で身を乗り出し、マディを取り囲んだ。

「族長おふたりが、どちらの兵士が相手を打ち負かせるかという賭けをしたんです」マディは地面に腰をおろした女たちにパンを配り始めた。子どもたちにもひと切れずつ渡していき、メイリンを手招きする。「奥方様もご一緒にどうぞ。ここでピクニックをしながら、マケイブの戦士を応援しようと思いましてね」

メイリンはスカートを広げて地面に座った。クリスペンが横に来てパンにかぶりつく。彼女はパンをひと切れちぎって口に入れながら、不審そうに顔をしかめた。「なにを賭けているの？」

マディがにんまりした。「族長は悪知恵の働くお方ですよ！　三カ月分の食料をお賭けになったんです。うちが勝ったら、マクドナルドの蔵から肉と香辛料をいただくそうです」

メイリンは唖然とした。「だけど、ここには三カ月分の食料なんてないわ！」

バーサが訳知り顔でうなずいた。「そのとおりですよ。族長は、わたしたちがいちばん必要としているものを賭けたんです。賢いじゃありませんか。よくお考えになったと思いますよ」

「だけど、負けたらどうするの？　そんなに渡すわけにはいかないわ。というより、渡すだけのものがないのよ」

年配の女のひとりが舌打ちをした。「うちの戦士は負けませんよ。そんなことをお考えになるのは、わがクランを信じていないということです」

メイリンは渋い顔になった。「信じていないわけじゃないわ。持っていないものを賭けるのはおかしいと思っただけよ」

「うちが負けるわけはありませんから、そんなことは問題になりません」マディがメイリンをなだめるように軽く腕を叩いた。

「まあ、見て、ギャノンが勝ったわ。次はコーマックの番よ！」クリスティーナが声をあげた。「あの人、本当にすてきよね」

まわりの女たちが微笑んだ。マディが身を乗り出し、メイリンに耳打ちする。「クリスティーナはコーマックが好きなんです」

メイリンは、コーマックが輪に入るやいなやクリスティーナの頬が染まったことに気づいた。彼はシャツを脱いでおり、腕の筋肉が盛りあがり波打っている。確かに男前だ。ユアンほどではないけれど、なかなかのものではある。

激しい攻撃を受けてコーマックがあとずさりすると、クリスティーナが息をのんだ。手で口を押さえ、相手の戦士がふたたび突進するのを見守る。コーマックは持ち直して反撃し、剣と剣のぶつかる音が空気を切り裂いた。

やがて相手の剣が空中を飛んだ。コーマックが頭上に剣を振りかぶって一気に振りおろし、切っ先を相手の顎の前で止めた。

マクドナルドの男が両手をあげて降参する。コーマックは手を差し出して相手を立たせた。

「うちの男たちは、マクドナルドの戦士をさっさと片づけていますね」バーサが得意げに言った。

そのとおり、マケイブの兵士は次のふたりもすばやくやっつけた。マクドナルドの戦士がすでに四人負けているので、勝負は決まった。ところが五人目の戦士が、甲冑と兜に身を固めて大股で入ってきた。

「なんて小柄なの！」マディが叫ぶ。「まだ子どもじゃないの」

五人目として選ばれていたディオミッドも同じ意見らしく、脇に立ったまま戸惑った表情を浮かべている。小柄な戦士が剣を差しあげると、ディオミッドはしかたなく頭を左右に振って前に進み出た。

ディオミッドに比べてかなり小さいものの、少年戦士は非常に身軽で敏捷だった。命中すれば間違いなく倒されてしまうような攻撃を巧みにかわしていく。

これまでで最高の腕前を見せられて興奮したマクドナルドの戦士たちは、少年を応援する叫び声をあげて、どっと押し寄せた。少年は機敏に攻撃を受け流しつづけ、ディオミッドは立っているのもやっとという様子だった。

気がつけばメイリンは少年の勇敢さに感心し、息を殺して見守っていた。立てつづけの攻撃をディオミッドがかわしたときは身を乗り出し、少年が跳びあがってディオミッドの回し蹴りを避けたときは息をのんだ。

「すごい」グレッチェンがつぶやいた。

激しい戦いに見入っている彼女に、メイリンは微笑みかけた。

「ええ、本当ね。ディオミッドはあの少年に手を焼いているみたいだわ」

戦いはなかなか決着がつかない。ディオミッドは自分よりずっと小さい相手を降伏させられないことにいらだっているらしく、動きがどんどん粗くなっていた。ディオミッドはさっさと決着をつけようとし、一方、少年はそうさせまいとしているようだった。

すると驚くべきことが起こった。ディオミッドが突進してきたところに少年が足を出し、彼を転ばせたのだ。少年は百戦錬磨の戦士さながらの鬨の声をあげ、ディオミッドの体に飛び乗った。剣を高く差しあげて振りおろし、切っ先をディオミッドの首に突きつける。

ディオミッドがすごい形相で少年をにらみつけたが、やがて降参して自分の剣から手を離した。

「あの子、うちのディオミッドを負かしたわ」マディがささやく。

少年はゆっくりと立ちあがって、ディオミッドに手を差し出した。しかしディオミッドは、大きな体で少年を倒しそうになりながら、自力でよろよろと立ちあがった。

少年はおぼつかない足取りで後ろにさがり、剣を鞘におさめた。それから兜を脱ぐと、金色の豊かな髪が現れた。

集まった男たちの前に立っているのは、リオナ・マクドナルドだった。日光を浴びて髪がきらめいている。メイリンとともにいた女たちは、驚きで息をのんだ。

「女の人だわ！」グレッチェンがうれしそうに叫んだ。目をきらめかせて、ロビーに食ってかかる。「ほらね？　言ったでしょう、女でも戦士になれるんだって」

クリスペンもロビーも、畏怖と――不本意ながら――称賛の入りまじった表情でリオナを見つめていた。

リオナの父親は激高していた。怒りで顔を真っ赤にして男たちをかき分け、腕をぶんぶん振り回して娘を怒鳴りつけている。メイリンは耳をそばだて、彼の言葉を聞こうとした。

リオナが頭をさげた。けれどもメイリンは、その顔に怒りの色がよぎるのを見逃さなかった。彼女はあいているほうの手を体の横で握りしめ、暴言を吐く父親から一歩さがった。

メイリンはさっと立ちあがった。リオナが気の毒でならなかった。たとえ彼女が男の格好をしてマケイブの戦士に恥をかかせたとしても。実際、ディオミッドは嵐雲のごとく顔をどす黒く染めて怒り狂っている。

中庭に向かってメイリンは走り出した。怒れる男たちからあの娘を救ってやりたい。ごめんなさいと言いながら男たちの群れをかき分け、いらだちのつぶやきを無視して彼らを押しのけていった。

最前列を抜けるのは難しかった。男たちが肩を寄せ合っていて、寸分の隙間もないのだ。彼らの背中をつついたり押したりしても効果がなかったので、メイリンはひとりの膝の裏を蹴りつけた。

男が罵声を発して振り向いたが、後ろにいるのがメイリンだと気づくと驚いて脇にどき、彼女を通した。

ようやく輪の中に入れてほっとしたものの、メイリンはそれからどうするか考えていなかったことに気づいた。戦士の輪の向こうから、ユアンが不機嫌そうに彼女をじっと見つめている。

リオナの驚いた顔を無視して、メイリンは彼女の手を取った。

「お辞儀をして」とささやく。

「えっ？」

「お辞儀をしてから、わたしと一緒にあとずさっていくの。笑って。すばらしい笑顔を見せるのよ」

「すみません、族長様方」メイリンは声を張りあげた。「わたしたちは失礼させていただきます。城の子どもたちの面倒を見なくてはいけませんし、夕食の支度もありますので」まばゆい笑みを彼らに向けたあと、深々と頭をさげる。

リオナもぱっと笑顔になった。なんて魅力的なのだろうとメイリンは思った。揃った白い歯を見せて笑うと、頬にえくぼができる。深く頭をさげたリオナを、メイリンは引っ張るようにして輪の外に向かった。

メイリンに甘い笑顔を向けられて、男たちはあわてて道をあけた。いまにもユアンに怒鳴られるのではないかとびくびくしながら、メイリンはリオナを連れて移動した。ようやく中庭を出ると、安堵のため息をつく。

「どこへ行くの?」リオナが尋ねた。

「ものすごくあなたに会いたがっている女の子がいるの」メイリンは楽しそうに言った。「あなたの剣術に感動していたわ」

リオナが戸惑いをあらわにしつつ、メイリンについて丘をのぼった。そこではみんな興味津々でふたりを見つめていた。

グレッチェンはもう我慢ができない様子で、メイリンとリオナが近づいてくるやいなや立ちあがり、リオナのほうに駆けていった。

お辞儀をしたあと、興奮して矢継ぎ早に質問を浴びせる。

リオナがまごついているのを見てメイリンは気の毒になり、グレッチェンの肩に手を置いておしゃべりを止めた。

「グレッチェンは戦士になりたがっているの。この子は、女は戦士になれないと言われて育ってきたのよ。だけどあなたがディオミッドを負かしたのを見て、それが嘘だったと思うようになったの」

リオナが心からの笑みを浮かべ、グレッチェンの前に膝をついた。「秘密を教えてあげるわ、グレッチェン。そう思わない人も多いけれど、わたしは固く信じているの。女でも心を決めさえすれば、なんにでもなりたいものになれるんだって」

グレッチェンが喜びで顔を輝かせた。それからリオナの背後の中庭に目をやって真顔になった。「あなたのお父さんは、あなたがディオミッドと戦ったのを怒っていたわね」

リオナの瞳が、明るい金色から暗い琥珀色へと陰った。「父は、わたしを淑女にするのは無理だと思って絶望しているのよ。いくら剣術に長けていても、すごいとは思ってくれないのね」

「あたしはすごいと思ったわ」グレッチェンが恥ずかしそうに言った。

リオナはふたたび笑顔になって、グレッチェンの手を取った。「わたしの剣の柄にさわってみたい？」

グレッチェンが目を丸くしてぽかんと口を開けた。「いいの？」

リオナは女の子の手を、宝石を埋めこんだ柄のところまで持ってきた。「普通の剣よりも小さくて軽いのよ。だからわたしでも簡単に扱えるの」

「かっこいい」グレッチェンがため息まじりに言う。

「ぼくも見る！」ロビーがぶっきらぼうに叫んだ。

そしてクリスペンとともに前に出た。驚異の念に打たれたかのように目を輝かせている。

「ぼくたちもさわっていい？」クリスペンが遠慮がちに言った。

食事のときにはあれだけ控えめだったのに、子どもを相手にするとリオナはとてもあけっぴろげで愛想がよかった。たぶん、人見知りをするだけなのだろう。

子どもたちはリオナのまわりに集まって、剣についてしゃべったり叫んだりしている。メイリンがちらりと中庭を見ると、ユアンが腰にこぶしをあてて、彼女のほうをにらみつけていた。

呼びつけられてはいけないと、メイリンは小さく手を振って彼に背を向けた。

ようやく子どもたちがリオナから離れていった。メイリンは彼女を見つめた。「夕食の前に湯浴みをする？」

リオナが肩をすくめた。「普段は湖で体を洗っているの。だけど、ここでそんなことをしたら、父がいやがるでしょうね」

メイリンは目を大きく見開いた。「あなた、どうかしているんじゃない？　水は凍るように冷たいわ！」

リオナが微笑む。「精神の鍛錬になるのよ」

メイリンは首を横に振った。「気持ちよくて熱いお湯に浸かるより、氷みたいに冷たい湖で泳ぐほうがいいなんて、わたしには理解できないわ」

「湖で泳げないのなら、喜んで熱いお風呂に入らせていただくわ」リオナがにやりと笑った。それから首をかしげ、不思議そうな表情でメイリンを見る。「あなたはいい人ね、レディ・マケイブ。ほかの人みたいに、わたしにあきれたりしないでしょう。それに、わたしを助けるために男たちのあいだを縫ってきたのはお見事だったわ」

メイリンは顔を赤らめた。「わたしのことはメイリンと呼んで。友達になるのなら、そう呼んでくれないと」

背後でマディが咳払いをした。メイリンは礼儀作法をすっかり忘れていた自分にあきれて振り返った。

「リオナ、わたしたちのクランの女性を紹介するわね」

女たちがひとりずつ前に出る。メイリンが名前を覚えている女は彼女が紹介し、まだ知らない女はマディが名前を告げた。

紹介が終わるとメイリンは女たちを城に帰して、リオナの風呂の用意をさせた。

リオナを部屋に案内したあと、メイリンは夕食の準備が進んでいるかどうか見るために階段をおりた。

厨房の手前まで行ったとき、ユアンが入ってきた。マクドナルド族長も一緒だ。メイリンは足を速めた。

「わしの娘はどこだ？」マクドナルドが声をあげる。

メイリンは立ち止まって、不機嫌な族長のほうを振り返った。「二階で湯浴みをして、夕食のための着替えをしておられますわ」

娘がまた戦士と勝負しているわけではないと知って安堵したマクドナルドは、うなずいてユアンに向き直った。メイリンはよけいなことをしたと夫に叱られるのを覚悟していたが、ユアンはマクドナルドの肩越しに彼女を見てウインクをした。

ほんの一瞬のことだったので、見間違えたのだろうかとメイリンはいぶかった。ユアンがウインクをするなんて考えられない。きっと気のせいだと思い、彼女はふたたび厨房に向かった。

26

その夜ユアンが部屋に戻ったとき、メイリンはとっくに眠っていた。彼はベッドの横に立って、眠る妻を見つめた。彼女は毛布に潜りこみ、鼻から上だけを外に出している。酒が進むと、マクドナルドとの話し合いはうやむやなまま終わってしまった。広間でテーブルについた男たちはエールを飲みながら、結婚や同盟の話ではなく酒場の女についての猥談や戦いの古傷の話ばかりするようになった。

ユアンは場を中座した。下品な自慢話をするより、妻とともに暖かいベッドに入るほうがよかったからだ。この女は、寝ているときでも彼の心をとりこにする。部屋にいる妻のことを考えただけで、ユアンは男たちからさっさと離れたくてたまらなかった。困ったものだと思うべきなのだろう。なのに彼は、ちっとも困っていなかった。

広間でほかの男たちが女の腕に抱かれて過ごした夜のことを楽しく語り合っているあいだ、ユアンは二階で自分の女を腕に抱くのだ。

服を脱ぎ、そっとベッドの上掛けをはがす。メイリンがもぞもぞと身動きして顔をしかめ、すぐに毛布を引っ張りあげた。ユアンは含み笑いをして、彼女の横に潜りこんだ。

温かい妻に触れたとたん、ユアンの体は覚醒した。彼女はまたもぞもぞ動いてなにか寝言を言い、彼の下に潜りこもうとした。

寝巻きの片袖がするりと滑り落ちて、首となめらかな肩があらわになった。ユアンは我慢できずに首筋に口をあてて甘噛みした。

柔らかな体に舌を走らせる。彼女の味、鼻孔を満たすにおいがたまらない。メイリンのため息が彼の耳をくすぐった。

「ユアンなの？」眠たげな声が訊く。

「ほかに誰が来ると思っていたんだ？」

「わからないわ。目が覚めるたびに、部屋に誰かがいるみたいなんですもの」

ユアンは低く笑って耳たぶを歯で挟んだ。

「わたしのこと、怒っていないの？」

ユアンは驚いてメイリンを見つめた。「今度はなにをした？」

メイリンが怒ったようにふんと息をつき、口を尖らせた。「なにもしていないわ。さっきのことを言ったのよ。わたしがリオナを連れていったこと。わかっているのよ、わたしが口を出すべきでは――」

ユアンは指を彼女の口にあてて黙らせた。「ああ、確かにそうだな。しかし、おまえがすべきでないことばかりするのは、おれもよくわかっている。それに、リオナを連れ出してくれて助かった。彼女の父親は怒っていたんだが、おまえのおかげで騒ぎがおさまった。ただ、おれが不満なのは、おまえが一触即発の危険な状況に身を置いたことだ。しかも、戦いの興奮のさなかにいた男たちを押しのけて輪に入ってきただろう」

メイリンが夫の腹に手を置いて下へ滑らせ、屹立したものを包みこんだ。彼女に握られたそれはますます大きくなり、ユアンはうめいた。

「だけど、怒ってはいないのね」彼女がささやく。

ユアンは目を細めると同時に腰を突き出した。「おまえがなにを企んでいるか、おれが気づいていないと思うなよ」

メイリンはなんのことかわからないとでも言いたげに目を丸くして、根もとから先端まで彼のものを撫であげた。ユアンは頭をおろして彼女に口づけ、メイリンの香りを堪能した。彼女の息を吸いこみ、自分の息を彼女に吹きこむ。熱い空気がふたりの唇と舌の上で躍った。

「毎回こういうことで面倒から逃れられるわけではないぞ」ユアンは警告した。

メイリンが微笑む。「たいていはこれで解決するわ」

ユアンは彼女の手の中で達しかけていた。そっと探られて、頭がおかしくなってしまいそうだ。彼女が欲しい。いますぐに。

手を下におろして寝巻きの裾をつかむ。

「破らないで――」

メイリンの声は布の裂ける音にかき消された。ユアンは寝巻きの裾をまくりあげると、体を転がして彼女の上に乗り、広げた脚のあいだに自らの身を置いた。

熱くすべすべした場所がユアンの先端を包む。彼はひと突きで彼女を貫いた。メイリンが息をのみ、背を反らす。体は小刻みに震えていた。

メイリンはまるでこぶしを握るようにきつく彼をつかんでいる。ユアンはこらえられなかった。

「ああ、メイリン。すまない」

「なんのこと？」

メイリンの手が彼の肩をなぞり、爪が肉に食いこむ。ユアンは目を閉じた。もうこれ以上は持ちそうにない。

「おまえを抱くと、自制できなくなるようだ。すぐ終わる。我慢できない」

「いいのよ」メイリンはささやいた。「わたしだって我慢できないもの」

腰をあげ、彼の胴体に脚を巻きつける。もうだめだとユアンは思った。

激しく彼女を突いたとたんに、クライマックスの縁に差しかかる。もう一度貫くと、子種がほとばしり出た。ユアンはさらにつづけて何度も彼女に突き入れた。やがて、彼の情熱を浴びて滑りやすくなったところから、彼のものがするりと抜けた。

まだ甘い体から離れたくないユアンは、ふたたび彼女に身を沈めて余韻を味わった。メイリンの秘部がぶるぶる痙攣する。

ユアンは熱い鞘に自らをおさめたまま彼女に覆いかぶさった。メイリンの荒い息が彼の首や胸にかかる。彼女は決して離すまいとするかのように、両腕両脚で彼にしがみついてきた。

いい気持ちだ、とユアンは思った。とてもいい。

ついに彼がごろりと横になったときも、ふたりはしっかりと四肢を絡み合わせていた。ユアンはメイリンを自分の一部にしたいと思った。小柄な彼女がしっかりと彼に守られている光景が好きだ。この女はユアンのものなのだ。

メイリンが色っぽくあくびをして、彼の胸に顔をこすりつけた。ほどなく彼女は眠りに落ちた。しかしユアンは目を覚ましたまま、腕の中の愛らしい感触を楽しんでいた。

ようやく眠りについたときも、彼はメイリンとこれ以上ないほどぴったりと触れ合っていた。

翌日、ユアンはマクドナルドとともに狩りに行き、そのあいだメイリンは女たちと昼食の用意をした。リオナは狩りの一行に入れてもらえず取り残されて、ひとりでむくれていた。彼女は男の服装をしたまま広間で退屈そうに座っている。だぶだぶのチュニックが上半身を覆い隠していた。周囲の騒ぎに少し怯えているようにも見える。

メイリンにとってリオナは謎だった。なぜそんなに男の仲間入りをしたがるのか訊きたかったけれど、侮辱と受け取られてしまいそうで訊けずにいた。マディの話では、マクドナルド族長はマケイブのクランと同盟を結ぶために娘をアラリックに嫁がせたがっているらしい。いま族長同士が話し合っているのも、まさにそのことだった。

リオナがかわいそうだとメイリンは思った。どう見ても彼女は結婚を望んでいないし、そんな政略結婚にアラリックがどんな反応をするかも想像できる。

明らかに父親の不興を買うようなことばかりするとは、リオナはいったいどういうつもりなのだろう？

もちろんアラリックは、妻が剣術にいそしむことを許さないだろう。ユアンならあきれるだろうし、アラリックも考え方は兄と同じだ。マケイブ三兄弟はみんな女の役割について頑迷な考えを持っており、それはリオナが選んだ道とは相容れないものだ。

リオナにはもっと……理解のある夫が必要だ。とはいえ、彼女がいま享受しているほどの自由を妻に許す戦士がいるとは思えない。

メイリンはかぶりを振った。手足を投げ出して座ったまま周囲の出来事を眺めているリオナのことは、そっとしておくほうがよさそうだ。

「準備は整ったかしら？」狭くて蒸し暑い厨房に入ると、メイリンはガーティに尋ねた。

「ええ、パンは焼けたところですし、シチューも煮えています。殿方たちが戻ってこられたら、すぐに料理を出しますよ」

メイリンはガーティに礼を言って広間に戻った。玄関で音がしたので、夫が戻ってきたのだと思い、彼女は出迎えに行った。

一歩さがって、ユアンが入ってくるのを待ち受ける。彼に引きつづいてマクドナルド族長、そしてシーレンとアラリックが扉をくぐった。

「おかえりなさい、あなた。皆さん、どうぞテーブルにおつきになって。すぐに食事をお持ちしますわ」

ユアンがうなずく。メイリンは厨房へ行って、食事を出すようガーティに言いつけた。

ユアンの部下もマクドナルドの兵士とともに、ぞろぞろと入ってきた。広間の三つのテーブルはすぐに満席になり、座れなかった者たちは厨房の入り口で食事をもらえるのを待った。

族長ふたりのあいだで結婚話がどのように進んだかわからなかったので、メイリンはリオナを自分の隣に座らせた。マクドナルドはユアンの向かい側、アラリックとシーレンはマクドナルドの横だ。

朝の狩りについてみんなが大声で話していたので、食事はにぎやかだった。料理がテーブルの上にずらりと並び、メイリンはどのゴブレットが自分のものかわからなくなってしまった。食べ物を流しこむため、ユアンと自分のあいだに置かれたゴブレットを取って、ひと口飲んだ。

妙な苦味がして、彼女は鼻にしわを寄せた。エール全体がだめになっているのでなければいいのだが。ユアンが飲まないように、メイリンはそのゴブレットを脇に寄せた。それからガーティに合図してもう一杯持ってこさせた。

マクドナルドとユアンは、境界線の守りを固め、巡回警備を増やし、ダグラスと相談して同盟関係を強化することについて話しこんでいる。

メイリンは彼らの話をうわの空で聞きながら、退屈そうに食べているリオナに目を向けた。どうしたら彼女を会話に引きこめるだろうと考えていたとき、腹部に差しこむような痛みが走った。

顔をゆがめ、腹に手を置く。食べ物が腐っていたのだろうか？　けれどもそんなに早く反応が出るのはおかしいし、肉は二日前に捕ってきたばかりの新鮮なものだ。ほかの人々の様子をうかがったが、苦しんでいる者はいない。みんな、おいしそうにがつがつと食べている。

苦いエールの代わりに持ってきてもらった新しいゴブレットに手を伸ばしたとき、またしても胃がきりりと痛んだ。メイリンは苦しげにあえいだが、痛みがあまりに強く、体をふたつ折りにした。

さらなる痛みが体を貫く。腹がねじれてしまいそうだ。視界がぼやけ、メイリンは突然吐きそうになった。

彼女は勢いよく立ちあがったが、その拍子にユアンのところにあったゴブレットを倒してしまった。エールがテーブルに広がり、ユアンの膝の上にこぼれる。

マクドナルドとの話に没頭していたユアンが、いぶかしげに顔をあげた。メイリンはふらついた。はらわたがねじれるような激しい痛みに、悲鳴をあげて屈みこむ。

リオナが立ちあがり、心配そうにメイリンをのぞきこんだ。苦しげな女主人の様子に、あちこちでささやき声があがった。

「メイリン！」

ユアンが跳びあがって妻の体を支えた。彼が抱きしめてくれなかったら、メイリンは倒れていただろう。足に力が入らず、彼女はぐったりとなった。

「メイリン、どうした？」

「気持ちが悪いの。ああ、ユアン、もう死にそう。痛い」

メイリンはまた倒れそうになった。ユアンも一緒に倒れこみ、床の上で彼女を受け止める。アラリックの心配そうな顔が上からのぞきこんだ。

「いったいどうしたんだ、兄貴?」アラリックはリオナを押しのけ、ほかの人間からメイリンを守るように立ちはだかった。

そのときメイリンは下を向き、胃の中のものを床にぶちまけた。気持ちの悪い音が自分の耳にも聞こえたが、気分はその十倍も悪かった。

まるで無数のガラス片をのみこんでしまって、体の中を切り裂かれているようだ。

倒れたまま体を丸めた。どうしようもなく痛い。いっそ死んでしまいたい。

「だめだ!」ユアンが怒鳴った。「おまえは死なない。このおれが許さない。聞こえるか、メイリン? 死ぬのは許さないぞ。言うことを聞け! 一度でいいから、命令に従え!」

ユアンに抱き起こされて、メイリンは弱々しくうめいた。彼の叫び声が耳に響いて顔をしかめる。夫は怒鳴り声をあげ、広間は足音や叫び声で騒々しい。

ユアンがメイリンを腕に抱えて階段をのぼった。人々に命令を叫びながら部屋に入る。そしてどさりと彼女をベッドに投げ出した。またもやメイリンの胃が痙攣し、自分の嘔吐物のにおいがつんと鼻をついた。ドレスが汚れてしまった。

このドレスを着て埋葬してもらうこともできないのね。

ユアンが両手で彼女の頬を挟み、互いの鼻がぶつかりそうになるまで顔を近づけた。

「誰もおまえを埋葬などしない。聞こえるか? おまえは生きるんだ。もし死んだら、おれは地獄まで追いかけて、暴れて悲鳴をあげるおまえを連れ戻してやる」

「痛いの」メイリンは小さな声で訴えた。

ユアンが手の力をゆるめ、彼女の顔から髪を払いのけた。「わかっている。おまえが痛がっているのは知っている。代われるものなら、おれが代わってやりたい。約束してくれ、闘うと。約束するんだ！」

なにと闘えと言われているのか、メイリンにはよくわからなかった。体の内側に痛みが走る。体を丸めて目を閉じたい。だがそうしようとしたとき、歯ががたがた鳴るほど激しくユアンに揺すぶられた。

「ユアン、わたし、どうなったの？」またしても痛みに襲われながら、メイリンは声を絞り出した。

ユアンの険しい顔がどんどんぼやけていく。「毒を盛られたんだ」

27

ユアンが最後に祈ったのは、もう何年も前のことだった。息子が生まれるとき、出産の苦しみに耐える妻の枕もとで祈ったのだ。

しかしいま、メイリンのベッドの脇に立ったまま、彼は一心に祈りを唱えていた。そこへマディがバーサを従えて飛びこんできた。

「奥方様を吐かせてください、族長」バーサが言った。「ぐずぐずしている暇はありません。どのくらい毒を飲まれたかわかりませんが、とにかく胃の中を空っぽにするんです」

ユアンは身を屈めると、メイリンの両肩をつかんで転がし、ベッドの端から頭を下に垂れさせた。手でそっと彼女の顔を挟み、親指で口をこじ開ける。

メイリンが身をよじって抵抗したが、ユアンは決して手を離さなかった。

「よく聞け、メイリン」切迫した口調で言う。「胃を空にするんだ。吐いてくれ。かわいそうだが、そうするしかない」

唇が開くやいなや、ユアンは指を彼女の喉の奥まで突っこんだ。メイリンがえずき、体を震わせる。片方の手だけで彼女の体を支えるのは難しかった。

「手を貸してくれ」彼はマディに向かって叫んだ。「無理なら、弟たちを呼んでこい」

バーサとマディが駆けつけて、全体重をかけてメイリンを押さえた。

メイリンがまたえずき、床に嘔吐する。

「もう一度、族長」バーサがうながした。「奥方様の苦しそうな様子を見るのがつらいのはわかります。でも、やらなければお命がありません」

メイリンを死なせないためなら、ユアンはなんでもするつもりだった。たとえ彼女に苦痛を与えることになろうとも。彼は妻の頭をつかんで吐かせた。メイリンは何度も嘔吐し、とうとう最後にはなにも出てこなくなった。彼女の全身は硬くこわばり、ポキンと骨が折れないのが不思議なくらいだった。

ユアンはそれでも手を休めなかった。なにがあっても彼女を救うのだ。やがてバーサが彼の腕に手を置いた。「もういいでしょう。放してあげてください」

マディが立ちあがって洗面器の水で布を濡らし、ユアンに差し出した。彼はメイリンの口をぬぐい、ほてって汗だくになった額を拭いた。

それから、そっと彼女を仰向けに横たえて服を脱がせた。ドレスを横に放り投げると、部屋を掃除して不快なにおいを消すようマディとバーサに申しつけた。

彼はメイリンの横に腰をおろし、上掛けを引きあげて裸体を隠した。心配して彼女を見つめながらも、どうしてやることもできない歯がゆさに怒りがわきあがった。

部屋の外が騒がしい。きっと弟たちや、ほかの者たちも集まっているのだろう。それでもユアンはメイリンから目を離すことができなかった。

ふたりの女は手早く床をきれいにして、汚れたドレスを持ち去った。ほどなくマディが戻ってきて、しっかりと扉を閉めた。

「族長、奥方様のお世話はわたしが代わります」低い声で言う。「もう胃の中は空です。あとは様子を見るしかありません」

ユアンは首を左右に振った。「おれはメイリンから離れない」

妻の乱れた髪に指を滑らせ、頰に触れる。そこは驚くほど冷たかった。呼吸があまりにも浅いので、空気が鼻から出ていないのではと心配になり、彼は何度も顔を近づけた。

メイリンは意識を失っていた。身じろぎもせず、襲ってくる激しい痛みに悲鳴をあげもしない。どちらのほうがつらいのか、ユアンにはわからなかった――彼女の無力な叫び声を聞くことなのか、あるいは死んだようにじっとしている彼女を見ることなのか。

いずれにせよ、彼は死ぬほど怯えていた。

マディはしばらくベッドのそばにいたが、ひとつため息をつくと、身を翻して部屋を出た。

ユアンはメイリンの隣に横たわろうとしたが、そのとき弟たちが飛びこんできた。

「どんな具合だ？」アラリックが尋ねた。

シーレンは無言のまま、激しい憤りのこもった目でメイリンを見おろしている。

ユアンはメイリンの頰に触れ、指を鼻の下に置いて呼吸を確かめた。彼の中ではさまざまな感情が渦巻いている。怒り。恐怖。無力感。

「わからない」やがてユアンは答えた。腹にナイフをねじこまれたような痛みが走り、彼はメイリンと同じように嘔吐したくなった。

「誰の仕業だ？」シーレンが怒りを吐き出した。「どこのどいつが毒を盛ったんだ？」

ユアンはメイリンを見おろした。憤怒が胸にこみあげてくる。彼は鼻孔をふくらませ、固くこぶしを握った。「マクドナルドだ」歯を食いしばる。「マクドナルドの野郎だ」

アラリックが驚いたように声を張りあげた。「マクドナルドだって？」

ユアンは弟たちに目を据えた。「ここにいてくれ、ふたりとも。少しでも容態に変化があったら、おれを呼べ。誰が妻を殺そうとしたかを突き止めるまでは、信用できるのはおまえたちだけだ」

「兄貴、どこへ行くんだ？」部屋から大股で出ていこうとするユアンを、シーレンが呼び止めた。

ユアンは扉の手前で振り返った。「マクドナルドと話をする」

階段を駆けおり、剣を抜いて広間に入ると、配下の兵士の大部分が集まっていた。ユアンの抜き身の剣を見て、彼らはぎょっとした顔になった。

マクドナルドは部屋の隅で護衛に囲まれていた。リオナがその横に立ち、ふたりは切迫した口調で言葉を交わしている。広間の空気がぴんと張り詰め、ユアンの皮膚は針で刺されるようにちくちくした。

ユアンが近づいていくとリオナが顔をあげ、警戒の表情を向けた。剣を抜いて父親の前に立つ。だがユアンに押しのけられて、彼女はよろめいた。

広間が騒然となった。

マクドナルドの兵士たちがユアンめがけて突進する。ユアン側の兵士たちもいっせいに動いて族長を守ろうとした。

「その女をつかまえておけ」ユアンはギャノンに怒鳴った。

そしてマクドナルドが剣を抜く前に襲いかかり、チュニックをつかんで、彼を背中から壁に叩きつけた。

激しい怒りでマクドナルドの顔が紫色になった。ユアンにチュニックの襟をねじあげられ、苦しげに頬をふくらませる。「ユアン、いったいなんのまねだ？」

「どんな汚い手を使ってでも、おれを娘と結婚させたかったのか？」恐ろしいほど低い声で、ユアンは尋ねた。

マクドナルドが困惑して目をしばたたく。やがてユアンの言葉の意味に気づくと、口から唾を飛ばして怒りに満ちた声をあげた。「わしがレディ・マケイブに毒を盛ったと言っているのか？」

「そうなのか？」

マクドナルドが憤りに目を細めた。彼はユアンの手を払いのけようとしたが、もう一度ユアンに壁に叩きつけられた。

「戦いだ」マクドナルドが声を荒らげた。「この侮辱、ただではすまさんぞ」

「戦いたいなら喜んで相手になろう。おまえの血が大地を覆ったときには、おまえの土地も、おまえが大事にしているものもすべておれのものになる。なにが侮辱だ。おまえはおれの城に来て、おれのもてなしを受けた。そのあげくに妻を殺そうとするのか？」

青ざめたマクドナルドが、ユアンの目をじっと見つめた。「そんなことはしていないぞ、ユアン。信じてくれ。確かにリオナをおまえに嫁がせたかった。しかし相手がアラリックでも、わしにはなんの文句もない。わしは毒など盛っていない、いない、いない、いない」

ユアンの顎がぴくぴくと痙攣し、鼻孔が広がった。マクドナルドは額に汗を浮かせてそわそわと左右を見やったが、彼の兵士はユアンの家来にやすやすと押しのけられていた。

リオナは少し離れたところで、両手をギャノンにつかまれている。ののしりの言葉を吐いて暴れる彼女を、ギャノンは押さえつけておくのが精一杯といった様子だった。

マクドナルドの表情に後ろめたさは見えない。彼は真実を語っているのか？　マクドナルドがやってきたとたんにメイリンが毒を盛られたというのは、偶然にしてはできすぎている。それとも、そう疑わせるように仕組まれたのか？

ユアンは手の力をゆるめてマクドナルドを壁から引き戻した。「無礼を働いたことはお詫びする。だが、すぐに部下を連れて、おれの領地から出ていってもらいたい。妻は重体で、命を取り留めるかどうかもわからない。これだけは覚えておいてくれ。もし妻が死に、それがあなたの仕業だとわかったならば、スコットランドにあなたの隠れる場所はないぞ」

「ど――どうなるんだ、わしらの同盟は？」

「おれにとって、いま大切なのは妻だけだ。帰ってくれ。そして妻が死なないよう祈ってくれ。同盟についてはまた後日相談しよう」

彼は乱暴に、マクドナルドを広間から外に通じるドアのほうに押しやった。

「兄貴！　またメイリンが吐いているぞ！　ひどく苦しそうだ。おれもシーレンもどうしていいかわからない」

ユアンが振り向くと、アラリックがげっそりした顔で広間の入り口に立っていた。

「マクドナルドの出発を見届けてくれ」ユアンはギャノンに命じた。「境界線まで付き添って、やつらがそのあたりでぐずぐずしていないかどうか確かめろ」

そして彼は駆け出し、アラリックを押しのけて階段をのぼった。

部屋に飛びこむと、シーレンがベッドの脇から、吐くメイリンを押さえていた。彼は絶望的な表情を浮かべながらも、守るようにメイリンを抱きしめ、嘔吐で全身をわなわな震わせる彼女をしっかり支えている。

ユアンがベッドのほうに走っていくと、シーレンが顔をあげた。「兄貴！　来てくれてよかった。嘔吐が止まらないんだ。このままでは死んでしまうぞ」

ユアンはぐったりしたメイリンの体を受け止め、そっと支えた。「落ち着け、メイリン。おれと一緒に呼吸をするんだ。鼻から息をしろ。吐くのをやめるんだ」

「気持ち悪い」メイリンは息苦しそうだった。「お願い、ユアン、死なせて。おなかが痛くてたまらないの」

胸が詰まり、ユアンはいっそうきつくメイリンを抱きしめた。「息をするんだ」そっとささやきかける。「おれのために息をしてくれ、メイリン。痛みはいずれおさまる。おれが保証するから」

　メイリンが彼のチュニックにしがみついた。あまりにきつくつかんでいるので、ユアンの腕が引っ張られる。彼女は体をこわばらせたが、今回はなんとか嘔吐せずにすんだ。

「そうだ、メイリン。おれにつかまっていろ。おれは絶対におまえを離さない。ここにいるぞ」

　メイリンが彼の首筋に顔をうずめて、ぐったりと寄りかかった。ユアンは彼女をベッドに横たえた。顔をあげると、シーレンがベッドの横に立っていた。どうしようもない怒りに顔を引きつらせている。

「布を濡らしてきてくれ。顔をぬぐってやりたい」

　急いでシーレンが洗面器のところまで行った。布を湿らせ、ユアンに押しつける。ユアンはメイリンの額と口を拭いた。彼女はため息を漏らしたが、彼に顔を拭かれているあいだ、目を開けることはなかった。

　胃の痙攣はおさまったようだ。メイリンはユアンに寄り添い、片方の腕を彼の腹に回した。そしてひとつ息をつくと、深い眠りに落ちていった。

　ユアンは彼女の頭の後ろを支えながら額に口づけた。いったん覚醒したのはいい兆候だとはいえ、あんなに苦しむ彼女を見るのはつらかった。メイリンの体は毒を吐き出そうとしている。彼女は勇敢に闘っているのだ。

「生きてくれ」彼はささやいた。「おまえを死なせはしない」

ユアンのあとについて部屋に戻ってきたアラリックも、そしてシーレンも、いつになく感情をあらわにした兄に戸惑いの表情を浮かべていた。そのときのユアンは、自分の弱さを誰に見られても平気だった。

「好きなんだな」アラリックがぶっきらぼうに言う。

ユアンは、かたくなだった自分の心がほぐれるのを感じていた。そう、メイリンを愛している。彼女を失うことなど、考えるだけで耐えられない。メイリンはきっと目を覚まして、また彼に口答えするようになる。それから自分は彼女を誘惑し、なによりも聞きたい愛の言葉を引き出してやるのだ。

そうだ、メイリンは生き延びる。そしてこの手に負えない小娘は、ユアンが彼女を愛しているのと同じくらい、彼を愛するようになる。

弟たちに目をやると、彼らは魅入られたように兄を見つめていた。「おまえたちの協力が必要だ。誰かがメイリンを殺そうとした。考えるのもつらいことだが、おそらくわがクランの者だろう。われわれの中に裏切り者がいるんだ。そいつを追い出さないかぎり、メイリンは安全とは言えない。おれも、わがクランも、彼女を失うわけにはいかない。メイリンはおれたちの救い主であり——そしておれの救い主でもある。おまえたちの義理の姉であるメイリンのために協力できないのなら、兄であるおれのために協力してくれ」

アラリックがベッドの横にひざまずき、メイリンの力ない手を握った。シーレンも姿勢を正して、アラリックの横に膝をつく。そしてメイリンの肩に手を置き、目つきをやわらげて彼女を見おろした。

「おれたちはいつも兄貴に身を捧げてきた」アラリックが重々しい声で言う。「おれたちは兄貴に忠誠を誓っている。今度はメイリンにも忠誠を誓おう。兄貴の妻として、自分の義理の姉として、おれはメイリンを守る。この身を犠牲にしても彼女を安全に保護する」

アラリックの厳粛な誓いの言葉を聞いて、ユアンは誇りで胸をふくらませた。

「メイリンは立派な女性だ」シーレンがそっけなく言った。「クリスペンのいい母親だし、貞淑な妻でもある。兄貴にとっての誇りだ。おれは命にかえてもメイリンを守り、犯人に正義の鉄槌をくだしてやる。そして彼女にいつまでも忠義を尽くす」

シーレンにとって、女性にそんな忠誠を誓うのはさぞ難しいことだっただろう。ユアンはそれを察して微笑んだ。「礼を言う。おれにとって大きな意味のあることだった。おれたちは今日からずっと、必ずやメイリンの安全を守るんだ。しかし、またメイリンが元気になったら、うろうろさせないようにするのは簡単ではないぞ」

「元気になると信じているんだな」シーレンが言った。

ユアンは視線を落とした。彼の腹の中では希望の火が燃えている。

「ああ、信じている。この強情な女が死神などに負けるものか」

その夜遅く、ユアンは広間で弟たちと話し合った。暗い部屋を一本のろうそくだけが照らしている。

「食事を出した者、厨房にいた者、食事の準備にかかわった者、広間に集まっていた者、すべてに話を聞いた」シーレンが報告する。

「ガーティはうろたえていたよ」アラリックが暗い顔になった。「メイリンが毒を盛られたと聞いて落ちこんでいる。誰よりも毒を入れる機会はあっただろうが、彼女がこの件にかかわっているとはとても考えられない。おれたちが生まれる前から、このクランにいる女だ。おやじに忠実だったし、おやじの死後も誠実に仕えてくれている」

ユアンもガーティが犯人だとは考えていなかった。しかし、だからといって可能性を無視することはできない。そもそも、メイリンを殺そうとする者がクランの中にいること自体、普通では考えられないのだ。なぜだ？ 彼女は希望の象徴、クランの救い主ではないか。それを知らない者がいるはずはない。

それでも、誰かがやったのだ。

ギャノンとコーマックが広間に入ってきた。表情は暗い。彼らは疲労の刻まれた顔で、まっすぐユアンに向かってきた。

「族長、報告することがございます」

ユアンは手ぶりで座るよう合図した。

コーマックは席についたが、ギャノンは立ったままだった。落ち着きなく、こぶしを握ったり開いたりしている。

「毒がどこに入れられていたかわかりました」ギャノンが言った。

「言え」

「食べ物ではありませんでした。残っていた皿にあった料理は、すべて毒味してみました。もちろんレディ・マケイブの皿からもです。毒はゴブレットに入れられていたのです。ほとんど減っていなかったので、奥方様は少ししかお飲みになっておられません」

「そうか」ユアンは息を吐いた。まだ望みはある。

「族長」コーマックがつらそうに言った。「そのゴブレットは、レディ・マケイブのものではなかったようです」

ユアンはテーブルにこぶしを叩きつけ、身を乗り出した。「では、誰のだ？」

ギャノンが大きく息をついた。「族長のものだと思われます」

アラリックとシーレンが椅子から滑り落ちそうになった。「いったいどういうことだ？」シーレンが問いかける。

「給仕女全員からじっくり話を聞いたところ、ゴブレットは三つありました。ひとつは、レディ・マケイブが立ちあがるときに倒されたものです。本来はそれが奥方様のものでしたが、置かれた場所がお席からずれていたので、お飲みにならなかったようです。奥方様は族長のゴブレットから少し飲まれたところ、変な味がしたらしく、それを脇にどけて、もう一杯持ってくるよう給仕女に言いつけられました。その直後に、気分が悪くなられたのです」

「しかし、なぜ……？」ユアンの声がとぎれる。彼は顔をあげ、最も信頼する部下と弟たちを見やった。「あの矢もか。矢はメイリンを狙ったのではなかった。おれを狙っていたんだ」

「なんてことだ」アラリックがいきり立った。「誰かが兄貴を殺そうとしているのか。メイリンではなく」

「そのほうが筋は通る」シーレンがむっつりと言った。「メイリンが死んで得をする人間はいない。しかし、兄貴が死んでメイリンが子のないまま未亡人になれば、話が違う」

「キャメロンが裏で糸を引いているんだな。どうにかしてわがクランの者を抱きこんだんだ。ここの誰かがキャメロンの命令で動いている。二度もおれを殺そうとして、二度ともメイリンが死にかけた」ユアンはテーブルが砕けんばかりの勢いでこぶしを打ちつけた。

「ああ。しかし誰だ?」アラリックが言う。

「突き止める必要がある」ユアンは答えた。「それまでは、かたときもメイリンから目を離すな。決しておれのメイリンを、おれの命を狙う企みの犠牲にはさせないぞ」

28

耳障りな叫び声がメイリンの心地よくぼんやりした夢を妨げた。本当に夢なのかどうか定かではなかったが、ふわふわしていて気持ちがよく、なんの痛みも感じなかった。大声を聞かされるより、さっきのように静かにふんわり浮いているほうがいい。

ところが、気がつけば彼女は激しく揺すぶられていた。頭の中で脳みそがカタカタと音を立てそうだ。痛みが戻り、ユアンの声が聞こえてくる。

本当に彼は怒鳴るのが好きだ。懇々と説教を垂れるのを楽しんでいるように思える。とりわけ、その説教の相手がメイリンの場合には。

「おまえは、おれが不幸にも出会った中でいちばん反抗的な女だ」彼がののしった。「死ぬなと命じたのに、おまえは死のうとしている。おれの息子を守ってくれた雌ライオンとは思えないぞ。おまえはあきらめる女ではないはずだ。なのにいまは、生きるのをあきらめようとするのか」

彼の侮辱にメイリンは顔をしかめた。

わたしが病気で死にかけているときに、あんなに臆面もなく怒鳴りつけるなんて、あんまりだわ。まるでわたしがわざと死のうとしているみたいじゃない。

ユアンの含み笑いが聞こえた。

「いや、メイリン、おまえは病気かもしれないが、死にかけてはいない。今回ばかりはおれの言うことを聞け。さもないと尻をぶってこらしめてやるぞ」

メイリンは彼をにらみつけた。少なくとも、にらみつけたつもりだった。部屋はありえないほど暗く、まるで目の上に石を置かれているかのようにまぶたが重い。突然、彼女は恐怖に襲われた。

きっとわたしの埋葬の準備をしているんだわ。死体のまぶたに石を置くのは、死者が目を覚まさないようにするためではなかったかしら？　それとも、置くのは硬貨だった？　どちらにしても、まだ死にたくない。

「しいっ」ユアンのなだめるような声がした。「目を開けろ。おれのために開けてくれ。誰もおまえを埋葬してはいないぞ。目を開けておれを見るんだ。その美しいブルーの瞳を見せてくれ」

メイリンはまぶたをこじ開けた。とたんに日光が差しこみ、顔をしかめる。そして急いでまた目を閉じた。

「窓をふさげ」ユアンが怒鳴った。

メイリンは眉をひそめた。彼は誰に話しかけているのだろう？　この部屋にはいつも誰かが来ているような気がする。

忍び笑いが聞こえて目を開けると、ユアンとおぼしきぼんやりした人影が見えた。何度かまばたきをすると、彼の後ろにアラリックとシーレンの姿も見えてきた。ふたりは毛皮でふさいだ窓の前に立っている。

「よく戻ってきてくれたわね、アラリック。お葬式にはあなたの手が必要になるもの」

アラリックがけげんそうに尋ねた。「誰の葬式だ？」

「わたしのよ」

メイリンは頭を起こそうとしたが、まったく力が入らなかった。まるで生まれたての子猫並みに弱っている。

シーレンが笑い、メイリンはむっとして彼をにらんだ。

鼻をぐすんといわせる。「笑いごとじゃないわ。わたしが死んだら、ユアンはがっかりするわよ」

「だからこそ、おまえは死なないんだ」ユアンがゆったりと言った。

ふたたび彼に顔を向けたメイリンは、驚きに目を見張った。彼はひどく……憔悴している。髪がぼさぼさで目は充血し、顎には数日分の無精ひげが生えていた。

「わたしはいつだって従順よ。あなたが死ぬなと命じるなら、もちろん言うことを聞くわ」

ユアンがにやりとした。彼の安堵した表情を見て、メイリンは喉が詰まった。

「嘘をつくのは罪だぞ。だが神もおれも、この嘘だけは大目に見よう」

メイリンはふんと鼻を鳴らした。「従順になろうとしているのよ」

「そうだな、メイリン。おれは確かに死ぬなと命じた。今回ばかりは従ってくれてよかった。安心したから、今度おまえが反抗したときには怒鳴らずにいてやってもいい」

「ふたりとも、どうかしているぞ」シーレンがぶつぶつと言った。

アラリックがベッドに近寄り、メイリンの手を握った。「おかえり、義姉上《あねうえ》。生きた人間の世界にようこそ。おれたちみんな、どれほど心配したことか」

メイリンはあいた手を腹部にあてた。「ちっとも痛くないわ。不思議だけれど、おなかがすいているの」

ユアンが声をあげて笑った。身を屈めて彼女の額に口づけ、長いことじっとしている。やがて唇を震わせてから彼女の髪を撫で、ゆっくりと体を引いた。

「飢え死にしそうになっているだろうな。なにしろ三日間寝たきりだったし、初日に胃の中身をすべてぶちまけたんだから」

「三日間？」メイリンは心底ぎょっとした。

「そう、三日間だ」ユアンの口調が深刻になり、額にしわが寄った。とても……疲れているようだ。

メイリンは手で彼の額のしわをなぞり、頬に触れた。「疲れているみたいね、あなた。お風呂に入って、ひげを剃って、ゆっくり休んだほうがいいわ」

ユアンは頬に置かれた手に自分の手を重ねた。そして顔を横に向け、彼女の手のひらにキスをした。

「おまえが目覚めたのだから、確かにおれも眠ったほうがよさそうだ。しかし、意識が戻ったからといって、すぐに城内を歩き回れると思うなよ。おれが起きていいと言うまでは、おとなしくベッドにいるんだ」

メイリンは不満げな顔を見せたが、口答えはしなかった。目覚めたとたんに喧嘩を始めるのはやめておこう。

それに、わたしだってたまには聞き分けのいい女になれるんだから。

ユアンが笑った。「そうだな、たまにはおまえも聞き分けのいい女になれるようだ」

「この舌をおとなしくさせておかなきゃ」メイリンはつぶやいた。「思ったことをなんでも口にしてはいけないわね。マザー・セレニティに言われたの。いつの日かその悪い癖を悔やむことになるって。そのとおりだったわ」

彼がまた身を屈めてキスをした。「おまえの舌はすばらしいと思うぞ」

シーレンとアラリックが声を揃えて笑う。メイリンはうんざりした。「ユアンったら！」

恥ずかしくてたまらず、彼女は顔まで毛布を引きあげた。ユアンが弟たちと一緒に笑い出す。床に穴が開いて三人を吸いこんでくれたらいいのにと思いながら、メイリンは毛布に潜った。

やがてユアンが弟たちを部屋から追い出し、ふたり分の食事を運ばせた。彼はあらゆる食べ物をまず毒味してからメイリンに渡した。

でもメイリンは心配でたまらなかった。自分のために彼に死んでほしくない。だからユアンにそう言った。

ユアンは平気な顔をしていた。「おまえの世話をするのは、おれの務めだ」

「でも、それであなたが死んだらなんにもならないわ」メイリンはぼやいた。

食べ終わると、メイリンは枕に頭を預けて目を閉じた。体はすっかり弱っている。実のところ、あれだけ食べると胃が落ち着かなかった。三日間なにも食べなかったことを考えたら、自然な反応なのだろう。

突然扉が開いたのではっと目を開けると、女たちが湯を入れた桶を持って、ぞろぞろと部屋に入ってきた。

「湯浴みしたいだろうと思ってな」ユアンが言う。

その瞬間、メイリンは彼に飛びついて、息ができなくなるまで抱きしめたかった。腕を動かすだけでもひどく疲れる状態でなければ、そうしていただろう。しかたがないので、じっと横たわったまま、湯を張った浴槽から立ちのぼる湯気を見て興奮を募らせた。

桶の湯がすべて浴槽に注がれると、ユアンがベッドに屈みこみ、メイリンの寝巻きの紐をほどき始めた。彼女には抗議する力もなかったし、どうせ抗議しても彼は聞かなかっただろう。すぐに彼は寝巻きを脱がせ、やさしくメイリンを抱きあげて浴槽まで運んでいった。

そっと湯の中におろされる。ぬくもりに包まれて、あまりの気持ちよさにうめき声が出た。

ユアンは出ていくのだろうとメイリンは思っていた。ところが彼は浴槽の横に膝をついて座った。床に置いた水差しに湯をくみ、彼女の背中から流して髪を濡らす。

彼が指を差し入れて髪を洗い始めると、メイリンは目を閉じた。ユアンに世話をしてもらうと思うだけで、喜びがこみあげる。あれだけひどい苦しみを経験して、思っていたよりも衰弱していたので、彼のやさしさがうれしかった。

次にユアンは体を洗ってくれた。メイリンは小さくうめいた。彼は時間をかけて肩と腕をこすった。それから両手を湯に浸けて胸を包み、親指で硬い先端を撫でた。

しかしすぐに手を離し、彼女の全身を余すところなく洗いつづけた。足に到達したときには、メイリンはまじり気のない喜びに体を震わせていた。彼が片方の足を持ちあげると、水滴が脚を伝って流れる。ユアンはかかとから足の先まで丁寧に揉みほぐし始めた。爪先まで行くと、メイリンはくすぐったさに悲鳴をあげて、足を引き抜こうとした。

ユアンが笑いながら、逃がさないように足首をつかんだ。

「おまえがくすぐったがりだとは知らなかった」

両手で彼女の足をつかみ、足首を撫でる。そしてメイリンの驚いたことに、土踏まずにキスをした。脚を撫であげ、膝を越え、太腿の合わせ目に向かう。

まるでシルクのような感触だった。気持ちのいい湯と彼の熱い愛撫という組み合わせは、傷ついた五感を癒やす香油だ。

彼はメイリンの体をくまなく洗った。彼の手が触れない部分はなかった。洗い終わったときには、メイリンはぐったりとなって、目の前がぼんやりしていた。あまりにけだるかったので、自力で浴槽から出ようとしても出られなかっただろう。

ユアンに抱きあげられると、湯が体から流れ落ちた。彼はメイリンを暖炉のそばに座らせ、急いで大きな毛布を巻きつけて、端を胸の谷間にたくしこんだ。

「髪が乾いたら、すぐベッドに戻してやろう。体を冷やしたくないからな」

これ以上やさしく世話をしてもらうことはないだろうとメイリンが思ったとき、彼が布で髪を拭き始めた。豊かな髪にざっと指を通して余分な水分を拭き取り、櫛を入れる。

ふたりは暖炉の前に座っていた。メイリンは彼の脚のあいだにもたれ、炎を見つめた。ユアンは辛抱強く髪をときつづけ、毛がもつれたところまで来ると手を止めてほどいた。

暖炉の熱に包まれて、メイリンの肌がピンク色に染まっていく。ぬくもりが骨の髄までしみこんで、メイリンは髪をといてもらいながらうつらうつらし始めた。

やがてユアンが櫛を置き、妻の体に腕を回した。頬と頬をぴったりつけて、小さく体を揺らす。メイリンは小さくなっていく炎を見つめていた。

「怖かったぞ」

メイリンはため息をつき、彼にもたれかかった。「わたしだって怖かったわ。あなたとクリスペンを置いてこの世を去りたくなかったもの」

「おまえが寝こんでいるあいだ、クリスペンは毎晩おまえのベッドで寝ていたんだ。やっとおれが、おまえの両側で横になった。あいつもおれと同じくらい、おまえは死なないと固く信じていた」

メイリンは微笑んだ。「家族を持つってすてきなことね」

「ああ、そのとおりだ。おれとおまえとクリスペンは、いい家族だと思う」

「シーレンとアラリックも忘れないで」彼女は顔をしかめた。「それからもちろん、ギャノンとコーマックとディオミッドも。あの人たちは困り者だけれど、善意でつきまとってくれているんだし、とても辛抱強いわ。そうそう、マディとバーサとクリスティーナもよ」

ユアンが彼女の耳もとで小さく笑った。「おれたちのクランだ。クランは家族なんだ」

メイリンはその考えが気に入った。家族。満足げにため息をつき、彼の肩に頭をもたせかける。

「ユアン？」

「なんだ？」

「ありがとう、わたしを死なせないでくれて。わたしはあきらめかけていたのよ。だけどあなたがうるさくて、安らかに眠れなかったの。本当にあなたって怒鳴るのが好きね。怒鳴りつづける口実があって、さぞ満足だったでしょう」

ユアンに抱きしめられると、メイリンは彼の体が細かく震えていることに気がついた。きっと声を出さずに笑っているのだ。

「おまえが元気になったら、じっくり話をしよう」

メイリンは体を起こそうとしたが、ユアンがきつく抱きしめてそれを止めた。「なんの話？」

「言葉だ。おまえから聞きたい言葉がある」

29

ユアンは丸二週間、うるさく言ってメイリンを休ませ、愛情を――もちろん他人の目のないところで――注ぎ、そして愛の営みにふけった……。そう、メイリンは急速に回復し、ふたりは毎晩快楽に溺れた。

なのにメイリンは決して彼を愛しているとは言わなかった。確かに称賛の言葉は惜しみなく浴びせてくれた。甘い口調で、彼のことをりりしくて勇猛果敢で尊大だと言った。ただし、そのすべてを称賛のつもりで言ったかどうかは定かでないが。

愛の営みにおけるユアンの技量には、確かに感銘を受けているようだ。彼女は自分でもいくつか技を編み出し、ユアンをいまだに狂喜させていた。

メイリンは彼を愛しているはずだ。一時的な好意しか感じていないとはとても思えない。まったく従順ではないし、夫に特別な敬意を示すこともないが、こっそり彼を見つめる様子からは、メイリンの気持ちが見て取れた。そして毎晩、暗い寝室でユアンに抱かれながら彼女が身も心もとろけそうになっているのを彼は知っていた。

そう、メイリンは彼を愛している。愛しているとしか考えられない。ユアンはなんとかして、それを認めさせたかった。

毒を盛られたせいでメイリンは用心深くなっていた。ユアンは彼女が自分の警告を真剣に受け止めてくれたことをうれしく思いながらも、彼女との激しい口論——たいていはメイリンが彼の命令を無視したことから始まる言い争い——がなくなってしまったのをさびしく思っていた。自由奔放なメイリンの魅力が、あの事件によって失われたのが残念だった。

ユアンと弟たち、それにギャノンとコーマックとディオミッドだけが、ことの真相——狙われたのがメイリンではなかったこと——を知っていた。その情報を公表しなかったのには、いくつか理由がある。

ひとつには、あの事件以来、クラン全体がメイリンを守るようになったからだ。誰もが彼女から目を離さず、決してメイリンをひとりにはしなかった。ユアンにとっては好都合なことだった。メイリンを殺そうとしている人間がいようといまいと、彼女が依然としてダンカン・キャメロンという危険にさらされているのは事実なのだ。

第二に、ユアンはメイリンに心配をかけたくなかった。夫が一度ならず二度までも命を狙われたと知ったら、彼女はなにをするかわかったものではない。メイリンがひとたび自分のものと思った相手を命がけで守ろうとすることを、ユアンはよく知っていた。

そして彼女は確実にユアンを自分のものだとみなしている。そのことを思ってユアンは自己満足に浸った。愛という言葉はまだ口にしていないが、彼女がユアンを他人に渡したくないと思っているのは間違いない。リオナ・マクドナルドを紹介されたときのメイリンの表情は、ユアンもよく覚えている。

いつか危険がなくなる日が来ることを、彼は願っていた。城を覆う暗い影は、メイリンだけでなくすべての者に悪影響をおよぼしている。メイリンについていえば、彼女が病床を離れて以来、妻が騒ぎを起こしたという報告を、ユアンはただの一度も受けていなかった。

しかし、それが長つづきするはずはなかったのだ。

「族長、すぐにおいでください！」オウェインが駆けてきた。

若者はユアンの前で足を止め、苦しそうにあえいだ。ずっと走ってきたらしい。

ユアンはいぶかしげに振り返った。マケイブで飼っている家畜について、羊番から詳細な報告を受けているところだったのだ。

「なにごとだ、オウェイン？」

「レディ・マケイブです。広間は大騒ぎです。奥方様が若者たちに、女の仕事を引き継ぐよう命じられました！」

「なんだと？」ユアンは目と目のあいだをつまんで深く息を吸った。「詳しく説明しろ、オウェイン」

「ヒースが奥方様を怒らせたのです。なにがあったのかは知りませんが。ともかく奥方様は、ヒースとその仲間の若者たちに、洗濯と料理をするようお申しつけになったのです！　どうしたらいいでしょう。それから厨房の清掃に、床掃除に……」

オウェインがいったん言葉を切って息を整え、また話し出した。「いまにも暴動が起こりそうです。アラリック様やシーレン様も、奥方様にはお手あげの様子で」

ユアンは渋い顔で悪態をついた。ヒースは最近このクランに加わったばかりの短気な若い兵士だ。マッキンリー族長の数多い私生児のひとりなのだが、認知される前に族長が亡くなったため、彼はクランの中で居場所を失った。ダンカン・キャメロンによる襲撃で多くの兵を失ったユアンは、ここ数年、そうした男たちを集めていた。

だが、ヒースとその仲間は生意気で横柄であり、すでに何度も問題を起こしている。以前には懲罰を受けたこともある。あの若者たちを立派なマケイブの戦士にするのがかなり難しいことを、ユアンはとっくに悟っていた。

彼がかかわっているとすると、事態はかなり厄介だ。あのヒースと、同じくらい短気な妻とがやり合ったら、間違いなく大爆発が起きる。

「弟たちはどこだ？」

「広間でレディ・マケイブと一緒におられます。状況は緊迫しています、族長。奥方様の身が危ないと思う場面もありました」

それだけ聞けば充分だ。ユアンは広間めざして走り出した。角を曲がって中庭に入ると、剣の訓練をしていた男たちがみんな手を休めて、城の中から聞こえる大音響に耳を傾けていた。

ユアンは彼らを押しのけ、石段を一気に駆けあがって広間に飛びこんだ。

彼が目にしたのは大混乱だった。広間の奥に若い兵士の一団がいて、弟たちとメイリンとガーティがそれを取り囲んでいる。

コーマックとディオミッドがガーティから容赦なく叱りつけられていた。激怒に駆られたガーティはスプーンを振り回し、三度に一度はそのスプーンを彼らにぶつけている。アラリックもシーレンも怒りの表情を浮かべてメイリンを自分たちの後ろに押しやろうとしているが、メイリンは頑として動かなかった。

そのメイリンの姿が、ユアンの注意を引きつけた。騒ぎの真っただ中に立つ彼女の顔は怒りのあまり真っ赤で、いまにも破裂しそうだ。そして必死に彼女を引き離そうとしているギャノンに逆らい、爪先立ちになってヒースに侮辱の言葉を浴びせていた。

ヒースの顔は憤怒で紫色になっている。自分がどんな危険に身を置いているか、メイリンは気づいていないのだ。しかしユアンにはわかっていた。ヒースが癇癪を起こしたときの様子は一度ならず目撃していたからだ。広間の奥に向かって歩き始めたとき、ヒースが手をあげるのが見えた。

ユアンは咆哮をあげ、剣を抜いて突進した。メイリンは身をかわしたが、ヒースのこぶしが横を向いた彼女の顎をかすめた。メイリンの体が後ろに飛ぶと同時に、ユアンはヒースに体あたりした。

アラリックとシーレンに後ろから腕を取られなければ、彼はその場でヒースを殺していただろう。若者は大の字になって床に伸び、口から血を流していた。

ユアンは身をよじったが、弟たちは手をゆるめなかった。「放せ！」彼は怒鳴った。

何歩か後ろに引っ張られたあと、ようやくユアンは彼らを振りほどいた。腕を引き抜き、床から立ちあがろうとしているメイリンに駆け寄る。

彼は彼女の肘をつかんで立たせた。それから顎に手をかけて顔を上に向けた。

「かすっただけよ」メイリンが小声で言った。「本当よ、ユアン。全然痛くないから」

ユアンの怒りがわき立った。「やつには、おまえに指一本触れる権利もない！　死罪にしてやる」

彼はメイリンの顔から手を離し、振り向いて部屋を見回した。「どういうことか、誰か説明しろ！」

全員がいっせいにしゃべり出した。ユアンは目を閉じて、黙れと怒鳴り、メイリンに向き直った。「なにがあったのか、おまえが話せ」

メイリンがうつむいて自分の手を見つめた。唇がわなわな震えている。

「おれが話します、族長」ディオミッドが大きな声で言って進み出た。「奥方様は、ヒースとロバートとコービンとイアンとマシューに、女の仕事をするようお命じになりました」彼は若者たちに同情しているらしく、あきれたような腹立たしげな表情を浮かべている。「料理をして掃除をして床を掃けと言いつけたんです！」

ユアンはメイリンに目をやった。彼女は唇を引き結んで無表情になり、顔を背けた。ユアンがすばやく腕をつかんで止めなかったら、広間から歩き去っていただろう。

「本当か？」ユアンは短く尋ねた。

メイリンが顎を震わせ、怒りもあらわに目をしばたたかせた。「好きなだけ怒鳴るがいいわ。でもわたしは、みんなの前でまた恥をかかされるのはごめんよ」

「どういうことか説明しろ」ユアンは厳しい声で命じた。部下たちの前で甘い顔を見せるわけにはいかない。本音を言えば、妻を抱きしめて震える唇にキスをしてやりたかった。メイリンはいまにも泣き出しそうだ。彼女の涙を止めるためなら、なんでもしてやりたい。

しかし、公正で規律ある態度を保つ必要があった。彼は関係者全員に分け隔てなく公平に接しなければならない。メイリンがばかげたことを企んでいるのなら、彼女を泣かせるのもしかたがないということだ。

メイリンがヒースを指さした。「あの……あのばか男が、クリスティーナを殴ったのよ」

ユアンは表情をこわばらせた。ぱっと振り向くと、ヒースがディオミッドに手を貸してもらって立ちあがるところだった。

「本当か?」ユアンは低い声でヒースに答えを迫った。

「あの女、生意気なもんで」ヒースがうなった。「だから罰を与えてやったんですよ」

メイリンが激しくあえいだ。そのままヒースに向かっていこうとしたが、ユアンは彼女の腰をつかんで抱き寄せた。足首を蹴りつけられたが、ユアンは妻を放さず、アラリックのほうを向いて彼女を押しつけた。

「なにがあっても放すなよ」

アラリックが片方の腕をメイリンの腰に回し、自分の胸の前で彼女をつかまえた。彼女の足は数センチ床から浮いている。メイリンはいきり立っていたが、ユアンはそれよりヒースの釈明を聞きたかった。

ふたたびヒースに顔を向け、じっとにらみつける。「洗いざらい話せ」

メイリンがいくら暴れても、アラリックは腕を離さない。「ユアン、お願い」彼女は懇願した。「わたしが一部始終を話すわ」

メイリンは怒り心頭に発していた。女たちに対するヒースとその仲間の態度に吐き気を催すほど憤慨し、ユアンの剣で彼らを叩きのめしたかった。剣を持ちあげることができたなら、本当にそうしていただろう。

ユアンが相手にしてくれないので、振り返ってアラリックを見た。「アラリック、あなたの剣を貸してくれない?」

アラリックが驚いて眉をあげた。「おれの剣を持ちあげるのは無理だろう」

「手伝って。お願い、アラリック。血を流してやらないと気がすまないわ」

驚いたことに、アラリックが笑い出した。大きな声が静かな部屋に響き渡る。

いらだちの涙がメイリンの目にあふれた。「お願い、アラリック。あいつらがしたのは、ひどいことよ。しかも自分の、自分たちの恥ずかしいふるまいについて、ユアンに弁解しようとしているわ」

アラリックの視線がやわらいだ。「ユアンが対処してくれる。兄貴は公平な男だ」

「だけど、彼は男よ」

アラリックが戸惑ったような顔をする。「ああ、だからそう言っただろう」

ユアンがもう一度ヒースに説明を迫ろうとしたとき、広間がふたたび騒然となった。戦士にも劣らぬ威勢のいい叫び声をあげながら、女たちがなだれこんできたのだ。驚いたことに、彼女たちはあり合わせの武器を持っていた。ほし草用の三つ又、棒切れ、石、短剣。

ユアンがあんぐりと口を開けた。アラリックの手から力が抜け、メイリンは床に尻もちをついた。彼女は腹立たしげにアラリックをにらんだが、彼もほかの男たちと同じく、集まってきた女たちを呆然と見ているだけだった。

「奥方様、大丈夫ですか？」女たちの群れの最前線にいるバーサが声をあげた。

クリスティーナがあわてて進み出てメイリンの手を取り、マディを呼んで、彼女を女たちのほうに引っ張っていった。

メイリンはクリスティーナの手を握り、青あざのできた頬を見つめた。「あなたは大丈夫なの？」小さな声で尋ねる。

クリスティーナがにっこり笑った。「はい、おかげさまで、奥方様」

「族長、お話ししたいことがございます」バーサが叫ぶ。

彼女はまだぼうっと女たちを見ているユアンに向かって三つ又を振り、注意を引いた。

「いったいどういうことだ？　世界じゅうがおかしくなったのか？」

「あなたの部下が不届きなふるまいをしたのよ」メイリンは答えた。

女たちが武器を振り、足を踏み鳴らして同意を叫ぶ。男たちは、恐れるべきか怒るべきかわからないという表情をしていた。

ユアンが腕組みをして、妻に険しい顔を向けた。「やつらはなにをしたんだ?」

メイリンは女たちに目をやり、彼女たちから力を得て勇気を奮い起こした。つんと顎をあげ、ユアンに負けないほどの怖い顔で彼をにらみつける。その表情は強い印象を与えることができたらしい。ユアンが眉をあげてメイリンをにらみ返した。

「女たちはみんな、ちゃんと自分の務めを果たしていたのよ。男たちと同じように。そのとき、そこにいる愚か者がクリスティーナにちょっかいを出そうとしたの。でも彼女は相手にしなかったわ。そうしたらそいつは怒り出して、昼食の配膳をしていたクリスティーナに文句をつけたの。それで、ほかの連中も一緒になって、城の女たちの仕事ぶりをけなし始めたというわけ。冗談まじりに不満を並べ立てたのよ。食事の出てくるのが遅いと言って、マディに怒鳴りつける。食べ物がおいしくないとか冷たいとか言って、ガーティの料理に不平を並べる」

いったん深呼吸したあと、メイリンはふたたび怒りを吐き出した。

「クリスティーナがみんなをなだめようとしたとき、ヒースが足を出して彼女をつまずかせたから、エールがこぼれて飛び散ったわ。彼は恥知らずにも、自分の服を汚したと言ってクリスティーナを責めたの。そしてクリスティーナが反論すると、彼女を平手打ちしたのよ」

メイリンは怒りのあまりこぶしを握りしめ、前に踏み出した。全身をぶるぶる震わせながら、ヒースたち五人組を指さす。「そこの男たちは誰ひとりとして、クリスティーナを助けようとはしなかった。ひとりもよ！　誰もクリスティーナを救うために指一本動かさなかった。ただ笑いながら、女たちの仕事に文句をつけていただけ」

彼女はユアンの前で足を止め、彼の胸を指で突いた。「女の仕事がそんなに簡単で、男が文句ばかりつけるのなら、今日一日、女に代わって仕事をしてみればいいのよ。あいつらが女の仕事をどれだけうまくできるか見せてもらいましょう」

メイリンは息を殺して、ユアンに非難されるのを待った。

「言わせてください、族長！」バーサが叫んだ。その声があまりにも大きかったので、何人かの女が顔をしかめた。

「言え」

「長々と話すつもりはありませんけれど、これだけは聞いてください。いまこの瞬間から、女は城の中ではどんな仕事もいたしません。それから、レディ・マケイブはわたしたちがお預かりします！」

ユアンがまたしても眉をあげた。「メイリンを預かる？」

バーサはうなずいた。「はい。わたしたちと一緒にいていただきます。わたしたちを弁護したことで奥方様が叱られるのは納得がいきません」

意外にも、ユアンはにやりと笑った。

「それには少々問題があるぞ、バーサ」

「なんですか？」

「おれはメイリンを手放さない」

広間のあちこちからひそひそとささやく声が起こった。男も女も身を乗り出し、族長がどんな裁定をくだすかと聞き耳を立てている。族長が立腹しているのは明らかだ。

「おれは脅迫にも強要にも応じない」

バーサが胸を張ってさらに熱弁を振るおうとしたが、ユアンは手をあげて制した。

「双方の話を聞いてから結論を出す。おれの裁定が出れば事件は解決だ。いいな？」

「あなたが正しく裁定するならね」メイリンはつぶやいた。

ユアンが彼女を目で制した。

彼は振り向き、ふてくされているヒースと四人の若者を怖い顔でにらみつけた。それから男たちの中で最古参のギャノンを見やった。

「おまえから言うことはあるか？」

ギャノンがため息をついた。「申し訳ありません、族長。わしはここにいませんでした。兵士たちと一緒に中庭にいました。なめらかに動けるようになるまで食事にはありつけないぞ、とやつらに言っておりまして」

「わかった」ユアンはディオミッドとヒースの横にいるコーマックに目を向けた。「コーマック、おまえはどうだ？」

コーマックは怒っているようだった。彼は期待をこめて見つめる男たちと返事を待つユアンの中間あたりに目を据えた。

「奥方様のおっしゃったとおりです、族長」硬い声で言う。「ちょうどおれが広間に入ってきたとき、ヒースがクリスティーナの足を引っかけました」ヒースを一瞥する彼の顔に怒りが走った。「クリスティーナが悪いのではありません。やつらは彼女に侮辱の言葉を投げつけ、クリスティーナが抗議すると、ヒースが殴ったんです。おれはそいつをこらしめようとしましたが、その前にレディ・マケイブが割りこんでこられました。だから、奥方様を守ることを最優先しました」

ユアンはコーマックの判断にうなずき、次にヒースの横に立つディオミッドに目をやった。

「おまえはこいつらをかばうのか?」

ディオミッドは直属の部下である若者を気遣って、板挟みになっているようだった。「いいえ、族長。おれがこいつから聞いた話とは違っていました」

「つまり、事件が起きたとき、おまえはいなかったんだな?」

「広間に来たのは、レディ・マケイブがこいつらに今日一日女の仕事をしろと命じておられたときでした」

「こいつらの行動がほめられるものだと思うか? こいつらの味方につくか?」

ディオミッドはしばしためらってから答えた。「いいえ、族長。恥ずかしく思います」

ユアンはバーサに向き直った。「女たちはみんな自分の家に戻れ。いや、別に戻らなくてもいいから、今日の休みを好きなように過ごせ。ロバートとコービンとイアンとマシューが、おまえたちの仕事をやってくれる」

ヒースが省かれたのを聞いてメイリンはけげんそうに顔を曇らせたが、女たちがわっと歓声をあげたので、疑問を口にすることはできなかった。

女の仕事をユアンから命じられた四人の男たちは、不満を叫んだ。あまりにもうんざりしたその顔を見て、メイリンは満足の笑みをこらえるのがやっとだった。

バーサが満面に笑みを浮かべてメイリンを見た。「行きましょう、奥方様。一緒にお祝いしましょう」

メイリンが女たちと一緒に広間を出ようとしたとき、ユアンが咳払いをした。メイリンはゆっくりと振り向き、夫を見あげた。彼女のことを怒ってはいないようだ。一部始終を聞いたなら、怒れるはずがない。

ユアンが厳しい表情のまま、指を曲げて妻を呼んだ。メイリンはため息をついてバーサのもとを離れ、夫のところへ向かった。女たちは広間にとどまった。族長がメイリンをどうするのかが気になったのか、それともメイリンが叱責されたら弁護するつもりなのか。いずれにせよ、メイリンは彼女たちの思いやりがうれしかった。

ユアンとある程度の距離を置いたところで立ち止まり、体の前で手を組んだ。「なにかご用かしら？」

ユアンがふたたび指を曲げる。メイリンはあきれたようにふうっと息を吐いて、彼に近づいていった。ユアンが曲げていた指を伸ばして妻の顎にかけ、自分のほうを向かせた。

「なにかわたしに命令するつもりなの、あなた？」

「そうだ」

メイリンは首をかしげて彼の命令を待った。

ユアンの指が、ヒースのこぶしがかすめたところをなぞる。それから彼はメイリンの髪に手を差し入れて、守るように後頭部を包みこんだ。

「キスしてくれ」

30

安堵のあまり、メイリンはユアンの腕の中に飛びこんで唇を熱く押しつけた。

「おれを信じていなかったな」

ユアンが非難めかして言うと、メイリンはもう一度彼の唇を味わった。

「ごめんなさい」とささやく。「また怒鳴りつけたそうな顔をしていたんですもの」

「族長、ぼくたちに女の仕事をやらせないでください！」

異議を唱えるロバートを、ユアンが鋭くにらみつけた。

「やらせるとも。命令を聞く気がないなら、城を出ていってくれていいぞ」

ヒースが不満そうに唇をゆがめる。メイリンは無意識のうちにユアンにしがみついていた。あの若者を見ていると吐き気がする。彼の目には恐ろしい憎悪が浮かんでいた。

「ヒースはどうするつもり？　彼はどうして女の仕事をまぬがれたの？」

ユアンの険しい顔を見て、メイリンは戦慄を覚えた。「アラリックのところにいろ」

彼はアラリックとシーレンのほうに妻を押しやり、ずかずかとヒースのもとへ行った。ふたりの男に視界をさえぎられたメイリンは、彼らの肩越しか隙間から向こうを見ようと、爪先立ちになってきょろきょろした。

ヒースの前まで行くと、ユアンは無言で手を後ろに引き、相手の顔にこぶしを叩きこんだ。

ヒースがどさりと倒れる。哀れっぽい声でうめく若者のシャツを、ユアンがわしづかみにしてもう一度立ちあがらせた。

「いまのはクリスティーナの分だ」

次にヒースの股間を膝蹴りする。アラリックとシーレンが眉をひそめた。ギャノンは顔面蒼白になり、コーマックは身を縮めて顔を背けた。

「今度は妻の分だ」

ユアンがヒースを床に落とす。ヒースは即座に体を丸めた。泣いているみたい、とメイリンは思った。

「ああ、おれだって泣くだろうな」アラリックがつぶやく。

ユアンは血も凍るような冷たい口調でギャノンに言った。「こいつは死罪だ。連れていけ」

死刑宣告に青ざめたヒースが、かすれた声で命乞いを始めた。一方集まった戦士たちは、ヒースの情けない態度にうんざりした表情になった。

「はい、族長。ただちに」

ギャノンがヒースを立たせ、コーマックとともに、まだ痛がって背を丸めている若者を引きずって広間を出ていった。

ユアンは浮かれ騒いでいる女たちに向き直った。「クリスティーナ、つらい目に遭わせてすまなかったな。部下のそのようなふるまいは、おれは容赦も認めもしない。一日の休みをゆっくり楽しんでくれ。あいつらにおまえたちのような働きはできないだろうが、なんとかやらせよう」

メイリンは誇らしくて胸がいっぱいになった。ユアンの穏やかな言葉にこめられた誠実さに打たれ、思わず目が潤む。そして指先に血が通わなくなるほど強く、シーレンとアラリックの腕をつかんだ。

シーレンが肘からそっとメイリンの指をはがし、彼女の涙に気づいて目を丸くした。「どうして泣いているんだ？」

メイリンはすすりあげ、アラリックのシャツの袖で顔をぬぐった。「彼はすばらしいことをしてくれたわ」

アラリックが苦虫を噛みつぶしたような表情でメイリンの顔を押しのけたので、彼女はようやく彼の服で涙を拭くのをやめた。

「ユアンは最高ね」

「当然だ」シーレンが心から言った。

問題を解決したユアンがメイリンのところに戻ってきた。もう人にどう思われようがかまわない。メイリンは、招かれもしないのにアラリックとシーレンの横を回ってユアンの腕に飛びこんだ。彼の顔にキスの雨を降らせ、首にしがみつき、力のかぎり抱きしめる。

「息をさせてくれ」ユアンが笑った。

「愛してるわ」メイリンは彼の耳もとでささやいた。「ものすごく愛してる」

すると突然、ユアンがメイリンに劣らぬ激しさで彼女を抱きしめた。メイリンがぼうっとしていると、彼はくるりと身を翻し、メイリンを引きずるようにして広間を出た。一段飛ばしで階段をのぼり、部屋に駆けこむ。

ユアンは足で扉を蹴って閉めると、妻の顔を凝視し、呼吸もできないくらいいきつくメイリンを抱きしめた。

「なんと言った？」かすれた声で尋ねる。

彼の口調の激しさに、メイリンは目を見開いた。

「ついさっきだ。広間で。おれの耳に、なんとささやいた？」

メイリンは緊張して唾をのみ、彼の腕の中で身をくねらせた。そしてなんとか勇気をかき集めた。「愛してる」

「やっとか」ユアンがうなった。

メイリンは目をしばたたいた。「やっと？」

「やっと言ってくれた。ようやく」

「でも、たったいま気づいたんですもの」メイリンはまだ困惑している。

「おれはとっくに知っていた」ユアンが自慢げに言う。

「そんなはずないわ。わたしだって知らなかったのよ。どうしてあなたにわかっていたの？」

彼がにやりとする。「暇になった午後を、おまえはどう使うつもりだった？」

「まだ考えていないわ。クリスペンを見つけて、子どもたちと遊ぼうかしら」

ユアンはかぶりを振った。

「だめなの？」

「だめだ」

「どうして？」

「おれも今日の午後は休むことにした」

メイリンはびっくりして目を大きく見開いた。「そうなの？」

「うむ。おれとゆっくり過ごすのはどうだ？」

「怠惰は罪よ」

「ああ。しかしおれの頭にあるのは、怠惰とはかけ離れたことだ」

そのほのめかしに、メイリンは顔を真っ赤にした。「あなたは午後の務めを休んだことなんてないのに」

「おれにとっていちばん大切な務めは、妻の要求に応えることだ」そう言うとユアンは暗い表情になって、メイリンの顔の、ヒースのこぶしがかすめたところに手を触れた。

「本当にヒースを死罪にするつもりなの、ユアン？」

彼は顔をしかめた。「やつはおまえを殴った。おまえは族長の妻、この城の女主人だ。不敬なふるまいは許さない。おまえに手を触れる男は誰でも殺してやる」

メイリンは罪悪感に駆られてそわそわと両手を揉み合わせた。「わたしが容赦なく彼を挑発したからだわ。婦人が使うべきではない言葉を使って、口汚くののしったの。マザー・セレニティが聞いたら、石鹸でわたしの口を洗おうとするでしょうね」

ユアンがため息をついた。「どうしてほしいんだ、メイリン？　あいつは以前から問題のある男だった。とっくの昔に、更生の機会を自分からつぶしていたんだ。たとえおまえを殴らなかったとしても、やつがまたこのクランの女に手をあげるかと思うと、おれは我慢できない」

「追放すればどう？　家も財産もなく生きるのは、安易に死ぬより苦しいのではないかしら。飢え死にするかもしれないし、狼の群れに襲われるかもしれないわ」

ユアンが驚いたようにのけぞったあと、大声で笑い出した。その太い声を聞くと、喜びでメイリンの背筋がぞくりとした。

「おまえは血に飢えた女だな」

メイリンはうなずいた。「ええ、アラリックにもそう言われたわ」

「なぜあいつを殺させたくないんだ、メイリン？　族長として、おまえの夫として、おれにはその権利があるぞ」

「そこまで彼を挑発したことを後悔しているからよ。彼がわたしを殴っていなかったとしたら、クリスティーナを殴ったことだけで死罪にはしなかったでしょう。なんらかの罰は与えたと思うけれど」

「だから、やつを狼の餌食にするほうがいいと思ったのか」

彼女はうなずいた。

ユアンが含み笑いをする。「なら、そうすればいい。二度と戻ってくるなと命じて、ギャノンに領地の外までやつを送らせよう」

メイリンは彼に抱きつき、力のかぎり強く抱きしめた。「愛してるわ」

ユアンが彼女の手をほどいて身を屈め、鼻の頭にキスをした。「もう一度言ってくれ」

メイリンは唇を尖らせて彼をにらんだ。「あつかましい人」

ユアンが唇を重ねてきた。舌でなぞられると、メイリンは口を開けて彼を迎えた。

「言え」ユアンがささやく。

「愛してる」

低くうなるとユアンはメイリンを抱きしめ、そのままベッドの端に脚がぶつかるまで彼女を押していった。ベッドに横たえてくるりと体を入れ替え、メイリンを上にする。それからドレスをおろして肩をあらわにした。つづいてむき出しにした腕をつかんで引き寄せ、彼女の首に顔をこすりつける。ああ、彼の唇は魔法を紡ぎ出す。

彼ひとりに攻めさせてなるものかと、メイリンも彼の太い首筋に舌を這わせた。ユアンが身を硬くすると、メイリンはにっこり笑って歯を立て、男らしい香りを吸いこんだ。皮膚のあらゆるしわやくぼみを舌でなぞりながら、彼の味を堪能する。

「メイリン?」

彼女は顔をあげ、ユアンと目を合わせた。「なあに?」

「このドレスは特別気に入っているのか?」

メイリンは眉をひそめた。「いいえ、ただの普段着だもの」

「よし」

メイリンがその言葉の意味を考える間もなく、ユアンがボディスから腰の下までドレスを引き裂いた。むき出しになったメイリンの胸を彼の熱い手が覆う。

「ずるいわ」メイリンは不平を漏らした。「わたしはあなたの服を破れないのに」

ユアンがにやりと笑う。「破りたいのか？」

「ええ、そうしたいわ」

ユアンは小さく笑いながら体を回転させてメイリンの上になり、服を脱ぎ始めた。裸になると、彼はメイリンのドレスの残りをはぎ取って、ふたたび彼女を上にした。

「変な姿勢ね。わたしが上だなんて」

ユアンは指で、メイリンのこめかみから頬を通って唇までなぞっていった。「いや、変ではない。今日は女が主導権を握って男が仕える日だ。だからおまえが上になって当然なんだ。おれはおまえの僕《しもべ》だ」

メイリンは目を見開いた。唇をすぼめて彼の言ったことについて思案したあげく、首を横に振った。「そんなことができるとは思えないわ」

「いや、できる。できるだけじゃない。大きな悦びが得られる」

ユアンは彼女の腰をつかみ、自分の股間の上まで持ちあげた。

「手をおろしてみろ。おれをおまえの中に迎え入れてくれ」

興奮と期待でメイリンは体を震わせた。おずおずと脚で彼の脇腹を挟み、手を伸ばして硬くなったものをつかむ。

「ああ、それでいい。そのまま握っていろ。おれに位置を定めさせてくれ」

しっかりと腰をつかんだままユアンはメイリンの体を動かし、熱く湿った部分を屹立したものの先端でこすった。そしてほんの少しだけ滑りこませた。メイリンはぱっと目を開け、彼が入ってくるのを感じて身をこわばらせた。

「力を抜いて」ユアンがなだめる。

体を徐々におろされていくと、メイリンは手を離し、両方の手のひらを彼の胸に置いて前屈みになった。ユアンは指を腰から後ろに滑らせた。尻をつかんで彼女の両脚を広げ、より深く入っていく。

最後にひと押しすると、メイリンの尻がユアンの太腿の上部と接した。下から貫かれて一分の隙もなく満たされているのは、妙な感じだった。快感で全身がしびれ、胸の頂はぴんと張って彼に触れられるのを待っている。

ユアンが手を離してかすめるように腹を撫であげ、両手でメイリンの胸を包んだ。張り詰めた頂を親指で撫でられると、メイリンの体に小さな火花が走った。もてあそばれ、かわいがられているうちに、そこは痛いほど硬くなっていく。

「動いてくれ」ユアンがかすれた声を出した。

彼の上で動いているところを想像しただけで体の芯まで熱くなる。メイリンは身をくねらせて、自分を満たしている彼のものをさらに強く締めつけた。

ユアンを悦ばせたい。メイリンはその一心で動き始めた。最初は遠慮がちに。なんだかきまりが悪く、恥ずかしい。だがユアンの目を見ると、徐々に自信がわいてきた。

前後に、上下に体を揺する。ふたりの口から満足げなうめきが漏れた。メイリンが速度をあげると、その声は切迫したものになっていった。

いま発見したばかりの自由に喜びながら、メイリンはふたりを理性の縁まで追いやった。なまめかしく微笑みかけたとき、彼はもういじめるのはやめてくれと懇願した。

隙間もないほど体を絡め、唇をぴったり合わせながら、ふたりは絶頂を迎えた。メイリンがユアンの勝利の雄叫びを、ユアンがメイリンの恍惚の声をのみこむ。ユアンは彼女の尻に指を食いこませて体を引きおろし、自らを彼女の中に注ぎこんだ。

メイリンはため息をついて、ユアンの温かな体に倒れこんだ。ふたりの心臓が激しく打ち、どちらの鼓動が大きいのかわからない。ユアンは彼女を抱きしめて、頭のてっぺんにキスをした。

「愛しているぞ、メイリン」

一瞬、メイリンは聞き間違えたのかと思った。そう、自分はユアンを愛している。こんなに人を愛せるとは想像もしなかったほど激しく。けれども、彼も同じ気持ちを抱いてくれるとは夢にも思っていなかった。ユアンはメイリンに好意を抱き、やさしくしてくれている。それでも、彼が心を捧げてくれることまでは期待していなかった。

目に涙をためて体を起こすと、髪が彼の胸にかかった。メイリンは驚嘆の表情で彼を見つめた。

「もう一度言って」かすれた声で言う。

さっきの彼と同じような言葉をメイリンが口にするのを聞いて、ユアンが微笑んだ。

「愛している」

「ああ、ユアン」メイリンはささやいた。

「泣くな。おまえを泣かせないためなら、なんでもしてやるから」

「幸せの涙よ」メイリンはすすりあげた。「あなたのおかげで、とても幸せなの。あなたは家と家族を与えてくれた。わたしのものと呼べるクランも。今日あなたは、みんなの前でわたしを罵倒するのかと思っていたら、わたしの味方になってくれたわ」

ユアンが顔をしかめて首を横に振った。「おれはいつでもおまえの味方だ。必ずしもおまえの意見に賛成するとはかぎらないし、おまえの気に入らない決断をくだすこともある。しかしそれでも、常におまえの味方なんだ」

メイリンはもう一度彼に抱きつき、彼の首に顔を押しつけた。「ああ、心から愛しているわ、ユアン」

ユアンが体を回転させて横向きになった。メイリンの顔に触れ、落ちてきた髪を頬から後ろに撫でつける。「そう言ってくれるのをずっと待っていたんだ。やっと聞くことができた。絶対に聞き飽きることはないだろう」

メイリンは微笑んだ。「よかったわ。だってわたし、思ったことをすぐ口にする癖があるでしょう。これからは、あなたをどんなに愛しているかということばかり考えるわ」
「では、それを体で示してくれ」彼の声は欲望でかすれている。
メイリンは唖然とした。「もう一度？」
ユアンがにやりと笑い、キスをする。「ああ、もう一度だ」

31

メイリンはのろのろとベッドから出てまっすぐ室内便器に向かい、昨夜の夕食を吐き出した。

気持ちが悪い。この二週間、朝は決まってこんな状態だった。それに加えて、朝食後と昼食後、そしてベッドに入る前にも一度は嘔吐している。

ユアンにはできるかぎり隠してきたけれど、これだけ嘔吐がつづき、毒が入っているような目で食べ物を見ていることを思うと、いずれ気づかれるのは避けられまい。

疑いについては今日話そう。いや、実際には疑いではない。メイリンが彼の子を宿していることは明らかだ。なにしろユアンは、あれだけせっせと子づくりに励んだのだから。

クランのみんなも喜んでくれるだろう。間もなく届くはずの持参金があれば、この城もようやく豊かになれる。そして無事出産を果たしたあかつきには、マケイブがニアヴ・アーリンの地を支配できるようになるのだ。

ユアンに打ち明けることを思うと、メイリンは気持ちが高ぶって踊り出しそうになった。口をゆすいで服を身につけ、階段をおりる。下ではギャノンが待っていた。メイリンは驚いて眉をあげた。毒を盛られて以来、ユアンは自分か弟たちの誰かがかたときも彼女から目を離さないようにしていたのだ。そのことはメイリンもあきらめて受け入れていた。

「おはようございます、奥方様」ギャノンが明るく挨拶した。

「おはよう、ギャノン。あなた、なにか族長を怒らせるようなことをしたの？」

ギャノンが困惑に目をしばたたいてメイリンを見つめた。それから、自分が見張り役をしていることについて彼女が冗談を言ったのだと気づき、笑い出した。

「なにもしておりません、奥方様。実は、奥方様のお世話をさせていただきたいと自分から申し出たのです。族長とアラリック様たちは、マクドナルドの一行を出迎えに行きましたので」

メイリンはふたたび眉をあげた。彼女が毒入りの酒を飲んだとき以降、マクドナルドのことはまったく話題にのぼらなかった。同盟のこと自体すっかり忘れていたのだ。マクドナルドとの別れは友好的なものではなかったので、彼らの再度の訪問に、メイリンは好奇心をかき立てられた。

「皆さん、いまどこなの？」

「荷馬車から食料をおろしています」ギャノンが笑顔で答えた。

メイリンは両手を握り合わせて喜んだ。「つまり、あのばかばかしい賭けの約束が守られたのね？」

ギャノンはあきれたように目玉を回した。「もちろんです。和解のしるしとしての贈り物でもあります。同盟を結ぶのであれば、ふたつのクランは互いへの反感をおさめなければなりません」

「すばらしいわ。これで無事に冬が越せるわね」

ギャノンがうなずく。「そのあとも心配ないでしょう、狩りがうまくいけば」

そしてメイリンの持参金が届いたら、クランの者たちは冬に備えて暖かい服を揃えられる。子どもたちには靴を履かせることができるし、次の食事の心配をすることなく安心して食べられる。

とても歓迎すべき知らせだ。

「ユアンはどこかしら？」

「奥方様が起きられたら、わしがお連れすることになっています」

メイリンは顔をしかめた。「わたしは起きたわ。だから行きましょう」

ギャノンが含み笑いをし、メイリンをともなって建物の外に向かった。マクドナルドの荷馬車が中庭まで入ってきていた。男たちが荷物をおろして食料庫に運びこんでいる。

ユアンはマクドナルドと話しこんでいた。メイリンはいぶかしげに中庭の人々を見渡したが、リオナを見つけて顔を輝かせた。

彼女に呼びかけて手を振ろうとしたとき、ユアンがメイリンのほうを見て手招きした。

近づいていくと、彼はメイリンを自分の横に引き寄せた。「マクドナルド族長がおまえに挨拶をしたいとのことだ。食料を届けに来てくれただけで、泊まってはいかれないらしい。アラリックとリオナの婚姻について合意ができたから、また夏に会って婚約を発表し、祝うつもりだ」

メイリンが笑いかけると、マクドナルドは彼女の手を取ってお辞儀をした。

「健康を回復されてよかったですな。同盟だけでなく婚姻によってもふたつのクランが結ばれることを、楽しみにしておりますぞ」

「わたしもですわ。旅のご無事を祈っています。またお会いするのが楽しみですわ」

そのとき、はらわたを抜いた鹿の死骸を持った男がそばを通り、メイリンの胃がひっくり返った。ユアンとマクドナルドの目の前で吐いてしまわないよう、彼女は頬をふくらませ、鼻から息を吸った。前回マクドナルドが訪れたときも、あんな大騒ぎになったのだ。彼のブーツに胃の中身をぶちまけて、またしても騒動を起こしたくはない。

食料の置き場所についてガーティと相談するという口実のもと、ユアンになにか言われる前にあわててその場を辞去した。

城に入ると、メイリンはゆっくり呼吸をして気を静め、厨房に向かった。さっき言ったことはまったくの嘘ではない。突然増えた食料をどう保管するか、ガーティの意見を聞きたかったのだ。それに、この機会に特別な食事を用意してもらおうとも思っていた。

厨房に入っていくと、ガーティは予想どおり、ひとりごとを言いながらシチューの大鍋をかきまぜていた。ときどき手を止めては味見をし、うなり声をあげてまた野菜を加える。

ガーティが目をあげ、メイリンを見て渋い顔をした。「ひどくやつれたお顔ですね。朝食を少し残しておきましたよ。いまでも食べるたびに気分が悪くなるんですか?」

彼女の思いやりに感激して、メイリンは腹に手を置いた。「ええ、そうみたい。最近では、なにを見ても食欲がわかないの」

ガーティが舌打ちをして首を横に振った。「お子を宿していることを、いつになったら族長に言うおつもりですか？」

「もうすぐよ。いままで確信がなかったから」

彼女は目をむいた。「あのねえ、病気だとしたら、こんなに長いこと吐き気がつづいたりしませんよ。とっくに死んでいるか、治っていますからね」

メイリンは微笑んだ。「そうね。でも、族長に間違ったことを言いたくなかったの。この子は小さな肩に大きな責任を負っているのよ」

ガーティの表情がやわらいだ。「奥方様はおやさしいですね。うちのクランは幸せですよ、こんな方に来ていただいて。幸せすぎて、信じられないくらいだ」

賛辞に照れくさくなったメイリンは、当面の問題に話を移した。

「マクドナルド族長が賭けの約束を守ってくださったのだから、特別な食事を用意しようと思うの。前はウサギのシチューばかりだったでしょう。新鮮な鹿肉と野菜なら喜んでもらえるんじゃないかしら。食料のたくわえを危険なほど減らさなくても、ちょっとしたお祝いはできるはずよ」

ガーティが大きな笑顔でメイリンの腕をぽんぽんと叩いた。「あたしも同じことを考えていたんですよ。鹿肉のパイをこしらえようと思っていましてね。もちろん奥方様のお許しをいただいてからですけれど。マクドナルドのところからもらった塩があれば、穀物を全部貯蔵用に取っておかなくてもいいですしね。すごくおいしいのができますよ」

「すてきだわ！　メニューづくりはあなたがお得意だから、任せるわね。クリスペンに、今日の午後は湖で一緒に水切りをして遊ぶって約束しているの」

「ちょっと待ってくださいな。持っていっていただけるように、パンをご用意しますから。少し食べたほうがおなかも落ち着きますし、おふたりの昼のおやつになりますでしょう」

ガーティは小さなパンをいくつか布袋に入れてメイリンに手渡した。「行ってらっしゃいませ。クリスペン様と楽しんできてくださいな」

「ありがとう」メイリンはそう言って背を向けた。

うきうきしながらクリスペンを捜しに行く。ユアンに妊娠のことを告げると思うと、うれしくてしかたがない。

太陽が明るく照っている。メイリンは陽光を浴びようと顔をあげた。少し足を止めてみると、マクドナルドの一行がぞろぞろと橋を渡り、湖の向こう側へ行くところだった。ユアンの姿を捜したが、彼はすでに別の仕事に向かったようだ。

城の角を曲がり、クリスペンがいないかと湖岸を見渡した。彼は少し離れたところで岩の上に立っていた。小さな体の輪郭が、日光を受けてくっきりと浮かびあがっている。クリスペンはひとりで湖面に石を投げていた。石が湖の表面を跳ねていく様子を魅入られたように見つめている。無垢な笑い声が響いてきて、メイリンは胸が締めつけられるのを感じた。子どもの喜びよりも美しいものがこの世にあるだろうか？

クリスペンが弟か妹を連れて、石を投げに湖にやってくる日が待ち遠しい。ふたりの子どもは笑い合い、一緒に遊ぶのだろう。家族として。

メイリンはにっこり笑って歩き始めた。地面を見て、水切りに使えそうな石を探す。クリスペンのところに行くまでに五、六個は集まっていた。

「母上！」

彼に〝母〟と呼ばれるたびに、メイリンは言葉にできないほどの大きな喜びに満たされる。

クリスペンが駆けてきた。メイリンは彼を抱きしめ、石を手からこぼしてしまった。

彼が笑いながら身を屈めて、石を拾うのを手伝った。申し分のないかたちをした石を何個か見つけて、うれしそうな叫び声をあげる。

「これを投げたいな」彼は特別平らな石を掲げた。

「じゃあ、やってみて。でも、八回以上跳ねさせるのは無理でしょうね」

メイリンの予想どおり、クリスペンは目を輝かせて挑戦を受けた。「九回いけるよ」そう言って胸を張る。

「あらあら、自信たっぷりね。言うは易く行うは難し、よ。あなたの腕前を見せてもらうとするわ」

クリスペンは顎を引き、眉根を寄せて意識を集中させると、狙いを定めて石を投げた。石は水面にあたり、向かい側の岸に向かって何度も水の上を跳ねていく。

「一！　二！　三！」彼は息継ぎをしたが、目は石から離さなかった。「六！　七……八……九！」そこで後ろを向く。「母上、やったよ！　九回だ！」

「新記録ね」メイリンは偉業をたたえた。

「今度は母上だよ」

「まあ、あなたほどの名人に勝てる望みはないわ」

クリスペンが得意満面で胸を張った。ぱっと顔を明るくしてメイリンの手を取る。「母上もうまくできると思うよ……女にしては」

メイリンは彼の髪をくしゃくしゃに撫でた。「シーレン叔父さんの意見に耳を傾けるのはやめたほうがいいわ、クリスペン。大きくなっても、女の人にもてないわよ」

クリスペンが鼻にしわを寄せ、オエッと言って舌を出した。「女なんてぞっとするよ。母上は別だけれど」

メイリンは笑って、ふたたび子どもを抱きしめた。「ぞっとする女だと思われていなくてよかったわ」

クリスペンが、真っ平らで表面がなめらかな石をメイリンに握らせた。「やってみて」

「いいわ。すべての女性の名誉がわたしの手に握られているわけね」

その大げさな言葉にクリスペンが笑った。メイリンは慎重に狙いをつけた。何度か試しに腕を振ったあと石を投げる。石は遠くまで飛んだあと水面にぶつかり、表面を跳ねていった。

横でクリスペンが息をひそめて数を数えた。「八！　母上、八回だよ！　すごいや！」

「まあ、やったわね！」

メイリンはクリスペンを抱きしめてぐるぐる回った。やがてめまいがしてきたので、ふたりは声をあげて笑いながら地面に倒れこんだ。メイリンは彼が助けを請うまでクリスペンをくすぐった。

湖を見おろす丘の斜面で、ユアンはメイリンを見張るギャノンとコーマックの後ろに立っていた。妻と息子が寝転んでじゃれ合う様子を見つめ、あたりに響き渡る楽しそうな笑い声に耳を傾ける。ユアンは微笑みながら、わが身の幸運を思った。短期間のうちに、これほど多くのものを手にすることができた。彼らの命をおびやかす危険はあるとしても。ユアンはこの瞬間を、大切に心にしまいこんだ。

愛とはなんと貴重なものだろう。

ユアンは重い足取りで階段をのぼり、そっと部屋に入った。眠っている妻を見たとたん、疲れのいくらかは吹き飛び、緊張がゆるんだ。

メイリンはうつぶせになり、手足を投げ出して眠っている。腕はベッドからはみ出していた。この女は眠るときも、ほかのときと同じようだ。無心で、なんの遠慮もない。

ユアンは服を脱いでベッドに潜りこんだ。メイリンは目も開けず、彼にすり寄ってきた。最近の彼女が疲れやすくなっていることには、ユアンも気づいていた。この数週間、嘔吐で苦しんでいることも。

彼女は妊娠のことをまだ告げてくれない。自分の具合が悪いことでユアンによけいな心配をかけたくないのだろうか。それとも、まだ自分でも気づいていないのか。

ユアンは妻の脇腹から腰に手を滑らせた。その手をふたりの体のあいだに移動させて、いまだ平らな腹に広げる。ここにふたりの子どもが宿っているのだ。このクランの将来の希望を象徴する子どもが。

メイリンの額にキスをする。彼女とクリスペンが湖で石を投げていたことを思い出すと、ユアンの顔に笑みがこぼれた。メイリンが身じろぎして、眠たげに目を開けた。

「今夜あなたがベッドに来るかどうかわからなかったの」

ユアンは微笑んだ。「まだ時間は早い。おまえはいつもよりずっと早く眠りについたんだ」

メイリンがあくびをして彼に抱きつき、脚を絡めた。「アラリックの縁談はまとまったの？」

ユアンは彼女の髪を撫でた。「ああ。アラリックは結婚に同意した」

「さびしくなるわね」

「そうだな。おれの右腕としてここにいてくれないと、さびしいだろう。しかしこれはやつにとって、自分の領地とクランを率いるというまたとない機会だからな」

「リオナのほうは？　この縁談を喜んでいるのかしら？」

ユアンは額にしわを寄せた。「マクドナルドの娘がなにを喜ぶのかは、おれにはどうでもいい。結婚は決まったんだ。あの娘も自分の務めを果たすさ」

メイリンがあきれたように目玉をくるりと回した。けれどもユアンは、今夜は彼女をこの腕に抱いていたかったし、口論はしたくなかったので、深く長いキスをした。「できればほかの話をしたいんだがな、奥さん」

メイリンがわずかに顔を引き、いぶかしげにユアンを眺めた。「なんの話?」

「たとえば、おまえはいつになったら身ごもったと打ち明けてくれるのか、といったことだ」

メイリンの目つきがやわらぎ、暖炉の炎を反射して温かく輝いた。「どうしてわかったの?」

ユアンは含み笑いをした。「おまえは前よりずっと長く眠っている。おれが夜に寝に来るときには、たいてい意識を失ったように寝ている。それに、腹に入れたものをすぐに戻してしまう」

メイリンはうんざりした顔になった。「吐いていることは、あなたに知られたくなかったのに」

「おれに隠しごとはできないというのを、そろそろわかっておいたほうがいいな。おれは、おまえのあらゆることを気にかけている。気分が悪いのなら、おまえの口からそう言ってほしい」

「いまはいい気分よ」メイリンがささやく。

ユアンは片方の眉をあげたあと、彼女の唇に長いキスをした。「どのくらい、いい気分なんだ?」彼はささやき返した。

「どうかしら。少し愛し合えば、すっかり本調子になるかもしれない」

ユアンは彼女の頰を手で包み、親指でそっと唇を撫でた。「どうしても本調子になってもらわなくてはならないな。おまえが、みんなの頭がおかしくなるようなことをしてくれないと、おれたちは途方に暮れてしまう」

メイリンがこぶしでユアンの胸を叩く。彼は妻をしっかりと抱き寄せた。ふたりの笑い声がくぐもった音となって閉じた扉から外へ漂っていった。

廊下の奥では、アラリックがそっと扉を閉めて彼らの声を遮断した。自分の部屋は彼にとって聖域なのだ。彼はベッドの端に腰をおろし、窓の外に目をやって、地平線にかかる星を眺めた。

結婚して妻との生活に喜びを見いだしている兄がうらやましかった。メイリンのような女性はほかにいない。

まだ結婚する心の準備ができていないと兄に言ったのは本心だった。永久にできないかもしれない。なぜならアラリックは、兄が妻に心を奪われるのを見たとき、ユアンとメイリンのような関係が結べないかぎり自分は満足できないことを確信したからだ。しかし、いまや選択の余地はない。クランが、兄が彼を必要としているのだ。そして彼は絶対に、ユアンの頼みを拒絶したくなかった。

32

それからの数週間で外はだんだんと暖かくなっていき、メイリンはできるかぎり屋外で過ごした。ユアンには黙っていたものの、彼女はいつも地平線に目を据えて、王の軍隊が持参金を運んでくるのをいまかいまかと待ち受けていた。

これまでのところ、ユアンが王へ出した手紙に返事は届いていない。けれどもメイリンは、持参金がマケイブの領地に向けて運ばれたという知らせがいつか来るという望みを抱きつづけている。

腹は少ししかふくらんでおらず、ゆったりしたドレスのスカートに隠れてほとんど目立たない。けれども夜に裸になると、ユアンは彼女を組み敷き、自分の子を宿したわずかなふくらみを感じて喜びに浸っていた。

彼はメイリンの腹に触れたりキスをしたりせずにはいられないようだった。手で触れ、愛撫し、くまなくキスを浴びせる。彼が見るからに妻の妊娠を喜んでいる様子に、メイリンは大きな満足を覚えていた。知らせを聞いてクランの者たちが祝福してくれたときには、うれしさで全身をほてらせた。

夕食の途中でユアンが立ちあがってメイリンの妊娠を発表したとき、広間じゅうがどっとわき立った。話はあっという間に城じゅうに広がり、夜中まで祝宴が繰り広げられた。

ああ、人生はすばらしい。そしてメイリンにとって、今日という日のすばらしさを損なうものはなにもなかった。軽く腹を叩き、かぐわしい空気を吸いこみ、夫の訓練をひと目見ようと中庭に向かった。

坂道をおりようとしたとき、彼女は息をのんだ。たちまち心臓が猛烈な勢いで打ち始める。馬に乗った一行が、遠くから全速力でマケイブ城に向かっていた。先頭の旗手が掲げているのは、王の紋章が入った幟《のぼり》だ。

走るのがみっともないのはわかっていたけれど、メイリンは気にしなかった。スカートをつまみあげ、中庭めざして駆けていく。ユアンもすでに、間もなく王の使者が到着するとの知らせを受け取っていた。話は野火のごとく城じゅうを駆け抜けた。クランの者たちが四方八方から現れて、中庭や城の前の石段、中庭を見おろす丘の中腹にぞくぞくと集まってきた。興奮したささやきが人から人へと広がって、期待は炎のごとく高まっていく。

メイリンは血が出るほどきつく唇を噛みしめて、使者の到着を待った。ユアンは弟たちを両脇に従えて立っていた。

先頭の旗手が橋を渡ってユアンの前で止まり、馬からおりて挨拶をした。

「国王陛下からのご伝言を預かってまいりました」

使者がユアンに巻紙を手渡した。メイリンは一行を見渡した。十人あまりの武装した兵士たちだ。持参金が入っていそうな箱は見あたらない。

ユアンはすぐには巻紙を広げず、王の使者をねぎらった。兵士たちが下馬すると、馬は厩舎へ引かれていった。マケイブの女たちは、旅の疲れを癒やそうと広間に入ってきた者たちに軽食を出した。

しかし彼らは、ひと晩泊まっていくようにというユアンの言葉に対して、すぐにカーライル城へ戻らねばならないと断った。メイリンははらはらしながら、ユアンが手紙を開くのを待っていた。使者の席の前に食べ物や飲み物が置かれると、ユアンはようやく腰をおろして巻紙を広げた。

使者が戻る際に返事を託さなければならない場合に備えて、メイリンは羽根ペンとインクを持ってくるようマディに言いつけた。

ところが手紙を読み進めるにつれ、ユアンは歯を食いしばり、恐ろしい形相に変わっていった。嵐のような激しい怒りに彼の目が血走るのを見て、メイリンは不安で胸を詰まらせた。こらえきれずに駆け寄り、ユアンの肩に手を置く。「ユアン？　どうしたの？」

「近寄るな」ユアンが荒々しく言った。

怒りの渦巻く声に、メイリンはびくりと身を引いた。手をおろし、急いで一歩あとずさる。ユアンは広間に集まった者たちをにらみつけて、出ていけと怒鳴った。

メイリンは背を向け、通りすがりに同情のまなざしを向けてくるマディの目を避けて広間を出ていった。

ユアンはもう一度手紙を読んだ。目の前にあるものが信じられない。手紙の下に目をやると、署名は王本人ではなく、側近の顧問によるものだった。しかし、そのことをどう解釈すべきかはわからなかった。

署名が王のものであれ顧問のものであれ、この手紙は王の印を押され、国王警備隊の一団によって運ばれてきたのだ。従わざるをえない。たとえ内容がばかばかしく、彼の名誉を侮辱するものであったとしても。

「兄貴、なんなんだ？」アラリックが尋ねる。

王の使者が油断のない目でユアンを見つめ、ゴブレットを脇にどけた。「返事をお書きになりますか、族長？」

ユアンは唇をめくりあげた。男の首を絞めたい衝動を必死で抑える。この使者はことづかった手紙を届けたにすぎない。そう考えてなんとか怒りを爆発させるのをこらえ、男を殺したい思いに耐えた。

「返事は口伝えでいい。陛下には、必ずまいりますと伝えろ」

使者は立ちあがってお辞儀をすると、部下に合図して急いで去っていった。

広間にはユアンと弟たちだけが残された。ユアンは目を閉じ、こぶしを割れんばかりにテーブルに叩きつけた。

「兄貴？」シーレンが心配そうに、アラリックとともに身を乗り出した。

「王宮に呼び出された」ユアンはいまだに手紙の内容を信じられずにいた。

「王宮に？　なんのために？」アラリックが訊く。

「弁明するためだ。ダンカン・キャメロンが誘拐と暴行の罪で王に対しておれを告発した。やつはメイリンと結婚して床入りをすませ、そのあとおれが彼女をさらって陵辱した、と訴えている。おれより早くメイリンの持参金を要求したらしい。ただちに彼女を返し、持参金をよこせと求めているそうだ」

「なんだと？」

シーレンもアラリックも怒りにうめいた。

「メイリンを連れて王宮に行き、王の裁きを受けろと指示された」

「で、どうするつもりだ？」シーレンが兄の意向をただした。

「キャメロンのいるところにメイリンを連れていったりするものか。おれが王宮に行っているあいだ、メイリンはここで厳重に警護させる」

「おれたちはどうすればいい？」アラリックの声は張り詰めている。

「メイリンを守ってくれ。彼女の命をおまえたちに預ける。おれは少人数の兵を連れていくが、大部分はここに残す。メイリンの安全が第一だ。おれの子を身ごもっているのだから、妻の身はなによりも大切だ」

「しかし兄貴、告発内容は深刻だぞ。王の裁きで兄貴が有罪とされたら厳罰に処せられる。死罪にもなりかねない。メイリンは王の姪だからな」シーレンが言う。「兄貴にはもっと強力な支援が必要だ。軍の大半をここに残していったら、兄貴は不利になる」

「メイリンを一緒に連れていくほうがいい」アラリックが小声で提案した。

「それで、メイリンをキャメロンの目にさらすのか？」

シーレンが唇を引き結んだ。「わがクランの軍勢を引き連れていこう。キャメロンの軍ほど規模は大きくないが、やつは一度おれたちに手痛い敗北を喫している。あのときやつは臆病にも尻尾を巻いて逃げていった。だから、おれたちに対して正々堂々と戦いを挑むのが自殺行為だと知っているはずだ」

「まずいな、兄貴が召喚されたというのは」とアラリック。「おれたちの軍勢が二分される。兄貴が少数の兵しか連れていかなかったら、王宮への道中で待ち伏せされて殺されるかもしれない。兵の大部分を引き連れていったら、城もメイリンも無防備で残されることになる」

ユアンはアラリックの言ったことを考えた。そして、ダンカン・キャメロンのいるところにメイリンを連れていくことについて考え直した結果、彼女から目を離さないのが最善の策だと思いいたった。ユアンが行くならメイリンも行くのだ。マケイブのクランの全勢力を引き連れて。

「おまえの言うとおりだ。おれは怒りに目がくらむあまり、まともに考えられなかった」ユアンはうんざりとした口ぶりで言った。「マクドナルドとマクローレンに呼びかけて、留守のあいだ城を守ってくれる軍勢を送ってもらおう。おれはメイリンから目を離さずに、しっかりと守ってやる。しかし、おなかに子どものいるメイリンに旅をさせるのは、気が進まないな」

「ゆっくり進もう。少しでも楽になるよう、メイリンには輿《こし》を用意したらどうだ」シーレンが提案する。

ユアンはうなずいた。そのとき、さっきメイリンをぶっきらぼうに追い払ったことを思い出した。あのときは激しい怒りにまみれていたし、ばかげた告発にどう対処すべきか考える時間が欲しかったのだ。

「くそっ」彼はつぶやいた。「メイリンを見つけて話をしなくては。おれはメイリンを怒鳴りつけて広間から追い出してしまった。それに、王の召喚に応えて王宮へ行くことを説明してやらなければ。おれたちの将来は王の気まぐれにかかっているんだ。メイリンの持参金。ニアヴ・アーリン。おれの子。おれの妻。すべてが一瞬のうちに奪われるかもしれない」

アラリックが眉をあげ、シーレンと視線を交わした。「そんなことを黙って許すつもりか？」

ユアンは胸に渦巻く怒りを視線にこめて弟たちをにらみつけた。「いいや。マクローレンとマクドナルド、それに北のダグラスにも手紙を送る。臨戦態勢を整えておいてもらおう」

メイリンは部屋の中を歩き回っていた。あまりのいらだちに、悲鳴をあげたくなってくる。王からの手紙になにが書いてあったのだろう？　ユアンは怒り狂っていた。彼があそこまで怒るのは見たことがない。ヒースがメイリンを殴ったときでも、あれほどではなかった。

不安のあまり気分が悪くなり、二週間ぶりに吐き気が襲ってきた。彼女は暖炉の前の腰掛けに座りこみ、マディがさっき持ってきてくれたゴブレットを手に取った。暴れる胃を鎮めようと水を口に含んでみたが、緊張はあまりに強く、効果はなかった。

水が入っていったとたん、胃が締めつけられた。よろよろと室内便器に向かって液体を吐き出す。扉が開閉する音に気づいたが、応答する元気もなかった。

「ああ、メイリン。かわいそうに」

ユアンの手が背中を撫でる。メイリンの胃が激しく痙攣した。彼はメイリンの髪をうなじで束ねるようにつかみ、少しでも気分をよくしてやろうというように腹をさすった。

メイリンの額に汗が浮いた。ようやくひどい吐き気がおさまると、彼女はぐったりとユアンの腕にもたれかかった。ユアンが髪を撫で、しっかりと抱きしめてこめかみにキスをする。

メイリンは彼の体が緊張でこわばっているのを感じ取った。

彼のほうを向く。極度の不安でまた襲ってきた吐き気を、彼女はなんとかのみこんだ。

「ユアン、なんだったの？　わたし、怖くてたまらないわ」

ユアンがグリーンの瞳をきらめかせ、メイリンの顔を手で包んだ。「広間では怒鳴ってすまなかった。手紙の内容に動揺していて、怒りと――それに恐怖をおまえにぶつけてしまったんだ。悪かった」

メイリンは首を横に振った。彼がさっき怒りを爆発させたことなど気にしてはいなかった。彼が手紙の内容に腹を立てていたのは明らかだったのだ。

「手紙にはなんと書いてあったの？」

ユアンがため息をつき、メイリンと額を突き合わせた。「まず、わかっておいてほしい。いずれ万事うまくいく」

その言葉に、メイリンはかえって不安を募らせた。

「王宮に呼び出された」

メイリンは顔をしかめた。「どうして？」

「ダンカン・キャメロンが、おれより先に、おまえの持参金を要求した」

メイリンは口をぽかんと開けた。「どういう根拠で？」

「それだけじゃないんだ、メイリン」彼は穏やかな口調を保っていた。「やつは、自分がおまえと結婚して床入りしたあと、おれがおまえをさらって陵辱したと主張している」

メイリンは激怒に目をむいた。どう言っていいかわからず、口をぱくぱくさせる。

「おまえが子どもを宿していると知ったら、自分が父親だと言うだろう」

その意味するところに気づいて、メイリンは腹を押さえた。ユアンはその告発に対して弁明するために、王宮に呼ばれたのだ。王がこの訴えに裁定をくだすことになる。もしもユアンに不利な判決が出たら？

ダンカン・キャメロンに身柄を渡されることになる。そう思っただけで、メイリンはまたも激しく嘔吐した。そのあいだユアンは妻の体を支え、愛と励ましの言葉をささやきつづけた。

吐き終わると、ユアンがメイリンを抱きあげてベッドに運んだ。ふたりで横たわり、しっかりと抱き合う。

メイリンは怯えていた。心の底から。

ユアンが彼女の顎をつかんで顔をあげさせ、目を合わせた。「よく聞いてくれ、メイリン。なにがあろうと、おれは絶対におまえをキャメロンに渡しはしない。わかったか?」

「王には逆らえないのよ、ユアン」

「かまうものか。誰もおれから妻と子を奪えはしない。必要があれば神とだって戦ってやる。安心しろ、メイリン、おれは負けない」

メイリンはユアンの腰に腕を回し、顔を胸に置いた。「愛して、ユアン。わたしを強く抱きしめて、愛してちょうだい」

ユアンが体を回転させて上になり、メイリンの目をのぞきこんだ。「いつまでも愛しているぞ、メイリン。王もキャメロンもくそ食らえだ。おまえを離すものか」

やさしく、そして激しく、彼はメイリンを愛した。ゆったりと快感を味わわせた。メイリンの気が遠くなり、ユアンの愛しか感じられなくなるまで。彼の力強い言葉を信じられるようになるまで。

「おまえを離しはしない」腕の中で恍惚となるメイリンに、ユアンが約束した。そして彼もクライマックスを迎えると、メイリンを抱き寄せ、妻と子への愛の言葉をささやきかけた。

33

「悪いお知らせです、族長」ギャノンが暗い声で報告した。

側近の口調にいやな予感がして、ユアンは顔をあげた。ギャノンは旅の汚れを落としもせず、まっすぐこちらに向かって歩いてくる。

「マッケルロイ神父は連れてきたのか？」いま、なにより大切なのは時間だ。ユアンとメイリンの結婚式を執り行ったことを証言してもらえるよう、ギャノンに命じて神父を呼びにやらせたのだ。神父が到着しだい、王宮に向けて出発することになっている。

「神父は死にました」

「死んだ？」

「殺されたんです」

ユアンは悪態をついた。「いつだ？」

「二日前です。マクローレンの領地を出て、南のマグレガーの領地に向かっていたとき、盗賊に襲われたようです。神父の死体は放置されて、翌日マグレガーの兵士が発見しました」

ユアンは目を閉じた。盗賊？　まさか。聖職者は盗まれるようなものなど持っていない。盗賊がわざわざそんなことをするはずはない。きっとキャメロンの仕業だ。王の前で神父に証言させないためにやったのだ。

ユアンに残された最後の切り札は、メイリンがデイヴィッド王の姪だということだった。彼女の言葉には王も耳を貸すだろう。普通ならこういう場で女は証言させてもらえないのだが、王が血縁者の話を無視するとは思えない。

「馬と兵士の用意を整えろ」ユアンは弟たちに命じた。「おれはメイリンに、すぐ出発だと伝えてくる」

二時間後、マケイブ城の守りを固めるためにマクドナルドとマクローレンの兵士が到着し、ユアン一行は出発した。メイリンはユアンと同じ馬に乗った。彼女が疲れたときに備えて列の最後尾で輿が運ばれていたが、そうなるまでは、ユアンは彼女をできるかぎりそばに置いておきたかった。

クランの人々が一堂に会してユアンたちを見送った。彼らの顔には不安のしわが刻まれている。誰もが緊張の中でおごそかに別れを交わした。族長夫妻が無事に戻ってくることを祈る言葉がささやかれる。

一行は、普通の旅よりゆったりとした速度で進んだ。夕闇が迫る前に止まってテントを設営し、周辺の数カ所で火を焚いた。

そのあたり一帯と、ユアンとメイリンのテントのまわりにも、交代制で見張りが立った。メイリンはよく眠れず、食欲もないようだった。神経質になっているのだ。カーライル城に近づくにつれ、彼女の目のくまは濃くなっていく。

兵士たちも同じように緊張し、無口になっていた。戦いに備えて心の準備をしているかのように。本当に戦いになるかもしれないことは、ユアンも否定できなかった。相手はキャメロンだけではない。王と戦うはめになる可能性もある。

そんな事態になれば、彼らは死ぬまで無法者の烙印を押されたままになるだろう。この八年間、マケイブの者たちは苦しい暮らしを強いられてきたが、首に賞金をかけられる身になればさらに過酷な暮らしが待っている。

旅に出て五日目、ユアンは間もなく到着することを王宮に知らせるため、そしてキャメロンがすでに到着しているか、王宮の雰囲気がどんなものかを調べさせるため、ディオミッドを先触れとして送り出した。

ディオミッドが戻るのを待つあいだ、一行は足を休めた。ユアンはメイリンに少しでも食べるよううながした。

「おまえに心配していてほしくない」彼はささやいた。

メイリンが顔をあげて彼と視線を交わした。彼女のブルーの瞳は愛情で輝いている。「あなたを信じているわ、ユアン」

そのとき馬の足音が聞こえて、ユアンは振り向いた。メイリンを置いて、城から戻ってきたディオミッドを出迎える。

彼の表情は暗かった。「王の部下から指示を受けました。兵士は城の外で待てとのことです。族長とメイリン様は城内に入られますが、事態が決着するまでは、メイリン様は国王の保護下に置かれるそうです。族長は証言のために呼ばれるまで、別の部屋にお泊まりいただくということです」

「キャメロンはどうしている？」

「別の部屋に泊まっています。メイリン様は厳重な警護のもとで、国王のお住まいのほうに行かれることになります」

ユアンはその指示を一顧だにしなかった。「メイリンはおれのもとを離れない。おれの部屋で寝泊まりする」弟たちと三人の側近を見やる。「おまえたちも、おれについて王宮に入れ。おれはメイリンを置いて王に会いに行かねばならないかもしれない。一刻たりともメイリンをひとりにしたくないんだ」

「はい、族長。命にかけて奥方様をお守りします」ギャノンが言った。

「そうしてくれ」

彼らは城まで一時間の道のりを進んだ。城の近くまで来ると、王の兵士の一団に出迎えられた。

城壁の東側ではキャメロン配下の兵たちがテントを張っていた。テントにはキャメロンの紋章が入っており、上に幟がはためいている。ユアンは西側にテントを張るよう家来たちに命じ、常に警戒を怠るなと指示を出した。

部下たちが行ってしまうと、ユアンとメイリン、シーレンとアラリック、そしてメイリンの警護を申しつかった三人の側近だけが残された。

彼らは堀にかかる長い橋を渡り、中庭に通じるアーチ形の石の門をくぐった。王宮は人でこみ合っており、その多くが足を止めて、やってきたユアン一行を見つめた。

王直属の兵士はユアンと一緒に入ってきた者たちを見渡し、顔をしかめてユアンを出迎えた。ユアンはメイリンをおろしてアラリックに渡すと、自分も馬からおりて、メイリンを引き寄せた。

「レディ・メイリンをお部屋にご案内いたします」兵士が近づいてくる。

ユアンは剣を抜いて男に突きつけ、相手の足を止めた。「妻はおれと同じ部屋に泊まる」

「国王陛下はそのようにお命じになってはおられませんが」

「王がなんと言おうが関係ない。おれは妻から目を離さない。わかったか？」

兵士が渋い顔になった。「陛下のお耳に入れておきますぞ」

「当然だ。わが妻が身ごもっており、ばかばかしい審問のために長旅をしてきたということも伝えておけ。体をいたわってやるべきときに、妻を家から連れ出すことになって、おれは大いに不満だ」

「もちろん、ご伝言は国王陛下にお伝えいたしましょう」兵士が険しい表情で応じた。

近くで命令を待っていた数人の女たちを手招きする。

「マケイブ族長ご一行をお部屋にご案内しろ。軽食をお出しして旅の疲れを癒やして差しあげるように」

ユアンはメイリンの手を引いて螺旋階段をのぼり、客室のある区画へ向かった。アラリックとシーレンと側近たちは簡易寝台の並んだ広い部屋に案内され、ユアンとメイリンは廊下の突きあたりにある広い部屋に通された。

ユアンはメイリンを抱きしめてベッドに寝かせた。「体を休めておくんだ。滞在中は、体調をよく保っておけ」

「わたしたちはなにをするの、ユアン？」メイリンが彼の首にすがった。「宮中でほかの人と交わるのはいやだわ。晩餐会に着ていくような、きれいな服は持っていないもの。それに、ダンカン・キャメロンと同じテーブルで食事をすると思うだけで胸が悪くなる。知らん顔なんてできないわ」

「おれたちが正しいという態度を貫くんだ。隠れたら、人は、やましいところがあると噂する。キャメロンを避けたら、おれがあいつを恐れていると言われるぞ」

ユアンは妻の目を見つめながら頬を撫でた。「隙を見せるな。誰にも、キャメロンの訴えが真実かもしれないと思わせてはいけない。王に拝謁できれば、すぐに問題は解決して家に帰れるはずだ」

「わかったわ」メイリンが小声で言った。彼にさらにきつく抱きつき、大きくあくびをする。ユアンは彼女の額にキスをして、眠るよううながした。旅の疲れに加えて、緊張と不安がメイリンをさいなんでいた。これから起こることに備えて、彼女は体力をたくわえておく必要がある。

部屋の扉がノックされ、ユアンは眠りから覚めた。メイリンはまだ彼の首に顔を押しつけてぐっすり眠っている。彼はそっとメイリンから体を離して起きあがり、チュニックをまとった。

扉を開けると召使が頭をさげ、宝石で飾った平盆を差し出した。上には巻紙が置かれている。ユアンは巻紙を手に取って召使にうなずきかけた。

手紙を持って小さな机につく。半分ほどになったろうそくの火が揺らめき、壁に影を投げかけていた。彼は巻紙を広げて読んだ。大広間での晩餐会に出席し、王と同じテーブルにつくようにとの命令だ。

メイリンにちらりと目をやる。彼女は疲れて眠りこんでいた。妻を、キャメロンが出席するであろう晩餐会での緊張に耐えさせたくはない。しかし、公衆の面前で自分はなにも悪くないという態度を貫くことは重要だ。メイリンは彼の愛する妻であり、彼の子を宿している。王とその顧問に、ユアンにかけられた嫌疑のばかばかしさを見せつける必要があった。

ため息をひとつついたあと、ユアンはメイリンを起こしに行った。彼女を飾る宝石はないが、そんな派手なきらめきで人の目をくらまさないほうが、いっそうメイリンの美しさが引き立つというものだ。ドレスは、すぐに王宮へ発つと知って女たちが急いで縫った地味なものだった。

召使の女がメイリンの髪を編み、ねじって頭の上に結いあげた。女が部屋を出ようとすると、メイリンがその手をつかんで止めた。「既婚女性が宮中で髪を見せるのはみっともないわ。頭巾をかぶせてくれないかしら」

内心びくびくしながらも冷静で落ち着いた態度を保つ妻を、ユアンは誇らしく思った。支度を終えると、メイリンは立ちあがって夫のほうを振り向いた。

「晩餐会に連れていってくださるかしら、あなた？」

「ああ、妻よ」

ユアンは彼女の手を取った。腕の下に挟み、その上に自分のもう片方の手を重ねる。部屋を出ると、廊下では弟たちが待っていた。ふたりの両脇にはギャノンとコーマックとディオミッドもいる。彼らは廊下を堂々と歩いて城の大広間に向かった。広間では人々が話をやめて、ユアンの入場を見守った。

ユアンが妻とともに台座のテーブルのほうに歩き出すと、あちこちのテーブルからひそひそとささやく声があがった。メイリンは身をこわばらせ、顎をつんとあげた。目を細め、努めて平静な表情を保つ。結婚式の日に広間に入ったときのように、彼女はいまも女王然としてユアンと並び、彼に導かれて席に向かった。

またしてもざわめきが起こった。今度はさっきよりも大きい。ユアンが振り返ると、ダンカン・キャメロンが大股でこちらに向かってくるところだった。満足げな安堵の表情を浮かべている。ユアンがメイリンを自分の後ろに押しやり、アラリックとシーレンが前に進み出た。ところがキャメロンは立ち止まると、メイリンの足もとにひざまずいた。

「わが妻よ、ようやく会えたな。もう何カ月にもなる。二度と会えないのかと希望を失っていたぞ」

メイリンはあとずさってキャメロンとのあいだに距離を置き、ユアンの手をいっそう強く握りしめた。メイリンの拒絶が混雑した広間に巻き起こした憶測――そして同情――をユアンは感じ取った。キャメロンは被害者役を演じきっている。メイリンの足もとにひれ伏したことで、多くの者の支持を勝ち得たようだ。

やがてキャメロンは立ちあがった。顔にはくっきりと悲しみの表情が刻まれている。なんという役者だ。彼は蒼白な顔をして打ちひしがれた様子であとずさり、テーブルの反対側の席についた。

そのあとユアンがメイリンとともに席につくやいなや、トランペットが鳴り渡った。王の入場だ。人々が立ちあがって扉を見つめる。ところが入ってきたのは、国王のデイヴィッドではなく顧問団だった。その中には王の親戚であるアーチボルドも含まれていた。ユアンを呼び出した人物だ。

アーチボルドは鷹揚にうなずき、本来王がつくべき席に腰をおろした。まずダンカン・キャメロンに、次いでユアンに目をやったあと、その右に座るメイリンに視線を移す。

「旅でお疲れになったのでなければよいのですが、レディ・メイリン。身ごもっておられるとお聞きしています」

メイリンは上品にお辞儀をした。「お心遣い恐れ入ります、閣下。夫が世話を焼いてくれました」

「国王陛下はどちらに？」ユアンは単刀直入に尋ねた。

その質問が気に食わなかったらしく、アーチボルドが細めた目でユアンをにらみつけた。

「陛下は今宵、別の用に携わっておられます」

彼は広間を見渡し、集まった人々を眺めた。「食事を始めよう」

壁際に控えていた召使がいっせいに動き出した。ゴブレットにワインを注ぎ、料理を盛った皿を置く。食欲をそそる香りが漂い、テーブルの上にはごちそうが並んだ。

「食べろ」ユアンはメイリンにささやきかけた。「体力をつけておくんだ」

ユアンとダンカンが同じテーブルについていることで場は緊張に包まれ、周囲の貴族たちは黙りこんでいた。アーチボルドは平気な顔でがつがつと食べ、鶏肉のあぶり焼きを何度もお代わりした。

さっさと食べ終わってメイリンとともに部屋に引きあげたいとユアンは思っていた。ところがアーチボルドのつまらないおしゃべりが延々とつづき、ユアンの頭は痛くなった。廷臣どもの駆け引きには付き合いきれない。ユアンが家来を引き連れてやってきた理由は誰もが知っており、場の空気は衝突への期待で満ちている。集まった人々は舌なめずりをしながら、なにか事件が起こるのを待ち構えているのだ。

「陛下は、じきじきに事態をおさめようとお考えです」ようやくアーチボルドが、椅子にもたれて言った。「明日、おふたりをお呼びになるおつもりです。レディ・メイリンにとって心身に負担のかかる時期であり、お体に障るようなことがあってはいけないというのは、陛下もよくおわかりです」

「彼女の名前はレディ・マケイブだ」ユアンが噛みつくように言う。

アーチボルドは眉をあげた。「まさにその真偽が問題となっているのですぞ。明日、陛下が裁定をくだされます」

「ならば、失礼して妻を部屋に連れていきます。体を休めておかねばならないので」

アーチボルドが手を振った。「どうぞ。こういうことは、ご婦人にとって楽ではないでしょう」

ユアンは立ちあがり、メイリンを立たせた。彼女はまたしても冷静で堂々とした態度を保ち、背筋を伸ばしてテーブルの横を通っていく。ふたりを見つめていた多くの人々は、居心地が悪くなって目をそらした。

「よくやった」ユアンはささやいた。「明日には決着がついて家に帰れるぞ」

「本当にそうだといいけれど、ユアン」彼が部屋の扉を閉めると、メイリンは心配そうに言った。「ダンカン・キャメロンを見ると不安になるわ。あんなにおとなしくてしょげた様子は、彼らしくない。それに、あの顧問もきらいよ」彼女は遠慮のない言葉を口にした。「国王である叔父様がじきじきに裁いてくださることになってよかったわ。父と同じで、公平で信心深い方だそうよ。きっと神のご意思に沿った正しい判決をくだしてくださるわ」

人々が本当に信心深く、神の法にのっとって行動するかどうかは疑わしい。しかしユアンはそれを口にはしなかった。メイリンには、事態が間もなく自分たちに有利な解決を見ると信じていてほしい。だが、ユアン自身は最悪の事態も覚悟していた。

翌朝、ユアンは夜明け前に目が覚めた。不安でじっとしていられず、部屋の中を歩き回る。ゆうべメイリンが眠りについたあと、彼は弟たちと話し合い、考えうるあらゆる事態への対策を練っていた。

扉がノックされると、ユアンはメイリンを起こさないよう急いで応答した。外には王の護衛のひとりが立っていた。「国王陛下が、レディ・メイリンにはお住まいのほうに来ていただきたいとのことです。一時間後に護衛がお迎えにまいります。あなた様はここでお待ちになり、呼び出しがあれば大広間にお越しください」

ユアンは眉をひそめた。

「奥様のお世話はきちんといたします、族長」

「では、妻の面倒を見てくれるよう頼んだぞ」ユアンは威嚇口調で言った。

護衛はうなずき、廊下を歩いていった。

「ユアン？」

振り返ると、メイリンが肘をついて上体を起こしていた。髪が肩にさらさらと流れる。

「どうしたの？」

ユアンは部屋の奥へ行き、ベッドの端に座った。こらえきれずに彼女の脇腹に手を滑らせ、腹の小さなふくらみに手を置く。

「こいつはまだ動かないのか？」

メイリンが笑顔になって、彼の手に自分の手を重ねた。「ほんの少しぴくぴくするだけよ。皮膚を小さなブラシで撫でるみたいな感じ。でも、そうね、動いているわ」

ユアンは彼女の寝巻きをまくりあげ、なめらかな肌をあらわにした。身を屈め、ウエストの曲線に口づける。皮膚は張っていて、子どもを宿しているのがはっきりとわかった。ユアンはこれほど美しい光景を見たことがなかった。すっかり魅了されていた。何時間でも、シルクのようにすべすべした肌を愛《め》で、彼の子を宿している女の美しさを観賞していられそうだ。

ユアンが浅いへそにキスをしているあいだ、メイリンは彼の髪に指を差し入れていた。

「どんなお知らせだったの？」彼女がそっと尋ねた。

ユアンは顔をあげ、妻の目を見つめた。「おまえは一時間後に国王の部屋へ来るようにとのことだった。護衛がおまえを連れていく。そのあとおれは、大広間に呼び出される」

メイリンが神経質そうに目をしばたたき、唇を結んだ。ユアンの手の下で腹が張り詰める。彼は少しでも緊張をやわらげようと、彼女の肌を撫でた。

「王がおまえに危害を加えるとは思えない。おまえは王にとって、血のつながった姪だ。おまえを無事に守れなければ、王は面目を失う。王権はあまり強くない。マルコムとその信奉者によって王座を追われる危険があるときに、自ら支持を失うようなことはしないだろう」

メイリンが上体を乗り出してユアンの顔を手で包み、親指を頬骨に滑らせた。「あなたはいつも正しいことを言うのね。だから愛しているのよ、わたしの立派な戦士さん」

ユアンは顔を横に向け、メイリンの柔らかな手のひらにキスをした。「おれも愛している。それを忘れるなよ」

「召使を呼んでちょうだい。一時間後に王に会うのなら、支度を手伝ってもらわないと」メイリンはそう言いながらも顔を曇らせた。

ユアンは立ちあがって、彼女がベッドから出るのに手を貸した。「すぐに呼んでくる」

彼の横に立ったメイリンが顔をあげ、夫の目をじっと見つめた。「問題が解決したら、すぐにここを発つと約束して。わたしのクランに戻りたいの」

「約束しよう」

34

メイリンは四人の護衛に囲まれて廊下を歩いた。叔父と対面することを考えるにつれて、刻一刻と緊張が高まっていく。彼女は叔父に対してユアンを弁護し、キャメロンがしたことを洗いざらい話すつもりでいた。メイリンの話を聞いたなら、王は間違いなくキャメロンの訴えを却下するだろう。

護衛のノックに答えてアーチボルドが扉を開けた。彼は手ぶりで入るよう合図し、微笑みながらメイリンの手を取った。ぜいたくに飾りつけられた居間の、座り心地のよい椅子のところまで彼女を誘導する。

「残念ながら、国王陛下はご気分がすぐれないそうです」アーチボルドがなめらかな口調で言った。「そのため、やむをえずお休みになりました。あなたとふたりきりでお話しするのをお望みだったのですが、それができなくなって残念だとのことです。わたしが代理として、王の名において裁きをくだすことになります」

メイリンは楽な姿勢で腰かけたものの、胸の内では警報が鳴り響いていた。不安な気持ちを表に出さないよう、震える手をスカートのひだに隠す。

「国王陛下のご病気が深刻なものでないことを心からお祈りいたします」彼女は礼儀正しく言った。「たったひとりの血縁者にお会いするのを楽しみにしていたのですが」

「それは違いますな。わたしは王のいとこです。つまり、わたしたちも血がつながっているのですよ」

「まあ、そうですの」メイリンは小声で言った。

「ここでお待ちください、姫。のちほど大広間にお呼びします。軽食をお持ちしましょう。ここに閉じこもっておられるあいだ、なにも不自由はさせませんよ」

〝姫〟と呼びかけられたあとで、監禁されていることをさりげない言葉で伝えられ、メイリンのうなじの毛が逆立った。それでもアーチボルドは親しげに、彼女を思いやっているふりをしている。メイリンはしかたなく笑みを浮かべて礼を言った。

「お許しをいただければ、この問題についてお話ししたいのですけれど」

アーチボルドはなだめるように彼女の腕を軽く叩いた。「その必要はありませんぞ、姫。あなたはこれまで大変な思いをなさってきたことでしょう。双方の言い分を聞いて真相を究明するのは、わたしの務めです。必ずや公正な裁きをいたします」

メイリンは反論したい気持ちをぐっとこらえた。彼女の生殺与奪権を握っている男を怒らせたくはない。

「さて、わたしは失礼して大広間にまいります。ふたりの族長を呼んで、それぞれの証言を聞くとしましょう。もちろん、そのときが来ればあなたもお呼びしますよ」

メイリンはうなずき、膝の上でこぶしを握った。アーチボルドが部屋を出ると、彼女は祈った――今日正義が行われ、ダンカン・キャメロンが本来の居場所である地獄に送られますように、と。

ユアンは弟や側近とともに大広間の外で呼び出しを待っていた。少し離れたところには、手下を連れたダンカン・キャメロンが立っている。ユアンは、キャメロンに襲いかかってその場で殺してやりたい衝動を必死で抑えた。

キャメロンが先に呼ばれ、得意げにユアンの横を通り過ぎた。ユアンを悩ませたのは、そのいやみな顔だけではなかった。表情にも態度にも表れている絶大な自信だった。キャメロンは今日の審問会の結果について、なんら不安を抱いていないようだ。

シーレンがユアンの肩に手を置いた。「なにがあっても、おれたちがついているぞ、兄貴」

ユアンはうなずいて感謝を表し、弟たちだけに聞こえるよう声をひそめた。「事態が悪いほうに進んだら、審問会を抜け出し、メイリンを見つけて城から連れ出してくれ。とにかく彼女の安全が第一だ。メイリンの身柄を確保するためなら、必要なことはなんでもしろ」

アラリックがわかったというようにうなずいた。

次にユアンが呼ばれ、弟たちに挟まれて広間に入っていった。自分たちマケイブの戦士が他を圧倒していることを彼はよくわかっていた。その場にいるどんな戦士よりも体が大きく、筋骨隆々としていて、見るからに荒々しい。

彼らは広間の中央を通って玉座に向かった。アーチボルドがデイヴィッドの玉座に腰かけている。広間には人があふれていた。みんな、王がどう裁きをつけるのかと固唾をのんで見守っている。

人々はユアンを見ると興奮してささやき合った。弟や側近たちにも、この場にいる他の兵士から無遠慮な視線が浴びせられる。

集まった人々の前に出ると、ユアンは広間の左側、キャメロンは右側に立って、デイヴィッドの登場を待った。

ところが王は現れなかった。代わりに兵士たちがどっと入ってきて、ほかの者が前に出てこられないよう、台座までの通路の最前線に並ぶ。広間の前方にもさらに多くの兵士がやってきて台座を取り囲み、アーチボルドの前に並んだ。

ユアンは顔をしかめた。まるで戦いに備えているかのようだ。

そのときメイリンが、デイヴィッド配下の兵士に挟まれて入ってくると、ゆっくりと歩いて台座に向かった。アーチボルドが彼女の歩みを見守る。彼の右横に座るよう合図され、メイリンは優雅な身のこなしで腰をおろした。すぐにユアンを見つけ、ふたりの視線がぶつかり合う。ふたりのあいだに稲妻のごとく感情の火花が走ったのを、広間にいた者は誰ひとりとして見逃さなかった。

アーチボルドが両手をあげ、集まった人々に向かって話しかけた。「国王陛下は、本日ご病気で伏せっておられる。われらは王のご回復を祈っておる。わたしは王の命を受け、この審問会を開くものである。わたしの言葉は王のお言葉と思うように」

ユアンはぱっと頭をめぐらせて弟たちを見た。ふたりともユアン同様、不信の表情を浮かべている。おかしい。絶対におかしい。ユアンはこぶしを握ってキャメロンを見やったが、キャメロンはメイリンだけを見つめていた。

「キャメロン族長、そなたがマケイブ族長に対して起こした訴えは、ゆゆしきものである。前に出なさい。最初からすべてを聞こう」

ダンカン・キャメロンが自信にあふれた足取りで台座に向かい、アーチボルドの前で深々と頭をさげた。

「メイリン・スチュアートはキルカーケン修道院からキャメロン城にまいりました。そこで、四十年間わがクランに仕えている神父により結婚式が執り行われました。神父が王にあてて書いた手紙をここに持っております。神父は、このことが真実であると証言しております」

神に仕える者がこの欺瞞に参加したと知って、ユアンは憤りに目を細めた。キャメロンが渡した巻紙を、アーチボルドは開いて読み、脇に置いた。

「わたしたちは床入りをすませました」キャメロンは腰にさげていた袋から、メイリンの血がついたシーツを取り出した。「これが証拠です」

激怒に駆られ、ユアンはこぶしを握りしめた。そう、確かにあれはメイリンの血だ。ユアンがキャメロンの部下に、族長に届けろと言って渡したもの、ユアンとメイリンが床入りをすませた証拠なのだ。ところがキャメロンは、自分がメイリンを抱いた証拠としてあのシーツを提出している。

アーチボルドがメイリンに顔を向けた。彼女は死人のように真っ青な顔でシーツを凝視していた。顔をあげ、戸惑った表情でユアンを見つめる。ユアンは目を伏せた。

「そのシーツの血がご自分のものであると証言できますかな、レディ・メイリン？　あのシーツに見覚えはありますか？」

メイリンの頬が染まる。どう答えていいかわからないように、彼女はアーチボルドを見つめた。

「どうぞお答えを」アーチボルドがうながした。

「はい」彼女の声は割れていた。「わたしの血です。でも、シーツはダンカン・キャメロンのものではありません。あのシーツがあったベッドは――」

「お訊きしたのはそれだけです」アーチボルドが手で空を切ってメイリンを黙らせた。「質問に答えるだけでけっこう。次に話す許可が出るまで黙っていなさい」

メイリンに対するアーチボルドの口のきき方に、ユアンの胸中で怒りが沸騰した。族長の妻であり王の血縁でもある女性に対して、なんという無礼な態度だ。

メイリンは反論したそうな表情だったが、ユアンは彼女の目を見つめてすばやく首を横に振った。王宮で勝手に口をきいたといってメイリンが罰せられては困る。そういうことへの罰は厳しいのだ。とりわけ、自分の意見をはっきり言った女性に対しては。

彼女は唇を噛んで横を向いた。その目に強い怒りが浮かんでいるのをユアンは見て取った。

「それからどうなった？」アーチボルドがキャメロンに問う。

「結婚してほんの数日後、レディ・メイリンはマケイブ族長の命を受けた男たちによって、わたしの城から拉致されました。わたしのもとから奪われ、マケイブの領地にとどめ置かれたのです。メイリンの腹にいるのはわたしの子です。マケイブ族長にはなんの権利もありません。われわれの結婚は有効です。マケイブはわが妻を監禁し、自分の意のままにしたのです。国王の介入をお願いいたします。妻と子をわたしのもとに返し、数カ月前に王にあてた手紙で要求したとおり、持参金をお渡しください」

ダンカンの口から出た不当な告発を聞いて、メイリンが息をのんだ。ユアンは前に出ようとしたが、シーレンに腕をつかまれて止められた。

「お願いです」メイリンは懇願した。「わたしの話を聞いてください」

「黙れ！」アーチボルドが怒鳴った。「黙っていられないのなら、この広間から出ていかせるぞ」

それからダンカンに向き直る。「そなたの話を裏づける目撃者はいるか？」

「結婚式を執り行った神父からの手紙があります。日付は、マケイブ族長がメイリンを奪い、持参金と領地に対する要求を出したのより前です」

アーチボルドがうなずき、ユアンに冷たい視線を向けた。「この訴えに対してどう弁明するのだ、マケイブ族長？」

「そんなものは、くそみたいなでたらめです」ユアンは穏やかな口調で言った。

アーチボルドが眉根を寄せ、顔を赤くした。「言葉に気をつけろ、族長。王の前でそのような口のきき方はしないだろう。わたしに対しても同じだぞ」

「わたしは真実しか申しません。キャメロン族長は嘘をついています。彼はメイリン・スチュアートを、十年間隠れていた修道院から拉致しました。彼女が結婚を拒否すると、何日も歩けないほどひどく殴りました。そのときのあざは二週間も消えませんでした」

広間じゅうにささやき声が広がる。声はどんどん大きくなり、やがてアーチボルドが静かにと叫んだ。

「どんな証拠があるのだ？」

「わたしがこの目であざを見ました。メイリンはわたしの領地に来たとき、キャメロンのもとにいたときと同じような扱いを受けるのかと怯えていました。わたしの弟のアラリックが、キャメロンのところから逃げてきたメイリンを見つけ、三日かけてマケイブの領地に連れてきたのです。弟もそのあざを見ましたし、彼女の苦しみを目撃しました。

メイリンが到着して数日後に、わたしたちは結婚しました。彼女は無垢な体で床入りしました。処女のしるしである血はわたしのシーツに流されました。キャメロンが今日提出したシーツです。腹の子の父親はわたしです。メイリンはわたし以外の男を知りません」

アーチボルドは椅子にもたれ、両手の指先を突き合わせて、自分の前に立つふたりの男を見つめた。「キャメロン族長の話とはまったく違うな。そなたの言葉が真実だと証言できる者はいるのか？」

ユアンは歯を食いしばった。「わたしは真実を述べました。証人など必要ありません。誰かに訊きたければ、妻に訊けばいいでしょう。わたしが述べたとおりのことを言ってくれるはずです」

「発言をお許しください」

振り向いたユアンは、進み出たディオミッドを見て驚いた。ディオミッドはアーチボルドに目を据えている。

「おまえは誰だ？」アーチボルドが訊く。

「ディオミッドと申します。五年間、マケイブ族長のもとで隊長を務めています。族長の信頼厚く、レディ・メイリンがマケイブの領地に来られてからは、何度も護衛を務めました」

「よし、出てきて言いたいことを述べよ」

ユアンはギャノンを振り返った。彼の無言の質問に、ギャノンは首を横に振った。ディオミッドが進み出たのはギャノンに言われたからではないようだ。審問会のあいだは黙ってじっとしているよう、ユアンは側近たちに命じていたのだ。

「レディ・メイリンがマケイブの領地にいらっしゃる前のことは、まったく存じません。わたしが申しあげられるのは、来られてからのことだけです。レディ・メイリンはマケイブ族長にひどい扱いを受けました。族長は嫉妬に駆られてレディ・メイリンを監視し、奥方様はマケイブ城で嘆きの日々を送られました。涙を流しておられるところを、わたしは何度も目撃しました」

群衆は息をのんだ。真っ赤な怒りの靄が、ユアンの耳の中でうなりをあげ、視界を覆った。彼は猛烈に血を見たい衝動に駆られた。いまこの瞬間、誰よりもディオミッドを殺してやりたい。

弟たちも同様に怒り狂っている。平然と嘘を並べ立てるディオミッドに、ギャノンとコーマックは呆然としていた。

「マケイブの領地におられるあいだに、レディ・メイリンは矢を射られ、毒を盛られて、何度も殺されそうになりました。また、族長とレディ・メイリンの結婚式を執り行った神父がしばらく前に不審な死を遂げたことも申し添えておきます」

ユアンはもう耐えられなかった。広間じゅうに響き渡る咆哮をあげて、ディオミッドに飛びかかる。メイリンがユアンの名を叫んだ。弟たちが兄のもとに駆けつける。広間は混乱に陥り、王直属の兵士たちがユアンとディオミッドのあいだに割って入ろうとした。彼らは七人がかりで、ユアンをディオミッドから引きはがした。

「なぜそんな裏切りができるんだ?」引きずられていきながら、ユアンは言った。「神と王の前で、よくも真っ赤な嘘を証言できたものだな。その罪で地獄へ堕ちるがいい! おまえはおれを裏切った。メイリンを裏切った。自分のクランを裏切った。なにと引き換えにだ? ダンカン・キャメロンからもらえるわずかな金か?」

ディオミッドはユアンと目を合わせようとしなかった。彼はユアンに殴られた口から垂れる血をぬぐい、アーチボルドのほうを向いた。「いま申しあげたことは、神に誓って真実です」

「嘘だ!」ユアンが吠える。

するとダンカン・キャメロンがメイリンの横までやってきた。メイリンは憑かれたような目でディオミッドを見つめている。ショックでぽかんと開いた口を手で覆っていた。

「騒々しい」アーチボルドが声をあげる。「おとなしくしろ、マケイブ族長。さもなくば地下牢に放りこむぞ」

キャメロンがメイリンの肩に手を置くのを見て、ユアンはふたたび怒りをあらわにした。

「メイリンにさわるな!」

「わが妻をマケイブ族長の暴力から守りたいと思います」キャメロンがアーチボルドに言った。「この場から連れ出すのをお許しください」

アーチボルドは手をあげた。「この件については、もう充分に話を聞いた。キャメロン族長の訴えを認める。奥方を連れて領地に戻るがいい。メイリン・スチュアートが結婚するまで王が預かっていた持参金は、王宮の警備隊によってキャメロン族長のもとに届けられるものとする」

メイリンが立ちあがり、部屋じゅうを引き裂くような声で叫んだ。「いやよ!」

ユアンは激しい衝撃を受けていた。自分の命を、メイリンの命を預けていた男が、想像もつかないほど冷酷に彼らを裏切っていたのだ。最初からユアンに勝ち目がなかったのは明らかだった。アーチボルドもダンカン・キャメロンとぐるだった。わからないのは、王もキャメロンと結託しているのか、それともアーチボルドが不遜にも王を欺いているのかということだ。

「お願いです、聞いてください」メイリンは哀願した。「嘘なんです。すべて嘘です！　わたしの夫はマケイブ族長です！」

「黙れ！」キャメロンが怒鳴り、メイリンの顔を手の甲で引っぱたいた。メイリンはさっきまで座っていた椅子にくずおれた。

「妻は取り乱していて、ものが考えられなくなっているのです、閣下。不作法をお許しください。あとでよく言い聞かせておきますので」

ユアンは耐えられなかった。キャメロンがメイリンをぶつのを見たとたん、カッと頭に血がのぼった。突進してキャメロンの胸を殴る。ふたりが倒れると、またしても広間は混乱に陥った。

今度は弟たちもユアンを止めなかった。彼らは彼らで王の護衛と戦っていた。しかし勝てる望みはなかった。相手の人数は十倍以上だ。そのうえ剣を持っていないので、状況はさらに不利だった。

ユアンはキャメロンから引きはがされ、四人の兵士によって取り押さえられた。腕を後ろに引っ張られ、顔を床に押しつけられる。メイリンが飛んでいってひざまずき、ユアンに手を伸ばした。涙が頬を流れ落ちる。

「マケイブ族長を牢に放りこめ！」アーチボルドが命じた。「仲間もろともだ。キャメロン族長、奥方を連れていきなさい」

キャメロンが屈みこんでメイリンの髪をつかみ、引っ張りあげた。メイリンが手足をばたばたさせて抵抗する。ユアンはうなり声をあげながら兵士を振りほどき、またもキャメロンに向かっていった。

しかし兵士たちにつかまってしまい、いくらもがいても、それ以上は動けなかった。

メイリンは目に涙をため、ユアンに向かって両腕を伸ばしたまま引き離されていった。

「メイリン！」ユアンはかすれた声で叫んだ。「よく聞いてくれ。生き抜け。生き抜くんだ！　耐えろ。なにがあっても。耐えて、生き抜いてくれ。おれのために。おれたちの子どものために。おれは迎えに行く。命にかけて誓う。必ず迎えに行くぞ！」

「愛してるわ」メイリンは息も絶え絶えに言った。「いつまでも愛しているわ」

剣の柄がユアンの頭を打った。痛みで視界がぼやけ、ユアンはぱっと横を向くと、ずるずると床に倒れこんだ。薄れゆく意識の中で最後に見たのは、悲鳴をあげるメイリンがダンカン・キャメロンに引きずられて広間を出ていく光景だった。

「おれも愛しているぞ」彼はささやいた。

35

メイリンは後ろから強く押されて、ダンカン・キャメロンの部屋に入れられた。よろよろとベッドのほうへ進み、倒れこむ。キャメロンは周囲の人間に命令を怒鳴っていた。彼がベッドに近づいてくると、メイリンはあわてて身をすくめた。あの男から身を守るためなら、必要なことはなんでもする覚悟はできている。

キャメロンがベッドの端に腰かけ、冷たい表情でメイリンを眺めた。召使のひとりからゴブレットを受け取り、手を振ってさがるよう合図する。召使が順々に部屋を出ていき、最後には彼とメイリンのふたりだけが残された。

メイリンは肘をついて上体を起こし、じりじりとあとずさりして彼と距離をあけた。

キャメロンが大げさにため息をついた。「おれたちが最初に出会ったときのことは残念に思っている。おれのふるまいはほめられたものではなかったし、求愛も下手だった」

求愛？　ほめられたものではない？　混乱したメイリンの頭の中に、キャメロンの言葉が漂った。この男は頭がおかしいのだろうか？

「いまのあなたのふるまいこそ、ほめられたものではないわ」かすれた声で言う。「あなたは嘘をついた。ユアンの部下のひとりも、クランを裏切って嘘をついた。あなたがそそのかしたとしか考えられない」

「自分が置かれた状況のもとで、最善のことをしたほうがいいぞ」キャメロンの言葉は邪悪な警告だった。

「お願い」メイリンは弱々しく言った。この男に懇願している自分が情けなかったが、ユアンのためならプライドなど捨ててもいい。彼のためならなんでもする。「ユアンのところに戻らせて。わたしは本当に彼と結婚しているのよ」

キャメロンが肩をすくめた。「おまえの結婚相手があいつだろうとおれだろうと、そんなことはどうでもいい。おまえの持参金とニアヴ・アーリンの支配権をこの手にできるのならな」彼はゴブレットをメイリンに近いほうの手に持ち替え、彼女に差し出した。「さあ、飲め。これで当面の問題が解決できる。おまえが苦しむことになるのはかわいそうだが、うまくいけば苦痛は長つづきしないだろう」

メイリンは唇のそばのゴブレットを見つめた。においを嗅ぎ、苦い香りに顔を背ける。

「これはなんなの？　どうしてわたしが苦しむの？」こんなものが飲めるわけはない。キャメロンは彼女をばかにしているのか？

キャメロンがやさしげな笑みを浮かべる。メイリンの背筋に冷たいものが走った。「おまえの腹から赤子を取り除かねばならんのだ。心配するな。回復するまでは、おれはおまえの体を求めない。といっても永久に待つつもりはないぞ。できるだけ早くおれの子を宿してもらうことが肝要だからな」

恐怖のあまりメイリンは気分が悪くなった。胸がむかむかする。彼女は横を向いて枕に顔をうずめた。

「ごめんなさい」くぐもった声で言う。「みっともないけれど、妊娠がわかったときからずっと、しょっちゅう吐き気に襲われるの」

「そういうものなのだろう」キャメロンの口調は穏やかだった。「おれの子を宿したら、おまえは指一本動かさなくていい。手取り足取り世話をしてやる」

〝赤ん坊が生まれるまでは〟――その言葉が声なき声としてメイリンの耳に聞こえてきた。そう、女王のように大切に扱われるのは、ニアヴ・アーリンを受け継ぐべき子どもが生まれるまでだろう。彼女はそのことに一片の疑いも抱かなかった。

キャメロンは腹の子を殺そうとしている。ユアンの子どもを。そして自分の子種を植えつけるつもりなのだ。そう考えただけでまた吐き気に襲われ、メイリンはベッドの上に胃の中のものをぶちまけないよう、鼻から大きく息を吸った。

「さあ、さっさとすませてしまうぞ。飲むんだ。王宮の治療師を呼んで、おまえが苦痛を乗りきれるようにしてやる。かなり苦しいらしいからな」

キャメロンは平然としている。なぜやさしく微笑みながら殺人のことを口にできるのだろう？　この男は化け物だ。地獄の悪鬼だ。

「貴重な時間をなぜ無駄にするの？」メイリンは言葉を絞り出した。なんでもいいから、殺人を防ぐ手だてを考えなければ。

キャメロンが眉間にしわを寄せた。「どういう意味だ？」

「もう妊娠期間の半ばなのに、子どもを堕ろさせるつもりなんでしょう。でも、こんな段階で流産すると、子どもを産めない体になることもあるのよ。わたしがまた妊娠できるという保証はないわ。あなたはさっき、わたしが宿しているのは自分の子だと訴えたでしょう。わたしが誰と結婚していようがどうでもいいのなら、おなかにいるのが誰の子でもいいんじゃないの？　とにかく子どもが生まれたら、あなたはニアヴ・アーリンの支配権を手に入れられるのよ。だったらどうして、二度と妊娠できなくなるかもしれない危険を冒すの？」

彼の眉間のしわがますます深くなる。そういう可能性は考えていなかったらしい。

「子どもを死なせたくないの」メイリンは声を落とした。「誰が父親でもいい。わたしはどんなことをしてもこの子を守るわ。これに関しては、あなたは有利な立場にあるのよ」

キャメロンが立ちあがり、ベッドの前でせわしなく歩き回った。ときどき立ち止まり、メイリンの言葉が真実かどうか確かめようとするかのように彼女を見つめる。

「母の愛にかぎりはないというからな。よし、メイリン・スチュアート。承知した。子どもの命は助けてやる。しかし今日から、おまえはおれのものだ。おれがおまえの体を好きにしようとしても、抵抗するな。おれがアーチボルドにした話と矛盾することは、いっさい口にしてはならん。それでいいな？」

神よ、どうぞお許しください。

「いいわ」メイリンは苦しげに答えた。

「では支度をしろ。一時間後に、キャメロンの領地に向けて出発する」

「兄貴！　兄貴！　くそっ、起きてくれ」

激しく揺さぶられてユアンは意識を取り戻した。片方の目を薄く開け、まわりを見渡す。あたりは闇に包まれていた。

「シーレンか？」彼はかすれた声を出した。

「よかった」

シーレンの声は安堵に満ちていた。

「メイリン」

そのひとことを口にしたとき、ユアンの頭と胸を悲しみが貫いた。いま妻が憎むべき敵のもとにいると思うと、喉に苦いものがこみあげる。

「メイリン」彼はもう一度言った。「メイリンはどこだ？」

重苦しい沈黙があたりを包んだ。弟たちの息遣いが暗闇の中を漂ってくる。彼らはきっと、真実を話すのを恐れているのだろう。

「すまない、兄貴。キャメロンはもう何時間も前に、メイリンを連れて王宮を出ていった」

アラリックが暗い声で答えた。

ユアンは体を起こした。痛みで頭が割れそうだ。倒れそうになった彼を、弟たちが肩をつかんでそっと寝かせた。

「ここはどこだ？」

た。「王の様子によく注意しておけ。アーチボルドは反逆を企んでいる。王の具合がよくないという噂を聞いているが、食べ物や飲み物を調べてみろ」

見張りはうなずいた。「神のお助けがあらんことを、マケイブ族長。奥方様が無事に戻られますように」

ユアンは門を出た。そして部下のあとを追って夜の闇を進み、遠く離れた林をめざした。

36

鳥のさえずりをまねたユアンの小さな声が、夜のしじまに響く。遠くから聞こえた返事を聞いて、ユアンは忍び足で前進した。弟たちがすぐ後ろからつづく。

彼らは三日かかってキャメロンの領地に入ったあと、城内の構造を慎重に調べ、新月まで四日間待った。ユアンはもうこれ以上一秒たりとも待てなかった。これだけ見張りをつづけていても、メイリンの姿はどこにも見あたらない。ダンカン・キャメロンは彼女を厳重に監禁しているらしい。

ユアンと部下たちはメイリンがいそうな部屋の見当をつけ、城を取り囲んだ。ユアンは弟たちを引き連れて静かに石垣を乗り越え、眠りこんでいる見張りの横を通って、頭上高くそびえる塔に向かった。

闇の中で壁に沿って縄を投げあげる。五回目の試みで、縄が窓の下枠に引っかかった。縄を引っ張って外れないことを確かめると、ユアンは窓に向かって壁をよじのぼり始めた。

メイリンはうつむいて窓際に立っていた。自分の置かれた境遇を恥じる気持ちが、肩に重くのしかかっている。

彼女は悪魔と取引をしたのだ。子どもの命を守るため、自らを差し出した。ユアンとの生活を犠牲にした。この決断を後悔していないとはいえ、失ったもの――決して持つことのできないもの――の大きさを思うと悲しみがこみあげる。

この一週間は耐えがたいほどの緊張の連続だった。もうどうしていいかわからない。キャメロンが気を変えて、最初に言っていたことを実行するのではないかと思うと、怖くてなにも食べられなかった。堕胎薬を飲み物か食べ物に入れられるのではないかと、心配でたまらなかったのだ。

いまや自分を〝妻〟と呼ぶ男に身を捧げねばならないのかという不安で、彼女は常にびくびくしていた。体がふらつき、メイリンはベッドのほうに向かった。永遠に断食をつづけるわけにはいかない。腹の子どもに悪い。けれど、ほかにどうしようもない。

胸の底から悲しみがこみあげ、涙が頬の上できらりと光った。思い出すだけでも胸が痛くなるほどの深い愛を知ったいま、どうやって生きていけばいいのだろう？　ユアンの手の感触を知っていながら、どうして別の男に身を任せることができるだろう？

やがてメイリンは疲れ果てて毛布の下に潜りこみ、誰にも泣き声を聞かれないよう枕に顔をうずめた。

それから何時間たっただろうか。誰かの手が腕から肩に向かって撫であげるのを感じた。メイリンは身をすくめて仰向けになり、キャメロンから身を守ろうとした。

「しいっ、おれだ、ユアンだ」声がささやく。

闇の中でメイリンは目を凝らした。彼がここに、この部屋にいるなんて、信じられない。

ユアンの手が彼女の濡れた頬に触れて涙を拭き取った。苦しげな声が、つらそうに言う。

「ああ、メイリン、あいつになにをされたんだ？」

「ユアンなの？」

「そうだ、おれだ」

メイリンは体を起こして彼の首にしがみついた。これが夢なら、永遠に目覚めたくない。ユアンにしっかりと抱きしめられ、彼のたくましく男らしい香りを嗅いでいられる夢の世界で生きていたい。

ユアンが彼女をきつく抱きしめた。頭を撫で、すでに乱れている髪をさらにくしゃくしゃにする。

「ユアン」メイリンは声を詰まらせた。「ああ、神様。ユアンなのね。ユアン」

ふたりは唇を重ねた。ユアンはこれが最後であるかのように激しくキスをした。唇がしっかりと重なり合い、メイリンの涙がふたりの舌にこぼれ落ちる。メイリンは彼の息を吸いこんだ。これで死んでもいい。彼女はいまこの瞬間だけを生きていた。失ったもの、最も強く求めているものに手を伸ばして。

「泣くな。おまえが泣くとおれもつらい。あまり時間がないんだ。ここから連れ出してやる」

ユアンの言葉が、重い悲しみを貫いて伝わってきた。メイリンは顔をあげた。彼がほんものだと信じるのが怖い。妄想の産物ではないと思うのが怖かった。

彼女はユアンにベッドから抱きあげられて窓に向かった。彼が身を乗り出すと、メイリンは彼の肩につかまって窓から地面を見おろした。目がくらむほどの距離がある。

「よく聞いてくれ、メイリン」ユアンがやさしく声をかけた。メイリンのこめかみに唇を軽くつけて、彼女を自分の胸に引き寄せる。「この窓から縄を伝っておりるんだ」

メイリンは驚いて顔をあげた。「ユアン、無理よ！　赤ちゃんがいるのよ。こんなに大きなおなかでは、うまく動けないわ」

ユアンが彼女の顎をつかみ、頬を撫でながら顔を見つめた。「おれがずっと一緒にいる。先におまえをおろす。アラリックとシーレンが下で待っている。もし落ちたら、あいつらが受け止めてくれるはずだ。おれを信じてくれ」

メイリンは手をあげて夫の顔に触れた。愛と信頼が心の中で舞いあがる。「あなたが飛べと言うなら、空でも飛ぶわ」

強くキスをしたあと、ユアンはメイリンを床におろした。縄の先を足に巻きつけ、馬の鐙《あぶみ》のようなかたちにする。その縄を足から手まで引っ張ってきて、彼女がしっかり握れるよう手首と手のひらに巻きつけた。

もう片方の端を自分の腰に結びつけたあと、彼は窓のすぐ内側に立った。

「窓枠を乗り越えるんだ。気をつけて両足を壁に突っ張って、体が壁にこすれないようにしろ。おれが縄をおろしていく。できるだけ、頭を上にして体をまっすぐ保つように」

とても無理だ。そう思いながらもメイリンは彼の肩にしがみつき、窓枠によじのぼった。

ユアンがメイリンの手から数センチ先の部分の縄をつかんで支えた。メイリンは窓から足を出した。少しずつ縄が下におりていくと、やがて彼女の足の裏が石壁に触れた。

「そうだ。ゆっくり用心しておりろ。おれが縄をつかんでいる。おまえを落としはしない」

体を窓枠から押し出すのはこのうえなく難しかったけれど、あとはおりていくだけだった。右に左に回りながらも、なんとか足を踏ん張り、下に向かう。のけぞるようにして上を見ると、ユアンができるかぎりゆっくり彼女をおろそうと、力のかぎりこらえていた。縄で手のひらの皮がむけているはずなのに、彼は握る力をゆるめようとはしなかった。

メイリンは両足を壁に押しつけ、力のかぎり縄を握っていた。半ばまで来て、ようやく壁に突っ張った足を交互に動かして歩くようにおりていけるようになった。ついに地面が近づくと、アラリックとシーレンに腰をつかまれた。ふたりは彼女を地面におろし、ユアンが縄を引きあげられるよう、急いでほどいた。

「ユアンはどうやっておりるの？」メイリンは切羽詰まった口調でささやいた。

ふたりは返事をせず、上を向いてユアンを待った。数分後、黒い人影が縄を伝っておりてきた。両手を重ねて縄をつかみ、さっきのメイリンと同じように足を壁に突っ張っている。

安全な距離まで来ると、彼が手を離して飛びおりた。鈍い小さな音とともに、メイリンの横に着地する。彼女はユアンの手をつかんだ。思ったとおり皮膚が裂けている。メイリンは喉を詰まらせ、うやうやしく彼の手のひらにキスをした。

「行くぞ」アラリックがささやく。「ギャノンが馬を用意して待っている」

彼らは身を屈め、離れた石垣に向かった。アラリックが別の縄を投げあげると、カチンという音がして、鉤が壁の上部に引っかかった。アラリックは急いで壁をよじのぼるとうつぶせになり、上からメイリンに手を伸ばした。

ユアンがメイリンを自分の頭上まで持ちあげ、アラリックのほうに手を伸ばすよう彼女をうながした。何度か指が触れ合ったあと、アラリックがメイリンの手をつかみ、指を伸ばして手首を握った。

ユアンがメイリンを押しあげる。アラリックは信じられないほどの力で彼女を引っ張りあげた。

「出っ張りをつかんで、体を引きあげるんだ」アラリックが小声で指示する。

メイリンはようやく壁の上にのぼり、アラリックの横に転がった。

「いいか」彼が言う。「起きあがって、壁にまたがってくれ。できるだけ音をたてずに後ろにさがって、シーレンがのぼってこれる場所をあけるんだ。シーレンが壁の向こう側におりたら、次にきみがおりる。おれはここに残ってユアンを引きあげる。手のひらの傷がひどいから、兄貴は縄をつかめないだろう」

メイリンはややためらったのち、片方の足を外に振り出して壁にまたがり、急いで体を後ろに滑らせてシーレンがのぼってこられるだけの空間をつくった。

すぐにシーレンが壁の上までのぼってきて、向こう側におりていった。

「おれの手をつかめ。おれがきみの体を壁の向こうにおろしていく。シーレンの言うことをよく聞いて、あいつが離せと言ったら手を離すんだ。シーレンが受け止めてくれるから」アラリックがメイリンに指示した。

メイリンは必死に恐怖を抑えながらアラリックの手を握り、壁の向こうに身を乗り出した。落ちないよう足を壁に突っ張る。アラリックに手首を強くつかまれて、肩が抜けそうだった。

「離せ」シーレンの声がした。「おれが受け止める」

メイリンは目を閉じた。壁を蹴り、アラリックの手を離す。心配は無用だった。シーレンはぴくりとも動かず、彼女を抱き留めた。メイリンは彼の首に腕を回し、落とさないでくれたことへの感謝をこめて抱きついた。

シーレンがその腕をそっと首から引きはがして、彼女を地面に立たせた。膝ががくがくして、メイリンは倒れないよう彼の手をつかんだ。

「もう大丈夫だ」シーレンが低い声でなだめるように言う。そして体の横でメイリンを支えたまま、ユアンとアラリックを待った。

まずユアンが地面におり立った。メイリンは彼の腕に飛びこんだ。あまりにきつく抱きついたので、ユアンは息ができないかもしれない。それでもメイリンは気にしなかった。彼女はユアンの腕の中にいる。ダンカン・キャメロンの手から救い出されたのだ。

「行こう」つづいており立ったアラリックが、一同をうながした。「ギャノンが馬を連れて待っているぞ」

四人は身を隠せる林をめざして走った。そこではギャノンが馬とともに待っていた。ユアンはメイリンを自分の軍馬のほうに押しやった。

アラリックとシーレンが鞍に飛び乗る。コーマックはすでに馬にまたがっており、ギャノンも自分の馬にまたがった。ユアンはすばやく鞍にまたがると、メイリンを地面から抱きあげて、自分の前に座らせた。

メイリンは彼の胸にもたれて片方の腕を腰に回した。涙があとからあとから流れ落ちる。けれども、ユアンの気が散るようなことはしなかった。彼女がいないことに気づいたら、キャメロンは兵を総動員して追ってくる。メイリンが乗っているために、ユアンの馬は全速力を出せないかもしれない。

かなりの距離を進んでから、メイリンは初めて顔をあげた。「ユアン?」

ユアンが彼女の頭のてっぺんに口づけた。「まだだ、メイリン。話をするのはマケイブの領地に着いてからだ。境界線に達するまで止まるつもりはない。いまは眠っておけ」

眠れるはずがないとメイリンは言おうとした。ところがそれから間もなく、彼女は疲労に屈した。キャメロンになにをされるのかという不安のあまり、何日もろくに寝ていなかったのだ。いまは夫の腕の中で安全に守られている。彼女は頭をユアンの広い胸にもたせかけ、馬の規則的な動きに揺られながら眠りに落ちた。

ユアンは片方の手で手綱をつかみ、もう片方でしっかりと妻の体を抱きしめていた。過酷なほど速く馬を走らせる。仲間も喜んでついてきた。彼らは寝食も忘れて、まっすぐに境界線めざして馬を急がせた。

37

ユアンの言葉にたがわず、一行はマケイブの領地への境界線のすぐ外に来るまで、数分以上の休憩を取ることはなかった。夜を徹して、驚異的な速度を保ちながら進んだ。

メイリンはユアンとともに馬に乗っていた。眠っていないときは、鞍にくくりつけた麻袋の食料をもらって食べた。男たちは疲労で顔面蒼白になっていたが、誰ひとりとして不満を口にはしなかった。彼らは不気味なほど黙りこんだまま旅をつづけた。アラリックもシーレンも口を開かない。敵に追いつかれないようにすることに集中していたのだ。

「ユアン、止まってちょうだい」メイリンはささやいた。

「あと数キロ待てないか？　もうすぐマケイブの領地に入る」

メイリンは顔をしかめた。「無理だわ。おなかに赤ちゃんがいると我慢しづらくなるの」

ユアンがちらりと笑みを浮かべ、一同に止まれと命じた。鞍からおろされると、メイリンは倒れそうになったが、ギャノンが支えてくれた。安心させるような笑みを向けられたとき、メイリンは感謝で泣きそうになった。

彼女はギャノンをぎゅっと抱きしめた。ギャノンは心底驚いた顔になると、降参するように両手をあげ、どうしたのかとしどろもどろに尋ねた。

「ありがとう」メイリンは小声で言った。体を引き、彼に微笑みかける。

「なにがですか、奥方様？」ギャノンは困惑していた。

「助けに来てくれて」

そう言うとメイリンは背を向け、人目につかずに用を足せる場所を探しに行った。

遠くの木の陰に姿を消した妻を見つめながら、ユアンは微笑んだ。彼女に礼を言われてギャノンは仰天していた。おそらく目的地に着くまでに、全員が彼女に抱きしめられることになるだろう。

ほどなくメイリンが戻ってきた。小さく丸い腹を守るように手をあてている様子を、ユアンはうっとりと眺めた。彼女を連れ戻せるのだと思うと、安堵のあまり腰が抜けそうになる。彼は部下たちを過酷に追い立ててきた。キャメロンに追いつかれて、戦いの混乱の中でメイリンを奪い返されるのではと、気が気でなかったのだ。メイリンを安全に守りたい。戦いの場からは遠ざけておきたい。近々キャメロンとのあいだに血で血を洗う戦いが繰り広げられるのは避けられない。たとえ王に背くことになるとしても、ユアンは必ずや妻を奪われた恨みを晴らすつもりだ。

メイリンを抱いて鞍に引きあげるとき、ユアンは気づいた。いま自分が望んでいるのは、父とクランに対してなされた悪事に対する復讐ではなく、妻が傷つけられたことへの報復だ。彼女の青い瞳は、考えるだけでもつらいほどの苦痛を味わってきたのだ。

「もうすぐ家に着くぞ」彼はメイリンの耳にささやきかけた。

メイリンが振り向き、悲しみと嘆願をたたえた目で彼を見あげた。「境界線を越えてマケイブの領地に入ったら、みんなを先に行かせてくれない？　あなたに話したいことがあるの。城に着く前に言っておかなくてはいけないのよ。城に入ってしまったら、揉みくちゃにされるでしょう。その前に解決する必要があるの。どうしても」

ユアンは彼女の顔に手を触れ、額に刻まれた不安のしわを伸ばそうとした。なにを心配しているのだろう？　深い悲しみをたたえた妻の目を見ると、ユアンは胸が詰まった。彼女の話を聞いて耐えられる力が自分にあることを祈った。「わかった。話をしよう」

一時間後、ユアンは馬を止め、先に行くよう皆に合図をした。

シーレンとアラリックが馬を近づけ、ユアンとメイリンの横で止まる。

アラリックが不審そうに言った。「兄貴たちだけにしたくはないんだが」

「もう充分領地の中に入っている。少し妻とふたりきりになりたいんだ。すぐに行く。先に行って、おれがメイリンを無事に連れ帰ることを知らせておいてくれ」

弟たちはしぶしぶ出発した。山をおり、城への最後の道のりを進むにつれて、どんどん速度を増していく。部下たちも馬に拍車をかけて、全速力で駆け出した。

叫び声が響き渡る。勝利の雄叫びが聞こえて、ユアンは思わず笑みを漏らした。ところがメイリンを見ると、彼女の目はつらい悲しみをたたえていた。

ユアンの胸が締めつけられた。彼は目を閉じ、キャメロンが彼女にしたことを聞く覚悟を決めた。知りたくないという思いもあった。忘れたい――メイリンにも忘れてほしい。過去のこととして記憶の底に葬り去りたい。しかし同時に、彼女には話す必要があることもわかっていた。話すことでキャメロンという毒を体内から放出するのだ。

ユアンは馬からおり、メイリンをそっと鞍から抱きおろすと、太陽に照らされて温まった草むらに運んだ。地面に腰をおろして、妻をしっかりと抱きしめる。

自分の領地に戻り、妻がこの腕の中にいるということが信じられない。この一週間は忍耐力を試されていた。ひどく落ちこんだときには、二度とメイリンに会えないのではないかと思った。こんな試練はもうたくさんだ。

「わたし、恐ろしいことをしたの」メイリンが声を詰まらせた。

ユアンは驚いて体を引き、戸惑いで額にしわを寄せた。「なんの話だ？」

「合意したのよ。赤ちゃんを守るために、悪魔との取引に合意したの。わたしはあなたを裏切ったわ、ユアン。赤ちゃんの命と引き換えにならなら、嘘もつくし、キャメロンの言うことも聞くと約束したの」

メイリンの声に含まれた絶望を感じ取って、ユアンは自分の悲しみをのみこんだ。「いいんだ。おまえがおれを裏切ったなんて、これっぽっちも思わない」

彼女の目には苦痛があふれていた。「キャメロンはわたしを流産させる気だったの。そういう薬を飲ませようとしたのよ。わたしは赤ちゃんを守るためなら、なんでもするつもりだった。だから、もし流産したら二度と子どもを産めない体になるかもしれないと言って、彼を思いとどまらせようとしたの。彼が公言したように、この子は自分の子だという話を押し通すべきだと言ったのよ。実際には誰の子であろうと、わたしが子どもを産んだらキャメロンがニアヴ・アーリンを支配するんだからって。彼は納得したわ。それでも、彼が思い直して最初の計画どおり赤ちゃんを殺そうとしたらどうしようと心配で、ものを食べるのも眠るのも怖かった」

ユアンは彼女を抱きしめてそっと揺すった。目を閉じて、メイリンが味わった恐怖を噛みしめる。こんなに痩せ細ったのも当然だ。彼女はなにも食べられなかったのだ。子ども――ユアンの子――を失うという恐れから。

「おまえはなんて頭がいいんだ。そんなにすばやく解決策を考え出すとはな。おまえの勇敢さには頭がさがる。おまえほど強い母親はいないぞ。おれたちの息子か娘は、このうえない幸せ者だ」

メイリンが彼を見あげた。初めて希望の光がその目に宿る。「怒っていないの?」

「おれの子どもを守るためにすべてを犠牲にしてくれる女を、どうして怒るんだ?」

「ああ、ユアン」そうささやいたあと、メイリンはふたたび目を曇らせ、下を向いた。

ユアンはやさしく彼女の顔を上向かせた。「どうした?」

「わたし、キャメロンの妻になることに同意したの。絶対に彼を拒絶しないと」彼女が目を閉じ、涙が頬に銀色の筋を描いた。

一瞬、ユアンは息ができなくなった。それほどの犠牲を払ってくれたとは。ようやく息を吸うと胸が痛くなった。しかし彼女が勇気を出して話してくれたのなら、自分は勇気を持ってそれを聞かねばならない。「教えてくれ、メイリン。あいつは……あいつは、おまえを犯したのか？」

その言葉を口にするのもつらかった。メイリンが耐えたかもしれない屈辱を思うと、息が詰まりそうになる。

「最初……彼がそうしようとしたとき、わたしは彼に向かって嘔吐したの。妊娠しているせいだと弁解したけれど、本当は、彼とベッドをともにすると思ったら気分が悪くなったのよ。それからは、また同じことをされるのがいやだったみたいで、彼はわたしに近づこうとしなかったわ」

安堵のあまり、ユアンはめまいがしそうだった。メイリンを抱き寄せ、何日かぶりに腕の中にいる彼女の感触を味わう。それから声をあげて笑い出した。メイリンがキャメロンに向かって胃の中のものをぶちまけているところを想像すると、たまらなくおかしかったのだ。

メイリンが顔をあげた。明るく輝く瞳を見ていると、ユアンはその深みに吸いこまれるような気がした。だが束の間、輝きが薄れ、彼女は顔を曇らせた。

「ユアン、持参金はどうなるの？　もうわたしたちの手には入らないのかしら？」

ユアンはふうっと息を吐いた。「持参金はキャメロンに与えられる。おまえがキャメロン城にいようがいまいが、やつが受け取ることになるだろう。アーチボルドも、もしかすると王も、キャメロンと結託しているんだ」

メイリンが目に涙をためてうなだれた。「せっかくわたしと結婚したのに、なんにもならなかったのね。わたしたちのクランには、食べ物や着るものが必要よ。兵士には装備がいるわ。城の修繕もしなくてはならない。わたしたち、どうやって生きていけばいいの、ユアン?」

ユアンは両手で彼女の顔を包み、その目を見つめた。「おれにとってはおまえがすべてなんだ、メイリン。食料がなくてもいい。城が崩れてもかまわない。だが、おまえがいなければ生きていけない。なんとかなるさ。これまでもなんとかしてきた。どうにかなる。しかし、おまえがいなかったら、おれは死んだも同然だ。持参金が手に入らなくても、ニアヴ・アーリンをわがものにできなくても、おまえがいればいい。おまえさえいてくれれば」

メイリンが彼に飛びついた。ユアンの息が苦しくなるまで強く抱きしめ、体を震わせて泣きじゃくる。涙がユアンの首を濡らしたが、彼はたしなめなかった。ユアン自身も泣きたかったのだ。

「愛しているわ、ユアン。助けに来てくれて、本当にありがとう」

ユアンは彼女と額を合わせた。唇が近づく。「おまえを連れ戻すためなら、地獄の業火とも戦ってやるさ。さあ、行こう。息子が母親に、クランの者たちが女主人に会いたがっている」

鞍の前に座らせたメイリンをしっかり抱き寄せながらユアンが橋を渡ったとき、城の中庭にはクランの全員が集結していた。

メイリンは彼の胸に頭をもたせかけていた。髪が背中に流れ、微風になびいている。

誰もが身を乗り出していた。それぞれの顔には、女主人の無事をこの目で確かめたいという気持ちがあふれていた。

ユアンが馬を止め、メイリンをくるんでいた毛布を外す。中庭にどっと歓声があふれた。メイリンは彼に支えられて上体を起こし、クランの者たちに微笑んだ。涙で目を光らせながら、手を振って応える。

「母上！　母上！」

群集の中からクリスペンが飛び出して、まっすぐユアンの馬のほうに駆けてきた。ユアンは笑顔で息子を見おろした。

「そこにいろ。母上をおろしてやる」

クリスペンとメイリンの笑顔が中庭全体を明るく照らす。ユアンの胸は愛で締めつけられた。

アラリックとシーレンが前に進み出た。ユアンはふたりのほうにメイリンをおろし、自らも馬をおりた。ユアンの予想どおり、メイリンはまずアラリックに飛びついて、彼が笑いながら助けてくれたと言うまできつく抱きしめた。彼を放すと、次にシーレンのほうを向いた。シーレンは両手をあげて彼女を押しとどめようとしている。そんなことなど意にも介さずメイリンが駆け寄ってきたので、シーレンは彼女が倒れないよう抱き留めるしかなかった。メイリンは感謝の言葉をつぶやきながら、力いっぱい彼を抱きしめた。

「ばかだな」シーレンが小声で言った。「おれたちが、きみをあの豚野郎のところに置いておくとでも思っていたのか？」彼に顎を軽くつねられ、メイリンはもう一度大きな笑みを浮かべて彼に抱きついた。

シーレンがうなり声をあげ、メイリンの体を回して夫のほうに向けた。ユアンは喜んで彼女を受け取り、ぐるぐると振り回した。

「母上をおろしてよ、父上！　ぼくの番だよ」

ユアンが笑いながらメイリンをおろす。すぐにクリスペンが彼女の腰に抱きついた。メイリンは涙ながらに彼をかき抱き、頭にキスの雨を降らした。

アラリックとシーレンがやさしく見守っている。ユアンは弟たちの目に、義理の姉への愛情をはっきりと見て取った。メイリンは彼ら全員を征服している。ユアンを、弟たちを、家来を、そしてクラン全体を。

ユアンは手をあげて騒ぎをおさめた。

「今日は真にめでたい日だ」ユアンは集まった者たちに言った。「妻がようやくわれわれのもとに戻ってきた。わが子の命を守り、マケイブの精神を守るために、妻は途方もない犠牲を払ってくれた。持参金を受け取れなくなったことで、自分の帰還が喜ばれないのではないかと妻は気に病んでいた。しかし、彼女こそがわれわれの最大の宝だ」

メイリンのほうを向き、ゆっくりと彼女の前にひざまずく。「おまえは、おれの最大の宝だ」彼はささやいた。

まわりでは部下たちもひざまずき、抜いた剣を彼女のほうに向けていた。アラリックとシーレンが進み出る。不安そうなメイリンの前で、彼らもひざまずいた。

心やさしいメイリンにはもう耐えられなかった。生まれたての赤子のように、わんわん声をあげて泣いた。だが、誰も気にしなかった。疲れた兵士たちの顔は笑みで輝いている。

「ああ、ユアン」メイリンが泣きながら彼にぶつかっていった。

ユアンは彼女を受け止めざるをえなかった。ふたりは手足を絡めたまま地面に倒れこんだ。メイリンが彼の上に乗って、顔や首にキスを浴びせた。

激しく泣きながら、唇を彼の顔から耳へ滑らせる。

「愛しているわ」涙の合間に、メイリンは言った。「あなたのような人に出会えるなんて、夢にも思っていなかった」

ユアンは彼女を抱きしめ、愛情をこめて目を見つめた。

「おまえはこのクランへの神からの賜物だ。そして、おれへの賜物だ。特におれだけへの」

耳をつんざかんばかりの喝采が響き渡る。メイリンが手で耳を覆ったが、その笑顔は暗い冬の夜をも照らすほど明るく輝いていた。

誰に見られようが、なんと思われようがかまわない。ユアンは立ちあがるとメイリンを引き寄せ、城への石段に向かった。

「ユアン、なにをするつもり？」

彼はキスで妻を黙らせ、広間に入っていった。「黙れ。おれのすることに逆らうな。どうしてもいますぐ、妻を乱れさせたいんだ」

38

メイリンは広々とした土地に愛情深い視線を注いでいた。大地には緑があふれており、彼女は夏の甘い香りを吸いこんだ。城から外へ出たい。ちょっと中庭を散歩するだけでもいい。なのにユアンは、安全な建物から離れることを許してくれなかった。それでなくとも心配ごとの多い夫に、妻のことで悩ませるわけにはいかない。

マケイブのクランは戦いに備えていた。はっきり宣言したわけではないが、兵と武器とがひそかに整えられていた。自分たちが王とダンカン・キャメロンを敵に回す運命にあることを、彼らは受け入れていた。

メイリンは窓際を離れて階段をおり、広間に向かった。ギャノンとコーマックが配下の兵士たちとともに昼食をとっている。彼女は手を振り、食事をつづけるよう男たちに合図した。「ガーティに会いに厨房へ行くだけよ」歩きながら声をかける。「そこから先には行かないわ」

ギャノンはうなずいたものの、メイリンから目を離さなかった。「わしから見えるところにいてくださいよ、奥方様」

メイリンは微笑んで厨房に入っていき、食卓のギャノンから見えるところで足を止めた。

しかし、ガーティは定位置であるかまどの前にはいなかった。メイリンはくんくんとにおいを嗅いだ。パンを焼いてはいないようだ。珍しい。ガーティは昼も夜もパンを焼いているというのに。あの老女が休憩を取ることなどあるのだろうかと、メイリンはよく不思議に思ったものだ。

もしかすると食料庫かもしれない。きっとそうだろう。だとしたら、すぐに戻ってくるはずだ。彼女がかまどのそばから数秒以上離れることはないのだから。

ところがガーティは戻ってこない。メイリンは顔を曇らせた。そのとき、食料庫からうめき声のようなものが聞こえて、彼女は走り出した。厨房を抜けて狭い部屋に入り、ガーティを捜す。

老女が床に転がっていた。こめかみから血が流れている。メイリンは駆け寄って膝をついた。振り返ってギャノンを呼ぼうとしたとき、誰かの手に口をふさがれ、ぐいっと引っ張られて、硬い体にぶつかった。

「声をたてるな」

メイリンはなんとかその手を引きはがした。「ディオミッドなの？」

「静かにしろ」彼が吐き捨てるように言う。

メイリンの驚愕は激怒へと変わった。「よくもマケイブの領地に来られたものね。明日の朝日は見られないわよ。夫に殺されるから」

「おまえが、おれの自由への手形なんだ」ディオミッドがメイリンの耳もとで歯ぎしりした。

ナイフの刃がドレスの腹のあたりを切り裂く。そのまぎれもない感触に、メイリンは背筋がぞくりとした。少しでも動いたら腹を裂かれてしまう。

ディオミッドが彼女をつかむ手の力を強め、いまやむき出しになった腹部をナイフの腹で押さえた。「よく聞け。ばかなまねをしたら、腹を切って赤ん坊を引きずり出してやるぞ。おまえをキャメロンのところに連れて帰らなかったら、おれは殺される。マケイブの領地内でつかまっても殺される。おれには失うものはないんだ、レディ・マケイブ。言っておくぞ、おまえが誰かの注意を引いたら、おれは死ぬ前におまえと赤ん坊を殺してやる」

ディオミッドの言葉に、彼女は恐怖よりも怒りを覚えていた。びくびく怯えているのにはうんざりだ。ユアンの目に不安の色を見るのも、もう疲れてしまった。彼はあまり眠らず、ろくに食べてもいない。自分が族長としてくだした決断が導く結果を懸念しているのだ。

メイリンはベルトに留めた短剣に指を滑らせた。マケイブ城に戻ったとき、シーレンがくれたものだ。たとえ女であれ、必要が生じたときに自ら身を守っていけない理由はない、というのが彼の考えだった。

この瞬間、メイリンは全面的に彼に同意していた。

ディオミッドに警戒させないよう、彼女はうなずいた。「もちろん言うとおりにするわ。赤ちゃんが大事だもの」

「裏から出るぞ、石垣が崩れているからな。おれの馬が林の中で待っている。誰かに見られたら、ガーティが治療師を呼んでいると言うんだ」

メイリンはもう一度うなずいた。ディオミッドの片方の手は彼女の首根っこをつかみ、もう片方はいまだにナイフを彼女の腹にあてている。金属が皮膚から離れたのを感じた瞬間、メイリンは自分の短剣を握って振り返った。

ディオミッドが驚いてナイフを振りあげ、メイリンの上腕が切れた。けれども彼女は自らの任務に集中していたので、痛みなどほとんど感じなかった。

彼の股間を膝蹴りし、同時に短剣で腹を深々と刺す。ディオミッドがよろよろとあとずさり、両手で股間を押さえてどさりと倒れた。ユアンがヒースに同じことをしたときより、もっと情けない声でわめいている。

ディオミッドを完全に動けないようにするため、メイリンは床に落ちていた重そうな鍋をつかんで、彼の頭を強打した。とたんに彼は動くのをやめ、手足を広げて床の上に伸びた。腹から突き出た短剣の柄が光っている。刃はまったく見えない。根もとまで突き刺さっているのだ。

彼がどこへも行けないことを確かめると、メイリンは後ろを向き、ギャノンを呼びながら走り出した。

全速力で厨房に駆けこむと、ギャノンにどんとぶつかった。彼が腕をつかんで支えてくれなかったら転んでいただろう。メイリンの裂けたドレスを見るや、ギャノンが厳しい表情になった。

「どうされました、奥方様？　なにがあったんです？」

そして彼女が答えるより先に、メイリンを自分の背後に押しやって剣を抜いた。

「あなたに見せたいものがあるの」メイリンは早口で言った。「その、つまり、わたしがユアンを呼びに行くあいだ、見張っていてほしいのよ」

メイリンはギャノンの返事を待つことなく走り出て彼の手をつかみ、食料庫へと向かった。床に倒れているディオミッドを指さす。「ユアンを連れてくるわ。わたしが戻るまで、彼が動かないようにしておいてくれる？」

信頼し、戦友と呼んでいた男の姿を見て、ギャノンの顔が怒りで険しくなった。それから驚いたようにメイリンを見た。「奥方様、こいつになにをしたんですか？」

その質問をされた瞬間、さっきの出来事がどっと心によみがえってきた。自分と腹の子が殺されかけたということにいまさらながら気づいて、手が震え、胃が引きつり始める。彼女は後ろを向いて激しく嘔吐した。腹に手を置き、体をふたつ折りにして、胃の中のものを床に吐き出す。涙で目が熱くなった。深く息を吸って、なんとか胸のむかつきを鎮めようとする。

「奥方様、お怪我はありませんか？　どうなさいました？」ギャノンが心配そうに尋ねた。

メイリンは背筋を伸ばし、ギャノンの腕に手を置いて体を支えた。「約束してくれる、ギャノン？　わたしがユアンを呼んでくるまで、この男が動かないように見張っていてくれるかしら？」

「おれはここだぞ、メイリン。おまえの悲鳴は城じゅうに響いたからな」背後からユアンの声がした。

ぱっと振り返ると、厨房の入り口にユアンと弟たちの姿が見え、たちまちメイリンはあわてて動いたことを後悔した。またしても吐き気に襲われ、身をよじる。激しく痙攣するメイリンの体を抱きしめてくれたのはシーレンだった。ユアンはじっと目の前の光景を見つめている。

「どういうことだ？」ユアンが怒鳴った。「こいつはどうやって食料庫に入りこんだ？」ギャノンに向き直る。「説明できるか？」

「いいえ、族長。わかりません」

「ガーティ」メイリンは声を絞り出した。「ユアン、ガーティが怪我をしているわ」

ユアンはギャノンに手ぶりで合図して、少し先で横たわっているガーティの様子を確認させた。ギャノンが老女を抱きあげて食料庫から運び出す。すでに意識を取り戻していたガーティは、自分の足でちゃんと歩けると大声で文句を言った。それからユアンは、シーレンの横でぶるぶる震えているメイリンのほうを向いた。

「なにがあったのか教えてくれ」

「ディオミッドにドレスを切られたの」メイリンは切り裂かれた布地を持ちあげた。「言うことを聞かなければおなかの赤ちゃんを殺すと脅されたわ」

アラリックが驚きの表情で彼女を見た。「そいつがきみの腹にナイフを押しつけていたんなら、なぜいまはきみの短剣で腹を刺されて意識を失っているんだ？」

「ユアンのお手本にならったのよ」メイリンはすまして答えた。

ユアンが眉をあげ、シーレンと顔を見合わせた。

「どういうことか、ぜひ聞きたいね」シーレンがつぶやく。

「膝で蹴ったの……下のほうを。同時に、短剣をおなかに突き刺したわ。そうしたら彼は倒れたけれど、絶対に逃げられないようにしたかったから、鍋で頭を叩いたのよ」

アラリックが顔をゆがめた。「こいつはどこにも行けなかったと思うぞ」

メイリンは肩をすくめた。「実を言うと、殺してやりたかったの。だってこの人、赤ちゃんを殺すと脅したんですもの」

シーレンが含み笑いをした。「クリスペンも、これから生まれる赤ん坊も、危害を加えられる心配はなさそうだな、兄貴。子どもがどんな危険にさらされても、義姉上がひとりで立ち向かってくれる」

ユアンがメイリンを自分の横に引き寄せ、頭のてっぺんにキスをした。「おまえは大丈夫なのか？」

「怪我はしていないわ」

彼がメイリンの腕から手を離し、血がついているのを見て顔をしかめた。「では、これはなんだ？」

争ったときにディオミッドに切られたことを思い出し、メイリンは肩をすくめた。「ただのかすり傷よ。あとで洗っておくわ」

「ディオミッドはどうしましょう、族長？」厨房の入り口からコーマックが声をかけた。

ユアンの表情が険しくなる。しかしヒースに死罪を申し渡したときの妻の嫌悪を思い出したらしく、メイリンをちらりと見やった。

「野生の狼の餌にすればいいわ」メイリンはささやいた。「木に縛りつけておけば、けものが血のにおいを嗅いで集まってくるんじゃないかしら」

三兄弟は唖然として彼女を見つめた。

「それとも、馬の後ろにくくりつけて引きずらせる?」メイリンの口調は明るい。

シーレンが笑い転げた。「まったく、血に飢えた女だな。気に入った! なんて獰猛なんだ、兄貴。義姉上のことが大好きになったよ」

「だろうな」ユアンはぽつりと言った。

そして彼はいらだちの表情で妻を見つめた。「おれは、さっさと殺して終わりにしてしまおうと言うつもりだった。どうせこの傷では助からないだろうからな」

「簡単に死なせるのはもったいないわ」メイリンは嘲りをあらわにして言った。「もっと苦しめるべきよ」

ユアンが顔をしかめたので、彼女はため息をついて譲歩した。「まあいいわ。ひと思いに殺してちょうだい。でもマケイブの領地には埋葬しないで。死体はハゲタカの餌にすればいいでしょう?」

メイリンのあっけらかんとした口調に、ユアンは頭を左右に振って笑い声をあげた。そして彼女を腕にかき抱き、息ができないほどきつく抱きしめた。

「そうだな、死体はけものの餌にしてやろう。こいつの目玉がえぐり出されるところを想像したら、少しは気分がよくなるか？」

その光景を思い浮かべると吐き気がこみあげ、メイリンは手を口にあててこらえた。顔をあげ、夫をにらみつける。「わざと言ったのね！」

ユアンがにやりとして、弟たちのほうを向いた。「こいつを始末しろ。おれは妻を連れていく」

メイリンはユアンと一緒に歩き出したが、厨房を出かけたところで足を止めて振り返った。

「わたしの短剣は返してね、シーレン」

39

「族長！　族長！　国王がこちらに向かっておられます」

ユアンはメイリンの手を放し、オウェインが大声で呼んでいる広間に向かった。若者はずっと走ってきたらしく、ゼイゼイと息を切らしながら必死でユアンを捜している。

ユアンの姿を見ると、彼は急いで駆け寄り、先ほどの報告を繰り返した。

「落ち着け！」ユアンはさえぎった。「きちんと話せ。王はどのあたりにおられるのだ？軍を引き連れているのか？」

オウェインが答える前に、別の兵士が駆けこんできた。「族長！　マクドナルド族長が入城されました！」

ユアンは大股で中庭に向かった。メイリンも後ろからついていった。石段に差しかかったとき、ちょうどマクドナルド族長がするりと馬からおりた。城門の向こうには、マクドナルドの全軍とおぼしき軍勢が控えている。

「ユアン！　王の軍がこちらに近づいていると、部下から報告を受けたのだ」

族長がそう言った直後、マクドナルドの兵士たちがふたつに分かれて道をあけ、マクローレン族長が橋を渡って中庭に入ってきた。マクローレンの軍はマクドナルド軍の後方に集結している。

「ユアン」マクローレンがふたりの族長に歩み寄った。「知らせを聞いて飛んできた」

ユアンは驚いてふたりを見つめた。これほど多くの騎馬の戦士たちが視界のかぎりに広がっている眺めは壮観だった。

「こうすることが王への反逆行為なのはわかっているのか？　あなたたちは無法者の烙印を押されることになるのだぞ」ユアンは言った。

マクローレン族長が眉をひそめた。「王のしたことは間違っているぞ、ユアン。人の妻を奪うなら、次はなにを取りあげる気だ？　土地か？　わしはおまえの味方だ、そして部下たちも」

マクドナルド族長もうなずいた。

ユアンはマクローレンの、つづいてマクドナルドの腕をぎゅっと握った。そしてこぶしを突きあげて鬨の声をあげた。配下の兵士がそれにつづき、マクドナルドとマクローレンの兵士たちも同じように叫ぶ。ほどなく、城を取り囲む丘に男たちの叫び声がこだました。

ユアンはメイリンのほうを向いて手を握った。「クリスペンと一緒に城の中にいろ。おれが呼ぶまで出てくるな。約束してくれ」

メイリンがうなずいた。その目は恐怖で大きく開かれている。

ユアンは身を屈めて彼女にキスをした。「恐れるな、メイリン。勝利はおれたちのものだ。さあ、腕の傷の手当てをしに行け」

彼の頬にメイリンが手を触れた。「わかっているわ、わたしたちが勝つのね」

彼女は背を向け、クリスペンを呼んだ。それから城にいるすべての女たちに、建物の中に避難するよう呼びかけた。

「領地の境界線で王を出迎えるぞ」ユアンは馬に乗るよう部下に命じた。一同はマクドナルドとマクローレンの兵士を引き連れて出発した。

内心では不安を感じつつも、ユアンは決然として王に立ち向かう覚悟を決めていた。これから自分とメイリンと子どもたちに強いようとしている暮らしは、楽なものではないだろう。彼らの名は永遠に不名誉なものとして語られる。一部の者にとっては英雄でも、大多数にとっては無法者だ。

愛する女をそばに置くために名誉を失うのであれば、ユアンは喜んで死ぬまでその重荷を負いつづけるつもりだった。

境界線まで来たユアンは、馬に乗ったデイヴィッド王がほんの五、六人の護衛しか連れていないのを見て驚いた。王はユアンの領地に足を踏み入れようとはせず、境界線の手前でじっと待っている。

「なにかの計略か？」ユアンの横でマクローレンが声を低くした。「兵士はどこだ？　軍勢を連れずにやってくるとは、自殺行為だぞ」

「ここにいてくれ」ユアンは怖い顔で言った。そして弟たちとギャノンとコーマックに合図し、領地の境界線ぎりぎりのところまで進み出て王と向き合った。

王は疲れた様子だった。まだ病が完全には癒えていないようだ。顔はやつれて血の気がなく、悄然と肩を落としている。

「国王陛下。なんのためにわが領地までいらっしゃったのですか？」

「不正を正すため。そしておぬしに感謝するためだ」

王の言葉はまったくの予想外だった。ユアンは首をかしげたがなにも言わず、王が言葉をつづけるのを待った。

「おぬしは自分の兵に加えて、マクドナルドとマクローレンの軍も引き連れてきたようだな。教えてくれ、マケイブ族長、もしわたしが今日宣戦布告していたら、おぬしはわたしと戦うつもりだったのか？」

「はい」ユアンの返事にためらいはなかった。

王の目が面白そうにきらめいた。「そうすれば、おぬしは死ぬまで無法者という汚名を身にまとうことになるが？」

「そうなるのは負けたときだけです」ユアンはゆっくりと言った。「そしてわたしは、負けるつもりはありません」

王が馬上でもぞもぞと体を動かした。「姪に会いたいのだがな、マケイブ族長」

いきなり話題が変わったことにもうろたえずに、ユアンは王を見つめた。「メイリンを城から外へ出すことは認めません」

わかっていると言いたげに、王はうなずいた。「では、わたしを城に招いてもらおうか。われらにはいろいろと話し合うべきことがある。それに先刻も言ったように、おぬしには感謝したいのだ」

「策略かもしれないぞ」アラリックがささやく。

「おひとりでお入りいただきます」ユアンは言った。「護衛の方がたは城壁の外でお待ちください」

王が片方の眉をあげた。「わたしを殺すこともためらわないと公言する男を、信頼しろというのか？」

「あなたを殺すつもりなら、とっくにそうしています」ユアンは落ち着いて答えた。

少しのあいだ彼を見つめたあと、王はゆっくりと首を縦に振った。「よし、いいだろう。おぬしとともに行こう。門までは護衛が付き添う」

ユアンは部下たちのほうを振り返り、そこに控えているよう合図した。それから王に、ついてくるよう手ぶりで伝える。ユアンの弟たちが両側から王を挟み、彼らは城に向かった。

デイヴィッド王は自らの言葉を守り、湖を渡る橋の手前で護衛を止めた。マクドナルドとマクローレンの兵もそこにとどまり、ユアンの部下たちだけが族長のあとについて橋を渡った。

一同が下馬する。馬から滑りおりたデイヴィッド王がよろめいた。ユアンは眉をひそめたが、兵たちの前で手を貸して王に恥をかかせることはしなかった。

「族長、レディ・マケイブをお呼びしましょうか？」コーマックが耳打ちした。

ユアンは首を横に振った。「いや、おまえは妻のところに行って、おれが呼ぶまで部屋にいさせてくれ。状況がわかるまで、メイリンを守っていろ」

コーマックがうなずいて足早に立ち去った。

広間に入ると、ユアンはエールと軽食を持ってくるよう命じた。一同はテーブルにつき、デイヴィッドは無言でエールを飲んだ。

やがて王はゴブレットの縁からユアンをうかがいつつ、唇を噛んで感慨深げに言った。

「わたしにもおぬしのような部下がいればよいのだがな、ユアン。おぬしにはわたしを軽蔑する充分な理由があった。にもかかわらず、わたしが側近に毒を盛られているかもしれないと、見張りに警告してくれた。そのおかげでわたしは死なずにすみ、今日おぬしに会うことができたのだ。アーチボルドは確かにキャメロンと結託して反逆を企んでいた。やつはわたしが病死したと見せかけられるよう、時間をかけて少しずつ毒を盛っていたらしい」

王はため息をついてゴブレットを置いた。「おぬしに、そしてとりわけおぬしの奥方になされた不正について謝罪したい。姪に会う許しをもらえるだろうか」

ユアンは王を凝視した。そして彼の目に誠意を見て取ると、シーレンに顔を向けた。「メイリンを広間に連れてこい。叔父上に会わせるのだ」

メイリンはシーレンの腕をつかんで階段に向かった。クリスペンには、マディとともに部屋で待つよう指示を出してある。いまの彼女はなにかにつかまらずにはいられなかった。

階段の上でシーレンが立ち止まった。ベルトにつけられる小さな革の鞘に入った短剣を取り出す。

「返してほしかったんだろう」彼が笑みを浮かべた。

メイリンは短剣を受け取ってベルトに留めた。「ありがとう、シーレン。やさしいのね」

シーレンが微笑み、元気づけるように彼女の腕を握った。「顎をあげろ。きみのように勇敢な女性は、誰にも頭をさげることはない」

ふたりは階段をおり、角を曲がった。広間の奥にいたユアンと王が立ちあがってメイリンを出迎えた。

不安のあまり、メイリンは立ちすくんだ。王に危害を加えられるかもしれないという不安ではない。そんなことは彼の横に立っているユアンが絶対に防いでくれる。目の前にいるのは彼女の血縁者なのだ。血のつながった叔父。そしてスコットランドの国王。

王の前まで行くとシーレンが立ち止まった。メイリンが叔父との対面を果たせるよう、彼女の腕から手を離して一歩さがる。

誰にも頭をさげるなとシーレンに言われたものの、王に敬意を表す必要はある。どうか倒れませんようにと心の中で祈りつつ、メイリンは膝を折ってお辞儀した。

そのまま、顔をあげるよう言われるのを待つ。ところが驚いたことに、王はひざまずいて彼女の手を取った。手を引かれて立ちあがったとき、王の目が潤んでいるのを見て、メイリンはさらなる衝撃を受けた。その目はメイリン自身の目とよく似ていた。

王はげっそりしている。顔色も悪く疲れ果てた様子だ。長く病魔と闘い、つい最近回復したばかりなのだ。額にも目尻にも深いしわが刻まれている。

彼はメイリンの両手を自分の手で包んだ。「たとえわたしが疑いを抱いていたとしても、いまはなんの疑問もない」王の声はかすれていた。「おまえはわたしの母にそっくりだ。母の御魂《みたま》が安らかに眠らんことを」

「似ていますか？」メイリンは小声で尋ねた。

「ああ。母は美しい女性だった。心根がやさしく、困窮した者には親切だった」

メイリンは唾をのんだ。いまの王の言葉の重大さに、感きわまっていた。長年身を隠し、恐怖のなかで生きてきたすえに、ようやく父の血縁者によって公然と存在を認知されたのだ。

ユアンが進み出て、横から彼女の腰に腕を回す。王が名残惜しげにメイリンの手を放し、ユアンに目を向けた。

「あっぱれだった、ユアン。わが姪がダンカン・キャメロンの手に渡っていたかもしれないと思うと……」王は咳払いをした。「おぬしと奥方になされた不正を正そう。おぬしたちの結婚を公に祝福し、持参金は厳重な警護のもと、ただちにニアヴ・アーリンからここへ運ばせよう」

メイリンは息をのんだ。「持参金はキャメロンに奪われたと思っていました」

王がかぶりを振った。「アーチボルドはキャメロンに持参金を与えるとは言ったが、その保管場所は知らなかった。知っていたのはわたしだけだ。兄アレグザンダーの娘が最初に産んだ子に贈られる遺産を託されたのは、このわたしだからな。ずっと昔に兄が遺贈を決めて以来、持参金はニアヴ・アーリンで厳重に保管されていた」

「まあ、すばらしいわ、ユアン！」メイリンは叫び、ユアンの腕の中で踊り出しそうになった。

それからデイヴィッドに向き直った。顔色が悪く、見るからに衰弱している叔父を心配そうに眺める。「ご健康を回復するまで、ここに滞在していただけませんか」

王が驚きに目を見開き、いいのかというようにユアンを見た。ユアンは肩をすくめた。

「わたしはずっと前に、妻の望みを拒む愚かさを思い知りました。それに、妻の言うことはもっともです。すっかりお元気になられるまで、陛下の身は安全とは言えません。アーチボルドと結託していた者をあぶり出すには時間が必要でしょう。ここでお過ごしいただければ光栄に存じます」

デイヴィッド王が大きな笑顔になった。「では、喜んでもてなしを受けるとしよう」

結局、デイヴィッドはメイリンの持参金が届くまで、二週間にわたって滞在した。ユアンと王は、最初こそ互いに警戒心を抱いていたものの、やがてすっかり意気投合した。王は何度もユアンや弟たちとともに狩りに行き、戻ってくると広間でエールを飲みながら、誰がいちばん大きな獲物を射止めたかを語り合った。

ガーティの料理を堪能し、メイリンに強く迫られて充分に休息を取ったおかげで、デイヴィッドの健康状態は見る見る回復した。持参金を届けに来た兵団とともに王が帰っていくときには、メイリンは別れを悲しんだ。

その夜、ふたりきりの部屋で、ユアンはやさしく彼女を愛した。そのあとメイリンは、あなたは愛の営みが苦手だと夫に言ったことを思い出してくすくす笑った。

「なにがそんなに面白いんだ？　男に愛されたあとで笑うのは罪だぞ」

メイリンはにっこり笑って彼に身を寄せた。いつものようにユアンは、大きくなっている腹を守るようにして彼女を抱きしめた。

「あなたの男らしさについて、間違った思いこみをしていたことを思い出していたの」

「ああ、もちろんおまえは間違っていた」ユアンがうなる。

メイリンはまたしても笑って、満足のため息をついた。「今日はすばらしい日ね、ユアン。わたしたちのクランは救われたわ。みんなに食べさせて、子どもたちに服を着せて、兵士にはどうしても必要だった武器と防具を持たせることができるのよ」

「ああ、メイリン。今日はすばらしい日だ」ユアンが顔を横に向け、彼女の息が苦しくなるまでキスをした。彼にやさしく見つめられて、メイリンの胸は高鳴った。「おまえがマケイブの領地に足を踏み入れた日と同じくらいに」

本作は、時代的背景から、現在では差別用語とも受け取れる言葉をそのまま使用しております。ご了承ください。

訳者あとがき

コルター家の物語など、マグノリアロマンスではすっかりおなじみのマヤ・バンクス。主にコンテンポラリー・ロマンスで活躍している著者が、中世スコットランドというこれまでとはまったく異なる時代と場所を舞台とした、新たなシリーズを書いてくれました。十二世紀のスコットランドで、ある氏族《クラン》を率いる三兄弟をヒーローとした三部作。本書はその第一弾です。

本作品のヒーローは三兄弟の長男、ユアン・マケイブ。八年前に戦いで父親を亡くし、若くして族長となった男性です。あるとき、ひとり息子で八歳のクリスペンが行方不明になります。必死で捜していた大切な息子を彼のもとへ連れ帰ってくれたのは、若く魅力的な女性でした。

メイリン・スチュアートはある事情から修道院に身を隠していましたが、強欲で冷酷な男に無理やり連れ去られ、結婚させられそうになります。彼女は暴力を振るわれながらも結婚を拒み、とらわれの身だった少年クリスペンとともに命からがら脱走します。そしてクリスペンを父親のもとに送り届けたのです。

複雑な事情のあるメイリンは自分の名を明かすことを頑として拒みますが、ユアンはなんとか彼女を懐柔しようとします。修道院育ちのメイリンは、キスで舌を入れられただけで動揺し、〝そんなやり方は間違っている〟と相手に説教するようなうぶで堅物の女性。しかも、誰もが恐れる族長であるユアンの権威を認めて敬うどころか、公然と反抗する気の強い人間でもあります。ユアンはそんな彼女に振り回されっぱなし。果たして彼は、メイリンを思いどおりに操れるのでしょうか？

個人的なことで恐縮ですが、訳者はヒストリカルの舞台の中でも中世スコットランド、とりわけハイランドがいちばんのお気に入りです。ハイランダーたちはクランという集団をつくって生活していました。荒々しい自然に囲まれたハイランドでの暮らしは決して楽なものではありません。けれども、それだけにクランの結束は非常に固く、族長を先頭にひとつの大きな家族のように助け合って暮らしていました。族長は大きな権限を持つ尊大な人間ですが、クランの者たちを守るという使命を非常に重んじ、クランの人々は上下関係というより信頼関係によって結ばれていました。

多くのロマンスで、中世スコットランドのヒーローは背が高く大柄、尊大で傲慢、粗野で武骨、しかし弱者を守る高潔で家族思いの男性として描かれています。本シリーズのヒーローとなる三兄弟も、まさにそんなイメージにぴったりの男たち。そして彼らと愛し合うヒロインは、それぞれ悩みを抱えながらも苦しみを乗り越えようと懸命に努力する、まっすぐでけなげな魅力あふれる女性ばかりです。

シリーズ第二弾となる次作は、三兄弟の次男アラリックの物語をお届けします。どうぞお楽しみに。

マグノリアロマンス／既刊本のお知らせ

罪深き愛につつまれて

マヤ・バンクス 著／浜カナ子 訳

定価／800円(税込)

魅力的な三人の兄弟に、
激しく求められて――。

結婚式当日、夫が殺人を犯す瞬間を目撃したホリーは逃亡の日々を送っていたが、カウボーイの三兄弟に助けられる。コルター家の三人は、ハンサムでセクシー。それに、ホリーに献身的に接してくれる。そんな彼らに、彼女は惹かれずにはいられなかった。一方、彼らにとってホリーは、まさに天からの贈りものだった。彼らは、自分たち三人と同時に結婚してくれる理想の花嫁を探していて……。

愛とぬくもりにつつまれて

マヤ・バンクス 著／鈴木 涼 訳

定価／870円(税込)

初めてのときは、三人一緒
じゃないとだめだと思わない？

出会った瞬間に確信できる――そう、その相手が運命の人だと。コルター家の代々の男たちは、兄弟全員が同時に、たったひとりの女性にどうしようもなく惹かれてしまうように生まれついていた。三兄弟の長男であるセスは、自分の父親たちがそうだからといって、まさか自分までが同じ道を歩むとは思ってもいなかった。しかし、路上生活者のリリーとの出会いが、セスの生活を大きく揺り動かすことになって……。

束縛という名の愛につつまれて

マヤ・バンクス 著／小川久美子 訳

定価／800円(税込)

愛してるわ。
今日も、明日も、その次の日も。

旅先で出会った相手に捨てられて傷心のキャリーは、故郷で傷が癒えるのを待っていた。彼に身も心も捧げたのに、ホテルに置き去りにされたのだ。早く彼のことは忘れたい――切望するキャリーの前に、彼女を捨てたマックスが現れた。「話がしたい」と言われたものの、キャリーは彼を殴って追い返す。しかし、簡単にあきらめるマックスではなかった。マックスは、キャリーをふたたび自分のものにしようと動きはじめ――。

マグノリアロマンス／既刊本のお知らせ

二度目のチャンスをあなたと

マヤ・バンクス 著／市ノ瀬美麗 訳

定価／990円（税込）

苦しくなるくらい　きみを求めてる。

『おまえの女房は生きている』妻の命日に送られてきた封筒のなかには、そう書かれた手紙とともに、亡き妻であるレイチェルの写真があった。妻の思い出とともに立ち直れない日々を送っていたイーサンは、兄が率いる特殊部隊とともに妻を捜しにいく決意を固める。一方、麻薬カルテルがはびこるジャングルの奥に一年ものあいだ捕らえられていたレイチェルは、自分の名前と、名前もわからぬ男性の姿しか思い出せずにいて……。

危険な愛の行く手に

マヤ・バンクス 著／市ノ瀬美麗 訳

定価／900円（税込）

きみも、おれたちの赤ん坊も、　危険にさらしたりしない。

自らが率いる特殊部隊の任務で、武器密輸組織をつぶすためにメキシコの小さな町に滞在するサムは、ウエイトレスのソフィと出会って関係を持つようになる。しかし、任務遂行のためにその町を離れねばならなくなり、彼はソフィのもとを去った。それから五カ月後、なにものかに銃で撃たれ意識を失ったソフィが、サムの家の前の湖で見つかった。そして、彼女の丸くなった腹部から、妊娠しているのがわかり……。

彼を誘惑する方法

マヤ・バンクス 著／藪中久美子 訳

定価／800円（税込）

たった一夜のあやまちが、　彼女の運命を狂わせた？

兄と親友ふたりの四人暮らしをするトニ。彼女は、ルームメイトのひとりサイモンにずっと片思いをしている。そんな彼女が、なんと妊娠してしまった！　それも、サイモンの子どもを！　でも、失恋のショックで酔ってトニとベッドインしたサイモンは、まったくそのことを覚えておらず……。子どもができてしまったという義務感からじゃなく、トニを愛しているという理由で、サイモンには父親になってほしくて――。

マグノリアロマンス／既刊本のお知らせ

誘惑はバニラの香りとともに

ミランダ・ネヴィル 著／岡田未知子 訳
定価／930円（税込）

きみは淫らなかわいい宝物だ。

貴族の令嬢のジャコバンは、両親の死後、男爵である伯父の家でメイドのような扱いを受けたうえに、賭けのかたとしてストリントン伯爵に差し出されそうになる。伯爵の慰み者になるのを恐れた彼女は伯父のもとから逃げ出し、摂政皇太子の厨房に男性の菓子職人として潜りこむ。だが、酔っ払いにからまれたところを当の伯爵に助けられ、彼が想像していたような道楽者ではないと知って――。

スキャンダルは伯爵と

クリスティ・ケリー 著／芦原夕貴 訳
定価／900円（税込）

これまで、結婚したいと
思った人はいなかったわ。

完璧な花嫁の条件を満たしているのに、作家志望のエイヴィスには結婚に対する興味がない。しかし、男と女のあいだになにが起きるのかを知りたくてたまらず、作品に深みを与えるためという口実で愛人をつくることにした。彼女が選んだ相手は売れない作家のエモリーだ。エモリーが過去に起こしたいまわしい事件を知っている伯爵のバニングは、彼のかわりに自分を愛人にするようエイヴィスに提案するが……。

悪魔に嫁いだ乙女

ローリー・マクベイン 著／草鹿佐恵子 訳
定価／930円（税込）

きみに対して
悪魔のような欲望を抱いている。

伯母の家に引き取られることになったエリシアを待っていたのは、使用人以下の生活だ。伯母はエリシアの両親に不当な恨みを抱きつづけ、復讐の機会をうかがっていたのだ。復讐のために好色で年老いた地主と結婚させられそうになり、エリシアは伯母の屋敷から逃げてロンドンに行くことにした。しかし、ロンドンへの道中に、悪魔と呼ばれる金色の瞳を持つ侯爵への復讐の道具として、またもや冷酷に利用されてしまい……。

ハイランドの美しき花嫁

2012年09月09日　初版発行

著　者　マヤ・バンクス
訳　者　出水　純
装　丁　杉本欣右
発行人　長嶋正博
発　行　株式会社オークラ出版
〒153-0051　東京都目黒区上目黒1-18-6　NMビル
営　業　TEL:03-3792-2411　FAX:03-3793-7048
編　集　TEL:03-3793-4939　FAX:03-5722-7626
郵便振替　00170-7-581612(加入者名:オークランド)
印　刷　図書印刷株式会社

定価はカバーに表示してあります。
乱丁・落丁はお取り替えいたします。当社営業部までお送りください。
©オークラ出版 2012／Printed in Japan
ISBN978-4-7755-1896-0